"누구에게나 사막이 필요하다."
위대한 탐험가 스벤 헤딘은 언젠가 이렇게 말했다.
가끔씩 내게는 그저 한 조각 황량한 광야의 고독이 필요하다.
내가 완전히 자유롭게 움직일 수 있는 공간이고,
다른 어느 곳에서도 생각할 수 없는 생각들을 떠올리는 곳이며,
때때로 상당히 부조리하게 변하는 인간 존재 속에서
삶의 의미를 발견할 수 있는
인식의 절정에 가장 가까이 다가서는 곳이다.
'체험의 세상'인 사막이 없었다면
나는 마른 땅의 물고기처럼 말라 죽었으리라.
바람이 만들어낸 모래언덕과 기괴한 형상의 바위들,
지평선 위로 펼쳐진 새파란 하늘 사이에 섰을 때
비로소 내 마음이 편안해지니까.
그렇게 사막은 나를 움켜쥐고 놓아주지 않는다.

– 아킬 모저

바렌츠 해

시 베 리 아

러시아

러시아

오호츠크 해
캄차카

카자흐스탄

몽골

아랄 해

흑해

카스피 해

키르기스스탄

⑲ ⑱ ㉓
⑳ ㉑ ㉒

터키

타지키스탄

⑰

동해

지중해

시리아

이스라엘 ⑬ 이라크

아프가니스탄

중국

한국

일본

이집트 ⑪ ⑫

파키스탄

네팔

이집트

③

사우디아라비아

태평양

리비아

홍해

인도

니제르

아라비아 해

뱅골 만

⓪ 차드

④

나이지리아

수단

에티오피아

중앙아프리카공화국

아라비아 해

수마트라

보르네오

우간다

케냐

⑥ ⑦

자바

인도네시아

콩고

탄자니아

앙골라

⑧

짐바브웨

나미비아 ⑨

마다가스카르

인도양

오스트레일리아

보츠와나

남아프리카공화국

㉕

희망봉

⑪ 시나이 사막 | 이집트

⑯ 시에라네바다 사막 | 스페인

㉑ 바단지린 사막 | 중국

⑫ 네게브 사막 | 이스라엘

⑰ 타클라마칸 사막 | 중국

㉒ 텡게르 사막 | 중국

⑬ 유대 사막 | 이스라엘

⑱ 고비 사막 | 중국

㉓ 오르도스 사막 | 중국

⑭ 오다다흐라운 사막 | 아이슬란드

⑲ 중가리아 사막 | 중국

㉔ 코벅 사막 | 미국

⑮ 스프렝기산두르 사막 | 아이슬란드

⑳ 투르판 분지 | 중국

㉕ 그레이트빅토리아 사막 | 호주

배핀 만

그린란드

미국 알래스카

15 14
아이슬란드

허드슨 만

영국
아일랜드

캐나다

스페인
포르투칼
16
미국
모로코 알제리
5
1
2
모리타니아
말리

대서양

멕시코 만

멕시코

태평양

베네수엘라
콜롬비아

기니 만

브라질

칠레

대서양

아르헨티나

❶ 사하라 사막 | 알제리   ❻ 나코루과이 사막 | 케냐
❷ 타네즈루프트 사막 | 알제리   ❼ 카이수트 사막 | 케냐
❸ 이집트 사막 | 이집트   ❽ 나미브 사막 | 나미비아
❹ 누비아 사막 | 수단   ❾ 칼라하리 사막 | 보츠나와
❺ 에르그셰비 사막 | 모로코   ❿ 테네레 사막 | 니제르

당신에게는
사막이 필요하다

당신에게는
사막이 필요하다

**전세계 25개 사막을 홀로 건넌,
아킬 모저가 들려준 인생의 지혜와 감동의 기록**

아킬 모저 지음 | 배인섭 옮김

THE SOUP

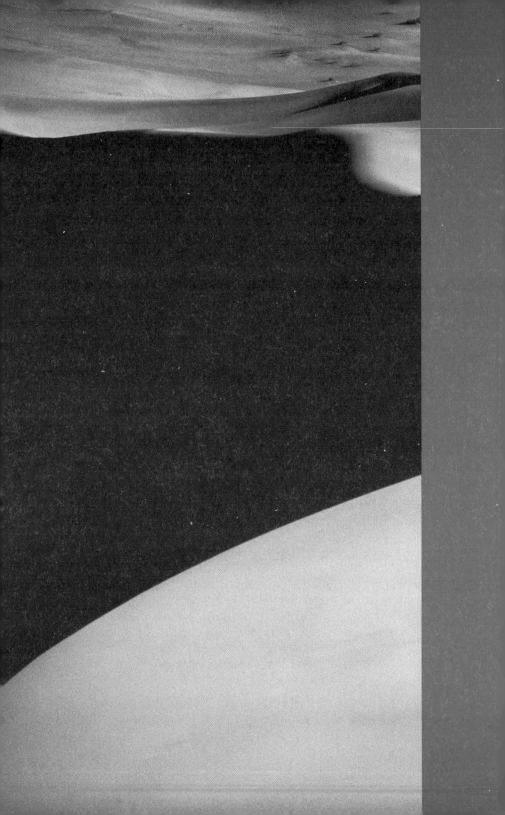

1장

누구에게나 한 조각 황량한
광야의 고독이 필요하다

지금 이 순간에도 나는 정확히 그날을 기억할 수 있다. 처음 사막을 향해 떠났던 그날. 벌써 35년이 흘러버린 바로 그날, 내 인생은 180도 바뀌어버렸다. 내 나이 열일곱 살이었다. 아직 학교를 다니고 있던 터라 6주 동안의 여름방학을 이용해 여행을 계획했다. 함부르크를 떠나 파리와 바르셀로나를 거쳐 북아프리카로 향하는 여행이었다.

북아프리카 모로코 왕국에서 나는 장거리 버스를 타고 꿈처럼 아름다운 동화의 나라를 가로질렀다. 『천일야화』에 나올 법한 그림들을 보았고, 향기와 색조에 흠뻑 취했다. 밝은 노란색이 짙은 갈색과 자리를 바꾸고, 접시꽃 붉은 빛에 황갈색이 담겨 있으며, 어두운 파란색을 머금은 보라색이 눈길을 사로잡는다. 그 사이로

맑은 공기는 믿을 수 없는 향기들로 배를 채우고 있었다. 가만히 코에 집중하면 재스민, 아니스, 생강, 계피, 소두구 열매, 유칼립투스, 고수풀, 커민 그리고 꿀의 향기를 맡을 수 있다.

놀라운 향기들에 취해 감격하고 있을 때 이번엔 모로코의 경치가 나를 사로잡는다. 바다로 추락하는 대서양의 해안, 금가루를 뿌려놓은 듯 고운 모래사장, 풍성하게 펼쳐진 채소밭, 파도치듯 흔들리는 곡물의 평원, 수정처럼 반짝이는 소금호수들, 생선 비늘처럼 갈라져 첩첩이 쌓인 산지, 야생의 낭만이 느껴지는 산골 마을들 그리고 1년 내내 푸르른 오아시스 계곡들.

화려한 시장에 들르자 이번에는 눈앞에 동양의 신비가 그대로 펼쳐진다. 이야기꾼, 피리를 부는 뱀 조련사, 원숭이 조련사, 곡예사, 염색공, 재단사, 옹기장이, 물장수, 금세공사, 무두장이, 무희들, 떠들썩하게 잡담을 나누는 하얀 수염의 남자들, 그림처럼 화려한 의상을 입고 길가 그늘진 자리에 웅크리고 앉아 두런두런 이야기를 나누는 아름다운 여인들. 탑에서 남자의 외침이 울려퍼졌다. 난생 처음 들어보는 기도 시간을 알리는 소리. 나는 이곳에서 필수적으로 마셔야 한다는 민트 차를 즐겼다.

마침내 페스, 라바트, 카사블랑카 그리고 마라케시를 지나 모로코 남부에 이르렀다. 내 눈앞에 모래와 암석의 광야가 펼쳐진다. 평생 그 순간을 잊지 못할 것이다. 눈이 시리게 짙푸른 하늘 아래 물결치는 황갈색 모래언덕, 그 끝없는 광야를 마주한 순간, 그건 내게 차라리 신의 현현(顯現)이었다. 눈 닿는 곳까지 이어진 모래, 멈추지 않는 바람에 장엄한 풍경으로 거듭나는 황금의 바다는 아무리 독창적이고 대담한 환상이라도 결코 자아낼 수 없는 그림이었다. 웅장한 모래의 산들이 믿을 수 없을 만치 아름다운 곡선으로 미끄러져 내리면서 나란히 늘어선 봉우리들과 가파른 벼랑들이 교대로 이어졌다.

멀리 산마루에서 떨어지는 낭떠러지를 바라보면 장엄한 월식의 신비로 절반을 잃은 달의 우아하고 아름다운 곡선이 떠올랐다. 바람은 지극히 섬세한 무늬와 호화로운 모래의 선을 그려냈고, 다양한 크기와 형태의 모래파도가 넘실넘실 밀려가 지평선 너머에 닿아 있었다. 부드럽게 흐르는 모래바닥 위로 바람의 날개가 스치고 지나면 출렁이는 모래파도 위로 연기가 피어나듯 칼날처럼 날카로운 사구의 빗질이 시작된다.

모래파도의 색깔은 그것이 태양을 마주하고 섰는지 등지고 섰는지에 따라 오묘한 변화를 일으키며 아른아른 빛났다. 나를 둘러싼 세상이 현실이라기보다 오히려 꿈처럼 보였지만, 그래도 그건 꿈이 아니었다. 모든 것이 실재하는 존재였다. 모래도, 사구의 바다도, 광야도, 새파란 하늘도…….

그 순간 벼락에 맞은 것처럼 차고 넘치는 행복감이 몰려왔다. 나는 이미 내 존재 바깥에 서 있었고 온몸을 휘어감는 흥분을 느꼈다. 그런 감정은 서서히 자라난 것이 아니라, 끔찍한 쓰나미처럼 한순간에 전신을 덮쳐왔다. 나는 별안간 감동의 물결에 휩쓸리는 내 성향을 누구보다 잘 알고 있어서 오히려 나 자신의 감정에 최소한의 울타리를 두르려고 애쓰는 사람이다. 그렇지만 처음 사막을 마주한 순간, 그런 노력은 전혀 불가능한 일이었다. 모래의 바다는 환상적이었다. 너무 큰 매력이었다. 넓은 데다 활짝 열려 있고, 집도 건물도 없을 뿐 아니라 사람의 그림자도, 시간조차 없는 광야는 너무 짜릿한 매혹이었다. 한순간 나는 이성은 물론 영혼마저 빼앗긴 느낌이었다. 위대한 사랑을 인식하는 순간처럼 충만한 감정이었다.

더할 나위 없는 행복 앞에서 스스로를 잃어버린 나는 빗살무늬 모래의 높은 언덕 위로 달려 올라가 배낭을 팽개치고 소리쳤다. 무언가 미친 소리를 내질러가면서 그냥 아무 이유 없이 달렸다. 버릇없는 아이처럼 모래 위를 달렸고, 터벅터벅 걷다가 미끄러지고 넘어지고 모래언덕을 떼굴떼굴 굴러 내려갔다. 그러다 다음 언덕이 나오면 다시 기어 올라갔다. 숨이 턱밑까지 차올라 바닥에 쓰러져 한 걸음도 옮길 수 없을 때까지 나는 계속해서 모래 위를 달렸다.

한동안 나는 따스한 모래 위에 배를 대고 엎드려 있었다. 모래가 자꾸 입안으로 들어왔다. 얼마나 오랫동안 그렇게 엎드려 있었는지 기억할 수 없지만 마음이 가라앉아 다시 숨을 쉴 수 있게 되었을 때 나는 천천히 일어나 가늠할 수 없이 드넓은 광야를 가만히 바라보았다. 경이로움의 극치! 나는 절대 그 순간을 충분히 호흡

할 수 없었다. 모래언덕들, 모래파도들, 지평선에서 지평선으로 넘실넘실 깔려 있는 모래 양탄자!

그때 나는 그 순간의 느낌을 결코 잊지 않으리라 굳게 다짐했다. 머리는 맑았고 모든 것은 밝고 청명했다. 모든 것을 내던진 느낌, 모든 것을 저들 뜻대로 내버려둔 느낌, 완전히 다른 사람이 된 느낌, 다시 한 번 모든 것을 시작하는 느낌…….

그 순간에 나는 내 어린 시절을 기억했다. 1950년대의 그림들. 발트 해안의 휴양지 그뢰미츠. 그곳은 부모님이 이탈리아의 리비에라, 아드리아 해 그리고 오스트리아의 꿈같은 하이킹 루트 다음으로 선호했던 휴가지였다. 발트 해는 당시 내가 살던 함부르크에서 그다지 멀지 않아서 여름이면 바닷가의 긴 의자와 모래성 사이에서 오랜 시간을 보내곤 했다. 주말이나 휴가 때가 되면 나는 머리에 챙 넓은 하얀 선캡을 쓰고 플라스틱 삽과 양동이 그리고 화려한 색상의 모양찍기 틀로 무장하고 열심히 땅을 팠다. 정확히 말하면 하얀 모래밭이었다. 계속해서 코, 입, 귀 그리고 눈에까지 모래알이 척척 달라붙었다.

모로코에서도 마찬가지였다. 거의 15년이 지난 후에 나는 사하라의 물결무늬 모래밭에서 나뒹굴었고 눈, 코, 입 그리고 귀 안에서 모래알을 느꼈다. 물에 적신 수건으로 계속 문질러가며 얼굴에서 모래알을 닦아내고 있을 때였다. 갑자기 멀리서 움직이는 검은 점 몇 개를 발견했다. 눈을 닦고 한참 들여다보니 그 점들은 아라비아 낙타에 올라탄 사람들의 무리였다. 작은 규모의 캐러밴(대상). 모래바다를 따라 움직여가는 그 대상들의 발걸음을 따라 곱게 하늘거리는 모래 깃발이 피어올랐다.

잔뜩 긴장해서 귀를 기울였지만 아무 소리도 들리지 않았다. 한 걸음 한 걸음 일정한 리듬으로 내딛는 사람들과 낙타의 걸음소리를 모래가 모두 삼켜버렸다. 도대체 어떤 사람들일까? 어디서 온 걸까? 어디로 가려는 걸까? 낙타의 등에 실린 커다란 자루 속엔 도대체 무엇이 들어 있을까? 무엇을 운반하고 있는 걸까? 무엇을 해서 먹고사는 걸까? 그런 사람들은 나와는 완전히 다른 생활방식을 가지고 있지 않을까? 그런 '사막 인간'이라면 완전히 다른 철학을 가지고 있어야 하지 않을까? 그들의 삶은 오로지 자기보호에만, 다시 말해 단순한 생존에만 맞추어져 있지 않을까?

이런 모든 의문들을 떠올리는 사이에 내가 사막의 삶에 대해 얼마나 무지한가를 깨달았다. 그런 의문에 대한 대답들은 모래와 돌이 만든 광대한 평원 저 너머에 놓여 있었다. 끝없이 펼쳐진 광야가 매혹적인 모습으로 내게 손짓했다. 내가 자라난 세상, 독일의 대도시 함부르크와는 판이하게 다른 얼굴이었다. 북적이는 사람들이 서로를 재촉하며 인도를 따라 오가고 귀를 찢는 소음이 있고 번쩍이는 유리의 쇼핑센터들이 즐비한 그곳. 갑자기 나는 세계에서 가장 커다란 사막, 사하라 깊숙이 그저 걸어 들어가는 것 말고는 어떤 생각도 들지 않았다. 그 옛날부터 아라비아 대상들이 "바르 벨라 마(Bahr bela ma)"라고 불렸던 곳, '물 없는 바다' 사하라.

다음날 아침 이미 나는 사하라에 들어와 있었다. 눈앞에 펼쳐진 광야 속으로 발걸음을 내딛고 있었다. 그 사막의 무한함 속에 나를 던져넣을 마음으로. 짐이라곤 어깨에 둘러멘 배낭 하나뿐이었다. 배낭에는 텐트, 침낭, 나침반, 지도, 며칠분의 식량 그리고 물이 들어 있었다.

그로부터 5일 동안 걸으면서 무지의 세상 속을 쏘다녔고 내 앞에 나타나는 모든 것에 대해 호기심을 느꼈다. 문명 속에서 피할 수 없는 '빨리빨리'의 삶을 멀리 벗어난 자리, 존재하기 위해 꼭 무엇인가 소유해야 할 필요가 없는 여기에서 모래와 돌을 밟고 걸음을 옮기는 사이, 내 생각은 어디로든 마음대로 뻗어가 한없이 자유로운 헤엄을 쳤다. 창조의 욕구로 가득한 풍경 속에서 나 자신까지 잃어버렸다. 아주 작아진, 그러나 자연의 일부인 내가 풍경 속에 있었다. 무시무시하게 너른 광야를 마주하고 선 나는 때때로 달팽이가 되었다. 등에 자기 집을 둘러메고 영원한 무의 세계를 지나 기어가는 동물. 내가 달팽이가 되었다고 느낀 어느 순간, 작가 귄터 그라스의 『달팽이의 일기』에 나오는 한 구절이 떠올랐다.

나는 시민이 된 달팽이, 인간이 된 달팽이. 앞으로 앞으로, 안으로 안으로 걷고 또 걷고픈 내 강렬한 욕구, 언제나 집에 머무르며 밖으로 나서기를 주저하고 어딘가에 들러붙어 있고픈 내 강렬한 욕구,

감정 속에 불안과 성급함을 품고 있는 나는 달팽이 같은 존재다.

일단 한번 사막에 발을 디딘 사람은 더 이상 사막을 벗어날 수 없다. 그 무엇과도 견줄 수 없이 독특한 근원 한가운데서 시간과 공간의 의미가 사라져버리기 때문이다. 사막에서 삶은 근본으로 축소된다. 사막이 내뿜는 절대적인 고요와 고독 속에서 인간은 그가 본래 속했던 곳, 바로 자기 자신에게로 되던져지고 만다. 젊은 이로서 아무 예고도 없이 마주친 그 놀랍고 새로운 경험들, 나는 그런 경험들을 가슴에 차곡차곡 채우고 독일로 돌아왔다.

다시 돌아온 독일에서의 학교는 여전히 내게 힘들고 어려운 일상을 준비해놓은 곳이었다. 때때로 나는 수업을 따라가는 것조차 힘이 들었다. 사막이 나의 환상에 너무 크고 멋진 날개를 달아놓았기 때문이다. 틈만 나면 먼 나라를 지나는 긴 여행을 간절하게 꿈꿨다. 광야와 모험을 향한 강렬한 동경이 나를 사로잡았고, 어떻게 그런 갈망을 비켜가야 할지 알지 못했다.

그 시기에 내가 지내던 방은 함부르크-브람펠트의 빨간 연립주택 3층에 있었다. 연립주택 주위에는 잔디밭이 둘러쳐져 있다. 아이들이 들어가 놀 수 없는 잔디밭. 나는 자주 10평방미터도 되지 않는 내 작은 방의 방바닥에 몇 시간을 꼼짝 않고 누워서 탐험가와 학자들의 수많은 여행보고서들을 탐독했다. 사막에서 놀라운 경험을 했던 사람들에 대해 읽었다. 경외심을 품고 공감을 느꼈으며,

그 중 많은 작품들이 오늘날까지도 변함없이 내 마음 깊은 곳에 새겨져 있다.

T. E. 로렌스, 게르하르트 롤프스, 르네 카이에, 하인리히 바르트, 뭉고 파크, 빌프레드 테지거, 구스타프 나흐티갈, 이자벨 에버하르트, 앙투안 드 생텍쥐페리, 알베르트 폰 르코크, 아르튀르 랭보, 요한 루트비히 부르크하르트, 찰스 몬테규 다우티, 루트비히 라인하르트, 테오도르 모노, 스벤 헤딘 그리고 마르코 폴로…….
칼 마이의 작품들도 계속해서 손에 들곤 했다. 그의 작품을 통해 나는 '수단에서', '발칸의 계곡에서', '코르딜러른에서', '은빛 사자의 제국에서' 또는 '메카에서' 여행을 즐겼다. 당시 나로서는 꿈조차 꾸지 못할 멋진 경험이었다!

모험이 가득한 읽을거리에 푹 빠지고, 축구화의 징이 다 닳도록 축구장을 죽어라 뛰어다니는 것은 당시 나에게 학교생활보다 중요한 것들이었다. 그때그때 여러 가지 다양한 일자리를 찾아 돈을 벌기도 했다. 스포츠용품 판매부에서 점원으로 일했고, 밤이면 지게차 기사가 되어 한 거대 배송회사의 창고를 이리저리 누비고 다녔다. 그리고 무거운 가구를 끌고 다니며 포장을 하는가 하면, 신문 배달도 했다. 그렇게 열심히 일했던 이유는 단 하나, 다시 아프리카 여행을 떠나기 위해서였다. 여행을 위해 필요한 자금 마련이 유일한 목적이었다. 나중에 실제로 여행을 떠났을 때는 봄방학과 여름방학 동안으로 계획했던 이 여행들을 '내 마음대로' 몇 주 더 연장하고 말았다. 아랍의 캐러밴과 함께 사하라 사막을 건너기 위해서였다. 그후 다시 독일로 돌아왔을 때 학교 성적이 끝을 찾을 수 없을 정도로 추락한 건 당연한 일이었다. 결국 여러 차례 학부모 상담을 거쳐야 했으며 심지어 전학까지 감수해야 했다.

결국 어찌어찌 하면서 마침내 나는 실업고등학교 졸업장을 손에 넣었다. 가장 기뻐한 사람은 바로 엄마였다. 많은 위기에도 불구하고 내가 성공적으로 학교를 마칠 수 있었던 건 모두 엄마 덕분이었다. 엄마는 아무리 어려운 상황들이 닥쳐도 줄곧 용기를 북돋워주었다.

"이 아이의 비정상적인 학교생활과 마음대로 방학을 연장한 행동은 더 이상 묵과하고 넘어갈 수 있는 일이 아닙니다."

많은 선생님들이 그렇게 설명했을 때도 엄마는 포기하지 않고 인내하면서 내게 힘을 주려 애썼다.

"넌 할 수 있어!"

엄마는 항상 이렇게 말해주었다.

고등학교를 마치고 나는 전문대학이나 대학으로 진학하는 대신에 접이식 카약을 타고 나일강 래프팅을 하고 싶었다. 결국 엄마에게 한 친구와 함께 수단을 지나 이집트로 가겠다고 말했고, 그때도 엄마는 한순간도 주저하지 않고 나를 도와주었다. 그때 나에겐 3천 마르크가 부족했다. 엄마가 흔쾌히 은행에서 융자를 내주지 않았다면 나는 계획했던 여행을 1년 미뤄야 했을 것이다. 그렇게 엄마는 아프리카의 물줄기를 저어가는 내 여행이 가능하도록 도와주었다. 물론 내 계획을 듣고 무조건 기뻐하기만 했던 건 아니다. 내 건강과 내 장래에 대해 크게 걱정했다. 아무리 천방지축이어도 나는 엄마의 단 하나밖에 없는 아이였고, 엄마의 보호막 안에서 자라난 귀여운 아들이었으니까.

내 양아버지 에르하르트는 엄마와는 정반대의 사람이었다. 언제나 혼자 있기를 좋아해서 아무도 고독으로 둘러쳐놓은 장막을 뚫고 그에게 접근할 수 없었다. 아주 드물게 양아버지가 스스로에 대해 털어놓을 때가 있었다. 종교, 학교, 직업교육, 중상을 입었던 전쟁의 기억, 동독에서 탈출한 이야기 등등 그는 자신의 많은 과거들을 대개는 가슴속에만 담아놓았고, 아주 특별한 경우에나 조금씩 드러낼 뿐이었다. 그래서 그는 더더욱 침묵 속으로만 빠져들었다.

누군가 계속 침묵하고 있고 또 그렇게 침묵하고 싶어한다면, 그 사람에 대해 할 수 있는 말도 별로 없는 게 당연하다. 그렇지만 내 어린 시절의 일상 속엔 양아버지의 침묵만이 아니라 타인을 조금도 배려하지 않는 냉담함, 벌을 주면서 훈계하고 때때로 따귀까지 때렸던 일들이 적잖이 크게 자리 잡고 있었다. 그 모든 일들은 내게 매우 큰 영향을 미쳤을 뿐 아니라 상처로 남았다.

그는 종종 내게 말했다.

"당장 학교 그만둬. 넌 너무 게으른 놈이야, 패배자에 놈팡이라고!"

게다가 양아버지는 엄마를 책망하고 꾸짖는 걸 아주 즐겼다. 그리고 그런 행동은 자주 심한 다툼으로 이어졌다. 그런 다툼엔 종종 인생계획과 돈 문제 등이 얽혀 있었다. 양아버지와 엄마가 소리를 질러가며 다투면 나는 커다란 두려움을 느꼈고, 시간이 흘러도 풀리지 않는 내면의 갈등으로 이어졌다.

양아버지와 내가 결정적으로 멀어지게 된 건 내가 열네 살이 되었을 때였다. 학교 성적이 나빴던 나는 여러 주 동안 축구를 하지 못하는 벌을 받았다. 그런데도 나는 어느 날 오후 양아버지 몰래 운동복과 축구화를 챙겨서 내가 속한 축구클럽의 연습장으로 달려갔다. 양아버지는 격분해서 운동장으로 달려왔고 나를 억지로 차에 태웠다. 차가 출발하자마자 그는 목이 터져라 내게 소리쳤다.

"이제 지겨워서 더 이상 쳐다보고 있을 수가 없다. 이제 끝이야! 동독에 있는 네 친아버지에게 데려다줄 테니까 거기 가서 어디 잘 살아봐!"

나는 그때까지 친아버지를 알지 못했다. 엄마는 이혼하고 난 후에 내게서 아버지를 지워버렸다. 당시 나는 두 살이었고, 그날부터 엄마는 가끔 친아버지의 어둡고 침침한 흔적을 보여줬을 뿐이다.

"암흑의 사악한 남자."

엄마가 내게 보여준 아버지의 그림이었다. 동독으로 나를 데려다주겠다고 위협했을 때 양아버지는 내 안에 깊이 새겨진 그 그림

20

을 이용하려 했다. 동독, 또 하나의 독일, 1960년대를 살아가는 아이인 내게 동독은 공포의 또 다른 말과 같았다. 사람들이 철조망과 기관총과 높은 콘크리트 장벽 뒤에서 살아야 하는 나라. 이 장벽 뒤로 양아버지가 나를 데려다주겠다고 한 것이다.

차는 함부르크 경계를 지나 내가 한 번도 본 적이 없는 지역을 달려갔다. 그 사이 나는 온몸을 부들부들 떨면서 아무 말도 할 수 없었다. 내게 무슨 일이 생기게 될까? 내가 과연 어디로 가고 있는 걸까? 엄마를 다시는 만날 수 없게 되는 걸까? 내가 어떻게 해야 할까? 극도의 위기감 속에서 나는 온갖 끔찍한 상상을 해야 했다. 내 안의 혼란에 대해 양아버지는 조금도 짐작하지 못했다.

갑자기 차 앞에 빨간 신호등이 켜지자 양아버지는 거칠게 브레이크를 밟았다. 요란하게 몸을 흔들면서 차가 멈춰 섰다. 이 순간 내게는 앞뒤를 따질 겨를이 없었다. 될 대로 되라는 심정으로 차문을 열어젖히고 차에서 뛰어내렸다. 그러곤 경적을 울리고 찢어지는 소리를 내면서 급브레이크를 밟는 차량들 사이를 달려가 커다란 사거리를 지났고 도로 밖으로 뛰쳐나가 어딘지 알지도 못하는 숲속으로 뛰어들었다. 그저 달아나고 싶을 뿐이었다. 멀리, 멀리, 아주 멀리. 한참을 달리다 나는 함부르크 외곽의 전철역에 이르렀고, 거기서 전철을 탔다. 엄마를 만나기를 바라면서 사무실에서 퇴근하는 엄마가 지나갈 역으로 향했다. 한 시간 넘게 기다리고 있자 진짜로 엄마가 왔다. 혼이 나간 듯 당혹스런 모습이었다. 엄마는 이미 양아버지의 행동에 대해 알고 있었고 나를 찾아달라고 경찰에 신고한 상태였다.

저녁 무렵 우리 가족은 함부르크-반츠베크의 경찰서에서 만났다. 살짝 닫힌 문을 통해 나는 경찰관이 양아버지에게 이런저런 충고와 의견을 말하는 걸 들었다. 하지만 어떤 말도 양아버지를 바꾸지는 못했다. 내게 끔찍한 공포를 일으켰던 그 행동에 대해 양아버지는 단 한 번도 사과하지 않았다. 자기반성을 거부하는 건 양아버지 특유의 성격이었다. '혹시 내가 무언가 잘못한 게 아닐까' 하는 느낌이나 생각은 절대 그에게는 해당되지 않았다. 그는 비판을 견디지 못했다. 그가 말하는 것은 무조건 옳은 것이었고 꼭 이행되어야 했다.

양아버지가 나에 대해 조금이라도 애정을 품고 있었는지 오늘날까지도 나는 자신 있게 말할 수 없다. 내가 양아버지에게 느꼈던 감정은 일종의 의무감일 뿐이었다. 훗날 내가 세계에서 가장 큰 사막을 처음 여행하고 아프리카에서 돌아와 그곳의 사람들과 자연에 대해 감탄사를 늘어놓고 있을 때 양아버지는 아무 관심도 보이지 않은 채 한심하다는 몸짓을 했을 뿐이다.

"넌 삶을 두려워하고 있을 뿐이야!"

그는 이렇게 말하고 있었지만 사실 그건 양아버지 자신에게 해당하는 말이었다. 그런 상황에서 엄마가 내 곁에서 내 이야기에 귀기울여준 것만으로도 나는 충분히 만족했다.

물론 양아버지가 친절한 모습을 보여주고 가족들에게 넉넉한 느낌을 주는 날이 전혀 없었던 건 아니다. 쾰른 대성당으로 나들이 가서 솜사탕도 사주고 놀이기구도 태워주었던 날, 한산한 레스토랑을 찾아 단란하게 둘러앉아서 스테이크와 샐러드를 먹던 날. 그러나 그런 순간은 아주 짧고 드물었다.

마침내 내가 독립해서 살게 되자 양아버지와의 관계는 점점 더 크게 벌어졌다. 전화통화도 없었고, 기껏해야 1년에 서너 번, 생일, 부활절, 크리스마스에 만나는 게 전부였다. 양아버지의 투덜대는 소리와 핀잔에 나는 지칠 대로 지쳐버렸다. 내 첫 번째 책이 출간되었을 때 양아버지에게 한 권을 선물했다. 솔직히 내켜서라기보다 의무감에서 했던 일이다. 그가 그 책을 읽었는지 확실하게 알 수는 없지만 적어도 내 책에 대해 단 한 마디도 하지 않았다는 건 틀림없는 사실이다. 양아버지가 보기에 여행서적을 저술하는 건 제대로 일을 하는 게 아니었다. 기껏해야 취미에 불과한 일이랄까. 양아버지는 내가 공무원이 되기를 바랐던 것 같다. 행정관 사무실에 앉아 항상 정확하게 규칙을 준수하고 꼼꼼하게 일을 처리하는 그의 모습처럼.

20대 후반에 나는 함부르크 의원 회관에서 강연회를 열면서 일종의 승리감을 느낄 수 있었다. 수천 명이 나의 여행 강연회에 찾아오는 것을 보면서 양아버지는 이렇게 물었다.

"저 많은 사람들이 여기에 오는 이유가 도대체 뭐야?"

그렇게 많은 사람들이 나의 강연회에 관심을 보이는 이유를 그는 상상조차 할 수 없는 눈치였다.

때때로 나는 양아버지가 내게 조금도 관심이 없다는 느낌을 받았다. 당시 내가 그에게 바랐던 것은 나라는 존재를 인정해주는 것뿐, 더 이상 아무것도 없었다. 그래서 양아버지 마음에 들기 위해 무던히 노력했고, 좋은 관계를 만들어보려고 애썼다.

몇 년 전 양아버지가 엄마와 내 곁을 영원히 떠났다. 장례식 애도사를 준비하는 교구 목사의 사무실을 찾아가 그의 일생을 되짚어야 했을 때 나는 어떻게든 긍정적인 모습으로 묘사하려고 무던히 노력했다. 그렇지만 친절함, 특히 배려심은 그의 모습 어디에서도 찾을 수가 없었다. 양아버지에 대한 나의 생각을 호감 쪽으로 기울여보려고 안간힘을 써보지만 오늘날까지도 그는 이해할 수 없는 어두운 존재로 남아 있다. 때때로 만일 그가 단 한 번이라도 나를 안아주었다면, 그동안 경험했던 어떤 사막여행보다 내 인생에 큰 영향을 미쳤을 거라는 생각이 든다.

그렇다. 내 첫 번째 여행은 도피였다. 그것이 일종의 도피였음을 나는 인정하고 또 확신한다. 무시하고 경멸하는 공간, 내 생명의 시신이 바닥에 널브러져 있는 듯 가슴을 옥죄는 사회로부터 도망치고 싶었던 것이다. 방랑의 길을 떠나기로 결정한 것은 내 의지가 아니었다. 그저 벌어지는 일에 몸을 맡겼을 뿐이다. 도망치기로 한 것은 내 결정이 아니었고, 난 그저 나의 도피에 대해 눈을 감았을 뿐이다. 모든 것이 좋아질 거라는, 어디에선가 무엇인가를 발견하게 될 거라는 희망을 품고…….

첫 번째 아프리카 여행 이후에 나는 상당히 주저하면서 그리고 조금은 불편한 마음으로 대학에 입학했다. 핏줄 속에 사막과 광야가 흐르고 있고, 혼자만의 존재와 자유를 냄새 맡은 사람이 무엇을 어떻게 공부해야 할까? 나는 함부르크에서 경제학을 전공했다. 물론 엄마를 안심시키려는 알리바이였을 뿐이다. 그 당시 엄마는 무언가 이성적인 그림이 내 안에서 자라나기만을 간절히 바랐으니까.

그렇지만 그런 삶은 단 한순간도 나를 행복하게 해주지 않았다. 그래서 나는 몰래 몇 가지 다른 전공과목을 수강했다. 아프리카학, 아랍어, 인류학 등이다. 그러나 몇 해가 지나도록 대학 공부는 나를 채워주지 못했다. 나는 학습 공장의 공허함에 실망했고 한 걸음 한 걸음 사다리를 타고 오르려고 발버둥치는 사람들의 인생행로에 발맞춰가지 못했다. 그런 삶은 영혼을 잃은 듯 느껴졌다. 그들은 오로지 남보다 잘되기 위해, 어딘지 모를 목표를 향해 기를 쓰고 내달린다. 그런 삶은 내게 아무런 의미도 없어 보였다. 앞으로 가는 발걸음에는 이유가 있어야 했다. 나는 다른 삶의 방식을 탐색했다. 어쩌면 내게 올바른 것이고 내 존재에 더욱 적합할 수도 있는 삶의 방식. 그 탐색 과정은 좁디좁은 관습과 한정된 경계를 가진 시민적 삶의 반대편을 향했다.

그렇게 해서 나는 길을 떠났고 많은 여행을 했다. 공부를 하면서 여러 가지 아르바이트로 여행비를 충당했다. 내가 삶의 의미와 삶을 바라보는 올바른 시각을 찾아다녔던 이 여행들은 나를 세상 곳곳으로 이끌었다. 사막과 원시림을 지났고, 산맥과 바다를 건넜다. 그러던 어느 순간 우연히 잡지와 스폰서들이 관심을 가지게 되었다. 내가 꾸었던 꿈들이 실제 현실이 되었을 뿐 아니라 직업까지 되었다. 그리고 벌써 거의 30년 동안 글을 쓰고 사진을 찍으면서 지구 전역을 돌아다니고 있다. 나는 지금 그런 내 직업에 충실하다.

이 새로운 길은 나를 완전히 다른 종류의 삶으로 인도했다. 그 삶 속에서 나는 하이테크 일상에서는 너무나 당연하게 대하는 것들을 포기하는 법을 배워야 했다. 집, 샤워기, 전화기, 텔레비전, 자동차, 가스레인지. 현대 세계에서 무엇보다 중요하게 생각되는 이런 것들 없이 살아가는 법을 배워야 했다. 그리고 그건 내 마음에 쏙 들었다. 매혹과 위협 사이를 끝없이 오가는 사막의 두 얼굴에 푹 빠져서 나는 삶이 품고 있는 단순한 의미들을 배웠다. 인류의 진보를 평가하는 기준이 기술적인 성취가 아니라, 인류가 함께 걷고 함께 살아가는 방법과 방식을 발견했는지의 여부임을 알았다.

여행을 마치고 또 여행을 시작하면서 나는 여러 언어의 기본적인 어휘들을 배웠고, '유목민의 생활방식'에 점점 더 적응해갔다. 사막에서 혼자 지내는 법, 거기서 살고 살아남는 법을 배웠다. 황야의 정적을 두려워하는 대신에 황야의 일부가 되는 법, 올바른 야영지를 찾는 법, 물을 어디서 찾아야 할지, 어떻게 두려움을 이겨내야 하는지도 배웠다. 낙타 타는 기술과 낙타를 일어나게 하는 법, 고삐는 어떻게 잡아야 하며, 천천히 걷는 낙타를 빨리 걷도록 하려면 어떤 소리를 내야 하는지도 배웠다. 걷기도 하고 대상 행렬에 동행하기도 하면서 별을 보고 방향을 찾을 줄도 알게 되었다.

천막을 치거나 아니면 아예 하늘을 이불 삼아 잠을 잤으며, 오트밀 죽과 오트밀 빵 그리고 낙타 젖으로 배를 채웠다. 나는 여러 마을의 손님이 되었고, 사막의 주민들이 살아가는 단순하고 검소한 삶을 함께했다. 물론 그곳 사람들의 전형적인 모습으로 여행하기 위해서 베두인족 유목민의 옷을 걸쳐입은 적은 없었다. 여행을 하면서 실없이 사막 거주민들을 우습게 흉내 내는 인상을 주고 싶지는 않았다. 차라리 조금 커다란 셔츠와 주머니가 많은 트레킹 바지 그리고 가벼운 등산화 혹은 운동화를 신는 것이 내게는 더 편했다. 사막을 여행할 때마다 거의 항상 이용했던 것은 사막용 터번뿐이었다. 4~6미터의 긴 천으로 머리를 감싸면 따가운 햇볕과 모래 그리고 먼지를 막아낼 수 있었다.

무엇보다 현지인과 '함께 살아가는 것'은 비밀 가득한 세상으로 들어가기 위한 열쇠였다. 그리고 그렇게 다가간 세상은 시간이 흐를수록 더욱 멋진 인생의 스승이자 '영혼의 고향'이 되었다. 게다가 나는 사막으로 들어섬과 동시에 익숙했던 삶에서 벗어나고, 또 그와 동시에 유목민의 삶으로 흡수되어가는 과정에서 삶의 기쁨을 얻기도 했다.

사막을 여행하는 것, 그건 내게 무엇이었을까? 아마 이런 식으로 정리할 수 있을 것이다.

- 웅장한 원시 세계와의 만남
- 걱정 근심의 무거운 짐 내려놓기
- 하늘 높이 뛰어오를 듯 기쁜 삶의 감정
- 자유롭게 움직이는 재미
- 초고속 생활의 시대로부터 벗어나 속도 늦추기
- 오랜 근본적 가치의 재발견
- 신중한 발걸음의 감동
- 대자연과의 조우
- 명상의 근원적 형태
- 외로움과 순결함의 만남
- 절대적으로 필요한 만큼으로 자기를 제한함
- 아주 작은 자기 자신의 발견
- 삶에 새로운 의미를 주게 될 가능성
- 영혼의 미로 속에서 감행하는 위태로운 줄타기
- 문명이 만들어낸 스트레스에 대한 만병통치약
- 행복을 찾아가는 하나의 방법

나아가 나는 세상에서 가장 황량한 사막 속에서 완전한 행복의 날들을 체험했다. 때때로 나는 내가 혹시 신들린 무당이 아닐까 생각했고, 사막여행에 거의 중독이 되어 있다는 느낌이 들기도 했다. 역마살에 사로잡힌 듯 계속 집을 떠나 걷고 또 걸으면서 나의 세계관이 변했을 뿐만 아니라 익숙했던 사고방식의 구조 역시 한참 뒤로 밀려나버렸다. 고대의 사막을 걷다보면 결국엔 자기 자신에게로 침잠하지 않을 수 없기 때문이다. 광야에는 시선과 관심을 부르는 것이 전혀 없다. 자기 자신뿐이고, 그래서 원하든 원하지 않든 자신 자신에 매달려야 한다. 그렇지만 몇 주 혹은 몇 달을 오로지 자기 자신만 보고 자기 자신만 생각하면서 견딜 수 있는 사람이 있을까? 수많은 나날 동안 나는 나에게 가장 화나고 짜증나는 적이기도 했다. 할 수만 있다면 비명을 지르면서 나 자신으로부터 도망치고 싶기도 했다. 그렇지만 결국 나는 이겨냈고 존재한다는 것, 나라는 존재에 대한 부끄러움을 극복했다.

이외에도 유목민들과 함께하는 사이에 나는 인간이 모든 것에 대해 투쟁해야만 하는 게 아니라는 깨달음을 얻었다. 반대로 사막에서 살아가고 살아남으려는 사람은 자고이래의 자연을 받아들여야만 한다. 그 자연이야말로 존재의 척도이자 존재를 위해 적합한 수준인 것이다. 그래서 나는 유목민들을 통해 더 커다란 전체 속에 나를 집어넣어 하나로 만드는 법을 배웠다. 그리고 그토록 거대한 황야에는 단지 조금의 과거와 더 조금의 미래밖에 없다는 것을 알왔다. 중요한 것은 '현재'다. 사막에서의 모든 생각은 거의가 오로지 다음 내딛는 한 걸음에, 바로 지금 자신을 둘러싸고 있는 자연 환경에 집중되어야 한다.

또 하나 번번이 나를 잡아끌었던 유혹은 사막의 색깔들이었다. 황금빛 샛노랑, 지푸라기의 밝은 노랑, 붉은빛 헤나 노랑, 잿빛 밝은 노랑, 라임 노랑, 올리브 노랑, 회색 노랑, 밤색 노랑, 마하고니 갈색, 초콜릿 갈색, 아주 짙은 다홍색, 주홍색, 오렌지색, 쥐색, 잿빛 회색 그리고 먹빛 검정색까지……. 시시각각 빛의 양에 따라 달라지는 사막의 색깔은 카멜레온이 울고 갈 만큼 변화무쌍했다. 찢어지는 듯 밝은 빛이 헐벗은 대지 위에 내리쬘 때면 심지어 나는 장엄한 무대 위에 서 있는 느낌을 받았다. 마치 하늘에서 다른 차원의 조명이 신의 손에 의해 조종되고 있는 것처럼 번쩍번쩍 강렬한 빛이 내리비치는 무대.

그런 경험을 해본 사람이라면 사막에서 쉼 없이 묵묵하게 걸어가는 동안 주위의 자연이 변화하는 것뿐만 아니라, 자기 자신이 지니고 있는 사고의 지평이 열리는 것을 경험하게 된다. 한 걸음 한 걸음 황야가 '생각하는 풍경'으로 변해가는 것이다. 그래서 나는 사막을 내 자연적 본성의 왜곡 없는 자화상으로 체험했다. 사막 속에서 나는 끊임없이 나 자신을 되돌아보았고, 나라는 인간의 존재가 얼마나 작고 미약한지 새삼 깨달았다. 분명한 건 사막이 우리 자신의 모습을 보여준다는 점이다. 그럼으로써 우리와 자연의 관계에 대한 진정한 정보를 알려주고, 존재의 문제에 대해 답해주고, 인생에서 영혼의 의미를 찾아가는 것보다 더 크고 중요한 일은 없다는 점을 분명하게 깨닫도록 만든다.

물론 몇 달 동안의 여행을 마치고 집으로 돌아오게 되면, 나는 그 여행으로 인해 온통 감성으로 적셔져 사막이 아닌 이곳에서는 상당히 낯선 존재가 되고 만다. 대도시에서는 자기 자리를 찾을 수 없다고 느끼는 존재. 내 존재의 큰 부분이 아직 사막에 있는 그런 상황에서, 다시 말해 한 세계에서 다른 세계로 옮겨갈 시간이 필요할 때 아내와 나의 두 아들이 큰 이해심을 보여주었다.

가끔 나는 집에서 잠을 자다 침대와 이불을 내팽개치고 슬리핑백과 방수매트를 챙겨 정원으로 사라지곤 했다. 몇 날이고 마당의 작은 텐트에서 잠을 자고 있으면 아내는 웃으면서 아이들에게 말했다.

"며칠 가만히 내버려둬라. 그러면 다시 기어들어올 테니까!"

그리고 실제로도 그랬다.

때론 그 모든 것이 꿈처럼 느껴진다. 몇 주 때로는 몇 달을 사막의 한가운데서 보내다가 다시 대도시 함부르크에서 한 가정의 가장 노릇을 하는 삶을 누렸다. 가족들과 극장에 가고 미니골프도 쳤다. 친구들과 이탈리아 출신 모임을 가지며 시원한 맥주에 취하기도 했다. 그러나 사막과 도시라는 이런 이중적 삶은 결코 나를 분열시키지 않았다. 오히려 만족하고 행복하게 만들어주었다. 어쩌면 그건 아내 덕분인지도 모른다. 사람은 누구나 자기 자신의 운명을 가지고 있음을 알고 있는 아내, 그래서 언제나 내가 그녀에게 주는 것만큼의 자유를 내게도 허락하는 아내.

이제까지 나는 서른 번의 탐사를 하면서 총 5년의 시간을 전 세계 사막에서 걷거나 낙타를 타고 보냈다. 영혼이 걸음을 멈추는 속도로 나는 거의 2만 킬로미터의 거리를 전진했다. 유목민처럼 고대 대상들의 행렬이 지났던 길을 뒤따랐고, 망각 속에 파묻힌 순례자의 길과 역사적인 길들을 하나하나 더듬어갔다. 그 길들을 따라 나는 다섯 개 대륙의 먼 과거로 여행했다. 수수께끼 같은 사원의 흔적들, 고대의 동굴벽화들, 묻혀버린 도시, 돌이 된 숲, 감춰진 공룡 무덤 그리고 신비한 성지들.

스물다섯 개의 사막들이 내 기억 속에 생생하게 불타고 있다. 세계 최대의 사막 사하라에서 여러 차례 역사적 발견자의 루트를 추적했다. 알제리의 타네즈루프트 사막에서 몇백 킬로미터에 걸쳐 펼쳐진 자갈과 모래의 평원을 체험했다. 원주민들이 '공포의 평원' 혹은 '갈증의 땅'이라고 부르는 곳이다. 나미브 사막 역시 놀랍고 환상적인 경관들을 선사해주었다. 나미비아에 있는 이 사막은 아프리카 남서부의 모래와 햇빛에서 탄생한 인상적인 '무(無)'의 세상으로 그곳의 유일한 식물 '웰위치아 미라빌리스'만이 번성하고 있다. 수천 살이 된 그 식물의 뿌리는 지하 수백 미터까지 파고든다고 한다.

칼라하리의 '위대한 목마름'의 땅에서 나는 고대부터 줄곧 사냥과 채집의 명인으로 사막을 지켜온 부시맨 부족과 인사를 나눴다. 바위벽에는 그들 부족의 역사와 꿈을 그려낸 수많은 그림들이 남아 있다. 나이지리아 북동쪽에서는 테네레 사막을 여행했다. 투아레그 부족이 '저 바깥의 땅'이라고 불렀던 이곳에는 3천 년 전에만 해도 거대한 내륙 호수가 있었고 그 주위를 두꺼운 피부의 하마들이 어슬렁거렸다. 누비아 사막과 이집트(리비아) 사막에서는 대상 행렬의 루트를 따라 이동했다. 파라오의 궁전으로 황금과 향료를 나르기 위해 전설 속 황금의 왕국 '푼트'로 향했던 대상들이었다.

케냐 북부 역시 감동의 크기에서 절대 뒤지지 않았다. 그곳에서 나는 카이수트와 나코루과이 사막을 지나며 삼부루 부족과 투르카나 부족의 본령에 발을 디뎠고, 경이로운 원인 화석들이 발견된 카이수트 호수까지 탐사했다.

독일인 아프리카 탐험가 게르하르트 롤프스(1831~1896)의 발자취를 쫓으며 나는 결국 모로코 남부와 사하라 사막의 끝자락이자 꿈처럼 아름다운 모래언덕의 예술, 에르그셰비를 지났고, 그 가까운 곳에서 대상들이 쉬어가는 도시, 시질마사의 잔해를 만났다. 이집트의 시나이 사막에선 낙타를 타고 또 걸어가면서 모세가 유대인들을 이끌고 이집트로부터 탈출했던 출애굽기의 추정 루트를 따라갔다. 그리고 이스라엘에서는 네게브와 유대 사막이 나를 온통 사로잡았다. 모래언덕과 산악으로 이루어진 이 사막들은 고대의 도로와 비옥한 오아시스가 특히 인상적이었다.

아이슬란드에서는 완전히 다른 사막의 모습을 만날 수 있었다. 화산재와 모래가 만든 검은 사막 스프렝기산두르와 세계 최대의 용암사막 오다다흐라운이다. 바이킹의 시대에 범법자들이 게르만의 법망을 피해 숨어들었다는 곳이다. 스페인의 시에라네바다, 엉겅퀴와 키 작은 호랑가시나무가 피어 있는 돌무더기 황무지가 그 뒤를 이었다. 알래스카의 코벅 사막, 지구에서 가장 북쪽에 위치한 모래사막, 여기서 나는 1만 년 전에 아시아를 떠나 아메리카로 건너갔던 아메리카 원주민의 이동경로를 따라갔다.

오스트레일리아 서남부의 그레이트빅토리아 사막 역시 잊을 수 없는 곳이다. 백인들은 "에이어스 락"으로, 원주민들은 "울루루"라고 부르는 거대한 바위는 세계에서 가장 잘 알려진 모놀리스(통돌로 된 기둥)다. 중국의 고비 사막, 중가리아 분지, 바단지린 사막, 텡게르 사막, 오르도스 사막, 타클라마칸 사막 그리고 투르판 분지는 몇 년 동안이나 나를 잡아끌었고, 나는 그곳에서 단조로운 황야의 숨겨진 다양성을 체험했다. 한때는 아시아를 횡단하는 비단길의 일부였던 장엄한 풍경들 속에서 고고학자들은 경이로운 폐허의 도시들과 수도원, 동굴 사원 그리고 공룡 화석들을 발견했다.

해가 가면서 내 발걸음은 조금씩 더 깊은 곳으로 향했다. 그러나 무한히 펼쳐진 모래와 돌의 황무지, 물론 저마다 자기만의 특성을 가지고 있는 그 사막들 안으로 더 깊이 다가갈수록 사막의 비밀은 더욱 짙은 베일로 얼굴을 가렸다. 그들이 품고 있는 비밀은 그들의 아름다움, 단절, 고요 그리고 변화무쌍한 풍경에만 있는 게 아니었다. 드넓게 펼쳐진 광야 그 안의 모든 것이 신비를 담고 있었다. 이 끝없는 광야에서 나는 때때로 태어나서 단 한 번도 겪어보지 못했던 외로움을 느꼈다. 그렇지만 여기서 나는 말을 하지 않아도 되었고, 어떤 것이든 다른 시각으로 인지하고 느낄 수 있음을 배웠다. 자연과 함께 살아갈 뿐 자연에 맞서 싸우지 않는 삶으로 나를 이끌었다. 좁디좁은 내 내면의 한계를 열어 보이며 기적과 같은 느낌을 선사했다. 바로 끝없는 광야의 행복이다.

아이일 적에 나는 단 한 번도 그런 광야를 체험하게 될 줄 상상하지 못했다. 눈앞에 끝도 없이 펼쳐져 있는 지평선까지, 아니 지평선 그 너머로 더 멀고 더 넓은 곳으로 달려가며 내 좁은 시야에서 사라지는 광야. 광야는 나를 매혹시켰고, 심원의 힘이 발휘하는 마법으로 나를 사로잡았다. 그리고 글자 그대로 나를 중독시켰다. 사막의 광대함 속에서 나는 행복을 발견했다. 대도시의 옹색한 협소함에서는 결코 경험하지 못했을 행복, 조화와 만족이 불러오는 행복, 겸손과 감사를 느끼도록 해주는 행복 말이다. 더 나아가 나는 나의 내면에 존재하는 광야가 조각조각 열리고 있음을 알게 되었다. 나는 때때로 가슴 한가득 찰랑이는 만족과 커다란 안정감을 전해주는 광야 속으로 들어가 기대 누울 수 있었다. 모순과 갈등으로 얼룩진 현실과 바쁜 시간의 소음에서 완전히 차단된 채로.

모래와 돌이 만든 광야를 향해 떠나는 여행은 언제나 내게 영혼의 여행이었다. 자고로 광야는 종교적 신비의 원천으로 인정받았다. 모세, 예수, 부처, 모하메드와 같은 종교의 창시자들에게 사막은 심지어 약속과 영광의 땅이 되었다. 그곳에서 그들은 신의 부름을 받고 신에게로 이르는 길을 발견했다. 그리고 그 땅에서 신성은 형상으로 나타났고, 그렇게 해서 세 개의 세계적 유일신 종교들이 생겨났다. 바로 유대교, 기독교, 이슬람교다.

바다처럼 넓은 광야에 몸을 맡기고 나는 신에 대한 나의 관념을 만났다. 아득한 경계에 자리 잡은 죽음 같은 고요 속에서 비록 혼자 걷고 있어도 신의 얼굴을 마주하는 기회를 잡을 수 있었다. 절실한 외로움과 간절한 욕망의 순간에 그리고 넘치는 행복과 생의 기쁨에 젖어든 순간에 자주 나를 지탱해주는 종교의 힘을 발견했다. 또한 베두인, 투아레그, 투르카나, 삼부루, 렌딜레, 베르버, 페울, 타슈켄트, 위구르, 카자흐 등 사막에 거주하는 다양한 부족들을 만나면서 내 의식은 근본을 지향하도록 성장했다.

비단 자연의 정신을 재발견했을 뿐 아니라 무엇이 중요하고 무엇이 중요하지 않은지를 절실하게 체험했다. 사막에서 중요한 것은 없으면 안 되는 필수적인 것들이다. 한 조각의 오트밀 빵, 한 줌의 쌀, 한 모금의 물, 한 줄기 온기와 무엇보다 배려하는 마음이다.

온 세상 사막을 쏘다니면서 헤아릴 길 없는 외로움을 경험하는 것은 오히려 당연한 일이리라. 그런 날 나는 아주 작아져서 내 주위를 둘러싼 세상이 엄청나게 강력한 고통의 덩어리이자 넘어설 수 없는 장벽으로 다가왔다. 그런 상황이 되면 나의 발걸음은 꼭 '죽은 자의 고행'처럼 느껴졌다. 침울하고 우울한 마음으로 나는 자연의 전지전능함 앞에 무릎을 꿇었다. 특히 밤에 야영을 할 때면 잔뜩 도사린 사막의 무시무시한 공격성을 뼈저리게 느꼈다. 금방이라도 달려들어 뼈와 살을 찢고 나를 삼키려는 위험한 맹수 같은 외로움.

감정이 오락가락 변하는 동안 나는 감정적으로 어려운 순간들을 체험하기도 했다. 특히 절망과 두려움 때문에 고통을 겪게 될 때가 있었다. 문제는 이런 거였다.

"도대체 내가 여기서 뭘 하고 있는 거야?"

무엇이 나를 이리로 이끌었는가 하는 여행의 동기에 대한 의구심이 계속 들었음에도 불구하고 내 안에서 여전히 말끔하게 정리되지 않았다. 뿐만 아니라 내 뿌리나 출신에 대해서도 궁금해지기 시작했다. 그래서 나는 엄마에게 과거에 우리 친척들 중에 비슷한 흥미를 가졌던 사람이 있었는지 물었다. 혹시 내 친아버지가 여행, 모험, 문학에 깊은 관심을 갖지 않았을까? 그런 의문들이 규칙적으로 나를 압박했지만, 나는 충분한 대답을 들을 수 없었다.

스물여덟 살이 되어서야 비로소 나는 그 의문에 대해 명확한 해답을 얻을 수 있었다. 어느 날 밤 함부르크-브람펠트의 내 작은 방에서 전화기가 울렸다.

"아킬, 잘 있었니?"

저음의 남자 목소리가 말했다. 목소리에서 가벼운 불안과 어색함이 함께 묻어나왔다.

"오늘 오후에 한 라디오 방송에서 너의 캐나다 여행에 대한 인터뷰를 들었다. 이번에도 또 많은 체험을 했더구나……."

"도대체 누구신데……?"

나는 물었고 긴장해서 귀를 기울였다.

"내 이름은 하리 카르스텐이다."

목소리는 가늘게 떨면서 계속 이어졌다.

"네 아버지란다. 벌써 오랫동안 너를 지켜봐왔지만 과연 네게 연락을 해야 하는 건지 늘 망설이기만 했단다. 그런데 오늘 네 목소리를 들었어. 참 포근하고 따뜻한 목소리더구나. 내게 용기를 주는 목소리……. 그래서 이렇게 전화기를 잡았단다. 너한테 묻고 싶은 게 있는데……. 혹시 나를 한 번 만나고 싶은 마음이 있을까? 만일 그래준다면 정말 기쁠 텐데……."

처음에는 뭐라 대답해야 할지 떠오르지 않았다. 그 대신 커다란 공허감이 느껴졌다. 어린 시절, 엄마가 감추었던 모든 것이 한꺼번에 솟구쳐올라 나를 향해 밀려왔다. 엄마가 그토록 애를 써가며 감추려고 했던 과거의 한 조각, 과연 그건 무엇이었을까? 왜 그랬을까? 엄마는 나의 친아버지와 결코 용서하고 화해할 수 없는 경험들을 했고, 그래서 그 끔찍한 경험들로부터 나를 보호해주려는 것이었는지도 모른다. 그렇게 해석해야 앞뒤가 들어맞고 엄마의 언뜻 이해할 수 없는 행동들도 설명이 가능했다. 하지만 아무리 그렇다고 해도 내 인생의 감춰진 페이지를 열어볼 권리가 내게 허락되어야 하는 게 아닐까? 내 과거에 대한 권리를 되찾아야 하는 게 아닐까?

전화 통화 이후 며칠 동안 나는 견딜 수 없는 갈등으로 마음이 혼란스러웠다. 한편으로는 마른하늘에 날벼락이라도 맞은 것처럼 정신을 차리기 힘들었고, 다른 한편으로는 기쁘고 흥미롭고 호기심도 일었다. 아버지가 어떤 사람인지 알고 싶었고, 나와 얼마나 닮은 모습일까 긴장도 되었다.

이후 이루어진 첫 번째 만남은 우리 두 사람 모두에게 일종의 탈피 과정이었다. 과거의 부끄럽고 어색한 공간에서 벗어나는 시간이어서 더욱 어색한 시간, 둘 다 실수를 하지 않기 위해 부자연스럽게 행동할 뿐이었다. 친근한 모습으로 거리를 두고, 서로를 존중하고 기다리면서. 그러는 사이에 내가 가진 유전형질 중에 어떤 두드러진 것들이 엄마와 외가의 것이 아닌지 알게 되었다. 마침내 나는 내 아버지의 아내, 그리고 두 명의 이복형제들과도 인사를 나눴다.

이후로 아버지와의 만남을 지속했다. 내 삶에 아버지가 연결되면서 무엇인가 벌어지고 있다는 느낌을 받았다. 긍정적인 변화, 내 의식과 내 감각이 확장되는 느낌이었다. 내 삶은 완전히 새로운 전

환기를 맞았다. 아버지와 내가 서로에 대해 극히 적은 부분만을 알고 있었기 때문에 우리는 서로에 대해 묻지 않을 수 없었다. 처음에는 크나큰 상실의 경험에 대해 말했다. 아버지로서는 첫 아들의 상실이 그것이었고, 내게는 친아버지의 상실이 그것이었다. 한 조각 한 조각 우리는 수십 년을 정리하고 재구성하는 일을 했고, 다른 사람들의 삶에 대해 토론했다. 과거의 것, 잊힌 것을 눈에 보이도록 만드는 일이었다. 그러면서 나에 대한 내 아버지의 기억이 넘쳐나와 마치 활동사진처럼 내 의식 속으로 흘러들었다. 아버지는 그의 기억에서 도망치는 일에 익숙하지 못했고, 그래서 그의 대답은 감추는 것 없이 솔직했다. 만남을 되풀이하면서 내가 딛고 선 발아래, 즉 내 생물학적 기초를 되찾을 수 있었다.

놀랍게도 아버지는 나와 마찬가지로 먼 나라들과 모험적인 탐사여행을 좋아했다. 청소년 시절에 스웨덴의 탐험가이자 학자인 스벤 헤딘을 방문하기 위해 그의 고향을 찾아갔을 정도였다. 또한 내가 즐겨 읽는 책들이 아버지가 수십 년에 걸쳐서 몇 번이고 다시 읽은 책들과 같다는 사실도 놀라웠다. 내 이름 아킬이 그리스 신화에 푹 빠진 아버지의 감동에 기인한다는 사실도 알게 되었다. 또한 아버지는 등산 마니아로 마테호른과 킬리만자로의 정상에도 올랐다고 했다. 이런저런 사실에서 나는 분명히 깨달았다. "사과는 절대 가지에서 먼 곳에 떨어지지 않는다"는 것을.

물론 세월이 흐르면서 우리 둘 사이에 말로는 표현할 수 없는,

결코 다시 복구할 수 없는 무엇인가가 생기나 굳건히 버티고 서 있음을 느꼈다. 결국 우리는 어느 순간부터 과거에 대해 마침표를 찍었고, 그날부터는 내일을 향해 생각할 뿐 어떤 비난이나 해명도 하지 않기로 무언의 합의를 했다. 우리 삶의 몇 장을 마감해야 하고, 이제 완전히 새로운 장을 열어야 한다는 생각이었다. 서로를 공감하는 가운데 우리 둘의 삶을 풍요롭게 해주는 우정이 생겨났다. 함께 축구를 했고 영화를 보았고 여행을 떠났다. 심지어 아버지는 나의 남독일 순회강연회에 동행하기도 했다. 그로부터 나는 과거 양아버지에게서 받을 수 없었던 모든 것을 받았다. 사랑과 애정, 관심과 인정이었다.

나는 그날 저녁을 평생 잊지 못할 것이다. 아버지의 집에서 보냈던 즐거운 저녁. 나는 안락의자에, 아버지는 소파에 길게 다리를 뻗고 앉았다. 아버지가 부엌에서 생크림 케이크와 우유를 가지고 왔고, 나중엔 맥주와 포도주를 마셨다. 우리는 문학에 대해, 영화, 여행, 정치에 대해 그리고 신과 세상에 대해 대화했다. 길어도 길지 않은 이야기로 밤을 지새우며 어느새 새벽녘이 되었고, 일찍 일어난 새가 쪼롱쪼롱 지저귀기 시작했을 때 우리는 각자 침실로 갔다. 함께 나눠가진 따스한 영혼을 가슴 한가득 담은 채.

나는 기억을 차근차근 더듬어 온 세상의 사막을 지났던 나의 여행을 하나도 빠짐없이 정리해보려고 했다. 때로는 혼자서, 때로는 유목민들과 함께 나는 30년의 세월을 여행했고 거의 2천 일의 밤낮을 모래와 돌로 이루어진 사막의 바다에서 보냈다. 지상에서 가장 적게 연구된 지역이고 언제라도 새로운 발견들이 가능한 곳이다. 끝없이 펼쳐진 사막, 오늘날까지도 지표의 3분의 1을 차지하고 있고 살기에 적당하지 않아 텅 빈 채 내버려진 그 공간을 나는 직접 피부로 체험했다. 공포심과 경외감을 안겨주는 공간, 거칠고 원시적이지만 얼음처럼 차가운 밤과 모든 걸 태워버릴 듯 이글대는 햇빛, 그 사이에는 다양한 부족들뿐 아니라 다양한 동식물들이 살고 있다. 완벽한 적응을 통해 진정한 생존의 예술가로 거듭난 존재들이다.

여러 종의 새들과 가젤, 영양, 야생낙타, 도마뱀, 사막날쥐, 도마뱀붙이, 가시꼬리도마뱀, 아프리카 여우, 검은 풍뎅이, 큰도마뱀, 털이 수북한 작은 다리를 살금살금 움직여 '인간'이라는 적에게 접근해 물고 쏘며 괴롭히는 여러 종류의 거미들, 메뚜기와 수십 종의 살모사, 흡혈 파리, 개미, 땀에 젖은 내 몸뚱이를 유난히 좋아하는 모기, 위험한 독침을 들이대고 밤사이 장화를 타고 기어오르는 전갈.

사막의 식물들 역시 적을 쫓아내기 위해 만만치 않은 독을 품고 있다. 대개는 마디가 있고 빳빳한 털이 나 있는 식물들이다. 많은 종류가 심각한 피부자극을 유발하는 독성의 액체를 머금고 있다. 어떤 식물들은 강한 독성의 알칼로이드와 청산을 포함하고 있어서 자칫 잘못 먹으면 생명을 빼앗길 수도 있다. 무엇보다 나래지치와 등대풀속의 싹은 젖산을 분비할 뿐만 아니라 재수 없게 잘못 먹으면 씨앗 한 알로 사람을 죽이기도 한다. 또 어떤 식물은 소금에 대해 특수한 성질을 갖도록 진화되어 있다. 예를 들어 가시덤불 종류의 위성류들은 뿌리로 소금물을 빨아들이고 다시 가느다란 이파리를 통해 높아진 농도의 소금을 배출한다.

이보다 더 전형적인 사막 식물들로 황녹색의 덩굴에서 얼핏 수박처럼 생긴 과일이 열리는 일명 '쓴 오이', 곧은 뿌리가 35미터 깊이까지 파고 내려가는 아카시아, 연베이지색 가시덤불 그리고 금작화를 들 수 있다. 그밖에도 전형적인 사막의 풀들이 있고, 옷에 척척 달라붙는 작은 침 같은 것부터 못처럼 굵어서 신발 밑창을 거침없이 뚫어버리는 괴물 가시까지 무수한 종류의 가시들이 지나는 사람들을 못살게 군다.

어떤 사람은 사막을 사랑하게 되고 어떤 사람은 뒤도 안 돌아보고 아주 빠르게 달아날 것이다. 그것은 각자의 선택이다. 내 경우엔 모든 고난과 위험에도 불구하고 사막을 사랑하기로 결정했다. 그리고 30년이 넘는 세월 동안, 그 이후 지금까지도 사막을 사랑한다. 사막에게서 더 많은 걸 기대한다. 지구상의 어떤 다른 지역도 귓가에 속삭이는 행복에서부터 바닥을 알 수 없는 두려움까지, 우리 사람에게 그렇게 많은 감정을 불러일으키지 않기에.

이 책을 통해 나는 이제까지 사막을 여행하면서 기억 속에 새겨넣은 뜻깊은 순간들을 정리했다. 내가 기억하는 모든 것이 다 똑같이 중요하지는 않다는 걸 잘 알고 있기에 마치 스쳐가는 이야기에서 순간을 골라내듯 기억을 더듬어 한 점 한 점을 포착해냈고 그것을 기록했다. 어떤 여행이나 만남은 다른 많은 여행들이나 만남들보다 더 의미심장했다. 그리고 이런저런 아주 많은 것들이 내게 깊은 인상을 심어주었기 때문에 사막에 대한 나의 기억을 시간 순서로 정리할 수도 없었고, 또 하나의 완전한 기록으로 만들어내지도 못했다. 선택한 순간들을 주제에 따라 체계적으로 정리하지도 않았다. 대신에 감정이 흘러가는 대로 흐르도록 내버려두었다. 그러다보니 각각의 사막은 끈처럼 길게 이어진 나 개인의 경험들로 표현되었다. 그것은 내 삶에 굵은 발자취를 남겨서 살아가는 내내 잊을 수 없는 중요한 인식들이기도 하다.

어느 날엔가 광야를 걷기 위해 다시 사막에 들어설 가능성이 전혀 없어진다면 나는 아마 더 이상 살아갈 수 없을 것이다. 지속적으로 증가하는 인구수와 날로 복잡해지는 세상이 자연과 함께 호흡하는 방랑의 욕구를 더 이상 허락하지 않는다고 해도, 어차피 우리 인류의 역사는 사방을 쏘다니는 사냥꾼과 유목민의 존재를 가슴 깊숙이 품고 있고, 언제나 한쪽엔 그들의 손을 꼭 잡고 있다. 아시아 사막의 위대한 탐험가인 스벤 헤딘(1865~1952)은 언젠가 이렇게 말했다.

"누구에게나 사막이 필요하다."

내게 꼭 맞는 말이다. 가끔씩 내게는 그저 한 조각 황량한 광야의 고독이 필요하다.

내가 완전히 자유롭게 움직일 수 있는 공간이고, 다른 어느 곳에서도 생각할 수 없는 생각들을 떠올리는 곳이며, 때때로 상당히 부조리하게 변하는 인간 존재 속에서 삶의 의미를 발견할 수 있는 인식의 절정에 가장 가까이 다가서는 곳이다.

'체험의 세상'인 사막이 없었다면 나는 아마도 마른 땅의 물고기처럼 말라 죽었으리라. 바람이 만들어낸 모래언덕과 기괴한 형상의 바위들과 지평선 위로 펼쳐진 새파란 하늘 사이에 섰을 때 비로소 내 마음이 편안해지니까. 사막은 마치 '마약'처럼 나를 움켜쥐고 놓아주지 않는다.

2장

세계의 사막을 지나며

▶▶
중국의 북서부 변방에는 중가리아 분지와 투르판 분지의 사막화된 광야가 드넓게 펼쳐져 있다. 살아가기 힘들지만 매혹적인 세계로 자연은 놀라운 기적을 보여준다. 더 나아가 투르판 분지는 아시아 내륙의 '고고학 보물창고'로서 인정받고 있기도 하다.

야생의 투르키스탄을 가로지르는 기나긴 행로

중가리아 사막과 투르판 분지 | 중국(1991년)

목표의 설정이 없다면 길은 의미를 잃어버리고 만다.
길은 목표를 필요로 한다. 일상에서 그렇듯이 사막에서도 마찬가지다.
목표를 통해서만 길은 존재의 가치를 갖는다.
그리고 목표를 설정함으로써 나는 길가에서 만나는 수천 가지 중요한 것과
중요하지 않은 것들을 더욱 잘 구분할 수 있다.

별안간 지평선이 지워져버렸다. 누군가 지우개로 지운 것처럼. 모래가 만든 장벽이 점점 더 크고 넓어지면서 지평선을 삼켜버렸다. 먼 데 어두컴컴한 자리에서부터 내게로 달려오는 모래의 장벽이 미친 수도승처럼 춤을 춘다. 믿을 수 없는 속도로 다가오는 강력한 먼지와 모래의 장벽은 어느새 높이가 수백 미터로 높아지면서 해를 가린다. 빛이 약해지는가 싶더니 뿌연 어둠이 찾아온다. 쏴쏴 몰아치는 소리, 으르렁으르렁 고함치는 소리가 세상을 가득 메우고, 장거리 전화의 전화선이 망가지기라도 한 것처럼 치직치직 탁탁 하는 소리가 간간이 끼어든다.

숨이 턱턱 막히고 머리털이 곤두선다. 나침반의 바늘은 회전목마처럼 빙글빙글 돌기를 멈추지 않는다. 무언가를 잡으면 정전기가 스파크를 일으킨다. 바람이 옷을 찢을 듯 잡아채고 날카로운 모래알이 얼굴을 때리면 수천 개 바늘에 찔린 듯 피부가 화끈화끈 달아오른다. 카자흐족과 위구르족 사람들은 이 무시무시한 황갈색 장벽을 "소용돌이치는 죽음의 기둥"이라고 부른다.

몇 분이 지나지 않아 장화가 묻힐 정도로 모래가 쌓였다. 텐트를 설치하려고 시도한다. 간신히 유리섬유 재질의 기둥을 세우고 텐트 지붕을 덮었지만 곧바로 텐트가 풍선처럼 부풀어올랐다. 바람 때문에 불룩 배가 불러 사나워진 용처럼 텐트 옆면이 무섭게 펄럭거린다. 텐트를 묶을 수가 없다. 어떻게든 묶으려다 그만 바닥에 쓰러진 나는 황급히 텐트를 있는 힘껏 부여잡았다. 용으로 변한 텐트가 하늘 높이 비상하려고 힘찬 날갯짓을 하자 나는 부글부글 끓어오르는 모래바닥에 질질 끌려갈 수밖에 없었다. 포효하는 모래 장벽이 나를 덮쳐왔다. 메마른 공기가 내 목을 조이자 숨이 차올랐다. 누군가 손아귀에 힘을 잔뜩 주어 내 입을 막고 있는 느낌. 나는 한 조각 숨 쉴 공기를 찾아 발버둥쳤다. 그렇지만 소용돌이치며 솟구치는 먼지와 모래 한가운데서 내가 숨 쉴 공기는 단 한 줌도 찾을 수 없었다.

마침내 나는 텐트를 바닥에 고정시키는 데 성공했다. 몰아치는 모래바람에 거의 눈을 뜨지 못하고 두 팔 두 다리를 모두 사용해 엉금엉금 텐트 안으로 기어들어갔다. 지퍼를 채우고 축축한 수건으로 입을 가렸다. 모래폭풍이 내 작은 나일론 집을 덮쳐누를 때마다 나는 부러질 듯 휘청대는 폴을 붙잡아 세우느라 온 힘을 쏟았고, 심장 박동은 마치 종을 치듯이 머릿속까지 울렸으며 두려움이 내 마음 깊숙한 자리까지 파고들었다.

갑자기 강한 충격이 있었다. 텐트를 땅에 고정했던 페그와 거기 묶어둔 끈이 샴페인의 코르크 마개 튀어오르듯 땅에서 쑥 빠져나왔다. 텐트는 흔들리는 모래 속에서 닻줄 끊긴 배처럼 떠다녔고, 용솟음치는 바다 위의 작은 보트처럼 마구 흔들렸다. 나의 조각배는 이제 끓어오르는 모래바다 속으로 침몰하기 직전이었다. 나는 모래 속에 갇힌 느낌이었다. 이대로 영원히 갇혀버릴까 두렵고 무서웠다.

영원처럼 긴 시간이었다. 마침내 포효하는 모래의 장벽은 나를 지나쳐 저 멀리로 달려가고 있었다. 그러자 별안간 세상을 지배하는 주인공이 바뀌었다. 새로운 주인공의 이름은 바로 고요였다. 공기의 흐름마저 멈춘 듯한 무음의 정적, 폭풍의 거친 아우성이 지나간 후 찾아온 사막의 침묵은 거의 초현실의 공간처럼 느껴졌다. 소리가 없는 세상을 즐기면서 나는 고요를 호흡했다. 그리고는 누워서 숨을 쉬다가 어느 순간 나는 꿈도 없는 깊은 잠 속으로 지친 몸을 밀어넣었다.

다음날 아침 나는 최면에 걸린 듯 몽롱한 상태로 모래를 헤치고 텐트 밖으로 나섰다. 여전히 날아오른 먼지가 천공을 가득 메우고 있었다. 사방 어디를 둘러봐도 잿빛 속에 또 잿빛뿐이었고, 모래 안개에 가려 바로 눈앞밖에 보이지 않았다. 어느 방향으로도 지평선을 찾을 수 없었다. 그런 상황에서 방향을 잡는 것은 불가능하다. 나는 모래 안개 속에 꼼짝 없이 갇혀 있어야 했다. 60시간을 그렇게 보내고 나서야 비로소 잿빛의 안개가 아주 서서히 바닥으로 가라앉았고, 사막은 다시 형태와 윤곽을 회복했다. 다시금 모래와 돌로 이루어진 풍경이 보였다. 사람도 없고 끝도 없는 풍경. 그 사이 하늘은 희뿌연 회색 옷을 파란 비단옷으로 갈아입고 모래언덕과 메마른 평원 너머로 드넓게 펼쳐졌다. 먼 하늘을 바라보는 나에게 언덕과 평원을 지나면 무한하게 넓은 세상이 있으리란 느낌이 차올랐다. 드디어 나는 다시 길을 떠날 수 있었다. 걸어서 사막을 건너는 길, 웅대한 광야가 나를 향해 유혹의 손짓을 보냈다.

나는 아시아의 한가운데 있었다. 세 개의 세계가 만나는 자리, 동쪽의 몽골, 북쪽의 카자흐스탄 그리고 서쪽의 키르기스스탄이다. 키르기스스탄과 중국 신장 자치구(과거 투르키스탄)의 경계는 기마 민병대들의 통제를 받는다. 대부분의 유럽 사람들에게 미지의 땅이나 마찬가지인 그곳에 내가 있었다. 중가리아 사막과 투르판 분지를 혼자 걷기 위해서였다. 걷고 또 걸어서 가려는 목적지는 전설을 품고 있는 동굴의 땅, 환상적인 벽화들로 아시아의 귀중한 성지로 인정받는 곳이었다. 나는 거기까지 800킬로미터의 거리를 걸어갈 계획이었다. 끝없이 펼쳐진 황무지, 내가 걸어야 할 그 광

야를 중국과 몽골의 대상들은 옛날부터 '한하이', 즉 '메마른 바다'
라고 불렀다.

출발 전에 나는 몇 달 동안 차근차근 계획하고 준비했다. 중국어
와 위구르어의 어휘들을 광범위하게 익히는 것도 그런 준비 중 하
나였다. 마침내 나는 베이징으로 가는 비행기에 올랐고 며칠 후
'고비 익스프레스'에 올라탔다. 흔히 사람들이 '비단길 익스프레
스'라고 부르는 이 기차는 자연의 광포함에 맞서서 고비 사막의 남
쪽지역을 가로지른다. 1962년부터 이 노선은 중국의 수도와 위구
르족 자치지구인 신장을 연결하고 있다. 나의 목적지는 신장 자치
구의 주도인 우르무치다. 그곳은 티안샨 산맥의 눈 덮인 봉우리들
과 녹색으로 반짝이는 포도원 사이에 위치해 있으며 원유, 천연가
스, 금, 구리, 철, 우라늄, 석탄 등 무진장한 지하자원이 묻혀 있는
곳이다. 우르무치까지의 거리는 3700킬로미터, 기차는 3일 밤 3일
낮을 꼬박 달린다. 베이징에서 출발하는 기차 중에 이보다 더 긴
거리를 달리는 노선은 없다.

중국은 거대한 나라다. 그중에서 신장 자치구는 거대한 구역이
다. 독일, 덴마크, 오스트리아, 스위스, 베네룩스 3국, 프랑스, 스페
인 그리고 포르투갈까지 모두 합한 크기이고, 다르게 표현하면 인
도의 절반에 이른다. 육중한 산맥들에 둘러싸여 있고, 산맥에서 내
려오는 물은 모래 안으로 흐른다. 게다가 그곳은 거대한 사막들을

품고 있다. 중가리아 사막, 투르판 분지 그리고 타클라마칸 사막이 그것이다.

이 황량한 땅에는 1700만 명의 주민들만이 살고 있다. 주류를 구성하는 민족은 위구르족으로, 언어가 터키어와 아주 유사한 투르크계 종족이다. 위구르족에 관해 전해지는 전설이 있다. 중국의 사막들이 너른 강과 전설의 도시들을 가진 비옥한 낙원일 적에 이미 투르키스탄 너머까지 지배했던 고대 종족의 후손들이 바로 위구르족이라는 내용이다. 위구르 외에 신장의 오아시스를 차지하고 있는 종족은 700만을 헤아리는 한족과 그밖의 키르기스족, 카자흐족, 몽골족 등이 소수민족을 구성하고 있다.

베이징 중앙역에서 기차표를 손에 쥐기까지 나는 세 시간 동안이나 긴 줄에 파묻혀 있어야 했다. 당연히 일등석 좌석표는 모두 팔리고 없었다. 마침내 올라탄 기차칸은 중앙통로에 짐이 가득했고 딱딱한 나무좌석은 수많은 여행객들이 앉았어서 그런지 반짝반짝 윤이 났다. 거기서 엉덩이에 쥐가 나는 48시간을 보내고 나서야 드디어 그토록 원했던 2인용 객실을 얻을 수 있었다. 쿠션이 있는 의자와 접이식 탁자 그리고 찻주전자가 비치된 방이었다.

무거운 기관차는 숨을 헐떡이는 선사시대 공룡처럼 묵묵히 콧김을 뿜어내며 밤낮으로 딜려갔다. 기차가 어찌나 길던지 가장 뒤쪽의 차량에서는 기차가 길게 커브를 그리며 움직일 때에나 기관차를 볼 수 있었다. 시간이 흐르면서 점차 나는 딜컹딜컹 기차 바

퀴 구르는 단조로운 소리, 가방과 상자들 여닫는 소리, 접시와 찻
잔들이 부딪히는 소리에 익숙해졌다.

1960~70년대에 '고비 익스프레스'는 일주일에 한 차례 베이징
과 우르무치 사이를 왕복했다. 당시에는 마적들이 기차를 습격하
여 주로 상인이나 마약 밀수꾼들인 승객들을 인질로 잡는 일이 다
반사였다. 몸값을 요구하기 위해서였다. 이제는 매일 기차가 다닌
다. 그렇지만 이 노선이 완전히 안전해진 것은 아니다. 란조우를
지나면서 기관차를 디젤에서 증기로 바꿔달고 고비 사막 남쪽으
로 진입하게 된다. 거기부터는 모래폭풍의 위협이 상존한다. 사막
의 모진 바람이 언제든지 벌떡 일어나 기차를 통째로 집어들고 선
로 밖으로 내팽개칠 수 있다는 뜻이다. 그런 이유로 기관차는 안전
속도인 시속 50킬로미터보다 빠르게 달리는 일이 거의 없다. 1천
킬로미터가 넘는 거리를 내내 그 속도로 달려간다.

3일째 되는 밤에 강력한 모래폭풍이 기차를 덮쳐왔다. 처음에
나는 기차가 위험하게 흔들리는 것이 무엇 때문인지 알지 못했다.
공중을 날아다니는 조약돌들과 거대한 모래의 파도가 기차를 덮
쳐왔을 때에야 비로소 나는 고삐 풀린 자연이 전력을 다해 '고비
익스프레스'를 짓누르기 시작했음을 깨달았다. 광분한 바다가 거
대한 해일을 일으켜 배를 덮치는 것과 같았다. 그러고는 차창 밖
풍경이 갑자기 나타난 먹구름 속으로 빨려들어가고 사나운 바람
이 무섭게 창문을 흔들어댔다. 기관차는 한 걸음 한 걸음 치열한

싸움을 벌이며 앞으로 달려나갔고 서서히 여명이 밝아오기 시작할 무렵에야 폭풍은 저 뒤로 멀어져갔다.

몇 시간 후 나는 내 몸뚱이를 확 잡아당기는 강력한 힘에 이끌려, 앉은자리에서 별안간 앞으로 튕겨나왔다. 잡을 것을 찾다가 마주 앉아 있던 승려의 검붉은 가사자락을 움켜쥐었다. 나무 창틀에 어깨를 부딪치고는 쿠션의자 사이 바닥으로 배를 깔고 쓰러졌다. 끼이익, 길게 귀를 찢는 브레이크 소리를 내면서 마침내 기차가 멈춰섰다. 가방과 바구니, 상자들이 엉망진창 산처럼 쌓인 통로에서 이리저리 뒹굴었다 일어난 사람들은 정신을 차리지 못하고 소동을 일으켰다. 아이들은 엉엉 울고, 닭들은 꼬꼬댁 날개를 퍼덕거리고, 개들은 멍멍 짖어대기 바쁘다. 어디선가 돼지가 꿀꿀거리는 소리도 들렸다. 버둥버둥 몸을 일으키고 나서 창문을 반쯤 열고 바깥을 내다보니 금세 무슨 일인지 짐작할 수 있었다. 멀리 기찻길 위에 짐을 가득 실은 나귀수레가 보였다. 기찻길을 건너다 수레의 바퀴가 빠져 꼼짝 못하게 된 모양이었다. 한 늙은 중국인이 무거운 나무 수레에 매달려 끙끙 씨름하고 있다. 어두운색 점퍼와 통 넓은 바지 그리고 긴 장화를 신고 있었다. 다행히 기관사는 적시에 브레이크를 당겨서 끔찍한 사고를 피할 수 있었다.

수레를 치우고 기찻길이 열리자 '고비 익스프레스'는 서쪽을 향해 계속 달리기 시작했다. 다시금 익숙한 바퀴소리가 규칙적인 리듬을 들려준다. 때로는 더 강하게, 때로는 더 약하게, 그러다 기차가 커브를 그리면 그제야 나는 기차가 기찻길 위에 있음을 느낀다. 창밖으로 새로운 풍경들이 스쳐간다. 보는 순간 찬미의 노래를 부르지 않을 수 없는, 그림처럼 아름다운 풍경들이다.

다른 기후 지역에서는 부식토와 식물들 아래 숨겨져 있는 것이 여기선 계속 불어대는 바람 때문에 그 태고의 신비를 드러낸다. 지구가 만들어지던 시기의 지각이다. 지질학자들은 다양한 방법들을 통해 층층이 쌓인 지각을 분석함으로써 고비 사막의 복잡한 발생사를 알아냈다. 그 결과 우리는 수백만 년 전 이 황량한 지역에 넓은 바다와 늪지들이 자리 잡고 있었다는 걸 알게 되었다. 다양한 식물들이 우거지고 거대한 습지들이 넓게 펼쳐진 열대의 기후는 공룡들이나 악어, 거북이 서식하기 좋은 환경을 만들어냈다.

그렇지만 당시 따로 떨어진 대륙판이었던 인도판이 중국 쪽으로 밀려왔고, 두 개의 대륙이 충돌하면서 충돌지역의 암석판이 거대하게 솟아올라 세계 최대의 웅장한 산맥을 만들어냈다. 바로 히말라야 산맥이다. 하늘까지 솟구친 이 산맥은 장벽의 역할을 하면서 오랜 옛날부터 비를 가져다주었던 공기층의 이동을 차단했다. 결국 이 지역에 사막이 형성되기 유리한 조건을 만들어냈던 것이다. 한쪽 편에는 두터운 비구름이 모여들어 비를 쏟아내는 반면, 비의 그림자에 놓여 있는 다른 한쪽은 바싹바싹 타들어가고 있다. 아주 가끔 고비 사막까지 밀고 들어오는 강력한 열대성저기압이 있다고 해도 목이 타는 사막에 물을 가져다줄 수는 없다. 바싹 달

귀진 대지 위의 공기층이 너무 뜨거워서 빗방울이 떨어지다 말고 도중에 증발해버리기 때문이다. 많은 사막에서 전형적으로 나타나는 이런 현상을 흔히 '유령비'라고 부른다.

이런저런 생각들을 정리하는 사이 기차는 신장자치구의 주도(主都)인 우르무치에 도착했다. 위구르어로 '아름다운 목장'을 의미하는 도시, 드디어 도착한 그곳에서 각양각색의 사람들 사이에 끼어 기차역의 출구로 밀려갔다. 차가운 바람이 얼굴을 스치고 역 구내 스피커에서는 낯선 음색의 말이 울려나왔다. "위"와 "외" 소리들이 수도 없이 입술 위를 굴러나오는 말이다.

택시를 타고 시내로 향하면서 나는 중동에 와 있음을 실감했다. 수백 가지 냄새들, 채찍 소리, 숨이 턱턱 막히게 짙은 먼지가 시장을 뒤덮고 있다. 짐을 잔뜩 실은 마차를 능숙하게 몰고 가는 카자흐 사람과 가죽을 덧댄 우단 모자를 쓰고 닳아 헤진 외투를 걸친 젊은 타지크 사람이 인상 깊게 다가오는 사이, 저쪽에서 헐렁한 카프탄을 입고 터번을 쓴 둔간 사람이 손을 흔들고, 색색으로 화려하게 수놓은 모자와 번쩍거리는 양가죽 부츠로 멋을 낸 하얀 수염의 위구르 사람이 걸어온다. 그리고 도처에 철모를 쓰고 기관총을 들고 있는 중국 군인들이 있다.

긴 시간 동안 봉기와 소요로 갈가리 찢기고 피 흘리던 신장 자치구는 외국인의 진입이 금지된 지역이었다. 내가 처음 이 '중국의 와일드 웨스트'를 여행했던 1980년대 중반까지도 여행자라곤 그 림자도 찾아볼 수 없었다. 중국인과 이슬람 투르크계 민족들 사이 에 유혈충돌이 끊이지 않았다. 특히 문화혁명 시기에 붉은 군대가 중국 북서부 변경으로 진출하여 모든 민족들이 경계 없이 섞여 살 아야 한다고 요구했을 때 독립국가의 민족으로 살아가기를 고수 하던 투르크계 민족들은 손에 총을 쥐고 일어섰다.

그밖에도 제2차 세계대전 발발 전에, 그리고 전쟁 동안에 투르 크계 민족들은 한번은 국민당 정부를 위해 싸우고 다음엔 그들에 맞서 싸우다가, 한번은 소련의 편이 되어 싸우고 다음엔 그들에 맞 서 싸우면서 매번 수만 명의 사람들이 목숨을 잃어야 했다. 독립을 향한 강한 열망에 있어서만큼은 그 지역의 열세 개 투르크계 민족 들이 거의 항상 일치된 견해를 보이고 있고, 그 결과 그들 민족들 은 상당히 폭넓은 자치권을 얻을 수 있었다. 그러나 강한 저항에도 불구하고 붉은 군대는 1949년 결국 중국의 서부 변경지역을 점령 했고 그 지역을 '신장'이라고 불렀다. 중국어로 '새로운 경계'를 의 미하는 말이다. 그 이전 시기, 다시 말해 영국과 러시아 같은 강대 국들이 그 지역을 놓고 장기간 각축전을 벌이던 때 그 지역의 명칭 은 '위구르 독립 공화국'이었다.

저녁에 야영지의 모닥불 주위로 모여 앉았을 때 비단길의 캐러 밴 안내인들은 투르키스탄의 기구한 운명에 대해 말하곤 했다. 마 오쩌둥은 집권 기간 중에 신장의 주도인 우르무치를 손에 넣으라고 명령했고, 그것은 충분히 그럴 만한 이유가 있는 조치였다. 우르무치는 중앙아시아에서 가장 중요한 교두보 역할을 한다. 신장 자치구는 한쪽으로는 러시아와, 다른 쪽으로 이슬람 국가들인 카자흐스탄, 키르기스스탄, 타지키스탄, 아프가니스탄과 경계를 마주하고 있다. 뿐만 아니라 원자폭탄 보유국들인 인도와 파키스탄을 접하고 있기도 하다. 신장 자치구의 남쪽 끄트머리에서 이슬라마바드까지는 400킬로미터가 채 안 되고, 뉴델리까지의 거리도 700킬로미터에 불과하다. 결국 신장 지역을 중국의 지배 아래 둠으로써 중국의 붉은 장군들은 거대한 완충지대를 눈 아래 둘 수 있었고, 나아가 힌두교와 이슬람교 사이의 갈등에서 중요한 위치를 확보하게 되었다.

다음날 나는 한 작은 호텔에서 아침식사를 하면서 이즈마일을 알게 되었다. 이마가 넓고 갈색 눈썹에 휘어진 콧날을 하고 있는 이 위구르인은 띠를 두른 카프탄을 입고 있었다. 그의 모자에 수놓인 화려한 무늬가 햇빛을 받아 반짝거렸다. 나이가 서른이라는 그의 얼굴엔 아직 청년 같은 모습이 남아 있기도 했지만 동시에 너무 일찍 늙어버린 인상을 주기도 했다. 이즈마일은 새로운 돈벌이로 떠오르고 있는 관광 일을 하고 있다면서, 내게 이틀간의 우르무치 안내를 제안했다. 그리고 그 이틀 동안 그는 우르무치 곳곳으로 나를 싣고 다니며 신장의 수도가 가지고 있는 특징적인 모습들을 설명해주려고 노력했다. 낡고 허름한 거주지, 잿빛의 섬유공장 지대,

철강제련소, 탄광, 철광산, 정유소, 화학공장, 시멘트공장들 같은 것들이었다.

"중국인들이 여기 온 이래론 많은 게 변했어요. 우르무치에는 너무 많은 중국인들이 있어요. 그리고 그들은 우리 이슬람교도들을 싫어합니다."

이즈마일은 이렇게 설명했다.

"우리 위구르인들에게는 별로 희망이 없어요. 신장이 독립할 거라는 희망 말입니다. 신장은 커다란 땅입니다. 독립국가로 살아가는 세계의 많은 나라들보다 훨씬 더 큽니다. 그런데 왜 우리의 땅, 우리의 신장은 독립할 수 없는 걸까요?"

자신의 말에 흥분한 이즈마일이 침을 튀어가면서 덧붙였다. 거의 전투적으로 들리는 단호한 말이었다.

"그렇지만 우리는 그냥 이렇게 쉽게 포기하진 않을 겁니다."

그러고서 그는 우르무치의 상징을 보여주었다. 급경사를 이루고 치솟은 '붉은 바위산(홍산 공원)'과 그 위에 왕관처럼 씌워진 전망탑이었다. 내가 들은 바에 따르면 과거 여기엔 막강한 힘을 가진 용이 살고 있었다. 홍수를 일으켜서 도시 전체를 경악과 궁핍으로 몰아넣곤 하는 이 괴물을 도교의 여신 서왕모가 쫓아냈다. 그리고 서왕모는 은빛 머리핀 하나를 늪지에 꽂아 이 우르무치 강의 격노한 물결을 가라앉히고 잔잔히 흘러가도록 길을 열어주었다. 옛날부터 전해오는 이 신화적 사건은 '붉은 바위산'을 통해 오늘날까지 기억되고 있는 것이다.

150미터 높이에서 멀리까지 펼쳐진 가옥들의 바다를 내려다본다. 사이사이 30개 이상의 회교 교당이 솟아올라 있다. 그렇지만 어느 사원의 첨탑에서도 공식적인 기도시간을 알리는 소리가 울리지는 않았다. 많은 위구르인들은 중국 국영방송의 위협, 다시 말해 "이슬람 민족주의와 종교적 감정을 부추기는 모든 범죄적 요소에 대해서 엄중한 조치를 취하겠다"는 보도에 대해 두려움을 느끼고 있었다. 중국인들은 줄곧 이슬람교도들에 대해 어떤 식의 관용도 보여주지 않았다. 뿐만 아니라 티베트와 내몽골에서도 종교색의 강화를 철저하게 억누르려고 시도하고 있다.

4월 초에 나는 우르무치를 떠나 북쪽으로 이동했다. 이즈마일의 차를 타고 도착한 곳은 오아시스의 도시 푸캉으로, 5천 미터 높이의 보그다 산(신선의 산) 발치에 위치하고 있다. 이곳의 주민들은 중가리아 사막에 일단 들어서면 침을 찌르는 거미 등의 곤충들과 여러 종류의 살모사들을 피해야 한다고 알려준다. 그밖에도 날랜 동작의 도마뱀, 사나운 모기들, 그리고 독침을 가진 전갈도 주의해야 한다고 했다.

출발일 아침 나는 배낭을 둘러멨다. 사실상 꼭 필요한 것만 챙겨넣었지만 무게는 18킬로그램을 훌쩍 넘기고 있었다. 폭풍에 견디는 텐트, 침낭, 방습 매트, 옷가지, 나침반, 지도, 작은 사진장비들.

거기에 비상약품들을 챙겼고, 그밖에는 비타민이 풍부한 고기와 야채 추출물, 말린 과일, 훈제 햄, 크림치즈, 포도당 그리고 빵 등등 거의가 먹을 것들이었다. 물론 가장 중요한 건 역시 물이었다. 여러 개의 알루미늄 병에 넣은 10리터의 물을 배낭 속에 차곡차곡 쌓았다. 다음 오아시스나 다음 우물에 이를 때까지 마실 수 있는 물을 챙겨야 한다. 눈이 녹고 난 후에 산에서 굽이쳐 흘러 사막에 이르는 물줄기, 내 지도에 파랗게 표시되어 있는 하나하나의 물줄기들을 안심하고 믿을 수는 없기 때문이다. 그 물줄기는 어디선가 너무 빠르게 모래 속으로 빨려들어가 없어져버리고 만다.

광야로 나서는 첫 번째 발걸음과 함께 나는 황홀한 자유를 느끼고 모든 것들로부터 완전하게 풀려나는 기분이었다. 배낭 하나 둘러메고 사막으로 걸어나가는 것, 길도 없는 대지를 밟고 서는 것부터 이미 그 무엇과도 비교할 수 없는 느낌이다. 이 순간부터는 비단 앞으로 달려나가는 것만이 아니라 광야를 지나는 나의 자세, 나의 태도가 중요하다. 길이 없는 곳에서 내가 갈 루트를 찾으면서 나는 많은 기쁨과 즐거움을 얻었다. 나침반과 사막용으로 특수하게 제작된 지도는 가는 길에 의혹이 생길 때마다 든든한 버팀목이 되었다.

거대한 공간으로 들어서는 동안 끝이 보이지 않는 공허의 자리를 마주하면서 꽤나 익숙한 자극을 느낀다. 그것은 자기 길로 나를 끌어들일 뿐 아니라 적잖이 놀라도록 만들 거라는 기대감이다. 이 공허의 자리가 다음 며칠 혹은 몇 주 동안 나를 정상적인 세계로부터 완전히 분리시켜놓을 것이다. 사막이 아닌 모든 것을 내게서 빼앗아가고, 거기 속하지 않은 모든 것을 지워버릴 것이다.

별로 빠르게 걷지 않는다. 느긋하게 일정한 속도로 1킬로미터씩 차근차근 걸어가는 단조로움에 젖어든다. 내 걸음의 속도를 정하는 것은 일출에서 일몰까지 시간의 흐름이다. 그 사이에 나는 눈과 귀와 코로 스쳐가는 풍경들을 느낄 수 있는 한 최대한으로 농도 짙게 흡수한다. 게다가 날씨도 내 편이다. 온도는 낮 동안 거의 섭씨 15도 정도로 유지된다. 그래서 하루 1리터의 물로 충분히 버틸 수 있다. 물론 내 어깨가 배낭의 무게에 적응하기까지는 아직 좀 더 시간이 필요하다. 영혼과 육체 역시 올바른 걸음의 리듬을 발견해야만 한다.

그런 이유로 여행을 시작하고 며칠 동안은 하루 20~30킬로미터 이상 나아갈 수 없었다. 물론 전진 거리를 좌우하는 중요한 요소는 지형이다. 그리고 갈증은 최대의 적이다. 따라서 나는 걷는 동안 최대한 적게 땀을 흘리기 위해 이모저모 신경을 썼다. 땀을 흘리면 그만큼 많이 마셔야 한다. 그런 상황을 피해야 했다. 적당한 선에서 만족하고 포기할 줄 알아야 나의 목표에 도달할 수 있다. 그러면서 나는 벌써 오래전부터 "길이 목표다"라는 격언을 꼭 옳다고 여기지 않는다. 물론 열심히 찾아낸 길은 중요하다. 그렇지만 목표의 설정이 없다면 길은 의미를 잃어버리고 만다. 길은 목표를 필요로 한다. 일상에서 그렇듯이 사막에서도 마찬가지다. 목표를 통해서만 길은 존재의 가치를 갖는다. 그리고 목표를 설정해야만 나는 길가에서 만나는 수천 가지 중요한 것과 중요하지 않은 것들을 더욱 잘 구분할 수 있게 된다.

저녁이 되어 침낭 속에서 내 피로한 육체를 길게 뻗을 때, 눈 닿는 저 위에 은하수가 반짝인다. 무수한 별들이 어둠을 뚫고 밝은 빛을 반짝인다. 별빛을 가로막는 더 밝은 불빛은 어디에도 없다. 옆에 작은 모닥불을 피워놓고 모래 속에 누워서 고요를 즐기고 있노라면 어느 순간 보드라운 바람의 속삭임이 들린다. 4월이라고 해도 중가리아 사막의 밤은 아직 얼음처럼 차갑다. 기온은 4~5도까지 떨어진다. 그런 밤에 두터운 구름이 내 위로 모여들어 별빛마저 희미하게 가려버리면 가끔씩 혼자라는 사실이 무섭게 가슴을 옥죄는 때가 있다. 많은 저녁들이 내 목에 글자 그대로 줄을 감아 조인다. 그러면 나 자신에 대한 회의와 두려움이 내 안에서 분수처럼 솟구친다.

'나 자신에게 너무 과도한 일을 요구하고 있는 걸까? 내 육체가 이 험난한 시간을 견뎌낼 만큼 충분히 성숙하지 못한 거라면 어떻게 하지?'

나는 순간순간 그리고 여러 번의 밤을 맞으며 감정의 급격한 변화를 체험했다. 그럴 때면 대개 내 배낭 속 유일한 사치품인 CD 플레이어를 꺼내서 닐 영, 스팅, 조슈아 카디슨 혹은 피아니스트 엘렌 그리모의 환상적인 선율을 듣는다. 음악은 모든 우울한 생각들과 잡다한 고뇌들에서 벗어날 수 있게 해주는 마법의 양탄자이고 효과적인 치료법이다. 오디오북도 좋다. 특히 토마스 베른하르트, 귄터 그라스 혹은 지그프리드 렌즈의 목소리를 듣고 있으면 내면의 고통과 방황은 거의 제자리를 찾아간다.

이른 아침 아직 해가 솟아오르기 전에 지평선에서 수많은 색깔들이 땅에서 하늘로 끝없는 수건처럼 펼쳐질 때쯤이면 나는 이미 길을 나선 상태다. 한 발 한 발 옮길 때마다 사막 더 깊은 곳으로 들어간다. 사막은 매번 새로운 광경을 선보인다. 그 어느 모습도 한눈에 보아넘길 수 없다.

가파른 산기슭이 바싹 마른 소금 호수와 먼지 자욱한 스텝으로 이어진다. 기괴한 모양으로 이어진 산등성이들이 바람의 도화지인 모래평원과 살짝살짝 숨어 있는 황토평원으로 변한다. 때로는 바위산에서 돌조각이 굴러내리고 바닥을 드러낸 강, 와디의 말라버린 제방이 맥없이 무너지기도 한다. 낮은 풀들이 모인 덤불이 바람에 날아든 모래에 덮이기도 한다. 이런 풍경들이 쉼 없이 변화하기 때문에 나는 매일 새로운 자리로 다가가게 된다. 매일 나는 이 고대의 지역에 대해 소상하게 알려주는 일정한 규칙이 없음을 경험한다. 아마도 쉬지 않고 활동하는 악마들에게 가장 이상적인 은신처였으리라.

11일 동안 단 한 사람과도 마주치지 못하고 사막을 걷고 난 후 울룽구르-헤 강에 물이 흐르는 것을 보고 한결 마음이 가벼워진다. 카자흐 사람들이 여기저기서 목청껏 소리를 질러가며 목마른 염소와 양, 나귀, 말 그리고 낙타에게 물을 먹이고 있다. 김이 모락모락 나는 동물들의 똥 사이를 헤치고 강으로 다가가서는 물병을 하나하나 채운다. 파리 떼와 또 다른 벌레들이 머리 주위에서 빙글빙글 군무를 춘다. 어디 열린 구멍만 있으면 달려들어 괴롭히고 쏘기도 한다.

저녁에는 칭기즈 칸처럼 생긴 녹색 눈의 카자흐 사람이 그의 모닥불 가에 잠자리를 마련하도록 허락해주었다. 그는 투르키스탄식 차 몇 대접에 맵게 양념된 고기, 유목민들이 평상시 먹는 옥수수빵 '낭'까지 권했다. 그날 밤 늦게까지 나는 독일에 대해 설명해야 했다. 전기 오븐에서 요리를 하고 냉장고에서 얼음을 꺼내고 보일러로 방을 데우는 이야기였다. 카자흐 사람에게는 그 모든 것들이 너무 우스꽝스러워서 마치 동화처럼 들리는 모양이었다.

다음 4일 동안 나는 울룽구르-헤 강을 따라 걸어가 드디어 중가리아를 뒤에 두게 되었고 에르타이 오아시스에 도착해서는 외부인이 드문 그곳의 사람들에게 약간의 변화와 흥분을 가져다주었다.

한 원주민이 물었다.

"아모르헨 바이노?"(안녕하시오?)

나는 이렇게 대답했다.

"만두 자인 바이나!"(내 영혼 안에 평화가!)

그러고서 나는 성찬에 초대받았다. 식탁에는 불에 잘 구운 도마뱀이 있었다. 그렇게까지 비위가 좋지 못한 나는 나귀 고기만 먹고 있었다. 그때 나를 초대한 집주인이 벌떡 일어나 내 옆으로 달려와서는 장화를 신은 채 내가 깔고 앉은 담요를 마구 밟았다. 그의 발에 밟힌 것은 무시무시하게 생긴 두 마리의 커다란 전갈이었다.

다음날 아침 일찍 나는 유사 이전의 것으로 보이는 자동차를 타고 곳곳에 전설이 배어 있는 비단길의 한 구간을 덜컹덜컹 달려갔다. 마침 위구르의 염소 상인 다보산을 만났다. 매매를 완료하기 위해 오아시스 도시인 투르판으로 가는 길에 그는 친절하게 투르판 분지까지 나를 태워주었다. 신장의 사막들을 도보로 횡단하려는 내 여행 계획이 다시 재개되는 지점이었다. 차창 밖으로 스쳐가는 경치에 별 변화가 없다. 메마르고 갈라진 산과 언덕들, 너른 초원. 슬슬 졸음이 나를 휘감아돌고 자동차 바퀴의 단조로운 노래에 맞춰 고개가 흔들리기 시작할 무렵 비단길의 모습들이 떠오르면서 머릿속에서 과거로의 여행을 떠난다.

중국 장안(시안)에서 시작해서 중앙아시아와 중동을 지나 대서양에 이르고 로마까지 달려가는 비단길의 여러 루트들은 오늘날까지도 잘 알려져 있으며 지구상에서 가장 중요한 교역의 루트 중하나로 손꼽힌다. 이미 기원전 3세기부터 비단길은 중요한 운송로로 명성을 떨쳤다. 두 대륙을 연결하는 이 길고도 험한 길은 수백 년을 지나면서 중요한 문화의 축이 되었고, 변화와 인구이동을 이끌었으며, 오아시스 도시의 발전을 불러오고, 먼 나라들의 생활방식과 불교, 이슬람교 등 종교들을 소개하고 전했다.

아시아를 가로질러 유럽에 이르는 이 길이 비단길이라는 이름을 갖게 된 것은 19세기에 이르러서였다. 독일의 지리학자 페르디난트 폰 리히트호펜에 의해 이런 이름을 갖게 되었지만 사실 비단길이 지리학적으로 확정된 루트를 가져본 적은 단 한 번도 없다. 비단길은 지구상의 가장 넓은 땅덩이 위로 수많은 샛길들이 가지치듯 얼기설기 뻗어나가 만들어졌다.

로마 혹은 페르시아의 상인들, 인도의 수공예 기술자, 중국의 카펫 직조공, 불교 승려들, 또 그밖의 많은 사람들 모두가 낙타, 나귀, 말, 야크 혹은 바퀴 두 개 달린 황소마차를 타고 여행을 떠났다. 비단길의 셀 수 없이 많은 샛길과 마당을 지나 그들의 다양한 상품을 운송하기 위해서였다. 황금, 은, 양탄자, 모피, 양념, 차, 약품 같은 물건들이 오갔고, 거기에 또 하나 당시 서양에서 매우 높은 가치를 인정받았던 비단도 빼놓을 수 없다. 당시 유럽 사람들은 전설처럼 전해지는 한 민족, 즉 비단을 짓는 사람들, '비단 민족'에 대해 말했다. 중국인을 가리켰던 이 말처럼 중국은 몇 세기가 지나도록 비단을 독점했으며, 그런 독점은 네스토리우스파 승려가 속이 빈 막대기에 누에고치 몇 개를 숨겨 비잔틴으로 몰래 밀수입할 때까지 계속되었다.

물론 그 시절 비단길을 따라 가는 1만 4천 킬로미터의 긴 여행에 나선 모든 여행자들은 수많은 위험과 난관이 버티고 있음을 잘 알고 있었다. 맹수들과 도적떼들, 급격한 일기변화, 아찔아찔 현기증을 일으키는 험한 산길, 물과 음식물의 부족 등. 게다가 거기엔 생명에 적대적인 사막들이 가로막고 있었다. 모래폭풍과 타는 듯한 열기 그리고 갈증이 대상들을 위협하는 동안에는 우회할 수밖에 없는 곳이다. 그렇지만 동서간의 무역이 점차 바닷길로 옮겨가게 될 때까지 상인들과 수공업자들 그리고 목사와 사신들은 하루도 빠짐없이 다양한 상품 운송과 문화 교류를 위해 이 대륙횡단로를 이용했다.

갑자기 다보산이 소리를 쳤고, 그 바람에 비단길에 대해 곰곰이 돌아보던 내 머릿속 여행도 끝이 났다.

"포쉬, 포쉬!(저리 가, 저리 꺼지라고!)"

그는 있는 힘껏 호통을 치면서 핸들을 획 잡아틀었다. 그렇지만 너무 늦고 말았다. 우리 앞에 커다란 화물차 한 대가 바람에 흔들리다 옆으로 넘어졌고 거기서 쏟아진 화물들이 길을 가득 메우고 있었다. 다보산의 차는 조작할 수 없는 상태로 길게 미끄러지면서 상자와 자루를 들이받았다. 우리는 자동차 앞 유리에 머리를 들이받았다. 그리고 우리 차는 몇 초 후에 길에서 몇 미터 떨어진 모래밭으로 곤두박질치면서 달리기를 멈췄다. 다행히 크게 다치지 않을 수 있었던 것은 순전히 모래의 완충작용 덕분이었다. 몇 군데 긁히고 부딪힌 상처가 전부였다. 그런데도 나는 화가 났다.

"이게 뭐하는 짓이야?"

나는 소리를 질렀다. 그렇지만 다보산은 양심도 없는 나의 비난을 그냥 스쳐들을 뿐이었다. 넘어진 화물차의 기사가 길을 건너 달려가는 것이 보였다. 가까운 마을에 도움을 청하기 위해서였다.

다섯 시간의 삽질 끝에 다보산과 나는 드디어 모래밭에 빠진 차를 꺼낼 수 있었고, 다시 투르판을 향한 주행이 시작되었다. 자갈이나 모래 위에 깔린 아스팔트 도로는 쉽게 유실되기 마련이다. 자동차는 단단하게 자리 잡지 못한 아스팔트 도로를 낑낑대면서 기어오른다. 그러다 움푹 파인 구멍에라도 빠지면 자동차는 지친 나귀처럼 몸을 흔든다. 자동차가 받는 충격을 그 안에 타고 있는 우리의 척추에서 고스란히 느낄 수 있다.

온갖 오물로 더러워진 차창 밖으로 커다란 바위조각들이 널려 있는 채석장 모양의 분지가 스쳐간다. 이따금씩 투르판에서 멜론을 잔뜩 싣고 오는 화물차와 마주치기도 하고, 멍에를 뒤집어쓰고 짐이 가득한 두 바퀴 수레를 끄는 비쩍 마른 나귀의 가쁜 숨을 느끼기도 한다. 때로는 도로 양쪽에서 지저분한 옷을 입고 서 있는 사람들을 만난다. 커다란 돌을 작게 쪼개고 있는 이들은 몇 백 년 전과 마찬가지로 하나하나 손으로 도로를 건설한다.

한편에선 광야에서 피어오르는 아지랑이를 뚫고 멀리 육중한 티안샨 산맥(최고봉 7천 미터)이 자신이 지닌 눈의 평원을 자랑하듯 반짝거린다. 원주민들은 그곳을 '하늘의 산'이라고 부른다.

다음날 나는 티안샨 산맥의 남쪽 줄기 앞에서 배낭과 물병을 짊어지고 투르판 분지를 향해 걸어 내려갔다. 7만 8천 평방킬로미터 넓이의 거대한 땅덩어리, 해수면보다 154미터가 낮은 이곳은 우리가 사는 별에서 가장 낮은 지역 중 하나다. 황량한 벌판이 펼쳐진 밝은 갈색 세상이다. 이곳 '세계의 지하실'에는 아시아와 고대를 연구했던 두 학자 알베르트 폰 르코크와 알베르트 그륀베델의 흔적들이 남아 있다. 그들은 20세기의 시작과 더불어 베를린 민족사박물관이 지원했던 네 차례의 아시아 대탐험을 이끌었다.

포도주 판매상의 아들인 알베르트 폰 르코크는 저명한 동양학자다. 알베르트 그륀베델은 당대에 베를린 민족사 박물관의 인도관 책임자로서 불교문화에 관한 중요한 저서를 남겼고, 오늘날까지도 신장 자치구 사막 평원에 대한 가장 중요한 발견자로 꼽히고 있다. 1902년과 1914년 사이에 그들은 네 번의 '프로이센 투르판 탐험원정'을 이끌면서 비단길의 북루트에서 사막의 모래에 파묻힌 폐허 도시와 사원 유적들을 발굴하고 연구했다. 그림에 뛰어난 재능을 가진 그륀베델이 불교 성지의 귀중한 동굴벽화들을 꼼꼼하게 전사(傳寫)했고 상세한 위치정보와 설명을 덧붙여 기록한 반면, 르코크는 작은 톱을 가지고 무지막지하게 사원 벽의 수많은 벽화들을 잘라냈다. 그러고는 그 보물들을 상자 속에 담아서 20개월 간의 여행 끝에 베를린으로 운반했다. 이 환상적인 예술품들 대부 분은 제2차 세계대전 중에 폭격으로 인해 파괴되고 사라졌다.

투르판 분지로 들어가고 이틀이 지났을 때 나는 신장에서 발생 하는 폭풍의 중심에 들어갔으며 강력한 폭풍을 피해가야만 했다. 그 폭풍은 꽤나 자주 8에서 12의 강도로 그 지역을 휩쓸고 지나면 서 마주치는 모든 것을 말 그대로 산산조각 내버린다. 거친 바람이 나의 야영지를 덮쳤다. 텐트의 얇은 나일론 벽이 귀가 따가울 정도 로 센 소리를 내면서 펄럭인다. 바느질 자리가 뜯겨나가더니 모래 가 코를 막고 눈에 불을 지르고 귀에 달라붙는다. 마치 누군가 줄 칼로 그어놓기라도 한 것처럼 목이 아프다.

다음날 동틀 녘이 되어서야 폭풍이 물러가고 주위 세상은 무덤 속 고요에 잠겼다. 애벌레처럼 텐트에서 기어나온 나는 사막 위에 펼쳐진 파랗고 하얀 하늘을 만끽한다. 그 순간 나는 분명하게 느꼈 다. 밤사이 몰아친 폭풍이 내게 보여주었던 것을. 폭풍은 자연에 대한 우리 문명인의 무지를 일깨워준다. 지난 수십 년 동안 우리의 삶은 넘쳐나는 소비재와 부족한 시간에 휘둘려가면서 점점 더 자 연에서 멀어져왔던 것이다.

이날 아침 고대의 땅이 보여준 초자연적인 모습은 완전히 나를 무릎 꿇게 만들었고, 두 시간 후 다시 길을 나설 때는 머리띠와 양

말이 내 배낭에 매달려 펄럭펄럭 춤을 추었다. 울긋불긋한 천이 사악한 귀신과 악마를 물리친다는 키르기스 사람들의 말을 믿고 그대로 따른 것이다.

그렇지만 광야에서 보낸 25일째 저녁에 나는 귀신들이 아니라 중국의 경비대를 만났다. 먼지를 막기 위해 입과 코를 하얀 천으로 가린 군인들은 기관총을 어깨에 대고 언제든 사격할 태세였다. 그들은 나를 몸수색하고 내가 스파이라도 되는 것처럼 마치 취조하듯 이런저런 질문을 했다. 사실 이유가 없는 건 아니었다. 소금 사막 롭 노르 남쪽으로는 1964년 원자폭탄을, 1968년 수소폭탄을 폭발시켰던 중국의 원자폭탄 시험장이 자리 잡고 있다. 여기 사는 유목민들은 거의가 그들이 얼마나 위험한 지역에 살고 있는지 모르고 있다.

우르무치에서 벌어졌던 수많은 시위에도 불구하고 중국인들은 그 사이 아무런 설명이나 경고 없이 롭 노르 지역에서 수백 개의 원자폭탄을 '폭파시켰다. 그곳에서 가장 가까이 위치한 사막의 대도시, 투프판 주위에서만 방사능 피해자가 20만 명에 달하는 것으로 알려져 있다. 적지 않은 위구르 난민들은 심지어 그 지역이 방사능에 오염되었다고 주장하기도 한다. 그렇지만 인간과 환경에 대한 실제적인 피해는 오늘날까지 조사된 바 없다.

뱃속이 메슥거렸지만, 내가 사막을 여행하고 있다는 사실에 대해 군인들에게 설명했다. 여권과 중국 내무부의 인장이 수없이 찍힌 여행허가서를 내보였다. 중국 서부의 사막과 황야에서 도보 여행을 해도 좋다는 내용이다. 마침내 군인들은 총구를 내렸고, 한 장교는 내게 "차야간!"을 빌어주었다. 몽골어로 "가는 길에 행운이 함께 하기를!"이라는 의미다. 그랬다. 그의 말대로 내겐 행운이 필요했다. 투르판 분지 깊숙이 들어가면 들어갈수록 앞으로 가기가 점점 더 어려워졌다. 한 걸음 한 걸음 앞으로 내디딜 때마다 근육 안으로 가벼운 고통들이 스며 쌓여간다. 다리가 이 속도를 버텨낼 것인가? '그렇게 될 거야.' 나는 생각한다. 내가 내디딘 걸음 걸음이 모여 결국 가야 할 길 전체가 되고 말 테니까.

긴 역사를 지닌 오아시스 도시 투르판은 거칠게 갈라진 산줄기와 황폐한 사막, 생명이 살아남기 힘든 환경에 둘러싸여 있다. 이곳 비단길 북방 루트의 평상시 기후는 가히 극단적이다. 겨울에는 얼음보다 차갑고 여름에는 섭씨 47도까지 솟구친다. 심지어 대지 표면이 70도까지 달궈지기도 하면서 인구 2만의 오아시스는 중국에서 가장 더운 지역에 속하게 되었으니, "불꽃 오아시스"라는 별칭은 괜히 붙은 게 아닌 셈이다. 그러나 빗방울을 기대할 수 없는 이 지역에 신장에서 가장 비옥한 오아시스 도시들 중 몇 개가 있는 것도 그리 놀랄 일은 아니다. 우거진 작은 숲들은 그곳에서 150킬로미터에 펼쳐진 포도덩굴과 면화와 옥수수, 멜론 경작지로 변한다. 거기에다 또 1600만 그루의 나무들이 길게 줄지어 있기도 하다. 900개 이상의 인공 샘물과 생명 유지에 절대적인 역할을 하는 수로를 모래폭풍으로부터 보호하기 위해서다.

비단길이 명성을 활짝 꽃피우기 전에도 이미 투르판의 농부들은 장안의 황궁에 멜론이며 신선한 포도와 포도주를 공급해왔다. 이런 비옥한 환경의 비결은 인위적으로 건설한 수로 시설에 있다. 그 시설 덕분으로 북쪽 눈 덮인 산맥에서 흘러내리는 눈 녹은 물을 오아시스 도시의 넓은 평원으로 끌어올 수 있었다. 괭이와 삽을 들고 630킬로미터 길이의 이 수로를 건설한 것은 이미 2천 년 전의 일이다. 그때부터 수로는 생활에 필수적인 물을 지하로 공급해주고 있다.

이미 1920년대에 알베르트 폰 르코크는 『동-키르기스스탄에서 헬라의 흔적을 찾아』라는 제목의 저서에서 두 번째 그리고 세 번째 투르판 탐사를 통해 얻은 체험과 발견들에 대해 보고했다. 거기서 그는 초록 정원들과 울창한 포도덩굴이 낙원의 기적처럼 보였다고 말한다. 아주 상세한 기록을 담고 있는 그의 투르판 오아시스 방문기를 좀 더 들여다보기로 하자.

투르판을 둘러싸고 황량하고 붉은 산들이 길게 이어져 있다. 기이한 모양으로 갈라져 있는 이 고지들의 이름은, 쿰 타흐(모래 산맥), 췹 타흐(사막 산맥)로 이 산맥의 특징을 그대로 드러내고 있다고 하겠다. 이 분지 안으로 중앙아시아의 태양이 무자비한 열기를 쏘아댄다. 붉은 바위는 타오르는 햇빛을 모아 해가 지고 나면 다시 대기를 향해 뿜어낸다. 이곳을 열대지방의 열기가 지배하고 있는 건 전혀 놀랄 일이 아니다. 우리가 갖고 있는 온도계는 자주 화씨 130도(약 섭씨 54도)를 가리킨다. (……)

타오르는 열기를 피하기 위해서 투르판의 부유한 주민들은 지하 숙소를 두고 있는데, 그곳의 온도는 물론 집의 다른 장소보다 훨씬 낮다. 그러나 그 하숙방에 있는 건 적어도 나에겐 언제나 견디기 힘든 일이었다. 공기가 숨이 막힐 정도로 무겁게 느껴지는 데다 수많은 모기와 사막파리가 쉬려고 그곳을 찾은 이들을 사정없이 괴롭힌다. 날지 못하는 벌레들의 위협도 그에 못지않다. 아주 민감하게 독침을 찔러대는 전갈들이 있다.

좀 더 멀리엔 대형 거미가 보인다. 포도알만 한 크기의 털이 북슬북슬한 몸체를 가지고 있지만 긴 다리로 크게 걸음을 옮길 수 있다. 이 거미는 큰 턱을 가지고 있어서 부득부득 가는 소리를 내고 독도 있다고 한다. 하지만 나는 이 거미에 물린 사람을 본 적이 없다. 아주 작은 검정색의 거미도 있다. 마찬가지로 털이 나 있고 땅에 구멍을 파고 사는 이 거미는 극히 위험해서 한 번 물리면 거의 죽음 직전까지 가게 된다. 죽지는 않는다고 해도 공포의 대상이 아닐 수 없는 것이다.

속을 메스껍게 만드는 징그러운 것들은 바퀴벌레들이다. 크기가 족히 엄지손가락만큼은 되는 바퀴벌레들은 크고 붉은 눈과 긴 더듬이를 가지고 있다. 아침에 일어났을 때 그런 벌레가 코 위에 앉아 커다란 눈을 부릅뜨고 더듬이로 기겁을 한 사람의 눈을 더듬더듬 문지르면 그 사람은 구역질을 일으키지 않을 수 없다. 두려움에 그 벌레를 붙잡아 밟아버리면 정말 역겨운 냄새가 뱃속을 뒤집어놓는다. 다행히 빈대는 없었다. 벼룩은 어디에나 있었지만 그렇게 심하게 달려들지는 않았다. 그와 반대로 오히려 투르키스탄 사람들 모두가 키우는 애완동물 같았다. (……)

우리에게는 이를 막는 방법이 있어서 그 벌레로 인해 고통을 겪은 적은 없다. 그것은 회색의 연고를 이용하는 방법으로, 회색의 수은 연고를 압지에 적시고 또 한 장의 압지를 그 위에 덮는다. 그 두 겹의 종이를 얇고 긴 띠로 잘라서 입고 있는 옷의 바깥쪽 주머니마다 하나씩 넣어둔다. 뜨거운 열기 속에서 수은이 증발하면서 이와 그것의 알인 서캐를 죽인다. 새로 우리 숙영지에 들어오는 모든 일꾼들은 우선 수은비누로 몸을 씻도록 했다. 그가 몸을 씻는 동안 그의 옷은 수은 연고 종이띠와 함께 둘둘 말아 햇빛 아래 놓아둔다. 일꾼이 씻기를 마칠 때까지 태양이 내뿜는 타는 듯한 햇살 아래 있으면서 수은 증기까지 쐬고 나면 이는 전멸하지 않을 수 없다.

투르판 오아시스에 풍부한 황토는 충분한 물만 공급되면 도처에 비옥한 경작지와 넘쳐나는 수확을 약속한다. 특히 멜론, 포도 그리고 석류가 유명하다. 그밖에도 옥수수, 고량 그리고 특히 좋은 품질의 포도주용 포도가 풍성하다. 포도주용 포도는 1년에 두 번 수확한다. (……)

최상의 품질을 지닌 목면도 여기서 경작된다. 물론 이 땅에서 농업을 하기 위해선 무엇보다 물이 필수적이다. 비가 거의 오지 않기 때문에 무슨 수를 써서라도 물을 확보해야 한다. 아주 드물게 북쪽 고원지대의 계곡에서 적은 크기의 폭풍이 비를 가져다주기는 하지만 그 양은 경작지의 일부를 촉촉하게 적셔줄 정도에 불과하다. 그런 이유로 이곳 주민들은 어떤 측정도구도 없이 오로지 무겁고 날이 넓은 괭이(케트멘)만을 가지고 수백 개의 웅덩이를 파냈다. 얻을 수 있는 물을 최대한 활용할 수 있도록 철저한 계산 끝에 조성된 저수지인 셈이다. 그러나 그 정도로는 넓은 경작지에 충분한 물을 대기에 턱없이 부족하다. 그래서 그들은 수천 년의 경험과 연습이 쌓여 이룩한 놀랄 만한 토목기술을 이용해 최고의 시설을 만들어냈다. 산에서 흘러내리는 물을 직접 평원으로 끌고 오는 기적적인 수로의 건설이 그것이다.

카리츠(페르시아어)라고 불리는 이 수로들을 건설한 방법을 살펴보았다. 일단 그들은 수원을 정확하게 찾아낸 이후에 엄청난 수의 도관을 오르막 지역에 길고 곧은 선을 따라 매설해놓았다. 종종 아주 깊이 묻어야 하는 도관들도 있다. 그렇게 도관 설치 작업이 끝나면 이제 각 도관길들을 여러 개의 터널을 만들어 연결한다. 그리고 수원을 가장 위쪽의 도관으로 끌어오면 터널을 통해 물이 흐르고, 모든 수로가 평원을 향해 가볍게 경사져 있으므로 원하는 장소까지 막힘없이 흐르게 된다. 이 모든 힘든 작업들을 이곳 사람들은 특별한 도구나 학문적인 계산 없이 오로지 손과 괭이만으로 해낸 것이다.

산맥과 오아시스 사이 전 지역에 그런 카리츠가 거미줄처럼 연결되어 있다. 밤 사이 말을 타고 달리는 이방인에게는 적잖은 위험이 되기도 한다. 분화구 모양으로 닳아 뚫어진 자리가 메워질 줄 모르기 때문이다.

물을 나누는 일은 미랍(물의 지배자-페르시아어)이 맡고 있다. 사람들은 그를 같은 뜻의 터키어로 수 눙 베기라고 부르기도 하고, 다른 페르시아어로 바란다드, 즉 비를 주는 사람이라고 칭하기도 한다. 적법한 장부를 기록해야만 하고, 일반적으로 가장 현명하고 언변이 능하고 부유한 사람들만이 이 직책을 맡을 수 있다. (……)

투르판의 거리들은 높은 담장들 사이를 지나고 있고, 종종 창문이 없는 집들에 의해 가로막혀 있기도 하다. 또한 넓어지면서 시장 거리를 형성하기도 한다. 그런 곳에서는 상점들을 볼 수 있는데, 허름한 진흙 벽돌로 지어진 이런 집들의 양쪽 문 옆에는 상품을 진열해놓는 진흙 진열대가 있다. 너무 강한 햇빛을 막기 위해서 거리 양편으로 포플러와 버드나무 줄기들이 잔뜩 드리워져 있고 거기에 얇은 가지나 튼튼한 파이프로 틀을 만들어 얹는다. 이런 틀 위에 갈대 묶음 같은 것을 얹어 그늘을 만들고 그 안에서 거래를 하는 것이다.

르코크가 이런 보고를 한 지 100년이 지나지 않아 나도 투르판에서 녹색 백양나무와 포플러 숲을 만나게 되었다. 나무 아래로 작은 개울들이 찰싹거리고, 아이들은 물웅덩이에서 뛰놀고 있으며 나귀들이 나무 물통에서 물을 듬뿍 마신다. 잠잘 곳을 찾는 중에 나는 몇 개의 첨탑과 전망대를 지났고, 포도덩굴의 시렁과 작은 마법의 정원 옆에는 바람에 말린 진흙 벽돌 오두막과 가옥들이 어깨동무를 하고 길게 늘어서 있다. 한때 비단길의 대상들에게 투르판이 해방의 땅이었다는 건 조금도 놀랄 일이 아니다. 그리고 그 점에서 이곳의 거주민들에겐 오늘날까지 하등 달라진 것이 없었다. 롭 노르 지역에서 아무리 원자폭탄 시험이 벌어진다고 해도 투르판은 계속 사막의 낙원으로 남을 것이다. 시간을 초월한 듯, 위구르 식으로, 변하지 않고…….

투르판의 중앙에는 좁은 골목길이 미로처럼 펼쳐져 있다. 그늘진 뒷마당에서 아이들은 옥수수 속대를 쌓으며 놀고, 흰 턱수염의 늙은 남자들은 차를 마시고 담배를 피우면서 한담을 나눈다. 시장에서 나는 떠올릴 수 있는 모든 색깔의 과일과 야채를 본다. 멜론, 대추야자, 살구 그리고 설탕보다 달콤한 포도, 물론 씨가 없는 포도다. 신선한 펠라펠 빵, 양고기와 낙타고기, 콩, 그리고 밀국수, 크림치즈와 치즈, 계란, 양꼬치, 양과 염소의 젖 등 오만 가지 먹을거리가 펼쳐진 판매대 앞에서 위구르, 타타르, 몽골, 만주, 러시아, 중국의 사람들이 가격을 흥정하고 있다. 이런 평화로운 분위기를 방해하는 것은 여기저기 보이는 텔레비전뿐이다. 중국의 현대화는 신장에서도 예외 없이 이루어졌고, 텔레비전 전파는 사막 구석구석까지 쏟아져 들어왔다.

그날 저녁 나는 결혼식 파티의 손님으로 정중한 초대를 받았다. 축제 의상을 차려입은 위구르 사람들이 먹고 마시며 흥겨운 시간을 보냈다. 식탁에는 소금을 넣어 지은 밥과 깜짝 놀랄 만큼 매운 양념고기와 구운 닭고기가 올라와 있었다. 손가락으로 먹거나 '가속기'라는 의미의 '쿠아이치'라는 나무젓가락을 이용했다.

벽돌 모양으로 눌러놓은 차를 우려내 마시기도 했지만 주로 우유를 마셨다. 알코올이 들어 있는 우유도 있었다. 모든 우유제품들은 순수하고 신성한 하얀색이라는 이유로 행운을 약속하는 상징적 의미를 담고 있었다.

그밖에도 위구르의 악사들과 춤꾼들이 그들의 실력을 마음껏 뽐냈다. 유명한 중국의 화주인 마오타이 몇 잔을 마신 후에 나도 박수를 쳐가며 리듬을 맞추었다. 그러고는 잔뜩 흥이 나서 수도승이나 된 것처럼 신발도 신지 않고 널따란 양탄자 위로 뛰어올랐고, 금세 내 발에 내가 걸려 넘어지면서 한바탕 박장대소를 자아냈다.

다음날 동쪽 하늘이 희끄무레 밝아올 때 나는 투르판을 떠났다. 44미터 높이의 이민-첨탑에서 기도시간을 알리는 사람의 고함소리가 울려퍼졌다. 탑이 있는 술레이만 예배당은 1776년 축성된 진흙 건물이라는 게 믿기지 않을 만큼 화려했다. 알라를 향한 간절한 기도와 청송의 노래가 오아시스에서 멀어지는 나를 한참이나 배웅해주었다.

거기서 46킬로미터 남동쪽에는 바람에 할퀴어 폐허가 된 사원과 회당과 주택들이 마치 모래가 지어낸 유령도시의 실루엣처럼 솟아 있다. 가오창(고창) 고성이라고 불리기도 하는 이곳은 바로 카라호자의 잔해다. 이런 역사의 폐허 속에서 이국적인 상인들과 캐러밴들이 바쁜 일상을 보내며 오가는 소란스런 광경을 떠올리는 건 쉽지 않은 일이다.

너무나 심하게 파괴된 이곳은 한때 상업의 중심지였으며 비단의 생산지였고, 8세기경에는 마니교 제국 '코초'의 중심이 되기도 했다. 금욕과 회개를 믿는 이 독특한 종교 공동체의 창시자는 예술가 마니였다. 215년에 메소포타미아에서 태어났고 그의 종교적 메시지를 바빌로니아에서 인도까지 설파했다고 한다. 마니는 자신을 조로아스터, 부처, 예수의 후계자로 이해했다. 그의 가르침은 두 가지 대립되는 존재양식이 마주하는 이원설에 바탕을 두고 있다. 그것은 선과 악, 다시 말해 빛과 어둠이다. 그러므로 결코 악한 말을 하지 않고 완전히 욕심을 버리고 살아가는 엄격한 금욕주의자만이 근본적인 순수함으로 회복할 수 있다.

스스로를 마지막 예언자라고 칭했던 마니는 페르시아의 왕들인 샤푸르와 호르미즈드의 보호를 받았지만, 277년 그 왕들의 후계자에 의해 처형되었다. 그를 추종하는 세력들은 거의가 살육을 면치 못했고, 단 500명의 마니교 신자들만이 동쪽으로 도망쳐 사마

르칸드에서 도피처를 찾았다. 그곳을 기반으로 그들의 신앙은 로마 제국과 남유럽 그리고 북아프리카까지 교세를 넓혀나갔다. 동쪽에서 마니의 가르침은 투르판 분지까지 이르렀고, 11세기에 결국 불교에 밀려나 잊힌 종교로 전락할 때까지 줄곧 위구르의 국교로 자리잡았다.

사라진 코초 문화의 증인이 전무하다는 사실로 인해 카라호자의 재발견은 더욱더 큰 의미를 지니게 되었다. 80년 전에 알베르트 폰 르코크는 그의 동료들, 원주민 조력자들과 함께 잊힌 폐허 도시의 잔해에서 역사의 비밀을 하나씩 꺼내고 있었다.

드디어 고대의 폐허 도시 코초, 오늘날의 카라호자에 이르렀다. 이 고대의 도시는 약 1평방킬로미터에 이르는 거대한 사각형의 모습이다. 육중한 고대의 성벽은 군데군데 여러 자리에서 오늘날까지도 잘 보존되어 있다. 높이가 대략 20미터인 이 성벽은 페르시아에서 중국으로 전해지면서 오늘날도 일반적인 방식인 증기로 쪄낸 진흙으로 만들어졌다. 수많은 탑들이 위쪽으로 가면서 점점 얇아지는 성벽을 강화시키는 역할을 한다. 그 장벽의 아랫부분, 특히 문 근처는 방이 통째로 들어갈 수 있을 만큼 두텁다. (……)

건물이 너무 심하게 파괴된 탓에 거리의 구조를 더 이상 명확하게 알아보기 힘들다. 그러나 북에서 남으로 그리고 동에서 서로 도시를 가로지르는 두 개의 중앙도로는 도시의 한가운데서 교차하는 것으로 보인다. 이것은 우리가 위구르 투르크의 마니교를 신봉하는 황제들이 성스럽게 여겼을 거라고 믿고 있는, 이른바 폐허 K다. 따라서 도시의 지도는 로마군의 병영을 모델로 그려질 수 있을 것이다. 도시의 건물들은 전체적으로 보든, 사원·회당·무덤벽화 등 각각의 특징으로 보든, 종교적 건축물의 집합이라고 할 수 있다. 우리는 비종교적인 건물을 하나도 발견하지 못했다. 건축술은 모든 건축물에서 이란식(돔 건축)이거나 인도식(불탑)이다. 중국식 건축물은 투르판 오아시스에서도 우리가 방문했던 고대의 주거지들에게서 찾아볼 수 없었다. 이 도시는 사원 도시이거나 공동묘지였음에 분명하다. 더불어 전쟁 시기에는 도시의 강력한 방벽이 문 앞의 단순한 진흙벽돌 집에서 살아가는 주민들에게 피난처를 제공했을 것이다. (……)

우리는 농부 자우트의 숙소에 거처를 마련했다. 이미 첫 번째 탐사에서 묵었던 곳으로 자우트는 꾸밈없는 큰 웃음으로 우리를 맞아주었다. 그는 아주 약삭빨라 보이는 행동을 하기도 했지만 그런 행동들을 매우 우아하고 깊이 있게 해내서 그에게 오래도록 화를 내는 게 힘들 정도였다. 그의 가족들은 집에서 나가 잤고 가장 아름다운 방을 우리에게 제공했다. 약 5평방미터 넓이의 이 공간은 성벽과 잇닿아 있는 고대의 길과 공간으로 바로 붙어 있었다. 여기서 우리는 11개월을 머물러야 했다.

원주민과의 관계는 첫날부터 대단히 친근하게 진행되었다. 그리고 발굴작업이 시작되었을 때 우리에게 곧바로 아름다운 고대의 진흙 두상 몇 개를 가져다주었다. 그리고 뒤를 이어 몇 명의 농부들이 나를 그 도시의 중앙으로 안내했다. 그곳에서 그들은 거대한 홀처럼 생긴 공간 안에서 오래되지 않은 얇은 벽을 부숴냈다. 이 벽 뒤 오래된 벽 위에는 커다란 벽화의 일부가 남아 있었다.

사람 크기보다 더 크게 그려진 한 남자는 마니교의 제사장 옷을 입은 모습이고, 마찬가지로 하얀색 의식용 복장을 입고 있는 마니교 승려(엘렉티)와 수녀(엘렉타에)가 그를 둘러싸고 있다. 작은 규모로 그려진 이들 남녀 신자들은 각각 자신의 아름다운 페르시아 이름을 소그드 글씨로 가슴에 새기고 있다. 우리가 이 벽화에서 종교 지도자 마니의 전통적인 모습을 보고 있다고 믿는 데는 충분한 근거가 있었다. 이 그림은 우리의 수집품들 가운데 가장 중요한 작품들 중 하나가 되었다. 이 그림의 발견은 마니교도들이 그림으로 장식된 교회를 갖고 있지 않았다는 편견을 깨뜨렸다. 다수의 유사한 공간들이 포함된 넓은 시설의 일부로서 이 홀은 마니교의 회식자리 중 하나였던 것으로 보인다.

유감스럽게도 우리 탐험대는 너무 늦게야 코초에 도착했다. 더 일찍 왔더라면 페르시아의 사산 문화와 헬레니즘 문화가 융합된 이 기이한 예술품들을 훨씬 더 많이 발굴할 수 있었을 것이다. 또한 종교사와 언어사 양쪽에서 모두 중요하게 여기는 종교 공동체의 문헌들을 훨씬 많이 구해낼 수 있었다. 한 농부는 첫 번째 탐사가 있기 5년 전에 폐허가 된 사원의 정원 시설에서 우리가 찾고 있던 마니교 문서를 다섯 수레(아라바) 가득 발견했다고 말했다. 많은 문서들이 컬러 그림과 금으로 장식되어 있었다는 말도 덧붙였다. 그러나 농부는 한편으로 문서의 불경스런 성격 때문에, 다른 한편으로 중국인들이 그 문서들을 억압의 빌미로 이용할까 두려워 문서를 모두 강에다 던져버리고 말았다!

첫 번째 탐사 이후 원주민들은 계속해서 잔해를 파헤치면서 심각한 파괴를 자행했다. 말하자면 폐허의 도시 코초는 오늘날의 거주민에게 유용한 많은 것들을 담고 있었던 것이다. 가장 먼저 폐허 상태였던 것은, 수백 년이 지나는 동안 초봄의 폭풍에 날아와 쌓인 황토였다. 밟히고 깨진 조각상들과 뒤섞인 채 경작기에 뿌려지는 황토는 귀중한 퇴비였다.

더욱 값비싼 퇴비는 벽화가 그려진 벽의 진흙 반죽이다. 이슬람교도들에게는 끔찍하게 싫은 그림들이어서 그들의 발길이 닿는 곳이면 어디든지 무참한 파괴를 자행했다. 전체가 아니면 적어도 얼굴이라도 뭉개놓아야 했던 것으로 보인다. 그림으로 그려진 사람과 동물들은 적어도 눈과 입이라도 망가뜨려놓지 않으면 밤에 되살아나 사람과 가축 그리고 작물에 온갖 몹쓸 짓을 해놓을 거라는 믿음 때문이었다. 그러나 정작 벽화를 크게 훼손한 당사자는 주위의 거주민들이었다. 그들은 다채로운 색상으로 그려진 벽화들을, 지친 땅에 영양을 공급하는 일품 재료로 사용했다. 이 지역에 관원으로 파견된 중국인들은 이런 몹쓸 짓에 대해 전혀 상관하지 않았다. 그들은 모두 유교를 믿는 사람들이어서 불교를 '소인'들의 종교라고 경시한 때문이었다. (……)

　고대 사원의 문틀이나 여러 다른 자리에서 사람들은 땔감과 건축용 목재를 찾았다. 투르판이 워낙 저지인 관계로 흔치 않은 물건이었다. 많은 사원의 바닥을 덮고 있던, 아름답게 그을린 타일도 아주 탐내는 대상에 속했다. 전에는 보물을 찾기도 했다. 때때로 동전이나 금은을 세공한 조상처럼 값나가는 발견을 하기도 했다. 인구가 늘어나면서 결국 농부들의 땅에 대한 욕망이 거세지기 시작했다. 도시 전체가 점차 폐허를 파괴함으로써 땅을 넓혔고 바닥을 평평하게 다지고 포장했다. 급수관들이 들어오면서 습기가 폐허의 도시로 스며들었고, 많은 자리에서 물이 황토벽 높은 곳까지 타고 올라갔다. 잠자고 있던 고대의 유물들이 한꺼번에 피해를 입게 된 것이다. (……)

　비밀의 지하창고들 중 하나에서 끔찍한 발견을 하게 된다. 이 건물의 바깥쪽 문은 벽으로 막혀 있었다. 지하창고가 부분적으로 무너졌지만 사람들이 그 위로 새로 둥그런 모양의 바닥을 설치했고 이 바닥 위에 후기 불교식 사원을 지었다. 이 사원의 벽은 낮은 부분뿐이기는 하지만 아직까지도 남아 있다. 그 위에서 우리는 불교식 벽화의 잔해를 찾아낼 수 있었다. 라마교 시대의 악마들을 주로 그린 것으로 보인다. 위쪽의 모든 부분을 샅샅이 뒤진 후에 우리는 바닥을 들어냈다. 그러자 드러난 고대 지하창고의 잔해 속에서 우리는 끔찍하게 살해당한 수백 구의 시체들이 산더미처럼 쌓여 있는 광경을 목격했다. 입고 있는 의복으로 불교 승려들임을 알 수 있었다. 가장 위쪽의 시신들은 형태가 완벽하게 보존되어 있었다. 피부, 머리칼, 깡마른 눈알 그리고 그들의 목숨을 끊어놓은 섬뜩한 상처들이 원형에 가깝게 남아 있어서 비극이 벌어지던 상황에 대해 많은 것을 시사하고 있었다. 특히 한 두개골은 이마에서부터 치아에 이르기까지 무시무시한 칼날자국을 남기며 쪼개져 유난히 끔찍한 모습을 보여주었다.

1천 년 이상 지난 이 대학살을 르코크는 중국인들의 종교적 박해로 평가했다.

이 고대의 도시 아래 묻혀 있는 참극은 9세기 중반 벌어진 것으로 승려들이 많아지는 세태를 조정하기 위해 당시 중국의 정부가 내린 명령의 결과였다. 국가 이성의 요구에 따라 모든 승려, 기독교도, 마니교도 그리고 불교도들은 다시 시민 생활로 복귀해 생산과 직접 관련된 일을 해야 하고 결혼하고 아이를 낳고 세금을 내고 군인이 되어야 한다는 명령이었다. 명령에 복종하지 않는 자는 죽음으로 처벌받았다.

알베르트 폰 르코크는 그의 발굴팀과 함께 귀중한 벽화와 족자들을 발굴해냈다. 불교가 헬레니즘과 융합되는 현상을 확실하게 보여주는 증거이기도 했다. 파란 눈과 빨간 머리칼을 가진 사람들이 많은 그림에 등장한다. 그런 변화엔 알렉산더 왕의 원정이 중요한 역할을 했다. 그가 군대를 이끌고 페르시아 사막을 지나 계속 동진함으로써 인종적 교류가 활발하게 일어났던 것이다. 르코크가 카라호자에서 발견한 것 중에는 수백 년 동안 사막의 모래 속에 묻혀 있던 고대 문서들도 포함되어 있어서, 풀리지 않던 많은 수수께끼들을 풀 수 있는 단초를 마련해주었다.

르코크는 당시를 이렇게 기록하고 있다.

우리가 하는 일은 극히 어려운 상황에서 이루어졌다. 겨울에는 북동쪽에서 날아와 도시를 때리는 믿을 수 없을 만큼 사납고 매서운 바람에 적응해야 했다. 반대로 여름에 투르판 분지의 열기는 아무리 가벼운 옷도 쇠로 만든 옷처럼 느껴질 만큼 무섭게 뜨거웠다. 그렇지만 우리는 아무리 뜨거운 날이라고 해도 대개 하루 종일 쨍쨍 내리쬐는 햇빛 아래 그늘 한 조각 없는 자리에서 보냈다.

식생활도 극히 단순했다. 양고기 비계에 쌀을 더한 것이거나 쌀에 양고기 비계를 넣은 것이었다. 여름에 양고기 비계는 얼마 지나지 않아 악취를 내뿜었다. 이 비계로 볶은 쌀인 팔라오는 영양도 풍부하고 맛도 좋은 음식이기는 했지만, 찜통 같은 더위 속에서 악취 나는 음식을 먹는 것은 지치고 짜증나는 일이 아닐 수 없었다.

(……) 물론 1년 내내 멜론과 포도가 있었고 말린 과일도 있었다. 집주인이 그 지역에서 주로 사용하는 토누르(타누르)라고 부르는 오븐에서 구워주는 빵 맛은 아주 훌륭했다. (……) 빵과 차가 없었다면 우리는 분명 건강 때문에 큰 곤란을 겪어야 했을 것이다. 과도하게 과일을 먹는 데다가, 특히 살구와 복숭아 때문에 가벼운 복통과 소화불량을 일으키는 일이 비일비재했다. 살인적인 더위 아래서 그런 병들은 치유하기가 쉽지 않았고 종종 위험한 상태로 악화되기도 했다.

카라호자의 융성기는 13세기 물의 흐름이 진로를 바꾸고 샘과 우물이 말라가면서 갑작스런 종말을 맞이했다. 얼마 지나지 않아 사람들은 물을 찾아 집을 떠났고 오늘날의 투르판으로 이주했다. 결국 카라호자는 죽음의 도시가 되었고, 수백 년에 걸친 모래바람에 할퀴어지고 긁힌 건물들은 폐허로 변했다.

몇 킬로미터 떨어진 곳에서 나는 염호인 아이딩콜 호수(달빛 호수)를 만났다. 증발이 너무 심해서 무서운 속도로 말라가는 이 염도 높은 호수는 그 넓이만도 150평방킬로미터에 달한다. 반달 모양의 형태에서 이름을 얻은 투르판의 아이딩콜 호수의 수면은 해수면보다 154미터나 낮다. 그것은 중국에서 가장 낮은 위치를 의미하며 지구 전체로는 이스라엘과 요르단에 걸쳐 있는 사해에 이어 두 번째다. 납빛의 대기 속에 태양이 이글이글 타오르는 아이딩콜 호수를 끼고 돌아 걸어가면서 나는 사막이 어디서 끝나고 하늘이 어디에서 시작되는지 알 수 없었다. 그러는 사이 메마른 비스킷 색깔의 사막 위에 달궈진 공기가 몸을 떨면 가끔씩 눈앞에 회청색 호수가 물빛을 반짝인다. 물론 그건 호수가 아니다.

영혼을 유혹하는 이 위험한 환영은 자칫 내가 가야 하는 길을 비틀어놓는다. 파타 모르가나, 즉 신기루라는 이름의 이런 현상은 현실이 아닌 모습들로 나를 속이려 한다. 태양이 몸을 씻는 불의 욕탕 속에서 여름을 맞이하면 지옥도 끓어오른다. 섭씨 60도까지 온도가 치솟으면 모래는 75도까지 달궈진다. 당연하지 않은가, 위구르 사람들이 투르판 분지의 이 지역을 '불의 땅'이라고 부르는 것이.

바위가 무너져내려 테라스 모양을 이룬 곳을 지나고, 적황의 구릿빛 산자락과 기이한 형태의 사암 괴석들을 만났다. 그 뒤로도 며칠을 바람이 저어놓은 모래파도와 함께 자갈밭, 점토 평원이 넓게 펼쳐진 지역을 걸었다. 모래파도의 아름다움은 그것이 근본적으로 현재의 것이기 때문에, 금세 사라질 모습이기에 더욱 빛난다.

그런 길에도 끝은 있는 듯 투르판 분지가 산으로 오르기 시작한다. 훠옌산, 즉 '불꽃의 산'은 심홍색 바위가 불꽃처럼 타오르는 장면을 연출한다. 첩첩이 포개진 이 사암 산맥은 동에서 서로 수백 킬로미터가 넘게 뻗어 있고 정상은 1825미터에 이른다. 나는 가는 붉은 모래를 밟으며 기괴한 모습의 산중 지괴로 들어섰다. 번쩍이

는 햇살 속에서 그리고 어스름 저녁의 타오르는 노을 속에서 닳고
닳은 사암의 산비탈들이 불꽃의 바다처럼 붉은 빛을 토해냈다. 식
물이라고는 찾아볼 수 없는 쩍쩍 갈라진 산허리들은 거의 수직으
로 떨어지는 암벽으로 이어졌다. 그늘도 물도 없는 이곳의 열기는
상상을 초월했다. 날개를 그을릴까 두려운지 나는 새가 한 마리도
보이지 않았다.

　무시무시한 느낌의 외딴 계곡에서 나는 미라가 된 대여섯 마리
의 늑대와 마주쳤다. 붉은 모래알이 바싹 마른 털가죽의 기괴한 시
체들을 덮고 있었다. 모래폭풍을 만나 숨이 막혀 죽었던 걸까? 아
니면 여기가 위구르의 전설에 나오는 늑대의 묘지일까? 위구르 사
람들은 늙은 늑대들이 죽을 시간이 되면 전설의 장소로 돌아가는
데 그 자리엔 금은보화가 숨겨져 있다고 설명한다. 그렇지만 아무
리 그 말이 사실이라고 해도 내게는 보물을 찾아다닐 힘이 없었다.
또한 내 여행의 목적지인 베제클리크 천불동(석굴)에 도달하기 위
해선 시간이 부족하기도 했다. 어느 날 밤 르코크가 거대한 이리떼
의 소름끼치는 울부짖음에 잠을 깼던 곳이다.

　"그것은 마치 일백의 악령이 한시에 모습을 드러낸 듯했다."

　동료들과 즉시 총을 들고 뛰어나갔던 르코크는 이렇게 기술했
다. 그리고 바깥에서 그는 말발굽처럼 생긴 바위 위에 늑대들이 진
을 치고 있는 장면을 보고 기겁을 했다.

늑대들은 하늘 높이 코를 치켜들고 달을 향해 긴 울음으로 인사했다. 우리가 고용했던 원주민들이 서둘러 달려와 우리를 안심시켰다.

"두려워하실 필요 없습니다. 여러분께는 아무 짓도 하지 못할 겁니다!" 그리고 정말로 그랬다. 그들 중 한 명이 몇 발을 쏘아 늑대 무리 중 한 마리를 맞혔고, 늑대들은 우리를 떠났다. 총에 맞은 동료를 깨끗하게 먹어치우고 나서. 이 일은 다시 한 번 반복되었다. 그렇지만 두 번째 맞닥뜨렸을 때에는 더 이상 그렇게 놀라지 않았다. 늑대는 이 땅에서 비교적 두렵지 않은 존재였다. 사람이 늑대에게 목숨을 잃은 경우가 딱 한 번 있었다는 말을 들었다. 비극적인 사건의 희생자는 카라호자 출신의 열두 살짜리 어린 소녀였다. 우리는 그 소녀를 알고 있었다. 싫었지만 어쩔 수 없이 60대 노인에게 시집을 가야 했던 소녀다. 그녀는 사막을 지나 룩춘으로 도망쳤다. 반쯤 갔을 때였다. 사막 한가운데 거대한 백양나무가 서 있고 그 옆에 쉴 수 있는 샘터가 있었다. 여기서 그녀는 휴식을 취하고 있었고 잠이 들었을 때 늑대의 습격을 받았다. 사람들이 발견한 것은 피로 물든 옷 쪼가리 몇 개와 다리가 들어 있는 장화 한 짝뿐이었다.

이날 밤 내가 무시무시한 암벽 계곡에서 야영을 하기 위해 텐트를 쳤을 때 땅이 울렸다. 고속열차가 달려가는 느낌이었다. 정신을 번쩍 차리고 텐트에서 나왔다. 나의 야영지에서 멀지 않은 곳에서 넓은 바위틈을 통해 각진 바위덩이들이 우르르 굴러떨어져 어딘가 깊은 계곡 밑바닥을 폭격하듯 때렸다. 몇 분 동안 눈사태처럼 돌벼락이 이어졌고 다시 정적이 찾아왔다. 그리고 절벽으로 돌무더기가 쏟아져내렸던 곳에선 두꺼운 먼지 구름이 피어올랐다.

중국 서부의 사막에서 4주 이상을 보낸 이후에 나는 협곡처럼 거대한 단층지형 위에 세워진 적갈색의 경치를 마주했다. 영화 배경으로 만든 곳이 아닐까? 절로 그런 생각이 들었다. 한가운데엔 좁고 반짝이는 띠가 흐르고 있었다. 무르툭[木頭溝] 강이다. 그 너머로 80미터 높이의 가파른 절벽의 위쪽 가장자리에 어두운 석굴들이 바위에 나란히 붙어 있다. 그것이 바로 베제클리크 석굴사원이다. 과거 그 석굴들 안에서 여러 민족의 예술가들이 환상적인 벽화들을 그렸다. 석굴사원으로 진입하는 길은 오로지 좁고 구불구불한 통로를 지나는 방법뿐이다. 그 소로는 일단 가파른 암벽의 위쪽 가장자리로 올라가고 다음엔 가장자리를 따라 이어진다. 이미 '베제클리크'라는 이름이 내가 암벽 동굴에서 무엇을 보게 될 것인가를 말해준다. 베제클리크는 바로 '그림이 있는 곳'을 의미한다.

비단길의 융성기, 즉 420년에서 1400년 사이에 여러 세대에 걸쳐 이곳을 방문한 순례자들과 선교사들은 1천 개의 사원과 석굴을 만들어냈다. 자연적인 풍화와 무지막지한 파괴 때문에 오늘날에는 약 60개의 동굴만 남아 있다. 석굴사원의 벽과 천장은 아름답게 채색된 그림들과 정교한 조각상들로 장식되었다. 그 비용은 지역의 귀족들이나 비단길을 여행하는 상인들, 외교사절, 대상들이 부담했다.

14세기 중반 아시아를 횡단하는 긴 길을 따라 행해졌던 교역이 뜸해지기 시작했을 때 이슬람교도들은 점점 더 동쪽으로 진출했다. 먼 아라비아의 선교사와 상인들은 칼을 들고 그들의 신앙을 전파하려고 했다. 그와 같은 이슬람의 전파는 중앙아시아에서 불교가 쇠퇴하는 결정적인 계기가 되었다. 이런 전개의 결과로 동서무역으로 생계를 유지해왔던 주요 오아시스 도시들의 수많은 주민들은 주수입원을 잃고 말았다. 문화와 문명이 한꺼번에 몰락의 길을 걸었다. 그리고 많은 오아시스에서 샘물과 급수로가 말라버렸을 때 사람들은 거주지를 떠났을 뿐 아니라 베제클리크의 사원 시설도 그대로 버려졌다. 그리고 그 자리에 사막의 모래가 날아들었다. 20세기가 시작할 때, 알베르트 폰 르코크가 그의 팀을 이끌고 투르판 분지의 황폐한 지역으로 들어섰을 때만 해도 석굴사원의 존재를 알아채지 못하고 바로 옆을 지나쳐 갈 수밖에 없었다.

사원에 다가가면서, (……) 손을 뻗으면 닿을 만큼 가까운 곳까지, 그 길에 그렇게 큰 사원 시설이 있다는 걸 상상할 수 없다. 사원을 볼 수 있는 자리는 딱 한 곳이다. 그러나 그 자리에 과거의 승려들은 아직도 일부가 남아 있는 장벽을 세워놓았다. 사원 시설을 방랑자의 시선에서 보호하고픈 노력이었으리라.

도처에서 사원을 지었던 사람들의 노력을 만나게 된다. 최대한 속세로부터 벗어나 그들의 수행에 전념하겠다는 의지였다. 갑자기 길이 넓어지고 넓은 모래평원으로 이어진다. 그리고 그 뒤로 거대하고 환상적인 언덕이 솟구친다.

그러나 여기에서도 사원을 볼 수는 없다. 사원이 있는 자리는 암벽 중턱에 선반 모양으로 좁게 튀어나온 지형으로 개울 바닥에서 약 10미터 높은 곳인 데다 동시에 말굽처럼 휘어진 언덕에서 거의 수직으로 깎여 떨어진 암벽 가장자리에 있기 때문이다. 오로지 이 가장자리에 최대한 가까이 접근했을 때에만 암벽 중턱 테라스 위의 석굴들을 볼 수 있다. 석굴사원 군락의 위쪽과 아래쪽 끝에 두 개의 작은 돔형 건축물이 세워져 있다. (……)

군락의 북쪽 부분 테라스에 석굴사원들이 가장 많이 모여 있다. 거기에 승려들이 기거하는 방을 갖춘 커다란 사원들이 있다. 하천 흐름을 따라 남쪽으로 작은 규모의 사원들이 길게 이어져 있다. 모두가 산에서 흘러내린 모래와 바람에 날아든 황사로 덮여 있어서 살짝 드러난 벽의 모서리나 둥근 지붕 한쪽으로 사원의 존재를 알아볼 수 있을 뿐이다. (……) 전체적으로 수백 개의 사원들이 보존되어 있다. 남쪽의 많은 사원들은 그 사이 염소 치는 목동들이 기거하면서 그들이 피운 불 때문에 벽화들이 잔뜩 그을린 상태다.

알베르트 폰 르코크는 동료들과 함께 많은 석굴사원들을 발굴하고 독특하고 다채로운 색상의 환상적인 그림들을 찾아냈다. 팔이 여섯 개인 악마의 형상, 기괴한 모습의 인도 신상, 여러 시대의 거대한 부처들, 전통 복장을 하고 선물을 가져다주는 남자들, 사자 가죽과 장딴지까지 오는 긴 양말을 신은 브라만들, 독수리 깃털 모자와 기이한 여성용 모자를 쓴 페르시아 사람들, 방패를 들고 있는 세계의 수호자, 왕족 여인네들, 사람의 몸뚱이와 새의 머리를 가지고 있는 상상의 동물 가루다, 돼지 머리 혹은 코끼리 머리를 하고 무릎을 꿇고 앉은 도깨비들 그리고 분명하게 유럽인의 특성을 보여주는 사람의 두상들……. 그와 더불어 탐사대는 색채가 풍부한 그림들도 찾아냈는데, 이들 그림은 너무 화려하지 않은 형태로 중국 서부 신앙인들의 일상생활을 보여주고 중국 서부의 사막들에서 이미 옛날부터 완전히 다른 법칙과 가치관이 존재했다는 사실을 알려주고 있다.

동굴에서 하루 종일 일을 하고난 저녁에 르코크는 종종 베제클리크의 석굴사원 군락 앞에 앉아 황홀한 경관을 마음껏 즐겼다.

거주 지역 뒤로 솟은 산은 눈처럼 하얀 색이지만 아침저녁으로 동이 트고 질 무렵의 햇빛을 받을 때는 심홍색 물감을 부은 듯 붉게 변한다. 이 산 앞에는 칼로 자른 듯 검은 산모래 더미가 놓여 있다. 그 아래로 건물들의 폐허인 듯 황금색 모래밭이 넓게 펼쳐져 있다. 건초

더미처럼 커다랗게 창공에 달이 뜨는 모습을 보고 있으면 산과 황토
평원의 색깔은 놀랍게 변화한다. 산마루는 자청색으로 물들고, 검은
산모래 더미는 황금빛이 감도는 녹색이 된다. 그러나 황토는 그늘진
정도에 따라 귀신에 홀린 듯 놀랍고 으스스한 색깔들을 빚어낸다.
여기는 불타는 듯 붉고, 저기는 자줏빛이고, 또 저기는 푸르스름한
데, 저쪽은 어둠처럼 검은색이다. 간단하게 말해 그곳의 달밤이 선사
해주는 것처럼 그렇게 환상적이고 경이로운 색의 향연을 내 생전에
본 적이 없다.

그러고서 잠자리에 누워 있자면 몸이 아무리 피곤해도 바로 잠이
들지 않는다. 정신을 바로 쉬게 해주기에는 하루의 체험에서 얻은
감동이 너무 큰 탓이다. 그곳을 지배하는 죽은 자의 침묵 속에서 가
파른 산기슭 아래 빠르게 흘러내리는 개울이 찰박거리는 소리가 들
려온다. 마치 비웃는 듯 느껴지는 소리다. 풍경이 동화처럼 환상의
아름다움을 뿜내기는 하지만 귓가를 파고드는 이 유령의 웃음소리
를 듣고 있자면 악마의 음산함을 완전히 떨칠 수는 없는 노릇이다.
왜 사원 도처의 벽에 악마의 형상이 그려져 있는지 이유를 알 것 같
은 순간이다.

여러 시간을 베제클리크의 동굴에서 보내고 나는 중가리아 사
막과 투르판 분지의 지평선을 지난 내 여행이 여기서 끝났다는 걸
느꼈다. 내가 원했던 장소에 도착했고, 그래서 너무나 행복했다.

그렇지만 이 행복한 감정이 어떤 느낌인지 나는 누구에게도 설명할 수 없었다. 무언가 위대한 것을 만나는 순간의 느낌, 그러나 파도가 다시 흘러가기 전에, 다시 지극히 정상적인 순간이 되기 전에 행복이 용솟음치는 그 순간을 붙잡을 수는 없다. 행복을 붙잡을 수는 없는 법이다.

늦은 오후 석굴사원을 떠나 태양빛이 반짝이는 바깥세상으로 나갔을 때 나는 눈을 찡그려야 했다. 잠시 동안, 작열하는 밝음은 고통이었다. 그러고서 나는 무르툭 강 건너편에서 한 무리의 유목민들이 무겁게 짐을 진 낙타들을 이끌고 북쪽 방향으로 이동하는 모습을 보았다. 마치 꿈속처럼 대상의 무리는 서서히 그리고 소리 없이 적갈색 모래의 파도를 뚫고 긴 고개를 올라갔다. 바람의 남녀, 빛과 밤의 남녀들이 긴 외투로 몸을 감싸고 공중을 떠가는 듯 그들의 다리 사이에서 고운 모래 안개가 피어올랐고 가벼운 바람이 그들의 머리 위를 스쳐갔다. 보이지 않는 흔적을 쫓아 저 너머 무의 세계로, 도달할 수 없는 지평선으로, 저녁이면 태양이 다가서서 몸을 감추는 그곳을 향해 걸음을 옮기는 사람들. 광야는 그런 것이다, 라고 나는 생각했다. 이 사람들이 살기 위해 필요로 하는 것, 그리고 매번 나를 다시 유혹하고야 마는 것이라고.

▶ ▶

아이슬란드 북동쪽에는 거무죽죽 사방에 분화구가 흩어져 있는 달 표면의 풍경이 펼쳐져 있다. '오다다흐라운'이라는 이름을 가지고 있는 땅, '악인의 사막'을 의미한다. 바이킹의 시대에 탈주자와 범죄자들이 숨어들었던 사막, 지구상에서 가장 큰 이 용암사막 위에는 오늘날에도 여전히 수많은 전설들이 떠돌고 있다.

길도 건널목도 없는
어둡고 검은 진흙의 광야

오다다흐라운 사막 │ 아이슬란드(1983년)

이 낯선 세계를 제대로 체험하려면 직접 발로 디디고 걸어야 한다.
서서히 그리고 조심스럽게 걷는 길만이 영혼과 함께 하는 시간이 될 수 있었고,
광야의 모든 것을 호흡하기 위한 올바른 자리,
올바른 시간을 찾아왔다는 느낌을 전해 받을 수 있었다.
재고 따지지 않는 광야, 때때로 나는 여행을 끝내고 나면
이 광야가 없는 삶을 어떻게 살아가야 할지 막막한 기분이 들었다.
차라리 여기서 사라지고 싶다. 그냥 그대로.

폭풍이 향하고 있는 광야 위로 옅은 안개가 거대한 박쥐처럼 날아간다. 광야는 먼지처럼 고운 검은빛 화산재 모래와 사람 크기만 한 바위들 그리고 모굴 경기장 같은 울퉁불퉁한 눈덩이들로 이루어져 있다. 금방이라도 갈라져 터질 듯 균열이 보이는 화산 분화구들, 퉁명스럽고 무뚝뚝해서 오만한 느낌을 주는 그것들은 때때로 용암이 굳으면서 만들어낸 기괴한 형상들을 보여주기도 한다. 과거에 현무암 화산에서 무엇이라도 녹여낼 듯 뜨거운 열기와 시뻘건 빛을 내뿜으며 솟구쳤던 용암의 흐름을 느낄 수 있다.

우리가 타고 가는 오프로드 자동차는 도랑과 눈 더미를 넘어가며 균열이 심한 땅바닥 위를 달팽이 기어가는 속도로 움직여갔다. 파도치는 바다 위의 작은 배처럼 덜컹덜컹 오르락내리락, 곳곳에 분화구가 파여 있어 마치 달 표면 위를 달리는 기분이다. 오다다흐라운, 바로 '악인의 사막'이다. 해수면보다 500~800미터까지 높은 곳에 위치하고 있으며 넓이가 약 5500평방킬로미터로 함부르크보다 여섯 배나 넓은 황량한 화산 지형이다.

지각이 갈라진 틈으로 쏟아져나와 굳어버린 용암과 북구의 차갑고 흐릿한 빛이 하나가 된 이런 풍경은 마치 공상과학 영화의 배경처럼 보이기도 했다. 까마득히 오래전부터 이 지역은 거대한 원형 함몰지형으로 유명한 아스캬 화산이 지배해온 곳이다. 마지막 화산 폭발에서 750미터 길이의 균열을 통해 분출한 용암이 400미터까지 치솟았고, 용암과 슬래그가 강을 이루어 흐르다 환상적이고 기이한 모양으로 굳어버렸다. 미국 항공우주국 NASA가 1960년대에 이 지역을 우주인들의 연습장으로 선택한 것은 전혀 이상한 일이 아니다. 지구상의 다른 어떤 지역도 달 표면과 이렇게 비슷할 수는 없을 테니까. 미국인 닐 암스트롱 역시 동료인 에드윈 올드린과 마이클 콜린스와 함께 이곳에서 훈련을 받은 바 있고, 훈련 이후 그들은 아폴로 11호를 타고 지구를 떠나 분화구가 즐비한 달 표면에 상륙했다. 그리고 암스트롱은 중부유럽 시간으로 1969년 7월 21일 정각 3시 56분에 '고요의 바다'에 발을 디딤으로써 달에 상륙한 최초의 인간이 되었다.

사진작가이자 좋은 친구인 크리스토퍼 랜더러와 나는 아침 일찍 오프로드용 차량을 타고 아이슬란드 북동쪽 지구에서 가장 큰 용암사막이 있는 곳을 향해 가고 있다. 인적이 없는 이 지역은 게르만의 신화가 살아 숨쉬는 아틀란티스 대륙인 듯 오늘날까지도 많은 전설들이 전해지고 있다. 수백 년 전 바이킹 시대에 이 신비한 지역은 여전히 무법자들의 도피처로 여겨졌다. 당시 게르만의 법망을 피하려고 했던 많은 범법자들이 화산활동이 활발한 이곳으로 숨어들었고, 동굴에 잠자리를 마련하고 이끼나 풀뿌리 혹은 몇 가지 수초들로 연명했다고 한다. 결국 대개는 배고픔과 폭압적인 자연의 시련에 그만 목숨을 잃고 말았다.

지구상에서 가장 큰 용암사막인 오다다흐라운 사막은 오늘날까지도 지구상에서 생명체가 살아가기에 가장 혹독한 자연환경으로 여겨진다. 커다란 바위들이 즐비하게 흩어져 있는 자연의 무대 위에 뜨거운 용암이 흘렀던 자국은 뛰어난 기술로 만들어낸 미로와 같다. 마치 누군가 꽉 들어찬 자루를 쏟아놓은 듯 독특하게 침식된 바위들이 뿌려진 검은 평원 위에 황적색 산들이 솟아 있다. 이곳에는 지평선에서 지평선으로 불어가는 냉기 서린 북풍과 무시무시한 폭우도 있다. 그것은 황홀한 풍경을 음침하고 오싹한 세상으로 변화시킬 만큼 무섭고 악명 높은 자연이다.

식물이 없기는 오다다흐라운 지역도 모든 다른 사막들과 마찬가지다. 다만 식물이 없는 이유가 다른 사막들과는 차이가 있다. 흔히 사막 하면 떠오르는 열기와 건조한 기후 때문이 아니라 거친 대양 기후와 잦은 눈비 때문인 것이다. 그것들은 식물의 뿌리에 필

오다다흐라운 사막

⬆ 지구 최대의 용암사막, 오다다흐라운

요한 모든 미네랄 영양소를 화산암으로부터 빼앗아가버린다. 게다가 비와 눈 녹은 물은 멀리 흐르기도 전에 대부분의 식물들이 도달할 수 없는 깊은 곳으로 스며들고 만다. 이런 이유로 오다다흐라운 지역은 이른바 '토양 사막'이라고 부른다. 특유의 토양조건에서 생겨나는 황야, 거기에다 서늘한 기후는 오로지 매우 적응력이 뛰어나거나 뿌리가 긴 식물들만 생존할 수 있도록 만든다. 예를 들면 끈끈이대나물, 분홍바늘꽃, 아르메리아(나도부추꽃), 가늘고 긴 관목인 살릭스 아르크티카 등이다.

우리가 오다다흐라운 사막을 찾은 것은 이 외로운 지역을 직접 피부로 체험하고, 나아가 아이슬란드 북동부의 이외퀼사우아우피 외들룀, 다시 말해 빙하가 녹아 흐르는 강을 접이식 카약을 타고 내려가기 위해서였다. 이 강은 아이슬란드에서 가장 거친 하천이다. 숨쉴 틈 없이 무섭게 굽이치는 강물과 소용돌이와 폭포가 지상에서 가장 거대한 용암사막 한가운데를 뚫고 흘러가면서 매일 10만 톤 이상의 모래와 자갈을 황량한 광야로 옮겨온다. 이 난폭하고 맹렬한 강을 따라 우리는 206킬로미터의 행로를 계획했다. 빙하의 제국, 바트나이외쿠틀의 발원지에서 시작해서 북해의 하구까지, 이제까지 아무도 가보지 못한 길이었다.

아이슬란드로 출발하기 이틀 전에 그림스뵈튼 화산이 폭발했다. 1658미터 높이의 화산이 바트나 빙하 아래 묻혀 있다가 세상을 향해 거친 고함을 내질렀던 것이다. 8456평방킬로미터의 면적을 가진 바트나 빙하는 아이슬란드만이 아니라 유럽 최대의 빙하이기도 하다. 이 거대한 빙하의 서쪽 부분은 아이슬란드에서 가장 활발하게 활동하는 화산지역이다. 대여섯 개의 화산이 빙하 아래 몸을 숨기고 수백 년이 흐르는 동안 가끔씩 활동하면서 광포한 홍수의 재앙을 일으켜 황폐화를 유발하곤 했다.

1934년 이래 더 이상 활동하지 않았던 그림스뵈튼이 하필 이제 다시 폭발을 일으켰다. 전화로 대화를 나눈 한 화산학자는 아이슬란드의 극적인 상황들을 내게 알려주었다. 경이로운 불꽃총이 쏘아대는 화염이 갈라진 지각으로 솟구쳐 300미터 두께의 얼음층을 집어삼키는 모습, 지각이 균열을 일으킨 자리로부터 뿜어나오는 거대한 수증기 구름과 화산재, 그리고 10분마다 한 번씩 상공 500미터 정도의 하늘 높은 곳에서 화산재의 비가 회오리를 일으킨다. 빙하 아래에 묻혀 있는 화산의 경우, 이런 종류의 폭발은 흔치 않은 일이다. 빙하 아래에서 화산이 폭발하는 대부분의 경우에는 일단 막대한 얼음이 녹고 뒤를 이어 홍수가 일어난다. 그 다음에 비로소 화산재 구름이 형성된다.

그러나 이번에는 화산재가 얼음의 융해보다 먼저 일어났다. 아이슬란드의 과학자들은 이와 같이 강력한 화산 폭발이 일으키는 홍수가 오다다흐라운 사막까지 더욱 광범위한 피해를 입힐 수 있다고 우려했다. 다행히 사람들의 거주지는 위험에서 멀리 떨어져 있다. 가장 가까운 거주지역이라고 해도 60킬로미터나 떨어져 있어서 크게 문제될 것이 없다. 다만 바트나 빙하 남쪽에서 17세기에 상륙한 화물선과 그 배에 실려 있던 황금을 수색하던 네덜란드 고고학 연구팀이 철수를 서둘러야 했을 뿐이다.

6월 초 우리는 화산 폭발과 그로 인한 홍수의 위협에도 불구하고 아이슬란드로의 여행길에 올랐다. 짐 속에 접이식 카약을 챙겨 넣는 것도 잊지 않았다. 아무리 위험한 상황이라 해도 여름의 6주에서 8주간, 바트나 빙하로부터 이외퀼사우아우피외들룀으로 충분한 물이 흐르는 이 기간이 아니면 강을 따라 여행하는 건 불가능하기 때문이다.

지구에서 가장 북쪽에 있는 수도로 노랑, 녹색, 파랑, 빨강의 함석지붕들이 예쁘게 빛나는 레이캬비크에 막상 도착은 했지만, 우리는 의기소침한 상태를 벗어날 수 없었다. 그림스뵈튼 화산은 분노를 가라앉힐 기미조차 보이지 않았고 오다다흐라운 사막 주위로는 여전히 높게 눈이 쌓여 있었다. 우리는 꾹 참고 기다렸다. 기다리는 건 쉽지 않은 일이다. 매일 기상청에 새로운 징후에 대해 문의하면서 애를 태웠지만 아이슬란드의 여름은 영영 오지 않을 작정인 듯 보였고, 얼음 속 화산은 으르렁대기를 멈추지 않았다.

우리는 서로서로 애타는 마음을 달래주면서 장비 목록을 하나하나 검토하는 일을 반복했다. 음식물과 사진장비를 체크한 다음에는 안락한 레스토랑에서 차를 1리터나 마시고, 야쿠르트 크림치즈 비슷한 '쉬르'를 먹고, 사막으로 우리를 부르는 모든 것들에 대해 철학적인 이야기도 나눠보고, 고대 게르만 전설의 모음집인 『에다』를 읽었다. 13세기에 만들어진 이 책은 게르만의 신과 여신, 난쟁이와 거인, 영웅과 악마, 세계의 시작과 몰락에 대해 우리에게 흥미진진하고 교훈적인 이야기들을 들려준다.

우리는 또한 북구의 문학과 대담하고 용감한 북구 남자들의 영웅담에 매혹되기도 했다. 바다가 육지로 들어온 곳, 즉 '만'을 의미하는 '비크'라는 어미로 끝나는 이름을 가진 남자들, 다시 말해 바이킹이다. 그 이야기들 속에서 그들 바이킹은 대개 용감한 영웅이자 고귀한 전사로서 살았다. 그러나 9세기에서 11세기까지 빠르게 바다 위를 질주하는 드래건 보트를 타고 훔치고 강탈하고 교역을 하면서 유럽의 바다와 강을 지배했던, 미국과 멕시코까지 항해했다는 진짜 바이킹들과는 아무런 관련이 없다.

노르웨이 사람인 나도두르가 아이슬란드의 동쪽 해안에 도착했던 9세기경, 지중해의 이 외딴 섬에는 이미 수백 년 전에 원시지구의 모습으로 고립된 섬에 발을 디뎠던 몇 명의 아일랜드 승려들만이 살고 있었다. 나도두르와 선원들은 오두막 한 채는 물론 연기 신호도 볼 수 없었기에 거주민이 있으리라곤 짐작도 하지 못했다. 따라서 먼 바다 위의 신천지를 발견했다고 믿은 나도두르는 동쪽 해안에서 겪은 세찬 눈폭풍을 떠올리고 '눈의 나라'라고 명명했다.

그렇지만 이 섬에 현재의 이름, 아이슬란드를 선사한 인물은 몇 년 후 노르웨이 리바르덴에서 온 플로키 빌게르다르손이다. 그는 아이슬란드 서쪽에서 바르다 해안의 바튼 피오르드에 상륙하기 위해 스네펠스네스를 넘어 항해했다. 그곳에 농장을 만든 그는 이 외로운 섬에 오늘날의 이름을 주었다. 그와 관련된 이야기는 17세기 출간된 아이슬란드 정착의 역사를 다룬 책 『란드나우마보크』에 자세하게 전해지고 있다.

> 그곳에 물고기가 가득 들어찬 피오르드가 있었다. 그래서 그들은 건초 모으기를 소홀히 했다. 다음 겨울이 오자 가축이 모두 굶어 죽었다. 봄은 너무도 추웠다. 그때 플로키가 아주 높은 산으로 올라가서 북쪽을 바라보자 피오르드엔 해빙이 가득 차 있었다. 그래서 그들은 그 땅을 아이슬란드라고 불렀으며, 후손들은 계속해서 이 섬을 그렇게 부르게 되었다.

『란드나우마보크』는 아이슬란드의 수도 레이캬비크의 탄생에 대해서도 설명해준다. 그 이야기 역시 바이킹 시대로 돌아간다. 870년경에 노르웨이의 왕 하랄드 쇤하르의 라이벌이었던 바이킹 잉골푸르 아르나손은 싸움 끝에 노르웨이의 고향을 버리고 망명 길에 올라야 했다. 그는 배를 아이슬란드의 어느 만으로 가져갔다. 뜨거운 온천의 수증기를 그곳 거주민들의 연기 신호로 여겼기 때문이다. 친절하게 보이는 해안을 마주하고서 이 북구의 콜럼버스는 신이 그를 새로운 고향으로 가는 안전한 길로 인도해주기를 바랐다. 아르나손은 상륙한 바닷가에 실제로 정착하게 되었고, 그곳을 '연기의 만'이라고 불렀다. 그곳이 바로 레이캬비크다.

오늘날 레이캬비크에서는 과거에 수증기를 내뿜던 온천을 더이상 찾아볼 수 없다. 그러나 충분히 느낄 수는 있다. 레이캬비크 전체가 뜨거운 유황온천의 열로 난방을 하고 있기 때문이다. 거의 무한정이라 할 수 있는 온천수를 가지고 있는 땅인 것이다. 도처에 있는 온수 수도꼭지에서 펄펄 끓는 물이 쏟아져나오고 목욕탕과 부엌에서 계란 썩는 냄새를 풍기는 증기가 퍼진다. 아이슬란드의 천연 에너지는 파이프라인을 통해 모든 가정과 더불어 시립 수영장과 온실에도 무료로 공급된다.

레이캬비크의 작은 책방에서 우리는 독일 출신의 카린을 알게 되었다. 몇 년 전에 그녀는 아이슬란드에 왔다가 교사와 사랑에 빠졌고 곧 결혼해서 이곳에 정착했다. 하루 종일 레이캬비크의 학교에서 일하는 남편과 살림을 차린 곳은 레이캬비크에서 상당히 떨어진 곳이었다. 그래서 폭설이 내리는 겨울이면 집으로 오지 못하는 남편과 떨어져서 혼자 밤을 지새우는 일이 적지 않았다. 그럴 때면 카린은 아이슬란드의 외로운 광야에 홀로 던져진 느낌을 갖게 된다고 했다. 특히 바깥이 깊은 어둠 속에 잠길 때면 그런 외로움은 더 커질 수밖에 없었으리라. 비로소 시간이 흐르면서 그녀는 외로움을 다스리는 법을 배우게 되었다. 사막에서 극도의 외로움에 빠질 때 내가 자주 도움을 얻었던 것, 말하자면 이런 인식이었다. "네 주위의 세상이 네게 등을 돌리면 너의 내면에서 그것을 아름답게 만들어야 한다."

레이캬비크에서 일주일을 보낸 후 드디어 그림스뵈튼 화산이 안정을 되찾았고 날씨도 봄의 기운을 내비쳤다. 장거리 버스를 타고 우리는 아이슬란드 북부로 향했다. 차창 바로 바깥으로 고대의 풍경이 스쳐 지났고, 거기서 우리는 거북의 등가죽처럼 갈라진 지각 아래 도사리고 있다가 가끔 한 번씩 들고 일어나 포효하면서 대기로 불꽃을 쏘아올리는 그 힘이 도대체 얼마나 강력하고 무서운 건지 제대로 느낄 수 있었다.

아이슬란드에 인간의 거주가 시작된 이래로 약 200개의 화산이 150번 이상 폭발했다. 그렇게 위험한 바이킹의 섬이지만 다른 한편 상상을 초월할 정도로 육중한 빙하와 달 표면을 닮은 현무암 사막을 보여주기도 한다. 또 그밖에도 큰 소리를 질러대는 폭포, 유리처럼 맑은 강, 동화 같은 화구호들도 있다. 특히 날씨가 좋은 날이면 칼데라호에 구름이 비쳐서 환상적인 풍경을 자아낸다.

많은 자연현상들은 심지어 기막히게 연기하는 서커스 공연을 연상시킨다. 나마스카르드의 부글부글 끓어오르는 유황온천들도 그런 예다. 거기에서 다채로운 색상의 수증기가 뭉게뭉게 피어오른다. 또 게이시르도 빼놓을 수 없다. 치익치익 큰 소리를 내면서 증기를 내뿜던 유명한 온천이다. 유감스러운 건 '그레이트 게이시르'가 그 사이 활동을 멈춘 듯한 현상을 보인다는 점이다. 대신에 그의 작은 형제로 버터 통을 의미하는 '스트록쿠르'가 여전히 간헐천을 내뿜으며 활동 중이며 부글부글 끓는 물을 10미터에서 20미터까지 공중으로 쏘아올린다.

더 나아가 아이슬란드는 육상의 물을 연구하는 호소학자, 지형학자, 아마추어 고역사학자들이 즐겨 찾는 곳이기도 하다. 또한 거친 들판을 마치 무중력 공간에 떠 있는 듯 가볍게 또각또각 달리는 걸음걸이, 이른바 '묄트' 혹은 톨트라고 불리는 그 특별한 걸음으로 유명한 아이슬란드의 말도 있다. 흔히 그 말은 '제7의 감각'을 가지고 있다고 말한다. 뇌우와 눈 폭풍을 미리 느끼고, 거품이 일고 가스를 내뿜는 강을 건너가면서 굳은 용암이 유황반죽으로 변하는 자리를 냄새로 다 알아챈다는 것이다.

무수한 모기들과 다양한 물새들이 살고 있는 미바튼 호숫가의 작은 마을 레인홀리드에서 우리는 장 폴을 만났다. 젊고 활기찬 이 프랑스 청년은 덥수룩한 턱수염, 카키색 바지 그리고 블루진 점퍼 차림으로 아이슬란드의 고독을 체험하기 위해 사륜 오프로드 차량을 타고 움직이고 있었다. 오다다흐라운 사막으로 가려는 우리 계획을 알게 된 장 폴은 즉석에서 도와주겠다고 나섰다. 그로부터 며칠 동안 우리는 미바튼 호수 남쪽에서 아무도 살지 않는 황량한 내륙으로 덜거덕거리며 달려갔고, 움푹 파인 땅과 잘 부서지는 돌을 타넘으며 울툭불툭 오르락내리락 요동을 쳤다. 용암의 강이 굳어 만든 디레티시마를 덜커덩거리며 넘었고, 마녀의 부엌을 지나듯 짙은 잿빛 증기 사이를 움직여갔다. 자동차의 축과 용수철이 삐거덕 소리를 크게 내고 있으면 이제 균형을 잃고 쓰러지는 게 아닌가 생각도 들었다. 가끔 차에서 내릴 때는 장화를 신고 표면이 뾰족뾰족한 용암과 화산재의 강 위를 걷고 있는 듯한 묘한 느낌을 받는다. 대기 중에서 굳으면서 셀 수 없이 많은 균열이 생겨난 화산암의 강이다. 눈을 씻고 찾아봐도 관목이나 나무는 보이지 않는다. 그저 여기저기 울퉁불퉁하고 쩍쩍 갈라진 화산암에 한 움큼이나 될까 한 잡풀들이나 이끼가 달라붙었을 뿐이다.

화산암은 자동차 무게를 견디지 못하고 뿌드득뿌드득 이가는 소리를 내면서 부서지고 만다. 그러면서 튕긴 돌조각이 총알처럼 날아와 자동차 바닥을 때린다. 개울을 지나다보면 간혹 그렇듯이 바퀴가 모래 바닥에 빠지는 일도 있었고, 간혹 너무 짙게 안개가 끼면 우리가 타고 가는 랜드로버는 눈먼 방랑자처럼 헤드라이트 불빛으로 더듬더듬 바닥을 짚어 바퀴를 굴려야 했다. 그러다 어느 날엔 거대한 눈밭에 바퀴가 빠져 꼼짝할 수 없게 되었다. 유령이 던져놓은 건지 용암사막 한가운데 정말 커다란 눈밭이 덩그러니 놓여 있었다. 우리는 몇 시간 동안 땀을 흘려가며 애쓴 끝에 삽과 견인줄을 사용해 자동차를 겨우 꺼낼 수 있었다. 그런 의미 없는 고생은 두 번 다시 하고 싶지 않았다. 그래서 크리스토퍼와 나는 오다다흐라운 사막을 횡단하는 여행을 걸어서 계속해나가기로 결심했다.

"그 짐까지 끌고 가려면 정말 힘든 길이 될 텐데……."

우리의 결정에 대해 들었을 때 장 폴이 말했다. 우리는 말없이 고개를 끄덕였고 또 잘 알고 있었다. 우리 앞에는 무거운 짐을 끌고 가야 하는 120킬로미터의 길이 버티고 있었다. 생필품과 카메라 장비의 무게가 60킬로그램이고, 접이식 카약이 40킬로그램이었다.

"성공하기를 바랍니다. 행운을 빌게요."

장 폴은 헤어지면서 말했다. 그러고서 자동차 배기구에서 부르릉 시커먼 구름을 내뿜고 덜커덕거리며 떠났다. 우리가 마지막으로 본 것은 창문 밖으로 내민 채 살랑살랑 흔드는 장 폴의 새빨갛고 챙이 넓은 모자였다.

그가 떠나고도 한참 동안 우리는 그 자리에 멍하니 서서 멀어지는 자동차의 뒤꽁무니를 바라보았다. 마침내 자동차가 높은 바위 언덕 너머로 완전히 사라지고 나서야 우리는 정신을 차렸다. 이제 우리 둘뿐이다. 주위는 온통 고요에 잠겨 있었다. 우리는 그 순간을 즐겼다. 완전한 단절의 순간을. 그러고는 깊이 한 번 숨을 들이쉬고 길고 험난한 길의 첫걸음을 내디뎠다.

눈 닿는 곳이라곤 굳어버린 용암뿐이었다. 우리는 용암 위를 걸었고, 용암 위에 앉았고, 용암 위에서 잠을 잤다. 몇 달 동안 나는 아이슬란드 용암사막의 놀라운 것들에 대해 충분히 듣고 조사했다고 믿었다. 나는 우리가 만나게 될 모든 것을 안다고 생각했다. 그러나 이제 정말 그 자리에 와 있고 보니 모든 것이 생각과는 판이하게 달랐다. 조금도 손대지 않은 자연의 무대에 익숙해질수록 그 무대가 지닌 신비함은 더욱 커져갔다. 석탄처럼 검은 악인의 사막으로 더 깊숙이 들어갈수록 그것이 지닌 폭압적인 인상을 떨쳐버리는 것은 더더욱 힘들어졌다.

가장 먼저 세상을 바라보는 시선부터 적응시켜야 했다. 풍경이 너무나 낯설어서, 너무나 원시적이고, 너무나 거칠고 황량해서, 너무나 아름다워서…… 언제나 다시 한 번 자세히 들여다보아야 했다. 반짝이는 검은 가죽처럼 비현실적인 기괴함으로 치장한 원시의 광야에서 시선을 떼는 건 쉽지 않았다. 길도 없고 건널목도 없는 이 야생의 광야는 우리에게 톨킨의 판타지 소설 『반지의 제왕』에 나오는 풍경을 떠올리게 했다. 아이슬란드의 '모르도르'와 '중간계'.

하루하루 검은 모래평원이 거대한 돌밭과 번갈아 나타났다. 잔금이 자글자글한 바닥의 돌은 그야말로 밟으면 부서졌다. 우리는 계속 조심을 해야 했다. 바닥에 깔린 자갈들이 워낙 잘 부서지기 때문에 자칫 중심을 잃고 쓰러지기 십상이었다. 게다가 부석이 부서져 생긴 부슬부슬한 노란 모래가 넓게 펼쳐져 있는 곳에서는 장화가 발목까지 빠지는 바람에 걷기가 몇 배는 힘들었다. 부석은 용암이 갑자기 식으면서 생긴, 구멍이 숭숭 뚫린 돌로 쉽게 부서졌다.

때때로 우리는 빙하가 녹아 흐르는 작은 개울을 건너야 했다. 때로는 중심을 잡기 위해 맨발로 건너기도 하고, 때로는 하이킹 부츠를 신기도 했다. 어떤 경우든 항상 물의 흐름을 몸의 측면으로 맞아야 한다. 물살이 꽤나 빠르기 때문에 최대한 물과 부딪히는 면적을 줄이기 위해서다.

도보 여행에서 맞닥뜨리는 수많은 어려움에도 불구하고 우리두 사람의 생각은 다르지 않았다. 이 낯선 세계를 제대로 체험하기 위해서는 직접 발로 디디고 걸어야 한다는 생각이었다. 서서히 그리고 조심스럽게 걷는 길만이 영혼과 함께 하는 시간이 될 수 있었고, 광야의 모든 것을 호흡하기 위한 올바른 자리, 올바른 시간을 찾아왔다는 느낌을 전해 받을 수 있었다. 재고 따지지 않는 광야, 무언가 낯설고 동시에 행복한 그것이 나에게 속삭인다. 때때로 나는 여행을 끝내고 나면 이 광야가 없는 삶을 어떻게 살아가야 할지 막막한 기분이 들었다. 차라리 여기서 사라지고 싶다.

그냥 그대로.

한 시간을 걷고 나면 우리는 숨 돌릴 시간을 가졌다. 흔히 산을 올라가며 힘이 들면 쉬는 그런 휴식이 아니라 무엇보다 발과 발목이 힘을 되찾는 시간이었다. 균열이 심한 바닥을 밟고 걸으면 발과 발목이 금세 심하게 지쳐버리기 때문이다. 그리고 우리는 휴식 시간마다 신발과 양말을 벗고 발을 말렸다. 신발 속에서 피부가 축축해지고 연약해지는 것을 막고 최대한 물집이 잡히지 않게 하려는 노력이었다.

휴식 시간에 크리스토퍼가 카메라 장비들을 청소하는 동안 나는 백일몽에 빠져 완전한 자유를 만끽하면서 하늘을 따라 생각을 흘려보냈다. 그러다 보면 하늘에 양떼구름이 환상적인 양탄자를 깔아주기도 한다. 젖은 종이 위에 떨어진 수채화 물감처럼 섬세하고 부드럽게 펼쳐진 구름. 저녁이면 깊은 보랏빛으로 타오르는 구름의 띠를 본다. 때로는 너덜너덜 헤진 깃털구름, 때로는 하늘 깊이 걸려 있는 쎈구름, 또 어떤 때는 콜리플라워 모양의 뭉게구름이 다가올 날씨를 알려준다. 아이슬란드에서 구름을 빼면? 그럼 더 이상 아이슬란드가 아닐 것이다.

그러나 막상 머리 위로 악천후 전선이 밀려오고 무겁게 내리누르는 먹구름이 사막에 그림자를 드리울 때는 헛기침 한 번 하지 않고 바로 격렬한 폭풍을 불어댔다. 그러곤 곧장 대홍수라도 일으킬 것처럼 폭우가 몰아쳤다. 텐트를 치는 일은 언감생심 생각조차 할 수 없는 일. 쏟아지는 빗물에 눈이 가려진 채로 우리는 미끄러운 돌 위에서 넘어지기를 반복하면서 비를 피할 바위 밑자리를 발견했다.

잠시 후에 원시의 힘을 담은 뇌성벽력이 폭발하기 시작했다. 번개가 어둑한 구름 위로 강렬한 빛을 비추자 세상이 움찔한다. 광야가 유령의 옷을 걸쳐 입는 순간 가까운 화구봉 위에 빛의 창이 떨어졌다. 대지가 부들부들 전율을 일으키고 있는 사이 우르릉 천둥이 울어댄다. 고대 게르만 사회의 신화적 상상이 만들어낸 천둥벼락의 신 토르가 그의 전차를 이끌고 검은 하늘 위로 질주하면서 망치 묠니르를 휘두른다.

폭풍우의 분노는 밤새 이어졌지만 다음날 아침은 마치 영화를 보는 듯했다. 갑자기 세상이 밝아지고, 우윳빛 안개 사이로 빛이 퍼지는가 하면, 공중에 그려진 그림자 형상이 사방을 날아다니고, 잿빛 구름에서 환한 맥주 거품처럼 노란 빛이 쏟아져나왔다. 점차 풍경이 제 모습을 찾아가면서 하늘은 파랗게 변했고, 너무 파란 하늘색은 보는 이를 취하게 만들 지경이었다.

발아래는 여전히 안개에 덮여 있었지만 갑자기 대지는 그의 회백색 외투를 광야 너머로 벗어던지고 기괴한 모양의 암석들을 깨워냈다. 우리는 순간 환상 속에 젖어들었고, 바람의 목소리가 다가와 부서지는 용암 바위 사이로 속삭일 때 황량한 대지에선 동화 세상의 온갖 피조물들이 주고받는 말소리가 수증기를 타고 은은하게 울려퍼진다.

주위 세상이 온통 잿빛 베일에 휩싸인 날에 유령이 나올 듯 오싹한 기분이 되는 건 당연한 일이다. 그래도 걱정할 일은 아니다. 쨍하고 떠오른 햇살을 받아 안개의 유령들이 다시 돌로 굳어지면 그런 기분은 말끔히 사라지고 말 테니까.

1961년 아스캬 화산의 폭발로 생겨난 생생하게 젊은 용암대, 비크라흐라운을 넘어서 우리는 딩유피욜 산맥으로 짧은 소풍을 갔다. 헤클라, 카틀라, 크라플라 등과 함께 아이슬란드에서 가장 활동적인 화산지역으로 인정받는 장소다. 신생 용암지대의 구조는 아주 약해서 곳곳에 균열과 화산재 더미가 흩어져 있다. 극도로 연약한 대지 위를 한 걸음씩 내디딜 때마다 넘어지지 않기 위해 우리는 최대한 주의를 기울여야 했다. 그렇게 며칠을 보내고 나서 마침내 우리는 오다다흐라운 사막의 성격을 몸으로 느끼기 시작했다. 거칠고 무뚝뚝하면서도 날카롭고 예리한 모습, 그것이 바로 오다다흐라운 사막이었다.

딩유피욜로 가면서 우리는 접이식 카약을 넣은 무거운 짐을 바위 아래 간수해놓았다. 훨씬 가볍게 움직일 수 있어서 당일 저녁에는 이미 딩유피욜 산맥의 1510미터 지점에 도착했다. 뜨거운 차를 마시면서 우리는 이미 빙하기에 수많은 폭발을 통해 생겨난 웅대한 화산 풍경을 굽어보았다. 이 화산의 산맥 중앙에는 아스캬 칼데라가 자리 잡고 있다. 45평방킬로미터 크기의 이 아스캬 함몰 지형은 지하의 마그마가 지상으로 솟구치면서 만들어진 화구호다.

몇 시간 잠을 자고 우리는 다시 산을 올라갔다. 한때 마그마 강줄기가 흘렀던 침식 계곡을 넘어서니 길은 곧장 아스캬 화산으로 이어진다. 아스캬는 상자라는 의미다. 그 이름은 상자 모양으로 함몰된 분화구 모습과 관련이 있다. 1875년 3월 28일과 29일 이곳에서는 상상을 초월하는 화산 폭발이 있었다. 하늘을 무너뜨릴 듯 격렬한 폭발은 상공 300킬로미터까지 연기 기둥을 쏘아올렸다.

폭이 100미터도 넘는 분화구 '비티'(동굴을 의미) 위에서 거대한 칠흑의 증기구름이 뭉게뭉게 피어올랐다. 폭발 이틀 후에도 대기권 높이 날아간 화산재가 스웨덴과 노르웨이까지 이동하여 화산재의 비를 뿌렸다.

오늘날까지도 아스캬 화산 주위의 드넓은 평원들은 100년도 넘게 지난 화산 폭발 당시의 모습을 그대로 보여준다. 특히 둥그스름한 칼데라 호 주위에서는 밤보다 까만 흑요암이 즐비하다. 규산을 포함하는 용암이 갑자기 식은 후에 나타나는 이 준보석을 과거 바이킹들은 장식품이나 신성한 돌로 이용했다. 오늘날 아이슬란드 사람들은 그 돌을 '흐라픈티나'(까마귀돌, 오석)라고 부른다.

화구호 가장자리에서 우리는 깊은 접시처럼 움푹한 지형 밑바닥이 고운 모래와 거친 자갈로 덮여 있는 걸 보았다. 거의 수직의 화구호 내벽에는 군데군데 틈이 벌어져 있고 동굴처럼 보이는 곳도 있었다. 부드러운 경사를 이루는 화구호의 바깥쪽 벽과는 정반대의 모습이었다. 지질학 부도를 펼쳐들고 우리는 구조지질학적인 형성 과정을 뒤따라가보려고 시도했다. 타오르는 마그마가 지각을 뚫고 끓어오르면서 모든 것이 굳어버리기 전에 어떻게 거대한 원형의 화구를 형성했는지 상상했다.

5일째 행진을 이어간 후에 우리는 거품을 부글거리며 흘러가는 이외퀼사우아우피외들룀을 만났다. 바트나 빙하에서 흘러나와 용암사막을 향해 거친 물살로 밀려가는 빙하의 강을 앞에 둔 우리는 지쳤음에도 행복감에 넘쳐 배낭을 바닥에 던지듯 내려놓고 잽싸게 달려가 빙하의 물에 손을 담갔다. 얼음처럼 차가웠다. 당연했다. 얼음이 녹은 물이니까. 보호복을 챙겨넣은 건 참으로 다행이었다. 보호복 없이 이 강에서 카약을 탄다는 것은 불가능했다.

밤새도록 우리는 바트나 빙하의 발치에 세운 텐트 안에 누워 새끼를 낳는 빙하의 신음소리를 들었다. 과연 저 바깥 시끄러운 어둠 속에서 우리를 기다리고 있는 위험들을 어떻게 헤쳐나가야 할지 막막하고 암담한 생각뿐이었다. 위험한 균열과 틈새를 가진 만년의 빙하, 얼음사태, 안개, 폭풍, 거기다 혹시 그림스뵈튼 화산이 또 폭발하기라도 하면…….

불안과 호기심으로 다음날 나는 아침 일찍 일어났다. 아직 6시도 되지 않은 시각 텐트 밖으로 나서는 내 얼굴을 칼바람이 찔러대자 눈에선 절로 눈물이 흘렀다. 나는 걱정에 가득 차 바트나 빙하의 혓바닥쯤에 해당되는 딩유이외퀴틀 위를 올려다보았다. 이외퀼사우아우피외틀룀의 발원지로 여겨지는 곳이자 바로 우리가 찾아내려는 곳이기도 했다. 순간 짙은 회색 안개 속에서 둥둥 떠다니며 헤엄을 치고 있는 거대한 얼음의 장벽 뒤에서 무언가 무시무시한 일이 벌어지고 있는 듯 보였다. 가끔 우지끈하는 소리와 함께 괴물의 신음소리가 들려왔다. 때로는 쉭쉭하는 소리와 콸콸 흐르는 소리가 마치 초대형 커피기계를 떠올리게 만들었고, 먼 파도가 으르렁거리며 울부짖는 소리도 들렸다. 빙하가 갈라지는 소리임에 분명했지만 눈으로 확인할 수는 없었다. 잿빛 속에 묻힌 잿빛, 온 세상이 그렇게 잿빛뿐이었다.

실망한 얼굴로 텐트로 다시 들어갔을 때 크리스토퍼는 차를 끓이고 있었다. 분위기가 좋을 리 없었다. 빙하에 올라가면서 우리는 해가 쨍쨍한 맑고 바람 잔잔한 날을 기대했기 때문이다. 날씨가 우중충하고 비까지 내리고 있으니 할 수 있는 일이라곤 그저 날씨가 바뀌기를 기다리는 것뿐이었다. "날씨가 마음에 들지 않으면 그냥 몇 분 기다려라." 아이슬란드 속담에 딱 맞아떨어지는 일이기는 한데 이번에는 기다리는 시간이 너무 길었다. 몇 분은 어림도 없었다. 열두 시간 동안 우리의 이동거리는 2인용 텐트 안으로 한정되었다. 갇혀 있는 듯 갑갑증을 느끼던 열두 시간, 그 동안 나는 집안에 웅크린 달팽이가 되고 있었다.

다음날이 되자 모든 쓸쓸함과 황량함은 사라지고 바트나 빙하의 강물은 푸르게 빛나는 하늘을 향해 활짝 열렸다. 나는 망원경에 눈을 대고 빙하의 갈라진 틈새, 그 거대하게 열린 통로를 올려다보았다. 깎아지른 절벽과 뾰족한 정상이 있는 얼음 장벽이 몇 분에 한 번씩 우지직 소리를 내면서 갈라지면 새로 생긴 틈으로 쏟아져 나오는 물과 얼음은 너무도 엄청나서 기다란 기차를 통째로 옮겨 놓은 듯했다. 광대한 빙하의 장벽은 변화하는 빛을 받으며 마치 전설 속 키메라처럼 보이는 그림자를 드리웠고, 그런 웅대함을 눈앞에 마주한 우리는 갑자기 극심한 두려움에 휩싸이고 말았다. 두려움을 이겨내는 길은 오로지 하나, 행동하는 것뿐이었다. "지금이 아니면 영원히 못하리라!" 스스로 다짐해보면서 배낭을 짊어지고 빙하의 장벽을 향한 발걸음을 준비했다.

두 시간 후 우리는 아이젠과 피켈, 배낭까지 장비를 철저하게 챙기고 드넓은 얼음의 양탄자 위를 걷고 있었다. 섬세한 그림을 그려낸 듯 얼음판엔 수없이 많은 금이 그어져 있고, 발을 디딜 때마다 삐걱삐걱 자박자박 우둑우둑 소리를 냈다. 경사 급한 교회 지붕이나 성탑과 비슷한 모양의 얼음벽을 기어 올라갔을 때 우리는 청록색 눈을 밝게 뜬 작은 호수들을 바라보고 그 아름다움에 입을 다물 수 없었다. 최정상이 2천 미터에 달하는 바트나 빙하의 장관은 보고 또 봐도 절대 질리지 않아 눈을 떼기 힘들었다.

크리스토퍼가 사진을 찍는 동안 나는 혼자 더 올라가면서 좁은 협곡 사이로 조심스럽게 접근했다. 그때 갑자기 발을 디디고 있는 바닥이 우지끈 무너지고 마치 지퍼가 열리듯 거대한 얼음판이 길게 입을 벌렸다. 나는 빙하의 균열, 즉 크레바스 가장자리에 간신히 버티고 서서 저 깊은 곳에서 얼음이 녹아 만든 물길이 빙하의 가장자리로 콸콸 흘러가는 소리를 들었다. 정신을 바짝 차리지 않으면 여기서 바로 끝장이라는 생각이 들었다.

빙하 바닥에 얼음용 볼트를 사용해 텐트를 고정했다. 그리고 그

안에서 우리 둘은 밤새 바싹 붙은 채 달달 떨어야 했다. 몇 시간 동안 폭풍처럼 격렬한 바람이 텐트를 잡고 흔들었다. 바람은 얼음이 갈라진 틈을 만날 때마다 기분 나쁜 피리 소릴 불어댔고 그 소리들이 합쳐져 소름 돋는 비명이 되었다. 바늘처럼 날카로운 얼음조각들이 날아와 텐트를 긁었고 눈보라는 바느질 자국을 따라 스며들었다. 빙하의 냉기는 서서히 매트를 뚫고 결국엔 침낭을 통과했다.

몰아치는 폭풍의 울부짖음과 밤에도 환한 백야 현상은 정신적으로나 육체적으로나 우리를 불가항력적인 상태로 만들어갔다. 어떻게든 근육을 이완시키기 위해 여러모로 애를 썼지만 뜻대로 되지 않았다. 감정과 이성의 균형이 무너져서 텐트 바깥의 파괴적인 힘에 휘둘리는 복잡하고 엉클어진 생각들을 가라앉힐 수가 없었다. 폭풍이 가라앉을 때까지 그냥 그렇게 견디는 수밖에 별 도리가 없었다.

다음날 아침 우리는 복잡한 생각을 정리하고 크베르크피욜의 육중한 빙하에 이르렀다. 뜨거운 지하 증기가 얼음을 녹여 만들어낸 거대한 동굴 가장자리에서 우리는 70미터 깊이 빙하동굴의 바닥을 들여다보았다. 얼음 녹은 물이 개울을 이루고 흐르면서 이외퀼사우아우피외들룀 강을 시작하고 있었다. 발원지를 찾아냈다는 기쁨에 소리라도 질렀어야 할 터인데 완전히 지쳐버린 우리는 그대로 바닥에 주저앉아 빙하의 강이 악인의 사막으로 달려나갈 길을 찾고 있는 저 아래 깊은 곳을 멍하니 바라볼 뿐이었다.

베이스캠프로 돌아온 우리는 퍼즐을 하듯이 접이식 카약의 나무 뼈대를 맞춰나갔다. 가로 막대와 세로 막대를 가죽 끈으로 단단히 묶고, 그렇게 형태를 갖춘 뼈대에 PVC와 합성섬유 옷을 입혔다. 드디어 카약이 완성되어 물에 뜰 수 있게 되었고 우리는 곧바로 짐을 보트에 싣고 이외퀼사우아우피외들륌의 청록색 발원지를 미끄러지기 시작했다. 거대한 빙하의 혓바닥인 딩유이외퀼들에서 쪼개져 나온 얼음 조각들이 차가운 물과 함께 흐르다가 점차 녹고 있었다.

빙하의 끄트머리를 지나면서 바로 물의 흐름이 심상치 않게 변했다. 여름이면 입방미터당 평균 2킬로그램의 모래와 진흙을 쓸어내릴 만큼 강한 위력을 지닌 거친 물길이었다. 얼음물로부터 우리를 보호해주는 특수한 옷을 입고는 있었지만 얇은 보트 외피를 통해 물살의 흐름을 그대로 느낄 수 있었다. 얼음강의 역동하는 숨결이 느껴질 때마다 가슴의 두근거림이 조금씩 더 커져갔다. 우리의 감각은 피부 표면에서 끝나는 것이 아니라 옷을 지나고 보트 외피를 지나 물을 따라 퍼져가고 있었다. 반은 물에 잠기고 반은 사막에 잠긴 채 달려가자니 마치 양서류 동물이 된 듯한 느낌도 들었다.

북쪽으로 향하는 우리의 래프팅은 200킬로미터 이상의 길고 험한 길이었다. 협곡들과 깊은 계곡들을 지나면서 이외퀼사우아우피외들륌의 물결은 계단식으로 흘러내려갔다. 한편으론 바위를 깎고 한편으론 모래와 진흙을 쌓아가면서. 물굽이가 세차고 유속이 빠른 자리에서 우리는 더블블레이드 패들을 저어가며 힘겨운 싸움을 벌였다. 예측할 수 없는 물살 때문에 한순간도 흐트러짐 없는 집중력을 발휘해야 했다. 하얀 거품을 일으키는 연이은 파도 속으로 돌진해 들어가면서 보트를 올바른 방향으로 유지하기 위해서는 더 큰 주의가 필요했다. 급류의 파도들 한가운데서 갑자기 치솟거나 푹 꺼지는 파도들이 도사리고 있기 때문이다.

흐름이 완만하고 여유로워지면 우리의 시선은 짙은 회색 황량한 강변의 깎아지른 암벽을 바라보았다. 변화 없이 이어지는 강둑을 바라보고 있자면 우리가 흘러가고 있음을 잊기도 한다. 그러다가 어느 순간 이외퀼사우아우피외들룀은 덩치를 한껏 키우면서 드넓은 용암사막 위를 흘러갔다. 지극히 평화롭고 고요하게 흘러가는 강물은 마치 아이들이 유모차를 타고 있는 것처럼 우리를 편안하게 밀어주었다. 그러자 우리의 생각은 그 자리를 떠나 한없이 날아오르기 시작했다. '날아다니는 생각.' 나는 이 경험을 이렇게 부른다. 나 자신 위로 날아다니는 생각, 삶의 의미와 무의미를 넘어서서 그 위로 떠오르는 생각, 인생이란 것이 어떤 종류의 목적을 실현하는 행로에 불과하지는 않다는 깨우침이었다.

계속해서 강을 따라 내려가면서 우리는 아이슬란드의 가장 아름다운 화산, 헤르두브레이드에 이르렀다. '넓은 어깨'라는 의미를 가지고 있고, 또 실제로 그렇게 보이기도 했다. 사다리꼴 모양의 이 화산은 끝없는 검은 용암사막에서 솟구친 무적의 성곽과 같았다. 1692미터 높이의 이 화산이 빙하 한가운데서 대폭발을 일으킨 것은 이미 빙하기 동안이었다. 이후에 용암이 산꼭대기에 모자를 씌웠고 오늘날에는 만년설로 덮여 있다. 바이킹 시대 이래로 게르만 신화세계에서 이 화산 봉우리는 신들의 왕관으로 인정받았다. 천둥벼락을 마음대로 다루는 북구의 강력한 신, 토르의 권좌인 것이다. 어떻게 할까, 단 1초도 고민할 일이 아니었다. 당연히 올라가야 했다.

크리스토퍼가 캠프에 머무는 동안 나는 원형의 암벽을 둘러보면서 정상에 오르는 길을 찾았다. 독일의 지질학자인 한스 레크가 1908년 처음 올랐던 화산 서쪽 벽 앞에서 나는 한참을 머물렀다. 거기에서 비스듬하게 기울어진 암벽의 틈이 정상의 평원으로 이어지고 있었다. 과거 부글부글 끓어오르는 용암이 흘러내렸던 길로, 가장 좁은 곳이라도 폭이 80미터는 되었다.

가장 급한 경사가 35도 정도 되는 길을 쉽게 부서지는 바위를 타고 기어올랐다. 반 이상 암벽 바깥으로 튀어나온 바위들이 있어 자칫 무너질 것처럼 보이기도 했다. 수백 년 동안 수많은 바위 더미들이 부서져내렸지만 바위의 층이 두꺼운 자리에서는 여전히 크고 작은 돌들이 뒤죽박죽 흩어져 덮여 있었다. 덕분에 산을 오르기는 어렵지는 않았지만 대신 더욱 힘이 들고 진땀이 나기도 했다. 세 걸음을 오르면 한 걸음이 뒤로 밀렸다. 숨이 턱밑까지 차올라 암회색 돌무더기 위로 쓰러지기를 여러 번. 그러나 정상이 보여주는 환상적인 전망은 그런 모든 고생을 갚아주고도 남음이 있었다.

용암의 바위들과 원형의 암벽이 만들어낸 거북 등짝 같은 미로

들이 보였다. 저 너머로는 클리오다클레타르, 라우드홀라르, 카프
라일스보스, 레타르보스, 콜로타딩야 등의 산, 강, 계곡들이 영원
히 이어질 듯 길게 늘어서 있었다. 눈 닿는 그 끝에 세계에서 가장
큰 용암사막의 경계가 있을 거라 짐작되었다. 서쪽으로는 스카울
반다플리오트 강이 묵묵히 흐름을 이어가고, 동쪽에는 우리가 타
고 내려가고 있는 이외퀼사우아우피외들륌이, 남쪽에는 거대한
바트나 빙하가 버티고 있다. 그리고 마지막으로 북쪽에는 블라피
얄과 셀란다피얄 화산이 자리잡고 있다.

　며칠이 지나고 우리는 셀보스 폭포 너머에서 다시 카약을 물에
띄웠다. 아마 이때 우리는 호기와 모험심에 사로잡혀 제대로 따져
볼 정신이 없었던 것 같다. 멀지 않은 곳에 계산하지 못했던 위험
이 도사리고 있었던 것이다. 데티보스, 높이가 거의 50미터에 육박
하는 이 폭포는 유럽에서 가장 웅대한 규모의 폭포 중 하나다. 근
처에 이르자 갑작스럽게 강줄기가 길게 호를 그리며 휘어지더니
괴물의 입을 향해 달려가기 시작했다. 눈앞에 나타난 것은 우리를
경악으로 몰아넣기에 충분했다. 휘돌아 굽이치는 물결에서 거품
이 부글부글 끓어올라 하얀 외투를 입은 듯했고, 그 사이로 폭포가
시작되는 지점이 흐릿하게 보였다. 그 위의 물보라는 모든 무지개
색깔을 화려하게 뿜냈다.

　우리는 지그재그를 그려가며 가까스로 카약을 돌이 많은 쪽으
로 몰아갔다. 모서리가 날카로운 바위가 마치 흑갈색 그림자처럼

바로 코앞을 스쳐갔지만 우리는 그저 곁눈으로 슬쩍 볼 수 있었을 뿐이다. 그렇게 정신이 없을 때 별안간 거대한 바위가 우리 바로 앞에서 불쑥 물 위로 솟아올랐고 우리는 도저히 그 바위를 피할 수 없었다. "꽉 잡아!" 내가 소리쳤지만 곧장 카약이 뒤집어졌고 빙글 돌더니 옆으로 길게 누워버렸다. 폭포를 향해 달려가는 물살의 거센 힘은 단 몇 초 만에 보트를 우리 손에서 빼앗아갔다. 파도가 우리를 덮쳤다. 우리는 숨을 참아가면서 바위에 매달리려고 죽을힘을 다했다. 그 바위 아래 카약이 끼어 있었다. 마침내 강 한가운데서 단단히 버틸 곳을 확보하고는 서둘러 자일로 우리 둘의 허리에 묶었다. 마치 등산가들처럼 서로서로 안전을 확보하기 위한 선택이었다. 한 걸음만 잘못 디뎌도 무섭게 흐르는 조류에 휩쓸리게 되는 급박한 상황이었다.

나는 소리를 지르고 싶었다. 두려움과 비난 그리고 분노를 토해내고 싶었다. 세상에 이런 상황에서 무엇을 할 수 있단 말인가? 어떻게 강둑까지 갈 수 있을까? 또 하나 우리가 접이식 카약을 구할 수 있기는 한 걸까? 미친 듯한 물살이 흐르는 동안 바위 덩어리들은 우리를 꼼짝없이 묶어놓았고 카약은 점점 더 물살에 휩쓸려가고 있었다. 다른 선택의 여지가 없는 상황이었다. 우리는 칼로 카약의 겉면을 찢고 카약 나무틀의 살을 몇 개 부러뜨려야 했다. 그렇게 하는 것이 보트에 대한 물의 압력을 줄이는 유일한 수단이었다.

크리스토퍼의 미심쩍은 눈길을 한쪽으로 느끼면서 나는 주머니

132

칼로 보트의 외피를 자르고 몇 개의 나무 가로막대를 떼어냈다. 언제라도 사나운 물살이 우리를 쓸어갈 수 있기 때문에 모든 행동이 매우 조심스러웠다. 두 시간 동안 우리는 젖 먹던 힘까지 모두 동원해 당기고 누르고 하면서 벗겨낸 보트의 외피와 나무틀을 바위 위로 올려놓았다.

그때 갑자기 강가 언덕에 키 큰 그림자가 나타났다. 엉클어진 붉은 머리칼과 갈색의 양가죽을 걸친 남자, 그는 마치 고대의 바이킹 전사 같았다. 닳아 헤진 청바지는 그가 우리 시대의 사람임을 알려주는 전부였다. 양치기였을까 아니면 방랑자? 그가 어떤 사람이든, 어떻게 그 자리에 오게 되었든 그는 우리에게 하늘이 주신 선물이었다. 우리는 재빨리 붉은 갈기 머리 남자에게 밧줄을 던졌고, 그는 그것을 바위에 단단히 묶었다. 이제야 제대로 중심을 잡을 수 있게 된 우리는 한손으로 밧줄을 잡고 다른 한손으로 보트에서 구해낼 수 있는 모든 것들을 강가로 옮겼다. 세 차례를 밧줄에 매달려 하얀 거품이 부글거리는 강을 오간 끝에 우리는 모든 중요한 보트의 재료들과 짐들을 강가로 옮겨놓을 수 있었다. 그러고는 완전히 탈진한 상태로 검은 용암모래 위에 죽은 듯 쓰러졌다. 손가락 하나 움직일 힘도 없었다. 머릿속이 텅 비어 어떤 생각도 떠오르지 않았다.

모든 것이 젖어 있었다. 텐트, 침낭, 옷가지. 음식물을 넣는 방수백도 찢어져 귀리가루, 봉지 수프, 구운 과일 그리고 티백이 뒤죽박죽 엉망이 되어 있었다. 팔과 다리는 온통 부딪히고 벗겨진 상처투성이였다. 무엇보다 크리스토퍼의 등이 심하게 아파서 그 뒤로 며칠 밤을 배를 깔고 지내야 했다.

그런데 우리의 구원자는? 그는 어디 있을까? 정신을 차린 우리는 주위를 둘러보았지만 어디에서도 그를 찾을 수 없었다. 보이는 거라곤 오로지 용암과 암벽이 전부였고, 들리는 건 콸콸 굽이치는 강물 소리뿐이었다. 우리에게 구조의 손길을 내밀었던 그 사람이 누구인지 우리는 결국 알아내지 못했다.

다음날 아침 우리는 바로 카약 수리에 들어갔다. 부러진 나무부품들을 조이고, 아교로 붙이고 가죽 끈으로 동여맸다. 망가진 외피는 낚싯줄로 꿰맸다. 우리 일은 밤늦게까지 계속되었지만 둘 다 시간이 얼마나 되었는지를 모르고 있었다. 아이슬란드의 여름은 밤에도 밝아서 까딱하면 밤이 낮으로 변하고 말기 때문이다.

며칠이 지나서야 우리의 래프팅이 재개될 수 있었다. 데티보스 폭포 아래 쪽에 거대한 계곡, 요쿨사우르글루푸르 계곡이 있었기 때문이다. 빙하의 협곡이 오다다흐라운 사막을 가로질러 25킬로미터까지 이어지고, 거기서 다시 60미터 높이의 암벽을 만나 부딪치고 나아가면서 수많은 격류와 작은 폭포들을 만들어낸다. 우리의 망가진 보트로 이 협곡을 지나는 건 불가능한 일이었다. 결국 우리는 육로로 들어섰다.

카약과 장비를 어깨에 둘러메고 작은 물길을 건너면서 협곡이 계단 모양의 언덕이 있는 계곡으로 넓어질 때까지 계속 걸었다. 그 계곡에선 성벽 형태의 바위기둥들 사이에 사로잡힌 바람이 흐느끼고 있었다. 이 신기한 지역을 아이슬란드 사람들은 '클리오다클레타르'라고 부른다. '메아리의 바위'라는 뜻이다. 이곳에선 8천 년 전에 격렬한 화산활동이 있었다. 갈라진 지각으로 마그마가 무섭게 분출했고, 모든 것을 태울 듯 이글거리는 마그마는 곧장 이외퀼사우아우피외들륌의 차가운 강물과 만났다. 결국 환상적인 형태의 지형이 만들어졌고 오늘날까지도 강력한 요새를 떠올리게 만들고 있다.

'메아리의 바위' 너머로는 용암사막이 넓게 펼쳐진다. 폭풍에 지친 건지 이외퀼사우아우피외들륌의 황갈색 물결은 그저 느릿느릿 북쪽으로 흘러갔고 끄트머리 즈음에선 강줄기가 여럿으로 가지를 치면서 강물의 미로를 만들어놓고 북해로 흘러들었다.

강과 바다가 만나는 그 자리에 도착해서 우리는 밤늦게까지 끝없는 바다를 쳐다본다. 우리는 아무 말도 하지 않고 파도의 리듬에 몸과 마음을 맡겼다. 그것은 쉼 없는 오고 감이었고, 내쉬고 들이마시는 생명의 호흡이었다.

아침이 오면 우리는 가장 가까운 농장으로 가려고 한다. 20~30킬로미터 정도만 가면 찾을 수 있을 것이다. 거기에서 다시 버스로 레이캬비크로 이동하고 며칠 후면 독일로 돌아가게 된다. 귀향의 길을 마치면 금세 다시 대도시의 삶이 나를 채우고 내 행동과 의식을 지배하게 될 것이다. 그러나 오늘은 이 자리에서 강과 바다 그리고 사막의 소리에 귀를 기울인다.

▶ ▶

서아프리카 사하라 남쪽 모래 언덕과 건조한 초원의 나라 말리에는 세 개의 환상적인 탐
사 목적지가 있다. 대항해시대가 시작되면서부터 온 세상의 과학자와 모험가들을 유혹
했던 세 장소. 그 첫째는 아프리카에서 세 번째로 큰 강, 커다란 호를 그리며 세계 최대의
사막을 가로지르는 니제르강이다. 그 다음이 전설이 살아숨쉬는 도시, 팀북투. 그리고 세
번째가 고대의 유산을 그대로 간직한 수수께끼의 민족, 바로 도곤족의 땅 반디아가라 산
맥이다.

"우리는 바람을 따라 오고 간다"

남부 사하라 사막 | 말리(1980년)

도곤 사람들과 그들의 시각을 통해 나는 이 사막의 땅을 배웠다.
그리고 수백 년 쌓아온 경험을 통해 여전히 자신들의 과거와 밀접하게 결합돼 있는
사람들을 체험했다. 자신들의 오랜 통찰을 바탕으로 그들 사이에는
사람들이 서로 존중하면서 살아가기 위한 규칙들이 생겨났다.
존재의 상실이라는 비극이 점점 더 심화되어가는 유럽의 대도시에서는
다시는 가질 수 없는 것들을 이곳에서 나는 발견했다.

세상에서 쫓겨난 것처럼 팀북투(아프리카 말리의 중부에 있는 도시)는 황갈색 사막 한가운데 덩그러니 놓여 있다. 진흙과 모래의 도시, 열기가 번뜩이는 텅 빈 광야에 둘러싸인 도시, 전설이 숨쉬는 이 도시의 이름은 이미 어린 시절부터 내 머릿속을 휘감고 떠나지 않고 있었다.

당시 나는 할아버지의 커다란 책장에서 여러 사람의 여행기를 꺼내 읽었다. 프랑스인 르네 카이에가 저술한 여행기를 읽었고, 독일의 역사학자이자 자연학자인 하인리히 바르트의 여행기도 있었다. 바르트의 여행기에는 19세기에 팀북투를 찾아왔던 최초의 유럽인들이 묘사되어 있다. 이불을 뒤집어쓴 채 손전등을 들고 몰래 그들의 모험 이야기들을 탐닉했고 아프리카와 아라비아의 환상 세계를 꿈꾸었다. 전설은 사막의 도시 팀북투의 모든 집들이 황금

지붕으로 덮여 있다고 말했다.

오랜 세월이 흐른 지금 나는 알제리 북부의 항구도시 알제에서 여행을 시작한다. 버스와 화물차를 타고 오아시스 도시 타만라세트와 카오를 지나는 사하라 횡단 루트에 올랐다. 가물가물 흔들리는 사막의 빛 속에서 팀북투의 모습을 어렴풋이 아련하게 보게 될 때까지는 무려 일주일을 달려가야 했다.

팀북투를 만들고 있는 건 주사위 모양의 진흙벽돌 집들이었다. 그 집들의 문과 창문은 나무를 깎고 양철을 덧붙여 장식되었다. 수백 년 동안 이들 다층의 건물들은 바람과 햇빛과 모래에 시달리면서 과거의 영화를 오래전에 잃어버렸다.

나는 작은 여관에 숙소를 잡았다. 짙은 피부색에 호리호리한 투아레그 족 남자, 압두가 나를 맞았다. 예순 살쯤 되어 보이는 그는 균형을 잡기 힘든지 느릿느릿한 걸음으로 나를 방으로 안내했다. 벽은 푸석푸석 쉽게 부서지는 진흙으로 만들어져 있고, 모래로 덮인 바닥 위에는 얼기설기 짜놓은 두 개의 매트가 놓여 있었다. 탁자도 의자도 램프도 없었다. 전기와 창문도 없었다. 대신에 도마뱀, 바퀴벌레 같은 친구들이 방을 찾아와주었다.

기장죽, 오트밀 빵, 잼, 홍차로 아침 식사를 하고 곧바로 도시 탐사에 나섰다. 얼기설기 복잡한 거리와 좁은 통로 그리고 석조 아치를 지나면서 지붕이 평평한 허름한 건물들과 육중하고 멋들어진 이슬람 사원들을 볼 수 있다. 지어진 지 500년이 훌쩍 넘은 이 오래된 사원들은 팀북투를 상징하는 대표적인 건축물들이다. 무엇보다 징게르베르 대사원은 수단 지역 진흙 건축술의 진수를 보여준다고 하겠다. 이 건물이 오늘날의 형태를 갖게 된 것은 14세기로 거슬러 올라간다. 아이스크림콘을 거꾸로 세워놓은 모양의 첨탑들이 거대한 검지처럼 하늘을 찌르고 있다.

사원을 관람하기 위해 수백 프랑을 지불해야 했다.

"여기는 성스러운 장소라서……."

연신 하품이 나오는 입을 손으로 가리는 졸린 눈의 남자가 나를 거대한 사원 내부로 안내하면서 설명했다. 사원 내부는 쾌적하게 느껴질 정도로 서늘했다. 진흙을 짓이겨 만든 기도실 천장은 숲처럼 빽빽하게 늘어선 기둥들로 받쳐졌다. 모래바닥 위에는 식물의 질긴 껍질로 짠 매트와 양탄자가 기도하는 사람들을 위해 마련되어 있다. 공허감과 고요가 흐릿한 빛 속에서 거의 유령이 나올 것 같은 분위기를 자아냈다. 그리고 가만히 눈을 감고 있자니 이번에는 이슬람의 미라들이 말을 걸어온다.

마침내 미로처럼 얽히고설킨 먼지 가득한 골목과 거리를 어느 정도 알게 되었다. 나는 건물 정면의 예술적인 장식을 보고 놀랐다. 과거에 돈깨나 있는 상인들이 살던 곳으로 오늘날까지도 안달루시아의 건축가이자 작가인 에스 사헬리가 이 거주지를 짓게 했던 14세기 꿈같던 시절을 떠오르게 만든다.

그와 동시에 나는 흘러가버린 과거의 몰락과 마주쳤다. 더 이상 아무도 살지 않는 많은 집들은 마치 무인도에 떠밀려온 난파선처럼 가는 모래에 반쯤 몸을 파묻고 폐허가 되어 덩그러니 놓여 있었다. 벽은 손닿는 곳마다 힘없이 부스러져 무너지기 직전이었다. 탐욕스럽게 먹어치우는 모래와 냉혹한 바람에 맞서서 줄기차게 싸웠던 팀북투의 사람들도 날로 세력을 넓혀가는 사막의 무시무시한 에너지 앞에선 속수무책으로 당하는 수밖에 없었다. 사막은 이제 기다란 모래의 촉수를 도시 한가운데까지 뻗어 과거 그들의 것이었던 땅을 다시 정복하고 있다.

오늘날 팀북투의 인구는 많아야 1만 명 정도에 불과하다. 이곳에 현대문명이 전해진 것은 벌써 오래전 일이다. 전기가 있고 고물차들이 굴러다니고 있다. 기름 값은 이곳의 많은 사람들 한 달 수입보다도 비싸다. 또 악취를 풍기는 쓰레기의 산들이 곳곳에 널려있다. 이렇게 현대문명의 발길이 사방을 휘젓고 있음에도 나는 이도시의 많은 자리에서 시대의 다른 강둑으로 건너뛰어 왔다는 느낌을 갖는다. 그 순간 내 머릿속에서 동화 속 사막 도시의 그림들이 생생하게 그려진다. 180개의 코란 학교들이 있고, 333명의 성인들이 있었으며, 천문학과 법학 그리고 수학과 의학으로 널리 명성을 떨쳤던 대학이 있고, 마라케시와 페스(모로코) 그리고 카이로(이집트)와 활발한 무역을 벌이는 장면들이 펼쳐지는 것이다.

'팀북투'는 투아레그의 언어로 '커다란 배꼽을 가진 수호자의 샘'을 의미한다. 서기 1000년경 이곳은 유목민들이 모여들어 와자지껄 떠들고 흥청거리는 장소에 불과했다. 비로소 14세기에 이르러 팀북투는 활짝 꽃을 피우게 된다. 서아프리카의 종교적 문화적 중심지로서 결국 칸칸 (만사) 무사 왕의 지배를 받게 된 것이다.

무사 왕의 막대한 부는 아라비아 세계를 한순간에 경제침체로 몰아넣을 수 있을 정도였다. 그가 메카로 순례 여행을 하는 중에 카이로의 신하들에게 엄청난 양의 금을 선물로 주었는데 그 결과 이집트에서 황금 가격이 10년 동안 바닥으로 떨어졌다고 한다. 1591년 말리의 이 동화 같은 교역 중심지는 모로코에게 정복당한다. 백성들 가운데 정신적인 지도자들은 모두 끌려가 처형되었다. 300년 후 프랑스인들이 팀북투에 들어왔을 때는 사막의 왕 칸칸 무사의 전설적인 활동들은 모두 먼 과거의 환상이 되어 있었다.

오늘날 팀북투에는 말리, 모로코, 시리아, 아라비아의 상인들 그리고 투아레그 족의 후예들이 살고 있다. 길고 헐렁한 옷을 입은 그들은 언제나 그래왔듯 매력적인 모습으로 시선을 잡아끌고, 한때 가장 거칠고 사나웠던 사막의 전사들로서 '푸른 사막의 기사'라는 전설에 가까이 다가간다.

수백 년 동안 그들은 사하라의 우주를 지배했다. 대상단을 조직하여 모로코, 모리타니, 니제르, 알제리, 리비아를 오가면서 갖가지 향신료, 대추야자, 소금, 차, 황금 그리고 노예를 운반했다. 세계 최대의 사막에서 그들이 모르는 길은 없었다. 태양과 별과 황량한 풍경 속 놀라운 지점들이 그들의 이정표가 되어 있었다.

팀북투를 지나는 행로에서 내가 만난 투아레그족 사람들은 길고 헐렁한 로브를 걸치고 인디고블루의 면직 터번 뒤에 얼굴을 감추고 있었다. 그들이 대화를 나누면서 내 앞을 스쳐갈 때 나는 낯선 그들의 말소리를 들었다. 투아레그의 언어 타마셰크다. 학자들은 여덟 개의 방언이 알려져 있는 이 언어를 베르베르 언어와 연관 짓는다. 반면에 스물다섯 개의 기호를 가진 그들의 문자 티피나르는 고대 리비아 알파벳에 기원을 두는 것으로 알려져 있다. 투아레그 족은 스스로를 '이모학'이라고 부른다. 대략 '자유로운 존재' 혹은 '독립인'이라는 의미를 가지고 있다. 그렇지만 실제 현실에서 투아레그 족은 오늘날 더 이상 자유롭지 않다. 그들의 자부심과 용기는 이미 오래전에 하루하루의 생존경쟁에서 닳아 뭉개져버렸다. 산업화, 비행기, 그리고 화물차들이 쉴 새 없이 무거운 짐을 나르는 도로와 우회로의 건설은 투아레그 족에게서 사하라 횡단 무역이라는 존재의 토대를 앗아가고 말았다.

오늘날 팀북투를 오가는 투아레그 족의 대상을 찾아보기는 힘든 실정이다. 그들은 서남아프리카에서 생산되는 기장이나 여타 음식물 또는 800킬로미터 북쪽의 타오우덴 소금광에서 나오는 무거운 소금덩이를 운반한다. 투아레그 족을 정착시켜 농업에 종사하도록 만들려는 정부의 모든 노력은 거의 실패로 돌아갔다.

"우리는 바람을 따라 오고 간다."

사막의 사람들

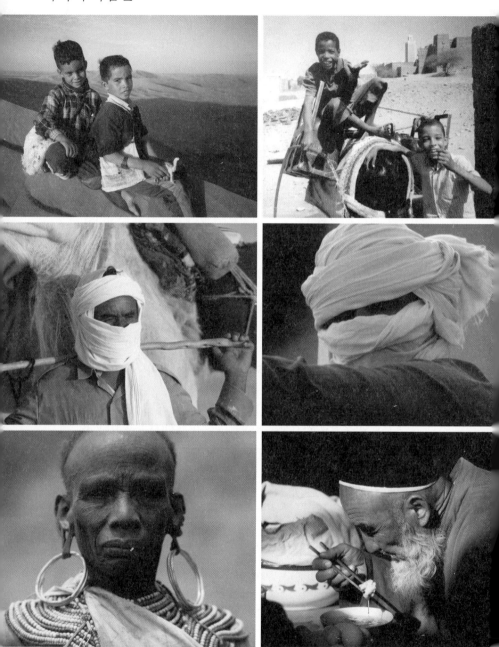

🔼 모로코와 이집트의 아이들, 튀니지의 대상, 리비아의 투아레그, 케냐의 포코트, 중국 고비 사막의 위구르

사막의 풍경들

⬆ 모래와 바위가 자아내는 다양한 사막의 풍경들이 꿈처럼 아름답다.

투아레그족은 이렇게 말하며 수천 년을 이어온 유목민의 전통을 고집했다. 그렇지만 우기가 점점 더 불규칙하게 변하고 건기가 더욱 맹렬한 위력을 떨치게 되면서 많은 투아레그족이 가축을 잃게 되었고, 결국 상당수가 팀북투 주위에서 일자리를 찾아야 했다. 그곳에서 그들은 아무런 위생 수단도 없는 아주 원시적이고 열악한 주거조건에서 살아야 했기 때문에 곧 국가 사회적 골칫거리로 전락하고 말았다.

그리고 얼마 안 가 결국 올 것이 왔다. 팀북투가 내전의 소용돌이에 휘말리게 된 것이다. 투아레그족은 말리 정부군에 맞서 싸웠다. 정부군의 무자비한 공격이 벌어졌다. 과거 그들의 조상은 대부분 투아레그족의 노예였기에 이런 무참한 살상은 과거의 인신매매단에 대한 복수이기도 했다. 그렇게 사막의 모래는 피로 물들어 갔다.

그 사이 100만 가량의 투아레그족이 네 개 사헬 국가들(말리, 니제르, 알제리, 리비아)에 나뉘어 살게 되었다. 그렇지만 투아레그족이 자기들의 국가를 갖는 일은 이제까지 어떤 아프리카 정부도 용인하지 않고 있다.

오늘날 그저 관광을 위해, 이 고대의 도시가 어떤 문화적 유산을 보여줄 것인가 잔뜩 기대하고 팀북투를 찾는 사람들은 쓰라린 현실에서 크게 실망할지도 모른다. 다만 '무언가 다른 것', '상상의' 팀북투에 대해 마음이 열린 사람만이 전설적인 사막의 도시를 환상

146

과 꿈으로 채울 수 있을 것이다. 그런 사람은 한 걸음씩 마법과 신비가 가득한 과거로 들어서게 된다. 구시가지는 특히 그러하다.

나는 거기서 1826년 8월 팀북투를 찾았던 스코틀랜드의 소령, 고든 랭의 집을 찾아갔다. 벽의 기념장식판은 거기 팀북투를 찾은 최초의 유럽인이 거주했음을 기억하게 했다. 그는 전설의 사막 도시를 찾아 사하라 사막을 횡단했던 영국 탐험대의 유일한 생존자였다. 그가 팀북투를 방문한 것은 일종의 도발이었다. 그래서 몇 주 후 영국으로 돌아가면서 그는 아랍인 동행자의 칼에 찔려 죽게 된다.

몇 걸음을 더 가면 한 진흙집에 붙어 있는 동판이 함부르크의 역사학자이자 자연과학자인 하인리히 바르트의 이름을 보여준다. 사하라의 세상에서 그의 이름은 압드 엘-케림이었다. 그것은 '절대자의 종복'을 의미한다. 아프리카를 연구하는 독일 학자들의 대표적인 존재였던 그는 1853년 9월 7일 니제르 강변 전설의 사막 도시에 도착했다.

바르트는 「북아프리카와 중앙아프리카의 탐사 및 발견」이란 제목의 일기에서 이렇게 쓰고 있다.

드디어 내 눈으로 팀북투를 보게 되었다.

우리를 향해 한 무리의 사람들이 달려왔다. 이방인들을 살펴보기 위해서였다. 그건 아주 중요한 순간이였다. 내가 조금이라도 약하게 보이면, 그들 무장한 무리가 내게 조금이라도 악의를 품게 되면 도시로 들어오는 일이 불가능하게 되고 나는 커다란 위험에 빠졌을지도 모른다. 나는 말을 펄쩍 뛰어오르게 한 후에 들고 있던 장총을 앞으로 내밀어 다가오는 무리들에게 인사했다. (……) 그렇게 우리는 도시로 들어설 수 있었다.

그러나 팀북투는 밝은 햇빛 아래서도 빛나지 않는, 어둡고 검은 진흙의 도시였다. 게다가 이날 팀북투의 하늘이 잔뜩 구름에 덮여 있어서 모래로 채워진 이 도시는 온통 모래가 펼쳐져 있고 군데군데 돌덩이들이 모여 있는 사막과 크게 다를 바 없어 보였다.

하인리히 바르트는 그로부터 8개월 동안 팀북투에 머무르면서 연구하고 조사했으며 수많은 자료들을 수집, 기록했다. 그는 황금의 궁전들을 찾아내지는 못했지만, 과거 그 이름이 온 세상 사람들에게 마법의 주문이었고 사람들의 환상에 날개를 달아주었으며, 수백 년 동안 학자와 모험가 그리고 행운을 찾는 사람들을 유혹했던 향수의 땅을 발견했다.

마지막으로 나는 프랑스 사람 르네 카이에가 살았던 집으로 찾아갔다. 이 시골 출신의 젊은이는 혈혈단신 아랍인 순례자 차림으로 팀북투에 도착했다. 카이에는 열하루 동안 이 성스러운 도시에 머물렀고, 프랑스로 돌아가 그가 발견하고 조사한 내용을 보고했다.

몇 시간을 헤매고도 카이에의 집을 찾지 못한 나는 결국 그 집이 부서졌다는 사실을 들을 수 있었다. 그후 그 집은 철저한 역사적 고증을 거쳐 다시 세워졌다고 한다. 그렇지만 내가 거기 있을 때는 아직 그런 노력이 시작되기 전이었다.

　숙소로 돌아온 나는 배낭에 챙겨왔던 카이에의 저서 『팀북투로 떠난 여행』을 꺼내들고 옥상으로 올라갔다. 거기에 오르자 발아래 펼쳐진 팀북투 시는 지평선까지 파도치듯 이어진 모래언덕과 저 멀리 맞닿아 있었다. 담요 위에 편안하게 몸을 뉘고 카이에가 전설의 도시에 도착해서부터 차곡차곡 기록했던 내용을 읽어나가기 시작했다.

　4월 20일 (1828년) 3시 30분경 시디-압달라히 헤비르의 사람들과 나는 팀북투로 가는 길을 따라 북쪽 방향으로 이동했다. 배에 타고 있던 노예들이 우리와 함께 나서서 제법 대상의 모습을 갖출 수 있었다. 우리는 가장 어린 노예들을 나귀에 앉게 했다. 가는 길이 거의 걷기 힘든 모래밭이었기 때문이다. 카바라 근처에서 우리는 두 개의 작은 연못을 만났다. 연못가에서는 1~2미터 크기의 미모사들이 자라고 있었다. 조금 더 가서 비록 드문드문 성기게 자라긴 했지만 그래도 녹색의 식물을 만날 수 있어서 기뻤다. 그렇지만 그런 기쁨을 누리는 건 전체 길의 반쯤에 불과했다. 나머지 길은 훨씬 황랑했고, 고운 모래는 앞으로 나아가는 발걸음을 아주 무겁게 만들었다.
　한참 힘든 걸음을 옮기고 있을 때 쉰 살쯤 되어 보이는 투아레그

족 남자가 우리를 뒤쫓았다. 멋진 말을 타고 있는 그는 어린 흑인 노예를 강탈해가려고 했다. 그러나 시디-압달라히 헤비르의 사람들이 그 노예가 그들 주인의 것으로 팀북투에 잘 도착하면 틀림없이 주인이 사례를 할 것이라고 남자를 달랬다. 보상금을 받게 될 거라는 말에 결국 투아레그족 남자는 우리를 괴롭히는 행동을 멈췄다. 그러나 그는 나를 자세히 관찰했고 동행하는 사람들에게 내가 누군지, 어디서 왔는지를 물었다. 내가 아주 가난한 사람이라고 몇 번이나 말하고 나서야 그는 내게서 뭔가 얻어낼 게 있을까 하는 희망을 포기했다.

저녁에 우리는 팀북투에 도착했다. 너무도 행복했다. 마침내 수단의 성지를 보게 된 것이다. 벌써 오래전부터 꿈꾸었던 목적지에 드디어 이르고야 말았다. 만나게 된 첫 순간 팀북투는 기울어가는 태양의 어스름한 빛 속에 있었다. 수많은 유럽 국가들이 탐사하고자 했던 이 전설의 도시에 발을 들여놓는 순간 나는 글로 형언할 수 없는 행복감에 사로잡혔다. 내 생애 최고의 만족감이고 기쁨이었다. 너무 기뻐서 나 자신을 잊을 정도였다. 다시 정신을 차리기 위해 나는 신을 떠올리고 진심으로 신께 감사했다. 나의 계획을 성공으로 이끌게 해주셨다. 신의 끝없는 도움이 없었다면 어떻게 내가 결코 넘어설 수 없는 것처럼 보이는 그 수많은 장벽과 고난들을 이겨낼 수 있었을까?

그러나 처음 느낀 감격이 가라앉았을 때 나는 팀북투의 모습이 기대했던 것과 판이하게 다르다는 걸 알았다. 유럽 사람들 모두가 그랬듯이 나는 끝없이 펼쳐진 황금의 도시가 휘황찬란하리라 기대했었다. 그러나 그건 환상에 불과했다. 보이는 건 허술하게 지어진 진흙집들과 도시를 둘러싸고 있는 누렇고 하얀 모래의 평원, 불그스름 빛 속에 잠겨 지평선까지 뻗어나간 거대한 사막뿐이었다. 납빛의 고요가 새소리 하나 들리지 않는 우울한 풍경을 짓누르고 있었다.

그럼에도 불구하고 사막 한가운데 그렇게 커다란 도시가 버티고 서 있는 광경은 어쩐지 대단히 감동적이었고, 이 도시를 세운 사람들의 노력은 충분히 경탄과 찬사를 받을 자격이 있다는 생각이 들었다. 추측하건대 과거에는 니제르강이 팀북투와 맞닿아 흘렀으리라. 그러나 오늘날 니제르강은 도시 북쪽 8마일 거리 사막 한가운데를 흐르고 있다.

나는 시디-압달라히의 집에 숙소를 얻었다. 그리고 그는 정말로 아버지처럼 나를 맞아주었다. (……) 저녁 식사에 나를 초대했다. 아주 맛있는 쿠스쿠스(야채와 양고기를 넣고 찐 경단)와 수수 그리고 양고기가 있었다. 여섯 명이 냄비를 둘러싸고 앉아 함께 먹었다. 아주 깨끗하게, 손가락으로 먹기는 했지만…… 식사 후에 집주인과 헤어져 숙소로 들어왔다. 주인이 나의 새로운 잠자리의 바닥에 담요를 깔아놓아서 그 위에 누워 휴식을 취했다. 팀북투의 밤은 낮만큼이나 뜨겁다. 방안에서는 더위를 참아낼 수 없어서 마당으로 나갔다. 그러나 거기서도 덮쳐누르는 열기 때문에 잠을 잘 수 없었다. 신선한 바람 한 조각 느껴볼 수 없는 이 밤에 나는 여행을 시작하고 가장 불편한 시간을 보냈다.

다음날 아침 일어나자 곧장 집주인을 찾았고, 그는 한결같은 친절한 미소로 내게 인사했다. 그러고서 이 도시에 대해 더 자세히 알아보기 위해 산책을 나섰다. 기대했던 것만큼 그렇게 크지도 않았고, 주민의 숫자도 생각보다 적었다. 교역의 규모 역시 흔히 들었던 것보다 훨씬 미미한 수준이었다. 예를 들면 가까운 도시 젠네에서 보았던 만큼 많은 이방인들을 볼 수 없었다. 그저 짐을 싣고 거리를 지나는 낙타들이 많이 보였을 뿐이다. 그 짐은 팀북투의 전초기지 격인 항구 카바라로 배가 싣고 온 것들이다. 몇몇 주민들은 매트 위에 웅크리고 앉아 잡담을 나누고 있고, 수많은 다른 주민들은 문 앞 그늘에서 잠을 잔다. 간단히 말해서 모두가 깊은 애달픔을 호흡한다. 게으름인지 편안함인지 말하기가 쉽지 않은 그 최소한의 활동이 나를 놀라게 했다. 오로지 몇몇 콜라나무 열매 상인들만이 젠네에서처럼 소리를 질러가며 열심히 장사를 했다. (……)

삼각형 모양을 하고 있는 팀북투의 한쪽 길이는 대략 3마일 정도가 된다. 가옥들은 평평하지만 공간은 널찍하다. 많은 집들에서 출입문 위에 작은 방이 있는 걸 볼 수 있다. 손으로 만들어 햇빛에 말린 둥그스름한 벽돌이 건축의 주재료다. (……)

팀북투의 거리는 깨끗하다. 그리고 세 명이 말을 타고 나란히 달려갈 수 있을 정도로 넓다. 도시 안팎에서 풀라니족 목동들의 집처럼 생긴 수많은 지푸라기 오두막이 보인다. 주인을 위해 장사를 하는 빈민이나 노예들이 사는 집이다.

르네 카이에의 시대와 마찬가지로 오늘날 팀북투의 생활은 아침 일찍 해가 뜨기도 전에 깨어난다. 그러고 나면 우아한 성인 여성들은 구식 진흙 화덕에서 전형적인 호밀빵을 굽는다. 빵을 먹다 보면 치아 사이에서 구운 모래가 씹힌다. 그밖에도 여자들은 아침으로 절구와 장작을 이용해서 수수를 쪄낸다. 수천 년을 한결같이. 태양이 정수리를 향해 따가운 빛을 내뿜는 정오가 가까워오면 대개는 무더운 바람이 미로와 같은 골목들 사이로 파도처럼 밀려온다. 틈과 구석이 있으면 어디든지 몰려드는 그 바람은 한낮의 열기를 더욱 참기 힘들게 만든다. 이제 도시는 죽은 것처럼 보인다. 모든 움직임이 멈춰 선다. 시간도 정지한 듯 세상은 숨을 쉬는 것조차 멈춰버렸다. 그런 절대적인 고요 속에 있으면 왜 소리가 없는 것이 멍하게 마비된 듯 느껴지게 되는지 이해할 수 있다.

비로소 저녁이 되어 노을이 하늘을 환상적인 색깔로 물들이고 조금 시원해진 공기가 도시 안으로 불어오면 나는 팀북투의 다양한 생명력을 체험한다. 흑백의 긴 옷을 걸친 남자들이 집을 나서서 몇 명씩 모이고는 산책을 한다. 손에 손을 잡고 먼지가 자욱한 골목길을 걷는다. 진흙 담장들은 마지막 햇빛을 받아 연노랑으로 빛난다. 드디어 전설 속 신비한 매력을 회복하는 것이다. 시장 곳곳에서 소란이 벌어지고 작은 화덕들마다 차를 마시는 사람들이 빙 둘러 있다. 아프리카-아랍의 놀라운 세상이 힘을 발휘한다. 여기서 나는 팀북투의 악마적인 매력에서 벗어날 수 없는 시간들을 체험했다. 전설의 과거가 긴 그림자를 던지면서 다시 한 번 생생하게 살아나는 시간이었다.

　나는 팀북투에 일주일간 머무르고 나서 통나무배 비슷하게 생긴 피나세를 타고 여행을 이어나갔다. 피나세는 니제르강을 오가는 말리의 전통적인 운송수단이다. 여기서 모든 종류의 짐들을 실어날랐던 15~20미터 길이의 이 기다란 보트는 천 년이 지나도록 거의 변한 것이 없었다. 뱃머리와 고물은 두 개의 판을 이어붙였고, 가운데 공간은 젖은 거친 천과 타르 그리고 윤활유로 빈틈없이 메웠다. 추진력으로는 커다란 돛과 기다란 막대를 주로 이용하고 최근에는 모터를 장착한 피나세도 심심치 않게 보인다. 그렇지만 모터 가격은 배 값 자체와 맞먹을 만큼 비싸다.

　떠오르는 태양과 함께 남쪽으로 출발했다. 아프리카에서 세 번째로 큰 강가의 중요한 수상교역 도시, 몹티로 가는 길이다. 그리고 거기에서 도보로 남부 사하라를 지나고 말리 공화국 내륙으로 들어가 반디아가라 고원을 찾을 계획이다. 애니미즘의 부족 도곤의 피난처로 유명한 곳이다. 선사시대부터 검은 대륙의 토박이로 살아왔던 이들 도곤족은 과거 전투적인 투아레그족과 서아프리카 대제국들의 군대에 밀려나면서 말리의 외딴 산악지대에서 살 곳을 찾아야 했다. 그리고 그렇게 외부와 차단된 덕분으로 천 년의 전통과 신앙을 21세기까지 그대로 지킬 수 있었다.

배를 타고 사막을 항해한다는 것 자체가 정말 상상하기 힘든 일이다. 사막 한가운데를 흐르는 니제르강을 서아프리카의 여러 민족들은 각자의 말로 '하천의 아버지'라고 부르고 있다. 풀라니족 유목민들은 '마요'라고 부르고, 밤바라 족 농부들과 보조 족 어부들은 '졸리바'라고 말한다. 정착 민족인 송하이 족은 '이-싸 베르'라는 이름을 사용하고, 아랍의 사막 유목민들은 니제르강에게 '그 히르니그헤렌', 즉 '흑인들의 강'이라는 이름을 주었다. 이 강은 북위 9도 근처 기니의 푸타 잘롱 고원에서 발원하여 커다란 호를 그리며 남부 사하라를 흐른다. 결국 기니만에서 대서양과 만날 때까지 장장 4200킬로미터의 대장정을 지난다.

바다로 흘러들기까지의 기나긴 길에서 니제르강은 많은 환상적인 이름들만이 아니라 멋진 모습과 과거를 보여주기도 한다. 유럽이 어두운 중세를 보내고 있는 시기에 이 강가에 가나, 말리, 송하이와 같은 높은 수준의 문화를 갖춘 서아프리카의 대제국들이 생겨났기 때문이다. 그리고 수백 년 후에 우리 세대의 지리학자들이 니제르강에 대한 그들의 무지를 마음대로 지어낸 흡혈 괴물들의 그림들로 포장하고 펄펄 끓어오르는 강물이 그런 괴물을 만들어냈다고 주장하는 사이에 이들 강력한 국가들은 벌써 대규모의 군대를 조직했고, 뛰어난 기능을 가진 행정제도를 확립했으며 페스, 카이로, 메카, 제노바와 같은 도시들과 융성한 무역을 벌이고 있었다.

그렇지만 이들의 영광스런 과거는 어떤 결과를 낳았을까? 무엇이 그들의 영화를 무너뜨렸는가? 오늘날 말리는 세계에서 가장 가난한 나라에 속한다. 수십 년 전부터 이곳엔 비가 와야 할 때 오지 않고 지나는 일이 빈번하다. 바짝바짝 대지를 태우는 가뭄은 많은 경작지를 풀 한 뿌리 자라지 못하는 황무지로 만들어버렸다. 곡식을 얻을 수 없으니 결국 기아 문제가 발생하지 않을 수 없다. 물론 이 지역은 애초부터 건기와 우기의 불규칙한 리듬을 갖고 있었다. 그것 자체를 근본적인 변화라고 말할 수는 없다는 의미다. 그러나 그보다 심각한 건 기후의 폭력에 대응하는 인간의 능력이 악화되었다는 점이다. 거기에 더해서 전통적인 사회적, 경제적 구조까지 무너지면서 더 이상 자연의 폭력에 맞설 수 없게 되었다. 결국 점점 더 간격이 짧아지는 건기는 혹독한 가뭄과 기아 사태로 이어지곤 하는 것이다.

피나세는 니제르강을 따라 소리 없이 움직여가고 있었다. 쉬지 않고 천천히 흘러가는 피나세에서 건너다 보이는 황량한 강둑에는 나무 한 그루, 덤불 하나 없었다. 노란 모래언덕은 니제르 강물 속으로 곧장 머리를 집어넣었다. 거의 변화가 없는 강변의 풍광 속에서 아주 가끔 몇 그루의 아카시아와 야자수, 붉은 흰개미집 혹은 한 무리의 하마를 볼 수 있을 뿐이다. 피나세에는 여자들의 속치마 스타일로 허리에 두르는 옷과 러닝셔츠만 입은 세 명의 선원이 타고 있었다. 그들은 그 무거운 배를 움직이기 위해 주로 장대를 이용했고, 때때로 사각 돛을 크게 부풀어오르게 하는 사막의 바람을 빌려 쓰기도 했다. 니제르강의 물살은 움직이지 않는 듯 조금씩 조금씩 세상에 널리 알려진, 그것도 주로 악명을 떨치고 있는 건조 지역, 이른바 사헬 지대로 흘러들고 있었다.

아프리카 대륙 북위 12도에서 18도에 걸쳐서 펼쳐진 이 건조한 띠는 서쪽에서 동쪽까지 400만 평방킬로미터의 광활한 지역이다. 사헬이라는 이름은 과거 아랍의 대상들에게서 유래한다. 북에서 남으로 모래의 바다를 건너온 후에 식물이 자라는 최초의 징후를 만나면 그들은 그것을 '사헬'이라고 불렀다. '강둑'과 비슷한 의미를 가진 말이다. 이 지역에서 사막은 건조 사바나로 바뀌어간다. 과거에는 넓게 식물대를 형성했던 곳이다. 그러나 식물의 생장에 필요한 빗물마저 사라지면서 결국 반쪽짜리 식물지대로 전락했다. 소중한 가축과 경작지가 모두 가뭄으로 희생되었고, 이는 결국 수만 명이 굶어죽는 끔찍한 기아 사태로 이어졌다.

그런 비극적인 상황을 그려볼 때 니제르강의 육중한 물줄기가 '사헬'의 황량한 땅을 지나 묵묵히 흘러가고 있는 건 거의 그로테스크하다는 느낌마저 든다. 수백 년 동안 유럽인들은 이 강에 대해 머리를 싸매고 고민했다. 학자들과 여행자들은 쉼 없이 니제르강에 대해 연구했지만 그건 깜깜한 어둠 속에서 길을 찾는 것과 다를 바 없었다. 긴 세월 검은 대륙에 대한 지식은 오로지 북아프리카로 한정되었다. 사하라 너머의 세상에 대해 사실적인 그림을 그려내기에는 남쪽에 대해 아는 것이 너무 없었다. 18세기 초에야 비로소 아프리카의 감춰진 지역에 대한 관심이 살아나기 시작했다. 1788년 6월 런던에서는 아프리카의 체계적인 연구를 목표로 '아프리카 협회'가 창설되었다.

1년 후에 스물네 살의 스코틀랜드 의사 뭉고 파크가 이 협회의 지원을 받아 니제르강의 비밀을 풀기 위해 나섰다. 그 강변에 전설의 도시 팀북투가 화려한 자태를 뽐내고 있을 거라 기대하면서. 1795년 뭉고 파크는 영국에서 아프리카 서안으로 항해했고 약 300킬로미터 감비아강을 거슬러올라 영국의 무역소에 도착했다. 거기서 그는 원주민의 말 만딩고를 배웠고 계속해서 내륙으로 전진했다. 도중에 그는 한 전투적인 원주민 부족에 사로잡히는 위기를 맞기도 했지만 일주일 가량 지나서 풀려날 수 있었다. 1798년 7월 말 그는 드디어 니제르강에 도착했고, 강물을 따라 160킬로미터를 거슬러 올라갔다. 거기서 우기를 맞아 그는 최대의 위험에 부딪히게 된다.

8월 5일 강이 범람하면서 여러 차례 길을 잃을 위험에 빠졌다. 초원은 수 마일이 넘게 무릎까지 빠지는 물로 덮여버렸다. 이 지역에서 언제나 가장 건조한 땅이라는 옥수수밭까지도 물바다가 되어서 내 말은 두 번이나 진창에 발이 빠져 꼼짝하지 못했고, 말을 다시 움직이게 하기 위해서 무진 애를 써야 했다. (……) 어떤 자리에서는 거의 지날 수 없을 정도까지 물이 차올랐지만 결국 간신히 헤치고 건너가 작은 마을에 도착했다. 거기서 나는 100카우리를 내고 말에게 먹일 옥수수와 내가 먹을 우유를 살 수 있었다.

몽고 파크가 또다시 원주민의 습격을 받아 무기와 옷가지를 빼앗겼을 때 다음 번 유럽 무역소까지는 장장 800킬로미터가 남아 있었다. 그럼에도 불구하고 그는 야생의 땅을 지나 질병, 배고픔, 갈증을 이겨내고 1979년 6월 감비아 강변 무역소에 이르렀다.

영국으로 돌아간 그는 아프리카 탐사에 대한 상세한 여행 보고서를 출간했다. 그 책에서 그는 니제르강이 굽이굽이 많은 우회로를 지나 대서양으로 흘러든다는 추측을 내세웠다. 이런 주장을 증명하기 위해 그는 1805년 두 번째 아프리카 여행을 기획했다. 35명의 군인들이 동행하는 잘 준비된 정부 탐사대의 대장으로서 그는 다시금 아프리카 땅에 발을 들여놓았지만 새로 부닥친 우기의 폭력 앞에 엄청난 피해를 입고 말았다. 대륙 전체가 물에 잠긴 듯 온 땅이 늪으로 변해버렸고 끓어오르는 열기는 도저히 견딜 수 없을 지경이었다. 대규모의 홍수, 격렬한 폭풍 그리고 고열을 수반하는 질병들이 탐사대를 하나둘 쓰러뜨렸다. 그리고 8월 19일 몽고 파크가 강변 도시 세구에서 두 번째로 니제르강과 만나게 되었을 때 그의 곁에 남은 군인은 여섯 명에 불과했다. 두 달 후 11월 중순, 몽고 파크는 감비아의 영국 무역소로 한 유색인을 보냈다. 속이 빈 막대기에는 여러 두루마리의 탐사 보고서가 담겨 있었고, 그 사이에는 친구에게 보내는 편지 한 통도 들어 있었다.

　이제 나는 니제르강의 물살에 몸을 맡기기로 결심을 굳혔네. 니제르강의 하구를 발견하게 되든지 아니면 죽게 되겠지. 내가 이 여행의 목표를 이루지 못하면 니제르강은 내 무덤이 될걸세.

　이 글은 유럽에 전해진 뭉고 파크의 마지막 말이 되었다. 아프리카 대륙에서 그의 종적은 찾을 길이 없게 되었다. 아마 그는 계속 강을 따라 내려갔을 것이다. 팀북투를 거쳐 배를 타고는 지날 수 없는 부사 폭포의 급류까지 멈추지 않고. 그런 다음 거기서 그 지역을 지배하는 부족의 전사들이 그를 습격했을 것이고……. 뭉고 파크는 그의 말처럼 동료들과 함께 니제르강의 거친 물결 속에 파묻히게 되었으리라.

　팀북투 남쪽으로 100킬로미터를 채 가지 않아 니제르강은 거대한 호수 데보 호로 변신한다. 수위가 최고조에 이르는 8월부터 이곳에선 약 4만 평방킬로미터의 평야가 물 아래 잠기고 만다. 이 거대한 내륙 삼각주에서 물이 빠지고 나면 농부들은 이 비옥한 토양을 수수와 쌀을 경작하는 데 이용한다. 그렇지만 최고의 풍작을 거두는 해라고 해도 800만 말리 국민이 가까스로 허기를 면할 정도에 불과하다.

500킬로미터의 강줄기를 따라 7일 동안 여행을 했다. 그 사이 열대성 호우가 유황빛 모래폭풍과 함께 오락가락했지만 별 탈 없이 나는 '아프리카의 베네치아'로 불리는 몹티에 도착했다. 우기가 되면 이 도시는 세 개의 섬으로 변해서 제방으로만 서로 연결된다. 말리 사람들은 매일 이곳으로 소금, 말린 생선, 목면, 땅콩, 도자기, 야자 잎으로 짠 돗자리, 땔감용 나무 등을 팔기 위해 가져오고 수천 명의 사람들이 판매대 사이를 오가면서 흥정하기에 여념이 없다.

시장에는 오렌지, 양파, 파프리카, 각종 양념 그리고 카사바의 열매인 마니옥이 산처럼 쌓여 있고, 찐 쌀과 달콤한 도넛, 구운 바나나, 삶은 달걀, 뜨거운 차, 카리테 버터를 넣은 따스한 수수빵, 카리테 씨앗 기름이 줄줄 흐르는 국수도 보인다. 그 곁에는 빛을 반짝이는 물건들과 손으로 엮은 목걸이, 찻주전자, 매니큐어 그리고 별별 종류의 약들도 판매되고 있다. 악어나 뱀을 말려 갈아낸 가루를 파는 사람은 그것이 두통과 관절염에 효과가 좋다고 자신한다. 가장 기억에 남는 건 결혼 적령기에 이른, 젊은 풀라니 처녀들이다. 그녀의 아버지들은 예쁘게 머리를 단장하고 귀고리와 목걸이로 장식한 딸들을 결혼시키기 위해 이곳에 데리고 온다.

이틀 후 나는 내륙 깊숙이 들어가기 위해 동쪽으로 200킬로미터에 이르는 길을 걷기 시작했다. 좋은 지도와 나침반 그리고 적당량의 음식물을 지니고 나는 물을 얻을 수 있는 곳들을 징검다리 삼

161

아 앞으로 앞으로 걸어갔다. 모래와 돌 그리고 건조지대 특유의 잔 나무숲이 만들어내는 다양한 모습의 지역들을 지났다. 어두운 갈색에서 짙은 회색을 지나 하늘하늘한 연노랑까지 색상의 스펙트럼도 다양했다. 풍성한 대지의 색조가 시간마저 멈춰선 듯 단순하고 단조로운 풍경을 장식해주었다.

길을 가다보면 매시간 매일 눈앞에 새로운 지평선이 펼쳐진다. 아무리 눈을 떼지 않고 보고, 아무리 쉬지 않고 내 길에 동행했어도 어느새 바뀐 지평선. 말린 바나나 조각이나 건강식 과자로 배를 채우고 가는 동안에도 먼지는 줄곧 내 옷가지를 파고든다. 뚫린 구멍만 있으면 무조건 들어와 앉는 탓에 긴 터번으로 얼굴을 둘러메고 있어도 눈꺼풀 위에 먼지가 수북하다. 그래도 내 얼굴 관리는 그런 대로 봐줄 만하다.

정작 나를 괴롭히는 건 압도적인 황야의 모습이다. 깊은 분지, 메마른 강바닥, 기괴한 모양의 암석 언덕 그리고 희뿌옇게 펼쳐진 초원이 번갈아 나타나며 하나같이 나의 의식을 마약에 취한 듯 몽롱하게 만들어놓는다. 그런 상태로 있다 보면 어느 순간 나의 '자아'는 이별을 고하고 떠나버린다. 그 사이 겪은 고통과 고난이 나의 자아에게 너무 힘들었기 때문이다. 이제 남아서 나의 내면을 가득 채우는 것은 엔돌핀의 폭발적인 힘과 걷고 있다는 황홀한 만족이다. 발은 나는 듯 가볍게 움직이고 무엇보다 머리는 명상을 즐기고 있다. 나는 이 황야의 표현하기 힘든 광활함 안에서 아주 작은 존재가 되는 것이 즐겁다. 기쁨과 감격을 느낀다. 때로는 경외감과 두려움이 솟구치기도 하지만 그것은 그리 놀랄 일이 아니다. 광야는 천국이며 동시에 지옥이니까.

며칠을 걷는 동안 완전히 혼자라는 외적인 사실은 종종 내면적 고독감으로 발전한다. 낮에는 내게 날개를 달아주지만 밤이면 때때로 영혼을 짓누르는 무거운 짐이 되기도 한다. 그러면 주위세계와 연결되어 있다는 느낌은 저 멀리 밀려나고 아무런 움직임도 없는 극도의 정적 속에서 침울한 절망이 나를 사로잡는다. '도망칠 곳'을 찾을 가능성조차 없다면 이런 시간은 견디기 힘든 나락이 되기 십상이다. 다음날 아침 다시 길을 갈 수 있어서 나는 기쁘다.

12일 동안 바오밥나무의 땅을 걸었다. 원숭이빵나무로 더 잘 알려진 나무다. 거대한 줄기와 빈약한 가지를 가진 이 거목은 거의 언제나 외따로 서 있는 모습이 유럽의 떡갈나무를 떠오르게 한다. 원주민이 내게 이렇게 설명해준다. "바오밥나무는 본래 신이 가장 좋아하는 나무여서 천국에 있었다. 어느 날 하늘에 뚫린 구멍으로 땅으로 떨어졌다. 그렇게 추락해 땅에 박혔기 때문에 뿌리가 하늘을 보고 있고, 반대로 세상에서 가장 멋들어진 바오밥의 우듬지는 땅속 깊숙이 묻혀 있다. 오늘날까지 어떤 사람도 바오밥의 우듬지를 보지 못했다."

마침내 수 킬로미터에 이르는 반디아가라의 웅장한 고원과 절벽이 시야에 들어왔다. 테라코타의 붉은 빛과 삼베의 갈색과 황토의 노란 빛이 어우러진 산줄기가 사뭇 장엄하다. 기이한 형태의 암벽과 바위와 봉우리들이 보인다. 바위들을 하나하나 직접 손으로 만져보고 싶은 마음이 간절하다. 자연이 어떻게 이처럼 환상적인 조형물을 깎고 다듬어낼 수 있는지, 그건 내게 최고의 수수께끼 중 하나다. 가끔씩 멀리에서 차르륵 덜거덕 하는 소리들이 들려온다. 작은 돌들이 바위틈을 타고 굴러내리면서 내는 소리다. 그 소리에 가만히 귀를 기울이면서 나는 자연에 대해 말없이 경외감을 느낀다. 그리고 깨닫게 된다. 생명은 마법과 같다는 것을.

북쪽 줄기가 홈보리산과 맞닿아 있는 반디아가라 산지는 오늘날까지도 도곤족의 땅으로 인정받고 있다. 주로 농사를 지으며 생활하는 도곤족은 현재 그 수가 20만 명에 불과하다. 수수께끼와 같은 가라만트 족에서 유래한 것으로 추측되는 이 민족은 과거 오늘날의 리비아 지역에 살고 있었다. 또한 고대 이집트인들과도 연관관계가 있는 것으로 생각된다. 그들과 도곤족은 천체에 대한 지식이 뛰어나다는 공통점도 있다.

사하라 사막을 지나 니제르 강변에 자리를 잡고 살던 도곤족은 10세기경 강력한 모시 제국의 습격을 받아 반디아가라 산지로 피해야 했다. 거기엔 피그미족의 선조로 알려진 작은 키의 텔렘족이 암벽 높은 데 만들어진 작은 동굴 속에서 살고 있었다. 도곤족은 그들을 밀어내고 거기에 새로운 보금자리를 마련했다.

호기심에 가득 차서 나는 세상에서 거의 잊힌 채 무뚝뚝한 모습으로 서 있는 반디아가라의 바위 제국으로 들어섰다. 오후의 태양이 뿜어내는 열기를 뚫고 나는 조심조심 널따란 바위 언덕을 기어올랐다. 전갈이나 뱀을 깨우지 않기 위해 400미터 높이의 고원으로 살금살금 기어오르자 내 발 아래로 모래와 흙이 만든 평원이 대양처럼 펼쳐진다. 여기저기 조금씩 건조기후대의 덤불들을 볼 수 있을 뿐이다. 열기를 견디다 못해 대지가 뱉어내는 아지랑이 속에 몇 그루의 관목과 원숭이빵나무가 흐물흐물 녹을 것처럼 흔들리고 있다.

"거기서 길을 잃는 사람은 사막의 입으로 빨려 들어간다." 몹티에서 말리 사람들은 내게 이렇게 설명했다. 이런 말에서 나는 광야에 대한 이곳 원주민들의 커다란 존경이나 경외심 같은 감정을 느낀다. 또한 광야는 그들이 모닥불 가에서 나누는 영원히 끝나지 않을 이야기의 충분한 재료가 되어주기도 한다.

오후 늦게 나는 기이한 산비탈 자락에 서서 몇 개의 바위 무더기 너머에 있는 도곤족이 사는 집을 올려다보았다. 색깔로 보면 암벽과 거의 구별이 되지 않는다. 제비 둥지처럼 벌집 모양의 진흙 집들이 암벽 틈바구니마다 달라붙어 있다. 그리고 몇 가지 절차를 거쳐야만 거기에 접근할 수 있다. 비쩍 마른 개 몇 마리가 코를 킁킁거리며 수색한 후에 몇몇 도곤족 남자들을 만났다. 내가 가까이 다가갔을 때 내가 하는 행동 하나하나에 민감하게 반응하면서 나에게 즉시 발걸음을 되돌려 그곳을 떠나라는 의미의 행동을 했다. 나는 일단 불쾌감을 느꼈고 잠시 물러서서 암벽의 그림자에 몸을 기대고 서 있었다. 내가 무엇을 기대했었을까?

마침내 나는 두 번째 접근을 시도했고 남자들에게 도곤족의 제국에 대해 알고 싶다는 내 소망을 전했다. 검은 얼굴 속에서 반짝이는 시선은 나를 가련한 거미처럼 여기는 듯 보였다. 곧바로 나는 아카시아 나무의 짙은 그늘 아래 자리를 잡아야 했고 그들은 나의 의도에 대해 이런저런 충고를 해주었다.

한참 시간이 흘렀을 때 여위고 늙은 남자가 내게 가까이 오라고 손짓을 했다. 머리를 슬렁슬렁 흔들면서 그는 내가 어디서 왔고 무슨 일을 하는지 물었다. 그러고는 내 이력을 샅샅이 파헤치기 시작했다. 나이가 몇 살인지, 부인은 몇 명이 있으며, 아이들은 또 몇 명인지, 소와 낙타는 몇 마리나 가지고 있는지……. 진땀을 흘려가며 나는 차근차근 모든 질문에 대답했다. 그러다 마침내 그는 껄껄 웃더니 그들의 땅에 머물러도 좋다고 말해주었다.

검은 얼굴의 도곤족 젊은이, 아구바는 심지어 근처 마을들로 나를 안내하겠다고 나서기까지 했다. 물론 보수를 주어야 했다. 두 시간 후에 기쁨에 들뜬 나는 아구바와 함께 길을 나섰다. 키가 크고 야윈 이 25세의 남자는 두툼한 입술로 연신 벙글벙글 웃음을 지었고 모래처럼 참을성이 많았다. 그리고 일주일 넘게 나의 동행이 되어주었다.

목이 부러지도록 가파른 길을 따라 나귀의 오줌 냄새를 맡으며 아구바와 나는 환상적인 돌의 미로를 걸어 올라갔다. 얼음처럼 추운 밤과 살이 익을 정도로 뜨거운 낮이 교차하는 곳이다. 그 한가운데 성곽처럼 보이는 도곤족의 마을들과 경작지들이 숨어 있다. 세상의 끝에 솟은 프리즘 모양의 탑들에는 원시적인 농부들의 주식으로 이용되는 수수가 저장되어 있다. 마을 사람들 모두가 황송할 정도로 친절하게 나를 맞아주었다. 어디로 가나 차와 음식을 권했고, 묻지 않아도 잠자리를 마련해주었다.

어느 날 아침, 한 야윈 노인이 떠오르는 아침 해의 여린 빛 사이로 나를 이끌었다. 그렇게 도착한 곳엔 도곤족의 문화를 알려주는 초현실적인 느낌의 암벽화가 있었다. 단 한 번도 느껴보지 못한 놀랍고 낯선 느낌이었다. 붉고, 검고, 하얀 띠 모양으로 그려진 그림들은 너무나 비현실적이어서 꿈처럼 다가올 뿐이었다.

도곤족이 멀고 먼 옛날 상상할 수 없는 과거부터 천문학에 대해 그토록 해박하고 특수한 지식을 가지고 있었다는 사실을 알게 되었다. 그 지식은 천문학자들과 천체물리학자들이 19세기에 들어와서야 망원경과 또 다른 발전된 기술을 이용해 알게 된 사실들이다. 게다가 도곤족은 옛날부터 토성의 고리와 목성의 네 위성과 달 표면의 상태에 대해서도 알고 있었다. 나아가 인간의 눈으로는 관찰이 불가능한 시리우스 B 행성까지 알고 있었다. 그것은 큰개별자리의 머리에 해당하는 시리우스 별의 동반성으로 지구로부터 8.7광년 떨어져 있다.

1931년 이미 프랑스의 인류학자 마르셀 그리올과 제르멘느 디테를렝은 도곤족의 땅을 탐사하는 데 성공했다. 두 프랑스인은 도곤족의 독특한 미술을 직접 대한 최초의 유럽인이 된 셈이다. 게다가 그들은 부족장들이 행하는 의식 행사, 이른바 '세계정화의식'에 대해 많은 지식을 얻었을 뿐 아니라, 복잡한 시리우스 시스템의 영혼적 의미 그리고 우주에서 벌어지는 일이 도곤족의 의미심장한 창조신화와 어떻게 연관되어 있는지에 대해서도 깊이 있는 조사를 벌였다. 도곤족의 창조신화 그 중심에는 형체가 없는 신이자 '만물의 창조주'인 '암마'와 그의 아들이며 '새로운 세계의 개척자요 선구자'인 '놈모'가 있다.

이들 두 인류학자는 도곤족이 무아지경에서 추는 의식의 춤도 경험할 수 있었다. 이 춤을 추면서 도곤족은 스스로 깎아서 여러 가지 모양으로 상징적인 의미를 나타내는 거대한 가면을 쓴다. 무엇보다 악마와 정령, 그리고 동물과 사냥꾼이 가면 예술의 중심에 있다. 그 중에서 특히 악어가 아주 특별한 대접을 받고 있다. 물론 이유 없이 그런 존경을 받고 있는 건 아니다. 도곤족의 한 전설에 따르면 과거 무자비한 적들로부터 공격을 받고 절체절명의 위기에 처했을 때 착한 악어가 나타났다. 그리고 도곤족을 널따란 등에 태우고 니제르강을 건너가 위기에서 벗어날 수 있게 도와주었다.

도저히 호기심을 참지 못하게 되었을 때 나는 아구바에게 도곤족의 그 모든 신비한 지식이 어디서 온 것인지 물었다. 그의 대답을 듣지는 못했지만 대신에 도곤족 제사장에게서 전통 의식에 대한 설명을 들었다. 과거 도곤족의 부족장은 7년째 되는 해 죽어야 했다. 그럼으로써 부족 전체가 세계의 새로운 탄생을 경험하기 위해서였다. 그러나 이런 은밀하고 신비한 의식은 오래 지속되지 못했다. 일곱 명의 부족장이 그 의식의 희생자가 되었다. 여덟 번째 부족장은 이 제물 의식에서 살아남아 반년 동안 숨어 지내야 했다. 그러고는 후계자의 마을에 나타나 자신이 '포(시리우스 B)'라는 별에 있었다고 말했다. 그리고 거기서 들었다는 내용을 전했다. 앞으로 모든 도곤의 족장은 60년 동안 다스려도 좋다는 것이었다.

도곤족의 마을에 오래 머무를수록, 그들이 울리는 야성적인 북소리와 고대의 노래와 전통 탈춤의 수수께끼 같은 세계에 깊이 빠져들수록 그들의 모습은 점점 더 신비해져만 갔다. 그리고 도곤족을 숭고하고 고귀한 힘과 접촉하도록 만들어준다는 신비한 몽환 여행에 대해 들었을 때 나는 멀고도 낯선 시간 속에서 나 자신을 잃어버린 느낌에 사로잡혔다. 그러곤 다시금 나 스스로에게 물었다. 도곤족의 천문학 지식은 어디서 온 것일까? 혹시나 마약의 힘을 빌린 영혼의 여행이 무슨 중요한 역할을 했던 것일까?

우리가 오늘날 알고 있듯이 이집트 사람들은 이미 5천 년 전에 메소포타미아의 수메르 사람들과 교류하면서 단 몇 세대 만에 문화적 번성을 이루어냈다. 아무 바탕도 없는 그 시대에 신기원을 이루는 건축술과 문자, 예술 그리고 수공예 기술이 생겨나는 장면은 상상을 초월하는 놀라움으로 다가온다. 도대체 어떻게 그리고 어디서 이런 갑작스럽고 거의 혁명적인 발전의 원동력이 발생했던 것일까? 누가 이런 거대한 지식의 확장을 이끌었던 것일까? 이집트의 놀라운 발전과 진보를 이끈 것은 과연 누구였을까? 도곤족이 고대 이집트의 비밀 학습을 책임지고 있었던 게 아닐까? 아니면 그들은 혈연적으로만이 아니라 지식에 있어서도 고대 이집트인들과 어떤 식으로든 연관되어 있었던 걸까?

신비의 땅을 떠나기 바로 전날 저녁 몇 명의 도곤 사람들과 불가에 앉아 있을 때 아프리카의 하늘은 내게 황홀한 달빛의 무대를 선사해주었다. 꿈처럼 아름다운 은빛 광채가 코발트블루의 하늘에서 쏟아져내려 마치 마법을 거는 것처럼 갈라진 산기슭 구석구석 내려앉았다가는 황량하고 긴장이 넘치는 광야로 퍼져나갔다. 사막화되어가는 메마른 초원이 마치 끝없이 출렁이는 바다처럼 보였다. 다만 여기저기 바싹 마른 강줄기와 가는 나무의 띠가 출렁이는 움직임을 가로막고 있을 뿐이다. 저녁이 되면 점점 더 강하게 대지 위를 쓸고 가는 뜨거운 바람이 가끔씩 먼지의 면사포를 끌어올려 얼굴을 가리면 달과 별이 쏟아내는 빛의 파도가 하얗게 부서진다.

고도로 산업화된 문명세계의 모든 차갑고 독살스런 현실에서 멀리 떨어져, 나는 기분 좋은 고독을 즐겼다. 그리고 나 자신과의 조화와 만족, 뭐 그런 비슷한 느낌을 가질 수 있었다. 도곤 사람들과 그들의 시각을 통해 나는 이 사막의 땅을 배웠다. 이곳에 몇 주 동안 머무르면서 수백 년 쌓아온 경험을 통해 여전히 자신들의 과거와 밀접하게 결합되어 있는 사람들을 체험했다. 자신들의 오랜 통찰을 바탕으로 그들 사이에는 사람들이 서로서로 존중하면서 살아가기 위한 규칙들이 생겨났다.

존재의 상실이라는 비극이 점점 더 심화되어가는 유럽의 대도시에서는 다시는 가질 수 없는 것들을 이곳에서 나는 발견했다. 점점 확장되는 산업사회의 강철과 콘크리트, 유리와 아스팔트 사이에서는 영원히 사라지고 찾을 수 없게 된 것. 대지와 자원의 무차별적 소비와는 아무런 관련도 없는 것. 자꾸만 커지는 부에 대한 기대와는 정반대의 것. 우리 내면 깊숙이 놓여 있는 절망과 감사의 느낌과 관련되어 있는 것.

이날 저녁, 몇 번이고 반복해서 꾸밈없는 지평선을 바라보면서 거대한 건조 평원의 부드러운 곡선을 따라 시선을 흘려보냈던 그때, 장작이 타닥타닥 타들어가는 소리에 귀 기울이고, 딱 터지며 튀어오르는 불티의 여행길을 따라가보고, 완전히 넋이 빠져 모닥불의 불꽃을 응시하고, 세상의 움직임에서 완전히 나 자신이 벗어나 있다고 느끼던 그때, 나는 물었다. 이 사막 혹은 다른 어떤 곳에서 과거에 도곤족의 선조들과 마주쳤던 무언가가 세계의 광야 속에 살아 숨쉬고 있는 건 아닌지.

삶은 홀로 걸어가는 시간

아내 리타 모저의 글

가끔씩 남편 아킬과 나의 역할을 바꿔보고 싶다는 생각이 듭니다.
수많은 일들이 한꺼번에 몰아닥쳐 어깨를 짓누르는 중압감으로 휘청거릴 때면,
사막 한가운데 일인용 천막에 앉아 혼자만의 휴식을 누리는 남편이
얼마나 부러웠는지. 신경을 박박 긁는 아이도 부모도 없고,
환자를 돌보는 일도 장을 보는 일도 필요 없고, 덜컹거리다 멈추는 세탁기도
망가진 자동차도 없이 혼자만의 시간, 내 주위에는 그저 고요만이 있겠지…
딱 한 번만이라도 내 자리에 아킬이 있어보면 좋겠다는 생각도 했습니다.
그러면 아마 놀라서 말하게 될 겁니다. 사하라가 아무리 크고, 고비가 아무리 건조하고,
시나이가 아무리 돌투성이이고, 나미브가 아무리 모래뿐이어도,
대도시에서 '혼자인 시간'을 살아가는 삶은 그 무엇에도 뒤지지 않는 고난이라고.

나는 2006년의 어느 날을 정확하게 기억합니다. 남편 아킬은 벌써 6주 동안 또다시 사하라를 떠돌고 있었지요. 사하라로 들어서기 전 그는 모로코의 리사니라는 작은 둥지로부터 내게 전화를 했습니다. 그렇지만 그의 말소리는 세 마디 중 하나 정도나 알아들을 수 있었습니다. 옛날 노아의 방주 시절에나 사용했을 법한 구식 전화기가 계속 말소리를 흔들어대는 탓이었지요. 전화를 끊은 그는 바로 동쪽으로 떠나 모로코의 에르푸드와 알제리의 수도 알제 사이에 있는 광활한 사막을 걸었기 때문에 그에게 연락할 방법은 전혀 없었습니다. 그렇지만 무엇 때문에 내가 흥분해야 할까요? 최소한 1년에 한 번 내 남편은 생명이 살기 힘든 어느 사막이나 야생의 지역으로 사라져버리는 사람이니 말입니다. 다른 사람이라면 아무리 억만 금을 준다고 해도 들어서려고 하지 않을 불모의 땅을 목매게 그리는 사람이니 말입니다.

나는 몇 주일이고 몇 달이고 혼자 있는 데 익숙합니다. "그는 잘 지내고 있어." 다른 사람들에게 이렇게 말해주는 나의 느낌과 직관 말고는 어떤 다른 수단으로도 남편과 연결되지 못하는 상황에 익숙한 것이지요.

"그런데 리타, 아킬은 또다시 사막을 쏘다니고 있는 거야?"

길에서 마주친 사람들이 묻곤 하는 이런 질문에도 나는 별다른 감흥을 느끼지 않습니다.

"그래, 사하라에서 신나게 즐기고 있지. 잘 알잖아, 그이가 어떤지."

"보고 싶지 않아?"

"조금도. 하지만 다음번엔 그이 짐에다 위성 휴대폰을 몰래 넣어둘까 해. 돌아오는 길에 슈퍼마켓 들러서 우유랑 고기 좀 사오라고 말할 수 있게."

대강 이런 식으로 나는 그런 상황을 넘겨버립니다. 약간의 유머, 약간의 냉소. 물론 오랜 세월 쌓아온 신뢰도 있지요. 남편은 자신이 무얼 하고 있는지 알고 있습니다. 경험이 많고 신뢰할 수 있는 육감도 있지요. 그리고 나 역시 그의 육감을 신뢰합니다. 그래서 누군가 내게 그가 걱정되느냐고 묻는다면 나는 아주 솔직하게 대답합니다.

"아니요, 난 조금도 걱정하지 않아요."

"그러나 그 사람이 있는 곳은 아주 위험하고 온갖 예기치 않은 일들이 벌어지는데……."

"물론이죠! 그렇지만 한 번 우리가 걷는 거리를 생각해보세요. 무섭게 달려가는 화물차가 언제 덮칠지 누가 알겠어요."

내가 두려움을 느끼지 않는다는 건 분명히 사실입니다. 만약 두려움을 느낀다면 그게 이상한 일이겠지요. 스튜어디스가 비행공포증을 갖고 있다든지, 직업 잠수부가 물을 두려워하는 것과 무엇이 다르겠어요? 매년 사진을 찍고 글을 써가면서 '세상을 떠도는 사람', 그런 '모험가'의 아내는 설사 남편이 니제르강의 하마들 사이에서 노를 젓고 있거나 고비 사막의 모래 폭풍 속에 텐트를 치고 있다고 해도 떨거나 두려워해서는 안 됩니다. 그런 사람의 아내는 자기 자신의 삶 또한 대단한 모험이라는 사실을 떠올리면서 그냥 그대로를 받아들여야 하는 겁니다.

이제 2006년의 어느 날로 다시 돌아가보지요. 당시 우리 작은 아들 아론은 막 사춘기에 접어들고 있었습니다. 아론은 내가 말하는 것과 정반대로 행동하는 것을 즐겼습니다. 그것만이 삶의 의미라는 듯 행동했지요. 교과서를 찾으려면 책상 위가 아니라 방안 어느 구석을 뒤지는 편이 빨랐어요. 집안일을 돕는 건 어디 상상이나 할 수 있을까요.

병원에서 물리치료사로 일하는 나는 그 시기 평소보다 훨씬 일이 많았습니다. 그런데 집에서도 몇 가지 일들이 나를 바삐 부르더군요. 천장 두 군데에서 물이 새고, 부엌은 새로 칠을 해달라고 성화를 부렸어요. 웃자란 정원의 풀과 나무는 어수선하기가 이를 데 없어 정신이 사납고, 세탁기가 자기는 왜 봐주지 않느냐 덜컹덜컹 소리를 지르고, 자동차는 시동을 걸 때마다 몇 번씩 헛기침을 하고 한참 동안 말을 더듬어서 아무래도 새로 구입하지 않을 도리가 없었습니다. 그리고 또, 우리가 기르는 꼬마 토끼를 굶길 수는 없는 노릇이었지요. 쉴 새 없이 전화가 울려대면 안 받을 수 없고 그러는 사이사이 남편 아킬의 출판 및 강연 계획을 조율하는 매니저 노릇도 해야 했지요. 멀티태스킹이란 말은 당시 내가 지고 있던 짐을 표현하기엔 너무 부드러운 표현입니다.

내가 그렇게 생활하는 동안 아킬은 세계의 사막을 발견하고 있었지요. 약간의 위로와 도움이 절실하게 필요한 시간이었습니다. 엄마와 꼬박꼬박 연락하고 지내기는 해도 여든 살 할머니인 엄마에게서 그런 식의 도움을 바랄 수도 없는 일이었지요. 엄마는 이렇게 말하곤 했습니다.

"마도로스를 사랑하면 다 그런 거다."

"아킬은 마도로스 아녜요, 엄마."

"그렇지만 집에 없는 건 마찬가지 아니니."

그런 순간마다 자연스레 나는 과연 내가 이런 식의 삶을 원했던 건가 자문하지 않을 수 없었습니다. 그럴 때면 나의 큰 아들이자,

벌써 성인이 된 디어크가 말합니다. 그것이 나 스스로의 선택이었다고. 디어크의 말은 분명히 옳습니다. 그렇게 사는 건 나 자신의 결정이었고, 또 나는 그 결정에 대해 한 번도 후회하지 않습니다. 나는 이런 삶을 원합니다. 지금 이대로의 삶.

그렇다고 해서 대단히 화가 나는 때가 전혀 없었다고 말하는 건 아닙니다. 당시 아킬이 사하라에서 건강하고 행복한 모습으로 돌아온 이후에 나는 남편의 강연회에 몇 차례 동행했습니다. 남편은 새로운 사막여행의 사진들을 보여주면서 그 땅과 사람들 그리고 그의 모험에 대해 설명했지요. 새로 출간된 책의 몇 구절을 읽기도 했습니다. 강연회가 끝나고 나면 항상 그렇듯 청중들의 질문이 쏟아집니다. 그리고 항상 그렇듯 이런 질문들이었지요.

"도중에 병이 들까 두렵지는 않습니까?"

"다시는 돌아오지 못할까 걱정해본 적은 없나요?"

그런 어느 날 저녁 나는 벌떡 일어서서 청중들에게 나에 대해, 나의 생활에 대해 들려주고픈 충동이 솟구쳤습니다.

"왜 여러분은 저에 대해선 한 번도 질문하지 않나요? 저야말로 몇 달 동안 혼자 남겨져 아이들 키우고 직장에 다니며 일하는 엄마입니다. 집과 어린 아들과 성인이 된 아들과 병원의 환자들, 그리고 어디론가 떠도는 한 남자를 돌봐야 하는 엄마이자 아내이자 직장인이란 말입니다. 그 남자는 증명될 수 없는 무언가를 자기 스스로에게 증명하기 위해서 한 번은 칼라하리를, 또 한 번은 알래스카 북쪽 꼭대기를 헤매고 다닐 뿐입니다. 그러니 정작 여기서 생존의 전문가는 바로 저란 말이지요. 다른 누구도 아닌 바로 저요!"

물론 그런 충동을 실천에 옮기지는 못했습니다. 아무 말도 하지 못하고 아킬의 강연에 귀를 기울였습니다. 세상의 먼 구석에서 그가 느낀 두려움과 신뢰에 대해, 그가 겪은 위험과 그가 만난 유목민들의 친절에 대해 말하는 소리를 하나 빠짐없이 귀에 담았습니다. 그렇지만 가끔씩 아킬과 나의 역할을 바꿔보고 싶다는 생각이 드는 건 변함없는 사실입니다. 수많은 일들이 한꺼번에 몰아닥쳐 어깨를 짓누르는 중압감으로 휘청거릴 때면 사막 한가운데 일인용 천막에 앉아 혼자만의 휴식을 누리는 남편이 얼마나 부러웠는지. 신경을 박박 긁는 아이도 부모도 없고, 환자를 돌보는 일도 장을 보는 일도 필요 없고, 덜컹거리다 멈추는 세탁기도 망가진 자동차도 없이 혼자만의 시간, 내 주위에는 그저 고요만이 있겠지…….마찬가지로 딱 한 번만이라도 내 자리에 아킬이 있어보면 좋겠다는 생각도 했습니다. 그러면 내가 맡은 역할에 대해 더욱 잘 알게 될 테니까요. 아마 놀라서 말하게 될 겁니다. 사하라가 아무리 크고, 고비가 아무리 건조하고, 시나이가 아무리 돌투성이이고, 나미브가 아무리 모래뿐이어도, 대도시에서 '혼자인 시간'을 살아가는 삶은 그 무엇에도 뒤지지 않는 고난이라고.

이런 모든 말들이 불평처럼 들릴까요? 그러나 절대 그렇지 않습니다. 그렇게 절망하고 화가 나는 순간에도 나는 아킬과 내가 무언가 제대로 하고 있다고 믿습니다. 서로서로 행복하기 위해서 각자에게 필요한 자유를 주는 겁니다. 우리는 되풀이해서 서로에게 이별을 고하고 아쉬워하지요. 그러나 동시에 우리는 많은 아름다운 재회의 장면을 만들고 가슴 벅찬 기쁨을 느낍니다.

뿐만 아니라 나의 장남 디어크가 말한 대로 나는 이 삶을 스스로 선택했습니다. 그것도 글자 그대로 처음부터. 내가 아킬을 만난 것은 그의 머리에 아득히 먼 곳을 향한 동경이 막 자라고 있을 때였습니다.

1970년대 중반 우리는 경영전문대에서 알게 되었지요. 아킬은 머리가 길고 깡마른 타입의 청년이었습니다. 졸업시험이 끝나면 바로 아프리카로 가서 조립식 카누를 타고 나일강 래프팅을 하겠다고 하더군요. 물론 나일강이 어디 붙은 건지는 이미 알고 있었지만 그 거대한 강을 여행의 목적지로 그려보는 건 나로선 절대 있을 수 없는 일이었습니다. 나일강, 그건 내게 없는 것이나 진배없는 대상이었던 겁니다. 적어도 그때는 그랬지요. 그리고 그건 당연한 일이기도 했습니다. 내 부모는 꽤나 보수적으로 나를 키우셨고 삶의 청사진을 명확하게 그려보여주셨습니다. 그것은 바로 학교와 안전, 적응하는 태도, 신중한 처신이었습니다. 예기치 않은 위험을 감수하는 것, 그건 내 생활에 들어설 자리가 없었습니다. 모험을 피하는 것! 그것이 내 삶의 기준이었던 겁니다.

아킬은 나랑은 정반대의 사람이었습니다. 그리고 정말로 나일강으로 떠났지요. 그러면 나는? 나는 결혼을 했습니다. 다른 남자랑. 그리고 아이를 낳았습니다. 바로 나의 큰아들 디어크입니다. 그런데…… 나는 행복하지 않았습니다. 결혼하고 4년 만에 결국 전남편과 결별하고 말았습니다. 그때 나는 신비한 느낌을 하나 경험했습니다. 그리고 그 느낌은 오늘날까지도 그대로 남아 있습니다. 아킬과 거의 연락을 하지 않고 지냈음에도 우리 둘 사이에 결코 끊어지지 않는 연결고리가 존재한다는 느낌이었습니다. 우리가 정기적으로 전화를 했다거나 만났다는 뜻이 아닙니다. 전화와 편지 그리고 얼굴을 마주하는 것으로는 절대로 얻을 수 없는 무언가가 우리를 하나로 이어주고 있다는 느낌이 마음 한 구석에 있었습니다.

그것은 어느 모로 보든지 이미 청춘 시절 서로에게 걸어놓은 거라 생각되는 보이지 않는 연결고리였습니다. 진심으로 말하지만 그것이야말로 내가 아킬의 안위를 걱정하지 않는 진짜 이유입니다. 어딘가 사막 한가운데를 걷고 있는 아킬을 조금도 염려하지 않는 진짜 이유입니다. 그가 잘 지내고 있는지, 어디가 아픈지, 무슨 병이 들었는지, 위험에 처했는지, 설명할 수 없지만 느낌으로 알게 됩니다. 아킬이 이 행성의 어디에 있든지, 우리가 금세 다시 만나게 되든 아니든 상관없이 이유는 알 수 없어도 나는 그냥 그런 것을 느낍니다.

우리 두 사람이 각자 살아가던 두 갈래의 길을 하나로 합친 일이 지금의 내게는 거의 당연하고 이성적인 선택으로 보입니다. 그리고 이번에는 우리 둘 각자의 용기와 각자 느끼던 생활의 기쁨을 하나로 조화시켜 완전히 새로운 삶을 만들어냈습니다. 그 삶은 1980년대 초반부터 우리를 세상 곳곳으로 이끌었지요. 중국, 이집트, 아이슬란드, 모로코에서 몇 주씩 보내기도 했습니다. 아킬이 혼자서 탐사와 사막 트래킹을 시작하기 전에 벌이는 일종의 탐사 준비인 셈입니다. 이런 식으로 나는 많은 이국의 대지를 밟았고, 외부로부터 고립된 오지를 알게 되었습니다. 내게 그것은 세계를 아는 일이자 동시에 나 자신을 탐색하는 길이기도 했습니다. 시간이 흐르면서 두려움을 잊을 수 있었습니다. 낯선 사람들, 야생의 땅, 그리고 혼자라는 외로움에 대해서도.

2006년은 우리에게 그밖에도 많은 일들을 준비해놓고 있었습니다. 그리고 결국 내 앞에 하나의 문제를 던져놓았지요. 그 문제는 나를 놀라게 했습니다. 그 해 아킬과 나는 아주 오래 계획했지만 자꾸만 미루기만 했던 시도를 감행하기로 했습니다. 물론 나는 우리가 그렇게 하게 될 거라 어느 정도 계산하고 있었지요. 그리고 그 일이 아주 이국적인 자리에서 벌어지게 될 거라 확신했습니다. 아마 시나이 사막의 정상이나 몽골의 이동식 주택 게르에서가 아닐까……. 그러나 이건 또 무슨 일? 그 모험이 우리 집에서, 그것도 부엌에서 벌어지고 말았습니다.

어느 날 저녁, 보통 청바지를 입는 아킬이 웬일로 검은 양복을 입고 나타났습니다. 그리고 '아주 공식적으로' 내게 물었습니다.

"결혼해주겠어?"

이날 저녁 나는 이 쉼 없는 '세상 떠돌이'와 가족을 일구는 모험적인 인생을 정말로 원하고 있는 건지 나 자신에게 몇 번이고 곱씹어 물어야 했습니다. 그리고 다시 한 번 대답했습니다. 또렷하고 단호한 목소리로 말입니다.

"좋아!"

▶▶
중국의 북서쪽, 가순–고비 사막 한가운데 불교의 가장 장엄하고 장대한 성지들 중 하나
가 자리 잡고 있다. '모가오 석굴[漠高窟]' 혹은 '둔황 석굴'이라고 불리는 곳이다. 비단길
의 전성기에 여기서 승려들은 50미터 높이의 암벽에 각자의 굴을 파놓았다. 이 굴들을
장식한 부처상과 불화들이 오늘날까지도 전해지고 있다. 불교의 역사를 포괄적으로 관
찰하는 데 여기보다 훌륭한 장소는 지구상 어디서도 찾아볼 수 없다.

부처를 만난 순례자처럼

고비 사막 ｜ 중국(1986년)

걷고 걷고 또 걷고. 배낭에는 꼭 필요한 것만 들어 있다.
사막 트래킹에 절대적으로 필요한 것들. 등에 전해지는 무게의 대부분은 물이다.
12리터를 지니고 있다. 그밖에 나는 식수를 채울 수 있는 장소를 여럿 알고 있다.
그럼에도 불구하고 사막에서 내 삶을 지키는 가장 중요한 방법은 물을 아끼는 것이다.
사막에서 제한된 양의 물을 가지고 여러 날을 지내기 위한 전제조건은
무엇보다 만족과 포기다.

밤, 바람 그리고 반짝이는 별들. 텐트 앞에 얄따란 매트 한 장을 펴고 앉아 나는 달빛 밝은 광야의 소리에 귀를 기울인다. 모래의 산들 사이를 쉴 새 없이 쓸고 지나는 바람의 휘파람과 노래 소리가 들려온다. 쏜살같이 날아다니는 악마들이 공기를 뚫고 사냥에 나선 듯 들리는 소리. 그러니 원주민들이 이 지역을 '밍사산(鳴砂山)'이라고 부르는 것도 놀라운 일은 아니다. '소리를 울리는 모래의 산'이라는 뜻이다. 여기엔 사악한 정령들이 똬리를 틀고 깃들어 있다.

사방으로 바람이 지어낸 모래언덕들이 펼쳐져 있다. 맹렬한 어둠의 형상들처럼 보인다. 많은 사구들이 바람을 타고 모래 연기를 피워올린다. 바람이야말로 수천 년 동안 이곳에서 지형을 바꾸는 유일한 힘이었다. 어떤 모래언덕은 혓바닥을 떠올리게 만들고 또 어떤 언덕은 그 끝이 허공으로 잇닿은 알프스의 눈 덮인 산줄기를 닮았다. 칼날처럼 날카롭게 빚어놓은 언덕 꼭대기 모래 알갱이들은 누가 거기에 붙여놓았을까 싶을 만큼 단단하게 자리 잡고 있다. 모래가 만들어낸 둥그런 빗살무늬는 멀리서 보면 현실을 뛰어넘는 추상적인 아름다움이 되고, 가까이 다가가보면 현란한 구성의 아름다움이 된다. 모래로 만들어내는 다양한 무늬의 극한이며 그림책에 그려진 사막이다.

눈 닿는 곳 어디에도 나무나 덤불이 없다. 녹색의 흔적조차 찾을 수 없다. 이쯤에서 자연은 절대적인 허무 앞에 초현실적인 형상을 잃고 만다. 장엄하고 웅대한 그 모습은 일상이 되어버린다. 나의 감각은 사막의 경이로움을 호흡하기에 턱없이 모자란 모양이다.

나는 중국의 북서부에 있다. 거의가 모래로 덮인 땅, 고비 사막의 일부로 정확히 말하자면 '가순-고비'에 속한다. 중앙아시아의 사막 중에서도 극단적으로 건조하고 더불어 환상적인 매력을 뽐내는 지역이다. 꿈처럼 아름다운 빗살무늬 사구들이 가로 40, 세로 20킬로미터의 평원에 드넓게 펼쳐진다. 물론 식물이라곤 전혀 찾아볼 수 없는 극히 위험한 지역이기도 하다.

나는 열흘 전 오아시스 도시 투르판의 멜론 농장에서 이 사막 트래킹을 시작했다. 가순-고비 사막을 가로지르는 700킬로미터의 이 대장정을 나는 두 가지 차원에서 계획했다. 고대 순례자의 길을 걷는 것과 불교와 관련된 최대의 보물창고 중 하나로 평가받는 둔황의 동굴사원을 찾는 일이다.

4년 동안 중국 당국으로부터 가순-고비 사막의 트래킹에 대한 허가를 기다렸다. 스웨덴의 연구탐험가인 스벤 헤딘이 세계에서 가장 황량한 사막들 가운데 하나로 지목했던 곳이다. 그는 고비 사막에 대해 이렇게 표현했다.

모래언덕의 바다, 아주 드물게 외딴 곳에 다소곳 자리 잡은 풀덤불이 모래평원의 파도를 막아설 뿐이다.

베네치아의 세계여행자 마르코 폴로는 1298~99년 제노바 감옥에 수감되었을 때 감방 동료였던 작가 루스티첼로에게 그의 동화 같은 체험을 들려주었다. 그런 과정을 거쳐 만들어진 『동방견문록』에서 그는 당시의 아시아 세계를 환상적으로 묘사하고 있다. 그리고 거기에 자연사적으로 고비 대권역에 속하는 중국의 사막, 롭(Lop)에 대해 이렇게 말한다.

그 사막 전체를 가로지르는 데는 족히 1년이 걸린다고 들었다. 너비가 가장 좁은 길로 건넌다고 해도 한 달이 필요하다. (……) 밤에 말을 타고 사막을 건너다 보면 조금 뒤떨어지는 사람이 생기곤 한다. 살짝 졸다가 아니면 어떤 다른 이유에서 동료들로부터 멀어지게 되는 사람. 그가 정신을 차리고 행렬에 합류하려고 길을 서두르고 있노라면 귀신의 목소리가 들려온다. 마치 그의 동행인 듯 이름을 부르면서 말하는 목소리. 결국 그는 행렬을 찾지 못하고 길을 잃고 만다. 이런 식으로 수많은 사람들이 목숨을 잃었고 흔적도 없이 사라졌다.

불교 승려이자 중국의 유명한 여행가인 현장(삼장법사)은 7세기에 인도로 가는 길에 중앙아시아의 사막을 건너면서 고비 사막과 거기 깃든 사막의 악령들에 대해 경고했다. 그것들은 여행자의 이성을 빼앗아갔다고 한다.

오늘날도 역시 이 지역을 여행하는 건 즐거운 일만은 아니다. 부드득 얼음가루 밟는 소리를 내는 추위와 살을 익히는 열기가 밤과 낮을 따라 자리를 바꾼다. 극단적인 날씨의 변화는 언제든지 파괴를 준비하고 있다. 특히 고비 사막 북쪽의 극단적인 기온은 이동식 원형 주택 게르 안에 몸을 숨긴 유목민들을 위협한다. 겨울에는 영하 40도의 추위로 꽁꽁 얼어붙게 만들고, 여름이면 30도의 열기 속에서 땀이 비 오듯 한다. 사람에게 엄격함과 강인함을 강요하는 극단의 땅이다.

물론 그런 최악의 환경에서 살아가는 동물들도 있다. '생존의 예술가'들로 인정받아 마땅한 이런 동물들로는 야생 쌍봉낙타, 나귀와 닮아 들나귀로 불리는 쿠란, 사이가 영양, 제프란 가젤, 야생 양,

고비 사막

- 불교의 최고 성지로 꼽히는 둔황의 석굴사원
- 좁다란 사구 등성이를 따라 밍사산(소리를 울리는 모래의 산)의 모래바다를 걷고 있는 아킬 모저. 모래바다 위에서 그는 한 점으로 보인다.
- 세찬 모래폭풍 속에서 격렬하게 펄럭거리는 텐트를 간신히 붙들고 있다.

야생 염소가 있다. 그밖에 몽골 고비-알타이의 산지에 살고 있어서 거의 만나보기 힘든 고비 곰도 있고, 지구상의 유일한 원류 야생마인 프르체발스키 야생마의 대단한 생명력도 칭송할 만하다.

'고비'라는 이름은 이미 고대부터 인간의 환상에 날개를 달아주었다. 몽골어로 이 단어는 '물이 없는 장소'를 의미한다. 정확히 말하자면 아주 많은 '고비들'이 있는 것이다. 암석질 평원에 검은 빛 자갈이 즐비하게 깔려 있는 모습의 '검은 고비'가 있다. 표면이 갈기갈기 찢기고 미로처럼 얽혀 있는 '붉은 고비'가 있고, 마지막으로 '샤모(모래바다)'라고 불리는 '노란 고비'가 있다. 복잡한 무늬의 사구를 가진 지역으로 식물이 거의 살 수 없는 곳이다.

빗물이 내려가는 것보다 더 많은 지하수가 증발하는 심한 건조지역은 여기서 반 사막화된 거대한 초원으로 변한다. 폭풍처럼 퍼붓는 여름의 폭우가 그 원인이다. 그 비는 매년 다양한 지역에서 풀과 꽃이 빽빽하게 자라나는 광야를 만들어준다. 그 결과 이 지역에서 거대한 말떼가 자랄 수 있었고 고비의 일부를 한 민족의 요람으로 만들어주기도 했다. 약 800년 전에 전설적인 칭기즈 칸의 지휘 아래 '황금의 기마대'로 거듭나 헝가리와 슐레지엔까지 내달려 세계 최대의 대륙을 건설했던 민족, 바로 몽골이다.

오늘날 지도에 그려진 고비 사막은 가운데 너비가 약 2천 킬로미터에 이르는 타원 형태를 하고 있다. 이 거대한 불모의 공간 한

가운데로 몽골과 중국의 국경이 지나고 있다. 이 경계선은 사막을 두 개의 똑같이 매혹적인 경관으로 나눈다. 몽골 공화국으로 뻗어 있는 고비 북부에선 반 건조 초원지역이 점점 완전한 사막으로 차차 옮아간다. 여기서 여행자들은 연녹색 풀밭과 회갈색 초원과 황적색 모래평원을 만난다.

이와 반대로 중국 북부지역에 위치한 고비 남부는 끝없이 펼쳐진 모래의 땅이다. 모래언덕의 높이가 300미터에 달한다. 토사와 자갈의 평원은 수백만 년을 지나면서 산맥을 형성했고, 4천 미터 이상 치솟은 산도 적지 않다.

이 지역에서 특별히 공포를 불러일으키는 것은 바로 고비의 모래폭풍이다. 때로는 '지옥이 뿜어내는 불꽃의 입김'이고 때로는 '빙하가 불어내는 얼음의 숨결'이다. 보퍼트 풍력등급 8(큰바람)에서 12(싹쓸바람)까지의 강도로 미친 듯 몰아치는 바람이 1년에 100일이나 대지를 휩쓸고 길을 가로막는 모든 것을 파괴해버린다. 이 지역 원주민들이 고비 사막을 '아시아의 바람 창고'라고 부르는 것도 바로 그런 이유다. 스웨덴의 탐사가인 스벤 헤딘 역시 1895년 4월과 5월 사이 투르키스탄(현재의 신장 위구르) 사막을 탐사하면서 그런 폭풍의 맹렬한 위세에 부딪히고 말았다.

4월 28일 우리는 평소와 다른 격렬한 북풍에 잠을 깼다. 우리 야영지 위로 두터운 모래구름이 덮쳐오고 있었다. 짙은 황색의 모래 장벽이 모래언덕 위로 사납게 쇄도했다가 언덕의 정점을 넘어서는 순간 힘없이 반대쪽 언덕 아래로 흘러 내려갔다. 나는 모피를 덮고 누웠다. 머리에는 바실리크라는 러시아식 목도리가 달린 뾰족모자를 눌러썼다. 그렇게 하늘을 보고 누워서 아침을 기다렸다. 그리고 아침이 되었을 때 나는 글자 그대로 모래에 파묻혀 있었다. 여행을 시작하고 만났던 가장 험악한 폭풍이었고, 낮을 밤으로 바꾸어놓는 검은 회오리, 즉 '카라 부라네' 수준이었다. 바람 때문에 행군은 두 배 세 배 힘들어졌다. 사방을 둘러봐도 아무것도 볼 수 없었다. 공기는 차가웠고 바람은 갈증까지 잊게 만들었다.

무엇보다 중요한 건 최대한 가까이 붙어 있어야 한다는 점이다. 자칫 발걸음을 서두르다간 낙오하기 십상이다. 내 흔적은 순간적으로 지워져버릴 것이다. 일단 시야에서 다른 사람을 놓치면 다시 찾는 건 불가능하다. 아무리 소리를 치고 권총을 쏜다고 해도 폭풍에 묻혀버려 전혀 들리지 않는다. 가까이 서 있는 낙타만을 볼 수 있다. 나머지는 검은 베일 속으로 사라져버리고 만다.

무수한 모래 알갱이들이 휘몰아쳐가면서 독특한 피리 소리를 자아낸다. 마르코 폴로의 환상에 영향을 미쳤던 바로 그 소리, 그는 거대한 사막의 공포에 대해 묘사하면서 이렇게 썼다. "낮에도 우리는 귀신의 말소리를 듣는다. 때때로 그 소리는 수많은 악기 소리가 되고, 또 어떤 때는 북소리가 되기도 한다. 그러므로 여행자들은 가까이 붙어 걸어야 한다. 동물들을 지키기 위해서는 반드시 목에 방울을 달아야 한다."

한낮에도 완전한 어둠에 잠길 때가 있다. 그렇지 않을 때도 세상을 비추는 것은 적황색에서 잿빛까지 어둡고 흐린 빛이다. 폭풍이 바로 얼굴로 불어오면 질식하지 않기 위해서 그 자리에 가만히 멈춰 서서 몸을 웅크리고 얼굴을 낙타 뒤로 숨겨야 했다. 낙타들도 꼬리를 바람 방향으로 하고 목을 바닥으로 길게 늘어뜨렸다.

가장 어린 낙타는 더 이상 견디기 힘든 모습이었다. 떨리는 다리로 비틀거리며 힘겹게 걸음을 옮겼다. 눈은 희미하게 생기를 잃었고 아랫입술은 축 처졌으며 콧구멍은 부풀어올랐다. 졸치는 그 낙타를 행렬의 맨 뒤로 데려가 최대한 바람을 피하게 해주었다.

우리는 모래언덕 꼭대기를 넘어서려는 중이었다. 그곳에서 폭풍은 두 배는 더 무섭게 휘몰아쳤다. 모래언덕은 동쪽으로 급한 경사를 이루며 떨어져내려 계곡을 만들고 다시 거기서 짧은 구간 평탄한 모래밭으로 이어졌다. 여기서 졸치는 시야에서 우리를 놓치지 않기 위해 다급하게 뒤쫓아왔다.

어린 낙타는 마지막 모래언덕을 넘어설 수 없었다. 정상 직전에서 그만 힘을 다하고 쓰러졌다. 그러곤 옆으로 가만히 누운 채 미동도 하지 않았고, 다시는 일어설 수 없었다. 그렇게 우리 행렬은 세 번째 낙타를 잃었다. 우리는 이런 손실에 대해 무감각하고 냉담해지기 시작했다. 이제 중요한 건 우리 자신의 삶을 구해내는 일이었다. 아침에 눈을 뜨면 누구나 이런 생각에 빠지게 된다. 다음은 누구 차례일까……

10월 말 베이징에서 중국 서부를 향하는 비행기에 올랐다. 중국 신장 자치구의 주도인 우르무치에서 다시 장거리 버스를 타고 투르판으로 향했다. 과거 북쪽 비단길을 이용하는 대상들의 중요한 집합소였으며, 오늘날엔 백양나무와 포플러나무 작은 숲과 멜론 농장, 포도밭이 넓게 펼쳐진 오아시스 도시다.

나의 계획은 낙타를 높이 타고 앉아 가순-고비 사막을 건너가는 것이다. 선선한 아침 바람 속에 미지의 모험이 기다리고 있고, 스벤 헤딘이 기록했던 모든 기기묘묘한 풍경들을 체험하게 되리란 기대로 가슴이 한껏 부풀었다.

그렇지만 상황이 항상 뜻대로 되는 건 아니다. 동물을 거래하는 위구르인, 야오우리가 나를 낙타 우리로 데려갔다. 두 마리를 빌리는 데 만 위안, 약 3천 유로를 지불해야 한단다. 공장 노동자의 한 달 수입이 약 80위안이라는 걸 감안하면 거의 강도에 가까운 심한 바가지요금이다. 그럼에도 불구하고 놀라서 돌아서지 않고 차분하게 몇 마리를 빌리기로 했다. 어쩔 수 없는 일이니까. 괴상한 생리적 능력 덕분에 혹서 지역에서 완벽한 파트너가 되어주는 동물이다. 사실 낙타가 없었다면 내가 했던 많은 여행이 애초에 불가능할 수도 있었다.

아프리카에서 배운 대로 이빨을 검사하고 주먹으로 혹을 눌러보고 옆구리와 발목을 만져보았다. 사하라에서는 아라비아 낙타들과 아무런 문제도 없었다. 그렇지만 여기 아시아에선 어쩐지 시작부터 불안했다. 낙타들이 고집스럽게 버티면서 강력하게 반항을 한다. 가까스로 등에 올라타는 순간 좋지 않은 예감이 불현듯 다가왔다. 아프리카에서는 낙타를 타는 게 그다지 어려운 일이 아니었다. 등에 적당한 무게를 느끼면 낙타가 천천히 일어서서 앞으로 걷기 시작했다.

그렇지만 이번에는 완전히 다른 상황, 내가 안장에 제대로 엉덩이를 붙이기도 전에 앉아 있던 낙타가 스프링처럼 튕겨올랐다. 뒷다리로 버티고 앞다리를 번쩍 치켜들더니 이번엔 앞다리로 버티고 뒷다리를 치켜든다. 로데오 경기하듯 난리를 치면서 낙타는 기어코 나를 내팽개쳤다. 나는 머리부터 모래로 내리꽂혔고, 주위에 둘러선 위구르인들과 중국인들 몇 명이 깔깔 웃음을 터뜨렸다. 좀 더 연습을 하고는 이번엔 모래판에서 낙타를 걸어가게 했다. 속도를 높여 달려가면서 나는 고삐를 조금 헐겁게 잡았다. 그러자 망할 놈의 낙타가 갑자기 오른쪽으로 몸을 틀면서 바싹 웅크리는 통에 나는 건초다발 마냥 맥없이 나동그라졌다. 주위의 웃음소리가 더 커졌다. 그저 나의 제법 괜찮은 반사 신경에 감사할 따름이었다. 아니면 정말 크게 다칠 수도 있는 순간이었다.

그렇지만 그게 전부가 아니었다. 띵한 머리로 넋을 잃고 모래에 처박혀 앉아 있는데 비쩍 마르고 거만한 낙타의 머리가 아래턱에 날카로운 사금파리처럼 커다란 엄니를 앞세우고 나타났다. 그러곤 목 끓는 소리를 내면서 머리를 냅다 흔들어 녹색의 물질을 나를 향해 게워냈다. 그러는 사이 발길질하는 낙타의 다리가 내 옆을 살짝 빗나갔다.

등이 뻣뻣하게 굳은 채 나는 호텔로 돌아왔다. 이 날 나는 이 세상 낙타에 대해 완전히 정나미가 떨어졌다. 사악하고 멍청하게만 보이는 괴상하게 생긴 동물, 낯설고 적대적이고, 눈꺼풀은 짙고 두꺼운데 눈은 자그마하고, 문틈처럼 생긴 콧구멍, 높이 치켜올라간 입에 아래로 축 늘어진 윗입술, 누런 이빨에 긴 목…… 거만한 인상을 풍기는 이 괴상한 얼굴을 잊을 수가 없었다. 그런 괴상한 동물한테서 도대체 뭘 기대할 수 있단 말인가?

그렇게 며칠이 지나고서야 나는 다시 행운을 시험해보았다. 그리고 실제로 어느 순간 나는 240센티미터 높이의 낙타 등에 앉아 기쁨의 탄성을 지르면서 앞으로 내달렸다. 그러나 그런 기쁨도 잠시, 낙타는 나의 승리감에 즉시 복수를 했다. 다리미질하듯 바닥으로 드러눕는 낙타는 내동댕이쳐진 내 다리 위로 그 육중한 몸을 덮쳤다. 재빨리 다리를 빼낸 덕분에 가까스로 납작하게 깔리는 위기를 넘기기는 했지만 위험천만한 순간이었다.

이제 정말 끝이다. 아시아의 낙타에 대한 나의 애정은 그것으로 끝이었다. 아시아 낙타만 보면 좋다는 느낌보다 겉과 속이 다른 성격이 떠오른다. 묵묵하고 무관심한 모양새를 하고 있다가 갑자기 돌변하여 야생마가 되고 마는 성격. 이제 됐어, 너 잘났다! 나는 결정했다. 가순-고비 사막을 걸어서 건너가기로.

사막으로 들어서기 시작했을 때 투르판 지역의 밤은 여전히 차가웠다. 내 처음 목표는 300킬로미터 떨어진 오아시스의 도시 하미.

걷고 걷고 또 걷는다. 풍경이 지나간다. 지나가는 풍경을 보자 압박하고 옥죄는 공간에서 벗어남을 느낀다. 한 걸음 한 걸음 내가 태어난 별을 떠나는 느낌, 낯선 행성의 표면을 딛고 선 느낌, 고요와 광야의 행성이다. 나는 바싹 마른 초원의 풀과 검은 모래탑을 지난다. 굵고 가는 자갈들이 쏠려내려가는 동안 따라가지 못하고 남겨진 모래 더미. 밀가루처럼 고운 모래땅이 나왔다가 바위조각들이 널린 평원과 자리를 바꾼다. 구릉이 나타나더니 가까이 다가가면 저만치 뒤로 물러선다.

걷고 걷고 또 걷는다. 배낭에는 꼭 필요한 것만 들어 있다. 사막 트래킹에 절대적으로 필요한 것들. 등에 전해지는 무게의 대부분은 물이다. 12리터를 지니고 있다. 그밖에 나는 식수를 채울 수 있는 장소를 여럿 알고 있다. 그럼에도 불구하고 사막에서 내 삶을 지키는 가장 중요한 방법은 물을 아끼는 것이다. 사막에서 제한된 양의 물을 가지고 여러 날을 지내기 위한 전제조건은 무엇보다 만족과 포기다.

걷고 걷고 또 걷는다. 빛과 고요로 가득한 미지의 영역을 지난다. 판판한 널빤지처럼 수백만 수천만 개의 돌이 뿌려져 있는 평원이 하나 지나면 또 하나 펼쳐진다. 출렁임이 없는 돌의 바다를 건너간다. 혹시 진짜 바다? 아니, 이건 바다가 아니다. 물 위로 떠오른 바다의 바닥이다. 수백만 년 전 지각변동의 힘으로 솟구쳐올라 물을 흘려버린 바다의 대지다. 돌과 잔해만 남아 있다. 열과 추위에 깨지고, 모래바람에 갈린 괴이한 얼굴을 하고 있다.

사막에서 3일을 지내자 어김없이 그것이 찾아왔다. 바로 단순한 삶을 위한 진짜 느낌. 근본적인, 보통은 아주 단순하지만 사람을 행복하게 만드는 느낌 말이다. 모든 존재하는 것들이 근원적인 것, 말하자면 호흡하고 냄새 맡고 바라보는 그 느낌으로 축소되면서 다가오는 행복. 그리고 앞으로 앞으로 꾸준한 전진에 적응해가는 육체에 대한 자각도 빠뜨릴 수 없는 선물이다.

한 걸음씩 내딛는 '조심스런 발걸음'에서 나는 다시금 드넓은 사막을 딛고 서서 사막의 거친 환경과 하나가 되어가는 나를 느낀다. 전화도, 약속도, 텔레비전도 없다. 달리 마음을 빼앗길 일이 없다. 집에서 가져간 복잡한 일들은 거대한 고요에 부딪혀 어디선가 멈춰서버렸다. 독일에서 하루하루 살아가며 중요하다고 생각하는 모든 일들이 어딘가 모래 속에 파묻혔든지 아니면 모래바람에 날아가버렸다. 그토록 나를 매혹시키는 무언가가 사막에 있기 때문일 것이다. 그리고 그건 아마 자기 존재로 가득 채워지는 순간의 장엄한 공허, 오로지 '여기 그리고 지금'에 의해 결정되는 지금 이 순간의 광야다.

아침부터 저녁까지 먼 곳을 향한 동경과 꿈들이 내 발바닥을 받처주고 다리를 움직인다. 그 사이 두뇌는 점점 더 사막과 광야에 맞추어 변해간다. 하루에 걷는 시간은 열 시간에서 열네 시간이다. 생각은 거의 다음 내디딜 발걸음, 바로 다음에 할 일, 바로 다음의 광야가 보여주는 광경에 집중된다. 무엇보다 나는 길이 없는 길을 찾고 넘어지지 않기 위해 각지고 날카로운 돌에 주의한다.

대개 나는 한 시간에 5킬로미터를 전진한다. 때로는 더 갈 때도 있다. 순수하게 걷는 데서 행복을 느끼는 시간과 날들이 있다. 그런 때 내게 사막의 의미는 침묵하는 무한함에 있다. 나라는 인간이 얼마나 하찮은 존재인가를 비춰볼 수 있는 거울과 같다. 이곳 사막의 황량함 속에서 나는 바쁘고 복잡한 우리 문명 속에서 느끼기 힘들었던 시간의 가치, 그리고 그것과 연결된 인생의 가치를 보다 쉽게 인식하게 된다. 쉼 없이 앞으로 내딛는 발걸음은 내게 명상의 근본적인 형태가 된다.

하루하루 거의 모든 날들 동안 대지의 색깔, 대양처럼 드넓은 광야, 하늘의 푸르름, 스쳐가는 모든 풍경들은 나를 삶의 기쁨에 흠뻑 젖어들게 만든다. 발걸음의 리듬이 이름 모를 마약처럼 작용해서 어둠이 밀려들 때까지 결코 놓아주지 않는 도취의 상태가 된다.

밤이면 나는 부드러운 모래 위 침낭 속에 들어가 누워 조금씩 검은 빛으로 물들어가는 하늘을 바라본다. 시간이 흐르면서 은하수가 반짝거림을 더해간다. 지극한 환희와 행복감에 겨운 나는 완전한 고요에 귀를 기울인다. 그러면 모래알처럼 수많은 별들이 어둠

속 반짝이는 광휘의 마법을 펼친다. 때때로 손을 길게 뻗으면 손가락 끝에 반짝반짝 신호를 보내는 하늘의 전령들이 만져질 것 같다는 느낌이 든다. 하늘의 전령들, 실제로 검푸른 광야를 건너가야 하는 많은 밤에 그 별들은 하늘의 좌표가 되어 내가 가야 할 방향과 나의 위치를 알려준다.

그러던 어느 날 내 시선에 기이한 모습이 들어왔다. 모래 위로 불쑥 솟아나온 이상한 물체, 미라가 된 대상의 시체일까? 투르판에서 만났던 위구르 사람들, 타지키스탄 사람들은 과거 가순-고비에 있었다는 화려한 도시들에 대해 이야기했다. 또한 어느 옛날에 무시무시한 모래폭풍 '카라-부란'이 삼켜버렸다는 부유한 낙타 상단과 대규모 군대의 이야기도 들었다. 그러나 그 무엇보다 흥미로운 이야기는 이 근처 어디엔가 '샴발라'라는 전설의 왕국이 있었다는 것이다. 지혜와 영혼의 왕국인 샴발라를 출발한 부유한 대상들은 아프가니스탄과 페르시아를 지나 유럽까지 이국적인 귀중품들을 운반했다.

망원경으로 그 기이한 모습을 당겨보았을 때 내 눈에 비친 것은 기묘한 형태의 모래바위였다. 그런데 바로 그 옆에 낙타의 잔해가 놓여 있다. 으스스한 느낌을 자아내는 허옇게 탈색된 뼈엔 하이에나들이 먹다 남긴 털가죽이 남아 있다. 가는 모래가 달라붙은 살점이 바짝 마르고 구멍이 뚫린 갈비뼈 위에 매달린 채 바람에 나풀거린다.

7일 동안 걷고 난 저녁 나는 멀리에서 몇 개의 불빛을 발견했다. 내 발걸음의 리듬에 맞춰 나를 향해 춤을 추는 불빛이 보인다. 오아시스 도시 하미다. 지치고 긴장이 풀린 채 나는 첫 번째 진흙집에 이르렀다. 아무런 움직임도 느껴지지 않는 거리는 마치 버려진 도시처럼 보였다. 그저 여기저기 몇 개의 나귀가 끄는 수레와 자동차들이 보일 뿐이다.

머물 숙소를 찾아다닐 때 한 위구르 노인이 내게 손짓을 한다. 험악한 날씨에 찌든 얼굴과 매부리코 그리고 성긴 잿빛의 턱수염이 인상적인 노인이었다. 집에 들어가 노인과 함께 차를 마셨다. 단순한 진흙집 내부의 벽과 바닥은 화력한 색상의 양탄자로 장식되어 있었다. 넓은 침대에 잇대어 탁자와 의자들이 놓여 있고, 목재 선반에는 트랜지스터 라디오와 도자기로 만든 마오쩌둥의 흉상이 나란히 자리 잡고 있다. 모든 것이 아주 잘 정돈되어 깔끔하고 깨끗했다.

나는 다리를 꼰 채로 한 무더기의 담요 위에 편안하게 기대앉았다. 내 앞으로 황녹색 재킷을 걸치고 주름진 얼굴을 한 집주인 바토르가 앉았다. 집 밖에서는 미처 보지 못했는데 밝게 수놓은 위구르의 전통 모자 '돕바' 아래로 눈처럼 하얀 머리칼이 덥수룩하다. 녹차를 마시는 사이 바토르의 부인은 맛있는 저녁 식사를 치려주었다. 찬 양고기와 국수 그리고 설탕을 뿌린 토마토가 식탁 위에 올라왔다. 식사 후에 우리는 반달 모양으로 자른 멜론을 먹으면서 뒷마당 모닥불 주위에 둘러앉았다. 더듬더듬 주워섬기는 위구르 말로 나는 나의 사막여행에 대해 설명했고, 바토르는 내게 오아시스 농부들의 삶을 이야기해주었다. 한 줄기 시원한 바람, 간단한 한 끼 식사에도 기뻐하고 감사하는 이들의 이야기였다. 쌀 한 줌, 멜론 한 조각, 고기 한 덩이도 이런 혹독한 자연 속에선 피땀을 흘려 얻어야 하는 귀중한 재산이다.

이처럼 이곳의 삶이 열기, 건조함, 모래폭풍과 맞서 싸워야 하는 고난의 연속임에도 불구하고 바토르와 그의 부인은 만족하고 느긋한 모습이었다. 그들의 넉넉하고 겸손한 모습은 내가 지난 며칠 느꼈던 외로움을 상쇄시켜주고도 남음이 있었다. 이날 저녁 나는 혼자가 아니라는 것에 기뻤다. 뒷마당의 모닥불은 오래전에 꺼졌고 이제 아침이 밝아오리라. 바토르는 나를 위해 집안 한쪽에 잠자리를 마련해주었다. 고마워하면서 그의 친절을 받아들였고 지친 몸을 이끌고 이불 속으로 파고들었다. 그 사이 바깥 사막은 온통 추위로 떨고 있었다.

이튿날 아침 일찍 일어난 나는 새로운 식량과 마실 물을 채운 배낭을 짊어지고 바토르를 꼭 껴안아 작별인사를 했다. 그는 돌아서는 내게 달콤하고 딱딱한 빵을 한아름 챙겨주었다. 아직 해가 뜨기 전인데도 오아시스 도시의 개구쟁이들이 마을 바깥까지 나를 배웅해주었다.

사막으로 나서자마자 바로 바람이 나를 맞는다. 숨을 쉬듯 규칙적으로 불어오는 바람. 낮에는 적당히 따뜻한 수준에서 뜨거운 열기까지 온도가 치솟고 밤이면 꽤 추운 수준에서 꽁꽁 얼어붙는 결빙 단계까지 수은주가 떨어진다. 머리와 목을 보호하기 위해 넓은 천을 칭칭 동여맨다. 앞을 보기 위해 눈에만 살짝 틈을 남겨놓는다. 그러고는 느긋한 걸음의 리듬에 몸을 맡긴다. 확 트인 시야에서 자유를 만끽하며 말라버린 하천 바닥과 길게 이어진 언덕들을 지난다. 물 없는 개울들이 얼기설기 나뭇가지들처럼 그어져 있는 적갈색 대지를 지나고, 햇빛을 받아 반짝반짝 윤을 내는 바위 조각들이 즐비하게 널린 자갈 평원을 지나고, 발길을 복잡하게 만드는 모래탑들을 지나서 1600미터 높이의 베이산 산맥으로 들어선다.

수백만 년을 지나는 사이 사막의 모래바람에 갈리고 깎인 좁고 긴 미로의 골짜기가 곳곳에 도사리고 있다. 붉은 진흙과 하얀 규암 성분이 섞여 갈색과 검은색을 띠는 바위 덩어리들이 쪼개지고 갈라져 사방을 뒤덮고 있다. 편마암, 화강암, 반암으로 구성된 거대한 바위들이 주위를 둘러싸고 있는데, 거의가 극단적인 일교차 때문에 깨지고 갈라져 있다. 키클롭스식 성벽(절단하지 않은 거대한 돌로 모르타르를 쓰지 않고 쌓은 벽-옮긴이)처럼 거대한 산무더기와 뾰족한 봉우리들이 그림처럼 아름다운 기암괴석을 이루고 서 있다. 그 모습이 영락없이 잠자는 공룡의 몸뚱이를 닮았다. 환상으로만 떠올릴 수 있는 모든 형태들이 이 기묘한 풍경 속에 하나하나 깃들어 살고 있다.

산허리와 고갯마루를 넘어 바위틈과 불쑥 비어져나온 바위를 타고 오른다. 타고 남은 재를 쌓아놓은 듯 보이는 산등성이를 기어오르고 좁은 산길을 따라 걷다보면 자연이 미리 만들어놓은 그 길들이 갑자기 끊기고 표면이 쩍쩍 갈라진 암벽들이 깊은 계곡으로 떨어져내린다. 많은 길의 꼭대기마다 작은 돌무더기가 서 있다. 오랜 과거에 만들어진 작은 돌탑들, 행복을 빌고 열반에 들기를 기원하는 간절한 바람의 표상이다. 이 오랜 관습은 지금까지도 많은 원주민들의 의식에 깊이 뿌리박혀 있다. 나도 작은 돌탑 하나를 더해놓는다. 제단 앞에 선 듯 겸허한 마음으로 하나하나 돌을 쌓아올리면서 이제까지 큰 탈 없이 지나온 여행들에 대해 신들에게 감사했다.

저녁 어스름, 대지가 자신의 검은 그림자 속으로 가라앉기 전에 불타는 오렌지빛 하늘이 서쪽 지평선에 넘실거린다. 폭발하듯 피어오르는 심홍의 빛깔은 베이산 산맥을 연한 꽃분홍색으로 물들인다. 하늘이 불을 피운 것일까. 보고 또 봐도 아름답고 신기해서 천상의 불놀이에서 눈을 뗄 수가 없다.

어둠이 태양을 완전히 삼키고 나서야 비로소 수정처럼 맑은 별의 하늘이 산맥 위를 덮은 거대한 텐트 천장처럼 주름 하나 없이 곱게 펼쳐진다. 힘든 하루를 보내고 저녁이 되어 침낭 속에 팔다리를 쭉 펴고 하늘을 저어가는 달을 쫓아 눈길을 움직이노라면 언제나 무언가 특별한 것을 느낀다. 사막 위로 은백색 밝은 빛을 뿌리는 달. 여기 황량한 베이산 산맥에서도 다를 것이 없었다. 밤새도록 달은 내 곁에 있었다. 눈을 감기 직전에는 내 발 쪽에서 빛났고 몇 시간 후 잠에서 깨어났을 땐 내 머리 위에서 나를 굽어보고 있었다. 아침 여명이 밝아와 내 작은 캠프를 정리하고 길을 떠나려 할 때 달의 얼굴은 이미 완전히 창백해져 바로 다음 순간 나를 태양의 품으로 건네주었다.

때때로 나는 흐릿한 구름이 있는 밤들을 체험한다. 모든 별들이 가려지는 밤이다. 그런 밤들 중에는 한순간도 쉬지 못하는 괴로운 밤들도 있다. 하루 동안 겪은 일들이 머리를 가득 채웠기 때문이다. 음악으로 신경을 짓누르는 생각의 홍수를 가라앉히려 워크맨을 찾게 되는 밤이다.

또 어떤 밤에는 내 아내 리타가 어둠 속에서 내게 다가오는 상상을 한다. 내 곁에 가만히 앉아 나를 안고 입을 맞춘다. 담요로 몸을 감싸고 모래 바닥 위에 누웠을 때 그녀의 따스한 피부가 부드럽게 스치는 걸 느끼며 나는 사막을 잊는다. 그런 장면들을 기꺼이 머릿속에 붙잡아두고 싶다. 그렇지만 나 스스로 그걸 막는다. 그런 흔들리는 감정의 세계에 빠져들지 않아야 한다. 어두운 밤의 고독을 온전히 내 것으로 만들어 다스릴 수 있어야 한다. 난 내게 이렇게 말한다. '그런 생각은 애초에 시작하지도 말아라.'

마찬가지로 외로움이 아프게 다가오는 순간이면 다른 어떤 사람과 하루 동안 느낀 인상과 감흥에 대해 대화를 나누고 싶어진다. 물론 그것은 불가능한 일이다. 그래서 나는 상상의 동료를 만든다. 그는 내 상상 세계 속에서만 존재한다. 그렇지만 나는 그와 대화하고 토론하고 뻔한 수다를 떨 수도 있다. 필요할 때 그는 항상 내 곁에 있으면서 용기를 주고 또 미리 경고해주기도 한다. 깊은 외로움 속에서 정신적 균형을 지켜나가기 위해 그런 대화는 내게 말할 수 없이 중요하다. 그렇게 해야만 암울함과 두려움을 멀리 밀쳐낼 수 있다. 상상 속의 인물과 함께 걷는 길, 이상하게 들릴 수도 있지만 그래도 사막에 서 있는 나에게 꼭 필요한 느낌이다.

베이산 산맥을 넘자 가순-고비 사막의 모습이 변했다. 장대한 모래언덕이 첩첩이 쌓여 있다. 드디어 나는 '밍사산', 다시 말해 '소리를 울리는 모래 산'의 모래바다로 들어섰다. 내 몸과 마음은 끝 모를 환희에 빠져들었다. 그리고 그 커다란 기쁨을 이루는 가장 큰 요소는 걷는다는 것, 바로 그것이었다. 꿈처럼 황홀한 마음에 어디가 어딘지 생각해볼 여유도 없이 숨을 빼앗길 만큼 아름다운 모래의 융단 위로 발걸음을 옮겼다.

반달의 좁은 등을 밟고 걷는 줄 타는 곡예사의 느낌, 단단하게 다져진 모래언덕의 가장자리를 밟기 위해 걸음걸음 매우 조심해야 했다. 한쪽은 부드러운 모래절벽이 거의 수직으로 떨어지고,

다른 한쪽은 다져진 모래언덕이 가파른 각도를 이루고 있어서 어느 쪽으로든 자칫 발을 헛디디면 200~300미터를 꼼짝없이 미끄러져내리며 뒹굴어야 하는 것이다.

모래언덕의 오르막과 내리막을 오르내리면서 숨이 턱까지 차올라 헉헉거렸다. 가파른 경사의 정상에 닿자 깊은 계곡이 나타났다. 거대한 모래 장벽들 앞에서 현재의 내 위치를 알아내고 방향을 잡는 일이 나침반을 가지고도 힘들다는 사실을 깨달을 때까지 나는 쉼 없이 발걸음을 내딛었다. 사라센의 칼처럼 휘어져 있는 높은 모래언덕 사이로 터덜터덜 걸어 저지대로 내려가려 할 때마다 모래언덕들은 교활하게 몸을 비켜 앞을 가로막았다. 결국 방향을 잃고 말았고 악몽이 시작되었다. 게다가 얼음처럼 차가운 바람이 피리 소리를 내면서 강하게 불어오는 탓에 모래언덕 위를 걷기가 더욱 힘들어졌다.

마침내 나는 지쳐갔다. 피로의 무게가 어깨를 짓누르고 오르락내리락 계속되는 모래판의 파도를 헤치면서 남은 힘이 바닥나고 있었다. 육체적 정신적으로 버틸 수 있는 한계에 이른 걸까? '피로에 굴복해선 안 돼! 네 정신이 쇠약해지지 않는다면 너의 육체는 너를 모든 지평선 너머로 데려갈 거야!' 그렇게 나는 스스로에게 용기를 불어넣었다. 그렇지만 숨을 돌리고 물을 마시기 위해 쉬어야 하는 간격이 점점 짧아지고 있었다. 절망이 나를 사로잡고 내 굳은 다리가 더 이상 걷지 않으려 했다. 나는 완전히 무릎을 꿇고 주저앉았고 주먹으로 모래를 때렸다. 어느 순간 스파크를 일으키며 전등이 꺼지듯 제 정신을 잃고 말았다. 기진맥진한 상태로 겪는 과도한 스트레스는 육체와 영혼을 미치게 만든다. 눈물이 줄줄 얼굴 위로 흘러내리고 두려움에 사로잡혀 어쩔 줄을 몰랐다. 그저 가만히 누어서 쉬는 수밖에 별다른 도리가 없었다.

거친 숨이 가라앉고 둔황이 멀지 않을 거라는 상상이 기대하지 않았던 에너지와 생명력을 일깨우기 전까지 오랫동안 모래 속에 누워 있었다. "그냥 계속 가라." 갑자기 내 목소리가 아닌 낯선 목소리가 들렸다. "힘을 내, 아킬! 계속 걸어, 계속, 계속!" 그 목소리는 내가 벌떡 일어나 힘찬 발걸음을 내딛도록 도와주었다. 멈추지 않고 같은 말을 되풀이했다. 진리의 말, 만투라처럼 마음을 안정시켜 흔들리지 않도록 붙잡아주었다. 나는 감정이 없는 기계가 된 것처럼 단조롭게 한 발 또 한 발 앞으로 내디뎠다. 마치 걸음이 모든 두려움으로부터 나를 구해낼 것처럼 몇 시간 동안 걷고, 걷고, 또 걸었다. 나는 세상에서 가장 황량한 모래언덕들을 지났고, 세상에서 가장 황량한 모래언덕들이 나를 지났다. 투명한 인간이 된 느낌이 들었다.

밍사산의 가느다란 모래언덕 꼭대기를 또다시 헐떡거리며 기어올라갔을 때 발아래로 울창한 녹색이 펼쳐졌다. 포플러와 백양나무 그리고 올리브나무들이 보였다. 바로 둔황 오아시스였다. 15일을 걸어서 드디어 둔황에 도착했다. 한참 동안 마지막 모래언덕의 정상에 높이 앉아 10만 명의 사람들이 살고 있는 도시의 전망을 차분하게 즐겼다. 4세기부터 14세기 사이에 가장 중요한 대상들의 중추 도시 역할을 했다. 비단길은 여기서 중국 서부의 무시무시한 사막을 우회하는 길인 북쪽, 남쪽 그리고 중앙 루트로 갈라졌다. 오늘날 도시의 정경은 화물차, 지프, 두 개의 고무바퀴가 달린 나귀 수레들로 채워져 있다.

도시의 전망을 즐기던 나는 어느 순간 도시를 향해 마지막 모래언덕을 미끄러져내려가 옷에서 모래와 먼지를 털어내고는 오아시스 도시의 방향을 알려주느라 높이 휘날리는 깃발을 따라 달려갔다. 기존의 진흙 건축 방식으로 지어진 현대식 아파트와 연립주택들이 늘어서 있었다.

한 작은 호텔에 방을 잡고 침대 위로 지친 몸을 던졌다. 다리는 납처럼 무거웠고 허리는 통증이 심해서 옆으로 돌릴 수조차 없었다. 내 육체와 정신은 아직 사막에 있다는 느낌이 또렷했지만, 어느새 나는 재빠르게 한 세계에서 다른 세계로 들어와 있었다. 호텔의 긴 복도를 통해 새로 들어온 세상의 소리들이 울려퍼졌다. 오토바이의 부르릉 거리는 굉음, 자동차의 경적, 자전거들의 따르릉 소리, 흥정하는 사람들의 웅성거리는 소란. 너무 빠르게 나는 침묵의 제국에서 수천의 소음이 부딪치고 충돌하는 땅으로 들어와버렸다.

211

둔황에 도착하고 이틀이 지난 뒤 한 위구르 젊은이가 나귀 수레를 몰고 모가오 석굴(둔황 석굴)로 나를 안내했다. 오아시스의 도시 둔황 남동쪽 24킬로미터 떨어진 곳에 몸을 숨기고 있는 천 개의 동굴 사원이다. 나무 한 그루 자라지 않는 카르스트 지형의 두 산자락, 산웨이산(三危山)과 밍사산, 이 두 개의 산자락이 만나는 자리가 간쑤 협곡의 남쪽 경계를 이룬다. 그 계곡 사이로 강이 흐르고 강둑에는 나무들이 늘어서 있다. 아주 오래전 산에서 흘러내린 물이 강물을 이루고 몇 킬로미터를 달려가다 폭이 넓은 자갈밭에 이르러서 사라져버린다.

이 강의 서쪽 제방에 길게 뻗은 바위 절벽이 솟아 있고, 우뚝 솟은 그 벼랑은 모래평원으로 이어져 있다. 비단길의 황금시대에 불교 순례자들과 승려들은 이 특별한 장소를 찾아와 독특한 모습의 사원을 세우고 1600미터 길이의 암벽에 수백 개의 동굴을 파냈다.

과거 불교 지역의 묘지를 넘어 두 개의 새로 건립된 출입문을 지난다. 바로 그 뒤로 중심이 되는 화려한 누각이 낙타색 절벽 전면에 웅장하게 자리 잡고 있고 그 양쪽으로 어두운 동굴들이 벌집처럼 숭숭 뚫려 있다.

원래 천 개가 넘는 동굴들이 있었다고 하지만, 지금은 492개만 남아서 모가오의 보물을 전해주고 있다. 3천 개 이상의 입체상과 소조들이 10센티미터에서 33미터에 이르는 다양한 크기로 자기의 자리에서 예술적 아름다움과 종교적 깊이를 뽐내고 있고, 수많은 벽화들이 4만 5천 평방미터 이상의 넓이에 다채롭게 그려져 있다. 이런 예술품들이 긴 세월을 이겨내고 지금까지 보존된 데는 물론 사막의 기후가 큰 역할을 했다.

고대 문서에 따르면 모가오 석굴이 만들어지기 시작한 때는 서기 366년이다. 전진(前秦)의 승려 낙준이 휴식을 취하다 도적 혹은 악령에 의해 쫓기게 되었다. 기적적으로 그는 사악한 무리들의 손아귀에서 벗어날 수 있었고, 감사의 마음을 표현하기 위해 이곳에서 부처의 상을 새겨서 바위가 갈라진 틈바구니에 세워놓았다. 이후 수백 년이 흐르는 동안 페르시아, 인도, 아라비아에서 온 상인이며 수공업자들, 농부들, 순례자들이 암벽에 수많은 동굴을 파내고 여러 가지 장식을 했다. 모가오 석굴은 그렇게 만들어졌다.

훗날 이곳은 특히 비단길을 이용하는 대상들이 중국 서부로의 위험한 여행을 출발하기 전에 보호를 빌고 안전을 기원하는 장소가 되었다. 그들이 내는 돈으로 마침내 불교 사원까지 건립되면서 모가오 오아시스 주변은 기도와 감사의 장소로 완전히 자리 잡았을 뿐만 아니라, 비단길에서 가장 아름다운 장소, 환상적인 예술적 보물들이 창조되는 천 개 이상의 석굴을 가진 중요한 불교의 성지가 되었다.

그러나 외국과의 교류에 적대적이었던 명 왕조가 14세기 중반 서방과의 모든 무역 및 문화적 교류를 중단하면서 아시아를 가로지르는 이 무역 루트는 빛을 잃었고, 그와 더불어 융성하던 불교의 교세도 꺾여버리고 말았다. 그 결과 천 개의 불상이 있다는 뜻의 '첸포둥[千佛洞]'의 영화는 점점 더 망각 속으로 사라지고 마침내 움직이는 사구들 속에 파묻혔다.

1899년 도교 승려인 왕위엔루(王圓籙)가 중국 서부를 순례하며 선지자들의 흔적을 연구할 때 비로소 모가오 석굴이 재발견되었다. 왕위엔루가 몇 명의 인부들과 함께 엄청난 양의 모래를 걷어내자 벽화가 있는 석굴의 전실이 드러났다. 그렇지만 동굴이 완전히 모습을 드러내기도 전에 그만 무너져내리고 말았다. 그런 난관에도 흔들리지 않고 발굴 작업을 이어나가 결국 그의 노력은 성공을 거두었고, 마침내 빼어난 벽화들과 조상들로 장식된 여러 석굴을 발굴해냈다.

더 나아가 왕위엔루는 벽으로 막혀 있던 비밀 서고를 발견했다. 망각 속에 파묻혔던 인류의 문화유산이 긴 잠에서 깨어나는 순간이었다. 말하자면 그 서고는 동아시아의 지식을 집대성한 도서관이자 보물창고였다. 3세기부터 11세기까지 제작된 5만여 종의 문서는 다양한 언어로 기록된 불교 경전들과 유교와 도교의 문서들, 역사를 기록한 방대한 양의 사료들, 선종의 각성에 대한 기록, 마니교와 네스토리우스파에 관한 기록 그리고 고대의 민담, 예금증서, 달력, 편지 등을 포함하고 있었다. 가치를 측량할 수 없을 만큼 귀중한 이 학술적 자료들이 900년 이상의 장구한 세월을 지나 전해질 수 있었던 것은 건조한 사막 기후 덕분이었다.

발굴 당시 중국의 어느 누구도 어렵사리 모습을 드러낸 불교 문화유산의 가치를 알지 못했다. 승려 왕위엔루는 물론 지방정부의 관리들도 마찬가지였다. 이런 무관심과 소홀함은 쓰라린 결과를 가져왔다. 발굴과 거의 동시에 최초의 유럽 여행자들이 중앙아시아에 이르렀는데, 그들은 '고고학적 엘도라도'를 찾을 거라 예측하고 고비 사막을 '중앙아시아의 보물창고'라고 이상적으로 표현했던 인물들이다. 결국 거대한 보물창고의 발견으로 명성과 부를 소유하게 되리라는 희망을 안고 스웨덴, 프랑스, 영국, 러시아, 독일 등지에서 정부와 학문연구기관의 지원을 받은 탐험가들이 너도나도 서둘러 아시아 한가운데 미지의 광야로 뛰어들었다. 그러고는 외딴 사원, 폐허 그리고 무덤에서 벽화와 조상, 도서자료들을 몇 톤씩 훔쳐갔다.

　영국의 지원을 받은 헝가리 출신의 마크 아우렐스타인 역시 그런 탐험가들 중 하나였다. 1907년 그는 영국 정부의 위임을 받아 2천 년 전에 만들어진 만리장성 연장부 성곽의 잔해를 탐사하기 위해 중앙아시아의 사막으로 여행을 떠났다. 탐사 도중 그는 서구 탐사단 중 가장 먼저 모가오 석굴의 발굴에 대해 듣게 된다. 그는 즉시 머나먼 사원 동굴로 달려갔고 거기서 승려 왕위엔루에게 극히 적은 액수의 돈을 주고 고귀한 문서와 그림들을 사들였다. 거의 7천 개의 문서와 500개의 그림을 대상의 길을 지나 런던의 브리티시 뮤지엄으로 보냈다.

뒤를 이어 하버드 대학의 포그 아트 뮤지엄에서 중국 예술을 가르치는 교수 랭던 워너와 프랑스인 폴 펠리오 그리고 일본인 오타니 고즈이가 약간의 돈으로 모가오 석굴의 문서와 그림들을 사들였다. 탐험대인지 도둑인지 쉽게 판단하기 힘든 이들 탐사대 중 몇몇은 심지어 동굴벽화를 전사하기 위해서 그 위에 특수한 접착제를 바르기까지 했다. 낙타와 말이 끄는 수레에 실린 그림과 문서와 조상과 무늬가 아름다운 직물들이 유럽으로 전해졌다. 그리고 상당수 이들 불교의 보물들은 제2차 세계대전 중 런던과 베를린에서 밤마다 폭격이 벌어질 때 소실되고 말았다.

마침내 내가 고대의 암벽 동굴에 발을 디뎠을 때 곧바로 동굴의 실내 공기가 내 어깨를 무겁게 짓눌렀다. 마치 누군가 무거운 이불을 얹어놓은 느낌이었다. 사막의 공기가 그러하듯 실내는 건조했다. 눈으로 밝은 입구에서부터 하나하나 매끈한 암벽을 더듬어본다. 내 손전등의 불빛이 닿는 곳마다 다채로운 색상의 그림들이 불교의 경건한 느낌을 담아내고 있어 싯다르타의 영향을 매우 다양한 느낌으로 내게 전해준다.

기원전 560년경에 태어나 인도의 왕자에서 거지가 되었던 싯다르타는 긴 세월의 고행 끝에 각성하고 해탈의 경지에 이른다. "이승에서의 삶을 극복해야 한다"는 싯다르타의 가르침은 그의 이름에서 비롯된 불교의 정신적 토대가 되었다.

한두 시간 어두침침한 동굴 안에서 시간을 보내면서 삶의 의미를 비춰주는 불빛이 점점 더 밝아짐을 느꼈다. 화려한 색상 속에 미소 짓는 부처가 보호를 약속하는 힘으로 다가왔다. 싯다르타의 양옆으로 꽃과 과일을 바치는 승려들이 늘어서 있고, 그의 손은 굳건한 믿음의 증거가 되어주는 대지를 쓰다듬고 있다.

또 다른 그림에서 싯다르타는 커다란 연꽃 위에 가부좌를 틀고 앉은 모습이다. 완전한 침잠의 상태를 그리고 있다. 그 바로 옆에선 날아다니는 간다르바(음악의 신, 천사)들이 암벽 위에서 춤을 춘다. 갑옷을 입고 무기를 든 수호신들은 사악한 무리들로부터 천상을 지키고 있고, 보디사트바(보리살타, 보살, 부처의 제자들)들은 자기들 가슴에 단검을 찌른다. 경외하는 싯다르타와의 이별을 슬퍼함이다.

인물들, 동물들, 움직임, 비율 그야말로 모든 것이 하나의 조화 속에 표현되어 흠잡을 데가 없다. 때때로 강렬한 색채와 다양한 종교적 묘사들이 너무도 감격적이어서 숨이 막힐 지경이었다.

동굴 예술의 빼어난 아름다움에 넋을 빼앗긴 나는 불교 예술가들이 벽과 천장에 그림들을 그려넣고 있던 그 시절을 상상했다. 그리스, 페르시아, 인도, 중국 등 비단길을 따라 놓인 여러 나라들의 문화가 혼합된 양식으로 그려지던 시절이다. 그 중에서도 가장 오래된 것으로 엄격한 균형미를 표현하고 있는 벽화는 서기 4세기의 것으로 밝혀졌다. 이는 고고학자들이 발굴 작업을 통해 찾아낸 서기 698년의 문서기록을 통해 증명되었다.

석굴 사원들을 한 바퀴 돌아본 나는 모가오 석굴에서 얻었던 다양한 인상과 감명들을 차곡차곡 정리해보기 위해 한 동굴의 돌바닥 위에 앉았다. 그때 내 시선이 사람 크기의 불상에 닿았다. 석고와 갈대와 대나무로 만든 단순한 형태의 불상이었다. 가부좌를 틀고 앉은 부처의 신체는 부드러운 곡선으로 표현되었고 조금 높게 돋우어져 숭고한 느낌을 강조하고 있었다. 어깨와 몸을 덮은 화려한 색상의 가사는 편안하게 흘러내리면서 구원의 느낌과 아름다움을 더했다. 얼굴의 인상은 지극히 단순하다. 가느다란 눈, 아름다운 선을 그은 눈썹, 붉은 입술 그리고 높은 코.

여기엔 없지만 이런 불상들 앞에는 꽃병, 제기 그리고 향로를 올려놓는 제단이 있는 게 보통이었다. 기원하고 참선하고 감사를 드리는 자리이기 때문이다. 그곳이 내게 이상한 감동을 주었다. 이성적으로 이해할 수 있는 한계 너머의 무엇, 물질세계 너머에 놓인 무언가를 품고 있었다. 그것은 여행을 하면서 많은 사막의 거주자들에게서 느꼈던 일종의 정신적, 종교적 힘이었다. 전통과 영혼의 뿌리에서 우러나오는 힘, 그리고 자연에 맞서면서 동시에 자연과 하나 되어나갈 때 다가오는 힘에 다름 아니었다.

한동안 부처의 상을 바라보았고, 거기 그냥 그렇게 앉아 석굴 바깥을 스쳐 불어가는 바람의 속삭임에 귀를 기울였다. 갑자기 나는 바지 주머니를 뒤졌다. 그러고는 한가득 들어찬 모래 사이에서 볼

펜과 라이터를 찾아냈다. 그것들을 불상의 발아래 다소곳이 내려
놓는데 부처의 얼굴이 말없이 부드러운 눈빛으로 굽어보는 듯했
다. 몇 마디 감사의 말을 전하는 순간 나는 마치 목적지에 도착한
순례자의 기분이 들었다.

▶ ▶

아주 다양한 유목민족의 고향인 케냐 북부지방에는 카이수트 사막이 뻗어 있다. 용암, 모래, 돌로 이루어진 장엄한 원시 자연이다. 이 버려진 광야에 깊고 푸른 투르카나 호수가 있다. 아프리카에서 가장 광대한 악어의 서식지인 이 호숫가에서 고고학자들은 인류의 조상에 대한 귀중한 증거들을 발견했다. 호모 하빌리스와 호모 에렉투스 등 원인들의 유골 화석이다. 이는 케냐 북부지방에 '인류의 요람'이 있었다는 증거이기도 하다.

낙타의 발걸음처럼
느긋하고 일정하게

카이수트 사막 ｜ 케냐(1996년)

내면의 느림을 깨닫게 되면서 수 킬로미터의 길에 대해
그리고 사막이 나를 위해 준비해놓은 것들에 대해 활짝 마음이 열린다.
보이지 않는 마법에 사로잡힌 듯 눈앞에 그 끝을 보여주지 않는
장대한 광야 속으로 걸어 들어가며 나 스스로 광야가 된다.
유목민들을 제외하면 일정한 리듬으로 계속되는 발걸음이 얼마나 큰 행복이고
얼마나 아름다운 감동인지 이해할 수 있는 이가 있을까?

계속해서 북쪽으로 아침부터 밤까지 낙타의 고삐를 붙잡고 덤불을 헤쳐간다. 억센 가시들이 노려보는 관목의 미로를 뚫으며 간다. 말은 쉽게 들리지만 막상 해보면 삶이 무척 힘들다고 느껴지는 시간이다. 등에 혹을 달고 있는 이 힘센 장신들이 자꾸만 속도를 늦추고 거들먹거리면서 고집스럽게 아카시아와 위성류의 가시덤불 속으로 나를 끌고 들어간다. 낙타에겐 달콤한 별식이겠지만 나에게는 육체와 정신에 대한 잔인한 공격인 셈이다. 손가락 길이만한 가시들이 아래 위 할 것 없이 옷을 뚫고 들어와 박히기 때문이다. 렌치나 핀셋을 이용해야 가시를 제거할 수 있다. 하지만 애써 가시를 제거해도 금세 다시 선인장이 되기 십상이다.

나는 케냐의 북쪽 지역을 여행하고 있었다. 카이수트 사막이 펼처진 곳이다. 드넓은 돌 평원이 있는 광대한 황야, 메마른 땅, 연녹색 덤불로 가로막힌 적갈색 모랫길. 깊게 파인 건조한 계곡들에서는 엷은 자줏빛 산자락과 황소처럼 노란 산자락이 번갈아 모습을 드러낸다. 기이하지만 흙냄새 풀풀 나고 촌스럽기도 한 산세를 이루면서 마치 돌이 파도를 만든 것처럼 지평선을 향해 출렁출렁 밀려간다.

수백만 년 전에 여기서 일어났던 모든 일이 지금도 일어나고 있다. 화산의 굴뚝은 이산화탄소를 뿜어내고, 모래폭풍은 대지를 깎아낸다. 그리고 풍화의 힘은 자연이 자신을 사막화하는 데 중요한 역할을 한다. 동아프리카의 이런 황야는 에티오피아의 국경까지 길게 펼쳐져 있다. 이 황야의 다른 한쪽에서 머리를 맞댄 투르카나 호는 오랜 옛날 아프리카의 대지를 길게 찢어 지구대를 형성했던 지각운동을 통해 만들어졌다.

약 6500평방킬로미터의 넓이를 가진 투르카나 호는 독일 남부의 대형 호수 보덴제의 열다섯 배나 된다. 북쪽 에티오피아의 오모 강에서 흘러드는 물이 전부이고 흘러나가는 길은 없는 것으로 알려진 이 호수는 오늘날까지도 많은 수수께끼를 품고 있다. 투르카나 호가 아주 오랜 옛날 아프리카 하천의 거인, 나일강과 니제르 강에 연결되어 있었다는 주장도 있다. 그것이 사실이라면 아프리카 대륙의 북부 절반에 걸친 거대한 하천 시스템이 있었다는 뜻이다. 지구물리학적 측정 자료와 구조학적, 지질학적 구조가 언급된 지역들 사이에 유사하게 이어진다는 점 외에도 무엇보다 투르카나 호의 거대한 물고기인 나일 배스와 아프리카에서 가장 큰 크로커다일 군집은 케냐 북부의 이 드넓은 호수가 먼 옛날 나일강과 니제르강에 연결되어 있었다는 중요한 증거로 제시된다. 게다가 지질학자들은 여러 암석층에서 오늘날 호수의 수면보다 170미터 높은 곳에 길게 이어져 있는 제방의 흔적을 발견했다. 그것은 홍적세에 현재보다 훨씬 커다란 투르카나 호수가 소바트강을 통해 나일강으로 흘러갔고, 그 물은 다시 서아프리카의 니제르강으로 이어졌다는 것을 암시한다.

마찬가지로 믿기 힘든 사실은 투르카나 호수의 물이 염분이 강해서 식수로 사용할 수 없다는 것이다. 그 이유는 2천만 년 전부터 이 지역에 마치 하나의 사슬처럼 버티고 서 있는 활화산들이다. 동아프리카의 단층을 통과해 뻗은 이 활화산들에서 지하수로 염분이 흘러드는 것이다. 심지어 이 화산들 중 몇몇은 아예 투르카나 호 안에 있는가 하면 다른 것들도 남쪽 호숫가 가까운 곳에 자리 잡고 있다.

더 나아가 투르카나 호숫가에서는 수백만 년에 걸친 침식의 결과로 계속해서 인류의 조상으로 추정되는 원인들의 유골 화석이 발견된다. 케냐 북부 지방에 '인류의 요람'이 있었다는 증거다. 영국의 학자 부부인 루이스와 메리 리키가 저명한 고인류학자인 아들 리처드와 함께 사막화된 광야 한가운데서 신생대 제3기와 4에 기원을 두는 수많은 원인류와 동물의 잔해를 발견한 이래로 케냐 북부의 카이수트 및 찰비 사막은 원인류 화석의 가장 중요한 발굴지로 인정받고 있다.

지프와 낙타를 타고 동아프리카를 여행하기 위해서 나는 헝가리-오스트리아의 백작 사무엘 텔레키 폰 스체크의 역사적인 루트를 선택했다. 그는 1887~88년 원주민들이 '바소 나로크', 즉 '검은 물'이라고 불렸던 전설적인 호수를 탐사하기 위해 프레스부르크 출신의 해군 장교 루트비히 폰 회넬과 함께 케냐 북부를 여행했다. 가문의 유산인 영지와 다이아몬드를 팔아 비용을 충당했던 텔레키 폰 스체크의 이 대담한 여행은 가장 많은 비용이 투입되고 가장 잘 조직된 아프리카 탐사 가운데 하나였다.

1887년 1월 2일 탐사대는 잔지바르 섬을 떠났다. 섬에서는 루트비히 폰 회넬이 미리 열댓 명의 지역 안내인과 대규모 용병대 그리고 600명의 짐꾼을 고용해놓고 있었다. 잔지바르에서 탄자니아로 배를 타고 이동했고, 팡가니강의 하구인 팡가니에서부터 북쪽으로 눈 덮인 킬리만자로의 산자락에 위치한 타베타 외곽으로 이동했다. 그리고 결국 이 대규모 탐사대는 동아프리카의 이른바 '세상의 끝'을 넘어갔다. 베를린과 괴팅겐에서 대학을 다녔던 텔레키 폰 스체크는 군인으로서 인생을 살아가기 전에 항상 품어왔던 꿈을 실현했다. 커다란 야생동물들을 사냥하고 케냐 북부의 탐사에 헌신하는 꿈이었다.

여덟 시간의 비행 끝에 천일야화에나 나올 법한 세상의 한가운데에 들어섰다. 잔지바르, 울림부터가 이국적이어서 신비와 모험의 세상으로 느껴지는 섬이다. 이슬람교도들에게 아프리카의 거점이 되고 있으며 아프리카와 아라비아의 접점으로 두 세계의 문명이 부글부글 끓어오르는 이곳에서 텔레키 폰 스체크의 발자취를 따르는 나의 여행이 시작된다. 인도양의 파도에 씻긴 잔지바르는 아프리카 동쪽 연안에서 40킬로미터밖에 떨어져 있지 않고, 현재 탄자니아의 국토다. 중세에 이곳은 오만의 술탄이 지배하는 땅이었다. 그리고 오만의 술탄들은 잔지바르를 노예매매의 중심으로 만들었다.

1890년에는 제국주의 강대국들인 독일과 영국이 이 지역에 대한 협정을 맺기도 했다. 독일의 카이저는 헬고란트를 돌려받는 대신 술탄령 잔지바르에 대한 영국의 지배권을 침범하지 않겠다고 약속했다. 1963년에야 비로소 잔지바르는 독립할 수 있었다. 그리고 그로부터 1년 후 탕가니카와 합병하여 탄자니아가 되었다.

잔지바르는 후텁지근한 더위 속에 끓어오르는 공기를 이국적인 향기로 채워넣는다. 그러나 곰팡이, 쓰레기, 오줌냄새도 만만치 않다. 거리를 걸어가며 나도 모르는 사이에 20세기의 현실에서 미끄러져 시간을 거슬러 오른다. 미로처럼 얽히고설킨 잔지바르의 '스톤 타운'(구시가)에서 한 걸음 내디딜 때마다 나는 점점 더 깊은 과거로 돌아가 있다. 도시는 「세헤라자데」(림스키-코르사코프의 천일야화를 소재로 한 관현악곡—옮긴이)의 열대 버전처럼 느껴진다. 주택들과 궁전들을 가만히 들여다보면 그들이 얼마나 오래 시간을 겪어왔는지 가슴이 찌릿해온다. 햇빛과 바람 그리고 빗줄기를 견뎌냈지만 상처를 숨길 수 없는 예술적인 건물들, 무르고 썩기 쉬운 망그로브나무로 만든 발코니와 지저분한 출입구, 그리고 구멍이 숭숭 뚫린 산호질 석회암의 높은 담장, 왠지 안타깝고 가슴이 아프다. 과거 융성했던 도시의 건축구조학적 보물을 지켜내려면 대대적인 보수작업이 필요할 것이다.

복잡한 골목길을 느릿느릿 걷고 있자니 밝은 광장들과 밖으로 불쑥 내민 수천 개의 퇴창들이 보인다. 광장에는 반투족 사람들과 아라비아, 인도 그리고 페르시아의 이주민들로 바글바글 복잡하다. 나귀를 몰고 가는 아이들, 히잡으로 얼굴을 가린 여자들과 하얗고 풍성한 옷에 화려한 색으로 수놓은 모자를 쓴 남자들. 몰래 창문 격자 사이로 바깥을 내다보는 사람들. 그 모든 사람들 위로 정향, 소두구(카르다몸), 바닐라, 계피 등의 향기가 짙게 걸려 있다.

마다카스카르의 뒤를 이어 동아프리카에서 두 번째로 커다란 섬 잔지바르의 발견은 반투족의 몫이었다. 본래 잔지바르를 육지와 연결해주었던 땅은 오랜 과거에 물속으로 가라앉았다. 반투족은 그 땅을 걸어 잔지바르로 이주해왔다. 후일 수메르, 아시리아, 페니키아, 페르시아, 중국, 아랍, 네덜란드, 영국에서 속속 사람들의 발길이 이어졌다. 이곳을 찾는 모든 사람들의 꿈은 황금과 향신료 그리고 노예의 매매를 통해 큰 부를 얻는 것이었다. 그리고 모두가 이 섬의 역사책에 한 장으로 남았다. 많은 사람들이 이곳에 오기 위해 목숨을 걸었고, 역시 많은 사람들이 목숨을 잃었다. 잔지바르는 거짓 낙원이었다. 문득 프랑스 시인 스테판 말라르메(1842~98)의 시구 하나가 떠오른다.

"꿈과 동경이 이루어지길 원하면 그 앞에서 너를 지켜라."

잔지바르에 도착하고 가장 먼저 내가 향한 곳, 아마도 텔레키 폰 스체크와 루트비히 폰 회넬도 가장 먼저 그곳에 눈길을 주었으리라. 구시가 동쪽으로 약간 떨어진 곳에 있는 하얀 저택이다. 그 집에는 과거 한 영국인이 살았다. 그에 관한 글이라면 몇 년 전부터 손에 들어오는 대로 빠짐없이 읽었다. 의사이자 선교사인 데이비드 리빙스턴(1813~73)이다. 그는 중앙아시아에서 30년을 보냈고 그 가운데 4개월을 잔지바르에서 지냈다. 그리고 이곳에서 그는 노예매매를 맹렬하게 비판했다.

과거 노예매매의 흔적이 여기저기 뚜렷하게 남아 찾아보기 힘들지 않았다. 악명 높은 상인으로 노예와 상아를 팔았던 티푸 팁(하메드 빈 무하메드 빈 유마 빈자드 엘 무리에비)의 집이 대표적이다. 또 1873년 노예매매에 반대하는 상징적 건축물로 세워진 성공회 성당도 있다. 그 다음으로 검은 대륙의 사람들을 이윤을 위한 물건으로 만들어버렸던 노예시장을 찾았다. 1870년 티푸 팁은 노동을 위한 젊은 노예를 아프리카 내륙에서 대략 1,30유로에 사들였다. 잔지바르에서는 벌써 25유로에 거래되고, 칼리파트의 노예시장과 홍해의 아라비아 족장들에게 팔릴 때는 40유로가 되었다. 마지막으로 한 잔지바르 젊은이가 성공회 성당 지하로 나를 안내했다. 그곳에 어두컴컴한 지하 감옥이 있었다. 둥그런 천장이 너무 낮아서 웅크리고 걸어야만 했다. 이곳으로 끌려온 사람들은 동물보다 못한 취급을 받으며 쇠사슬에 묶여 살아야 했다. 그러다 노예시장에서 팔리게 되면 잔지바르의 향신료 농장에서 뼈가 으스러져라 일을 하거나 아라비아로 팔려갔다.

다음날 나는 구 항구에서 아프리카 연안의 다레스살람으로 타고 갈 다우를 찾아보았다. 스와힐리어에서 온 '다우'라는 말은 아프리카–아라비아 해양을 항해하는 범선을 통칭하는 용어가 되었다. 크기와 모양은 다양하지만 모두가 커다란 삼각형 라틴 돛을 매달고 있다. 오늘날까지도 천 년 전과 마찬가지로 수많은 다우들이 바다 위를 질주하고 있다. 불룩 튀어나온 동체, 짧은 용골, 각진 고물과 높은 돛대, 그중에서도 가장 눈에 띄는 것은 날씬하게 달려나가는 뱃머리다. 대단히 튼튼하고 안정되게 건조된 뱃머리는 폭풍처럼 밀려오는 파도를 날쌔게 헤치고 가면서도 든든하기만 하다.

잔지바르의 구 항구는 향료 섬의 영혼이다. 이곳에는 이국적이면서 마치 박물관처럼 긴 역사를 담고 있는 목선들이 어깨를 나란히 하고 다닥다닥 붙어 있다. 수백 년 동안 전설적 역사의 배경을 그려냈고 인도양의 많은 섬들 사이를 긴밀하게 연결해 복잡한 수

송망을 일구어냈던 배들이다. 배에서 짐을 내리면서 지쳐 숨을 헐떡이는 짐꾼들, 물고기를 팔기 위해 큰 소리로 호객하는 상인들이 보인다. 선원들은 돛대에 기어오르고, 선체를 문질러 닦고, 닳아헤진 밧줄의 끝을 꼬아 잇는다. 로프의 매듭을 묶거나 배에서 쓰는 바구니를 짜는 선원도 있다. 가방과 상자들 사이를 지나고, 짐 꾸러미와 곤포들 사이를 지나 나는 좁다란 포구의 승강대에서 간신히 균형을 잡고 섰다. 그리고 마침내 다레스살람으로 떠날 예정인 다우 한 척을 발견했다. 운임은 대략 환산해서 8만 원이다.

다음날 다우는 거대한 바닷새처럼 터질 듯 부풀어오른 삼각돛을 달고 인도양의 푸른 물결과 하얀 거품을 가르면서 쏜살같이 달려갔다. 돛을 조정하는 장치에서 바람의 노랫소리가 들린다. 뱃머리가 획획 신나게 달려갔고 통나무처럼 두툼한 돛대는 삐걱거리는 소리를 냈다. 다양한 모습의 선원들이 나를 먼 옛날 그 시절로 돌아가게 만드는 동안 인도양에서 펄럭이는 삼각의 라틴 돛은 공포의 상징이었다. 그것을 주로 노예상인들과 해적들이 사용했기 때문이다.

2월 중순 나는 오프로드 자동차를 타고 탄자니아의 수도 다레스살람을 떠났다. 차를 모는 이부라는 이름의 남자는 활력이 넘쳐 흘렀다. 그리고 동아프리카의 산과 지형을 속속들이 꿰고 있었다. 새까만 머리를 하얀 터번으로 친친 동여맨 이 40대 중반의 남자는 입에서 노랫가락이 떠날 줄 몰랐고 모습이 당당해서 정확한 나이를 가늠하기 힘들었다.

"중요한 건 말이죠, 내게는 애들이 좀 많다는 겁니다. 여덟이면 좀 많지요."

이렇게 말하며 그는 환하게 웃는다. 코로그베, 모시, 아루샤를 지나 북쪽으로 계속 달려갔다. 그리고 탄자니아와 케냐의 국경을 넘어 나이로비, 니에리, 나니우치 그리고 케냐산(5199미터)으로 향했다. 케냐의 북부 지방으로 깊숙이 들어갈수록 농사를 짓는 땅은 점점 줄어들고 건조 사바나 지역이 시작된다. 낯선 모습의 식물들이 등장하는데 가시덤불, 우산처럼 생긴 아카시아, 선인장이 대표적이다. 돌과 진흙으로 지어진 단순한 오두막들이 곧고 길게 이어진 먼지 자욱한 길 양쪽으로 드문드문 서 있다.

텔레키 폰 스체크의 탐사 루트가 마침내 길이 없는 곳으로 이어지는가 하면 산길에 점점 더 돌이 많아지면서 울퉁불퉁 험해지고, 심지어 깊은 도랑들이 빨래판처럼 줄줄이 이어지자, 이시올로를 지나면서 자동차에 실었던 장비를 세 마리의 낙타로 옮겼다. 그바니와 카마이로니, 통나무처럼 건장한 두 명의 삼부루족 탐사꾼이 케냐 북부의 사막 지역 탐사에 동행자로 나섰다. 진흙을 바른 길게 땋은 뒷머리와 몸에 두른 붉은 천, 그리고 창과 단검(랄레마)이 독특하고 강한 인상을 주는 이 두 남자들은 외따로 떨어져 있는 한 마을에서 알게 되었다. 다양한 부족이 살고 있는 이 지역을 아프리카 원주민의 안내 없이 통과하기는 거의 불가능하다. 삼부루, 투르카나, 렌딜레, 메릴레, 가브라 등의 부족들이 사냥과 유목을 하면서 그들의 문화와 생활 형태를 계속해서 지켜오는 지역이다.

20년 전까지만 해도 케냐 북부의 광활한 사막은 '북부의 전투 지역'으로 여겨졌다. 외국인 방문객들에게는 금지된 지역이었다. 가축과 목초지 때문에 부족 간의 원한과 혈투가 끊이지 않아서 길도 없는 이 지역에 발을 들여놓는 것은 자살행위나 다를 바 없었다. 오늘날 케냐 북부는 자유롭게 들어갈 수 있는 지역이 됐지만 그렇다고 완전히 위험이 사라진 건 아니다. 여전히 많은 유목민족들 사이에서 노상강도가 전통처럼 자행되고 있다. 소말리아의 무장 세력인 '쉬프타' 역시 케냐와 소말리아 사이의 국경을 인정하지 않으면서 돈이나 귀중품은 물론 심지어 가축까지 약탈을 일삼고 있다. 흔하게 벌어지는 노상강도질뿐만 아니라 지역 관청이나 경찰서에 대한 공격이 오래 지속되어왔다. 가옥들 전체가 불타버리는 일도 다반사로 일어난다. 게다가 부족의 틀을 벗어난 투르카나 전사들, 이른바 '엔고로코스(N'gorokos)'는 현대 무기로 무장하고 케냐 북부 전역에서 약탈과 살인을 일삼고 있다.

그러나 나와 두 명의 삼부루 전사, 우리 작은 탐사대가 카이수트 사막으로 나설 때 내가 가진 느낌은 두려움이 아니었다. 이제 매혹적이면서도 끔찍한 마법의 땅을 만나게 된다는 생각이었다. 나는 차분하게 위험한 요소들을 머릿속에 챙겨넣었다. 낙타와 함께 걸음을 옮기면서 사막이 보여주는 갈색, 빨강, 노랑, 회색, 녹색 등 갖가지 색깔들을 며칠 전 오프로드용 자동차를 타고 움직일 때보다 훨씬 더 선명하게 즐길 수 있었다.

이 지역은 주로 모래와 하얀 석영질 돌멩이로 덮여 있다. 땅바닥에선 붉은색 혹은 오렌지색의 무늬들이 흔하게 눈에 띈다. 이렇게 갈라진 틈새와 무늬는 삼부루족 전사가 쏟은 피 때문이라고 말한다. 이곳의 모든 것들은 상상을 초월할 만큼 덩치가 크다. 그래서 꼭 내가 거인의 나라에 던져진 듯한 느낌이 들었다. 몇 킬로미터를 걷고 나자 나는 벌써 붉은 모래를 한 켜 뒤집어쓴 모습이 되었다.

눈이 시리도록 푸른 하늘은 내가 이제까지 보았던 어떤 하늘보다 넓고 커서 올려다보는 것만으로도 이미 압도되고 말았다. 그런 하늘 아래서 우리는 낙타의 거의 무중력에 가까운 걸음걸이에 맞추어 우아소 니아로(파란 강)를 향해 걸었다. 강가에서 우리는 때때로 이동하는 온갖 종류의 무리를 만났다. 사람, 소, 염소, 나귀 혹은 낙타들의 무리였다. 아프리카 동부에 주로 살고 있는 목이 긴 게레눅(기린영양)을 만나는 건 아주 드문 일이다. 텔레키 폰 스체크가 사냥했던 코뿔소와 코끼리가 사라진 것은 벌써 오래전의 일이다.

아침 일찍 식사를 마친 우리는 낙타에 짐을 싣고 드넓게 펼쳐진 사막으로 들어섰다. 기온은 20도, 공기는 딱 기분 좋을 만큼 선선했다. 낙타는 시소처럼 흔들리는 우스꽝스런 걸음으로 한 시간에 4~5킬로미터를 걸었다. 항상 접시만한 크기의 발 세 개가 바닥을 스친다. 낙타의 이상스런 걸음은 느긋하고 일정하다. 그래서인지

카이수트 사막

⚫ 때때로 카이수트 사막의 고집불통 낙타들은 잡아끌고 때려야만 비로소 걸음을 옮긴다.

단단하게 다져진 모래 위엔 거의 발자국을 남기지 않는다. 낙타의 속도에 맞추어 나의 발걸음도 자동화되어갔다. 그바니와 카마이로니는 걸어가는 내내 단조로운 노랫가락을 그들의 언어로 흥얼거린다. 사랑과 인생을 담은 노래라고 했다. 그렇게 노래하면서 그들은 고독을 내쫓고 사막의 정적에 풍요의 느낌을 심는 듯했다. 반면 나는 서서히 사막의 영혼에 젖어들었다. 황야의 냄새를 맡고 소리를 들을 수 있는 마음으로 침잠해갔다.

우리는 타는 듯 뜨거운 가시덤불의 사바나를 지났다. 흐린 회색의 키 작은 풀숲과 몇 그루의 아카시아 그리고 아프리카 야자수들이 보였다. 이곳엔 1년 내내 비가 오지 않았다. 뜨거운 공기가 거울처럼 비쳐서 커다란 호수가 있는 듯 보이게 하지만 속임수일 뿐이다. 몇 마리의 타조들이 가까운 곳에서 경주를 한다.

여기서 살아가려면 유목민이 되어야 한다. 사막은 유목민과 그들의 가축만 살아가게 해준다. 그밖에 그 누구도 사막에서 살아남지 못한다. 한낮의 열기 속에서 우리는 대개 몇 그루의 아카시아 나무들이 드리워준 그늘 속에 들어가 낮잠을 자거나 밤에 모닥불을 피우기 위해 마른 나뭇가지를 주웠다. 사막에서 나무는 구하기 힘든 자원이다. 그렇기는 하지만 기분 좋게 찾아낸 마른 가지라고 가벼이 달려들다가는 큰일을 당하는 수가 있다. 그바니와 카마이로니는 이 지역에 서식하는 위험한 독뱀에 대해 여러 차례 자세한 설명을 곁들여 주의를 주었다. 그래서 나는 뱀의 흔적을 주의 깊게 살폈다. 그렇지만 이내 그런 노력을 포기하고 말았다. 모래와 돌과 구불구불 휘어진 나뭇가지가 뒤섞인 속에서 뭐가 뱀이고 뭐가 나뭇가지인지, 게다가 어디에 뱀이 있는지 어떻게 알아볼 수 있단 말인가?

한번은 한 남자와 마주쳤다. 온몸을 어두운 색의 천 하나로 감싼 데다 단순한 모양의 샌들을 신고 있었다. 어깨에 기다란 장대를 둘러메고 양손을 그 위에 걸고 있었는데 한쪽 팔에는 가는 가죽 끈으로 칼을 매달고 있었다. 우리 쪽으로 단 몇 걸음 앞까지 다가왔을 때 그는 날카로운 시선으로 우리를 넘겨보았다. 말없이 그리고 심각하게 우리를 관찰했지만 흥분한 것 같지는 않았다. 그의 시선을 마주한 나는 당혹스러웠다. 그 투르카나 전사와 나 사이에 놓인 거리감과 보이지 않는 장벽을 느꼈다. 그렇다고 그에게서 나쁜 인상을 받은 건 아니었다. 아니, 오히려 그 반대였다. 그의 시선은 나를 그냥 지나서 넓은 광야의 자유를 보고 있었다. 호기심도 없고 관심도 없었다. 그러고는 머리를 까딱 숙여 인사하고는 말없이 걸음을 이어나갔다. 사막 안쪽으로, 짐도 없이. 이 남자는 어디에서 왔을까? 그리고 어디로 가는 것일까?

또 한번은 작은 대상들과 마주쳤다. 다섯 마리의 낙타 등에는 무거운 짐이 실려 있고 그 곁에서 세 명의 남자와 두 명의 아이들이 걷고 있었다. 당당하고 확고한 모습이었다. 그래서 또 낯설고 멀게 느껴졌다. 사막의 고요가 그들의 몸 안에 담겨 있었다. 그들의 발이 닿는 자리에서 가벼운 먼지 구름이 피어올랐다. 잠자는 공룡을 닮은 긴 바위 능선을 사이에 두고 그들과 우리가 서로 말을 나눌 정도의 거리까지 가까워졌다. 짧은 인사를 나누고 다시 멀어져갔다. 그게 전부다. 다시금 나는 불안하고 낯설고 잘못된 자리에 있는 느낌이 들었다. 그 순간 사막을 가로지르는 나의 여행이 사소하고 보잘것없고 우스꽝스럽다는 생각이 뇌리를 스쳤다.

여섯 번째 날은 사자의 날이었다. 아침 식사 후 곧바로 우리는 손바닥만한 크기의 사자 발자국을 발견했다. 찍힌 지 얼마 안 된 새로 난 발자국이다. 그날 저녁에 바로 우리는 그의 방문을 받았다. 텐트 근처에서 사자가 어슬렁어슬렁 틈을 살폈다. 얇은 텐트 천 하나가 민첩하게 접근하는 최강의 폭력과 우리를 갈라놓는 유일한 벽이었다. 그바니와 카마이로니는 창과 단검을 손에 들고 신경을 있는 대로 곤두세운 채 사자의 움직임을 하나하나 세심하게 관찰했다. 그런 긴장이 한참 이어진 후 사자는 마침내 초원으로 돌아갔다.

그바니와 카마이로니는 열세 살의 나이에 할례를 받은 이후 삼부루 부족 내에서 '이무란', 즉 전사로서 인정받았다. 그들은 스스로를 '로이보르 키네지(하얀 염소들과 다니는 사람들)'라고 불렀다. 매년 몇 달 동안 염소, 양, 나귀, 낙타, 제부(등에 혹이 난 소)를 몰고 녹아내릴 정도로 뜨거운 사막을 이동하기 때문이다. 금세 모래 속으로 사라져버리는 메마른 하천을 지나 돌무더기 언덕과 황량한 초원을 넘어 목초와 물이 있는 곳을 찾아가는 것이다.

삼부루족의 전사는 강한 힘과 용기만 있다고 되는 것이 아니다. 아름답기도 해야 한다. 그것은 나와 동행하는 두 전사의 경우도 다르지 않았다. 태양이 하늘 높이 머리 위로 치솟아 미친 듯 뜨겁게 타오르는 한낮에 아카시아 그늘 속으로 들어가 쉬고 있는 동안 나는 그바니와 카마이로니가 치장에 열중하고 있는 모습을 관찰했다. 붉은 오렌지 빛깔의 진흙으로 얼굴과 몸을 칠하고 엉덩이까지 늘어진 긴 머리를 수십 개의 섬세한 갈래로 땋고는 반짝이는 소고기 기름을 칠한다. 귀는 다채로운 색상의 고리로 장식하고 손목과 팔뚝에는 진주처럼 동글동글한 구슬 팔찌를 찼으며 목에도 긴 목걸이를 걸었다.

로마의 투구를 연상케 하는 머리 모양을 보면서 때로는 삼부루족이 이제는 과거에 묻혀 잊힌 어느 로마 지역에서 유래했다는 전설을 떠올리게 된다. 삼부루족의 고향이 어디인지는 오늘날까지도 정확하게 알려져 있지 않다. 그저 약 500년 전에 나일강의 상류를 지나 동아프리카에 이르렀고 그곳에서 사막화된 광야와 초원을 정복했다고 추측할 뿐이다.

삼부루족은 끊임없이 찾아드는 문명의 유혹을 고집스럽게 피하고 있다. 그 덕분에 그들의 전통 가운데 많은 부분이 지금껏 남을 수 있었다. 물론 몇몇 지역에는 경찰서, 전화, 병원, 선교원 그리고 학교가 있고 많은 아이들이 글을 읽고 쓸 줄도 안다. 더듬더듬 영어를 말하는가 하면 언제가는 수도인 나이로비에서 직업을 갖고 싶어하기도 한다. 그렇지만 삼부루족 어린이 대다수는 여전히 '전사'가 되고 싶어한다. '전사는 자유로운 남자'이기 때문이다. 나는 그바니와 카마이로니의 진짜 이름을 끝까지 알 수 없었다. 삼부루족은 그들의 이름을 이방인에게 절대적인 비밀로 지킨다. 이름과 함께 그들의 영혼까지 도둑맞게 된다고 믿기 때문이다.

아프리카의 동행자들과 내가 끝없는 광야를 걸어가면서 가끔 나뭇가지와 소똥과 염소똥으로 지은 몇몇 유목민의 집을 방문했을 때 언제나 그들은 우리를 반갑게 맞아주었다. 그바니와 카마이로니에게 다정한 친절을 베푸는 것은 물론이고 나 역시 삼부루와 투르카나의 모든 오두막에서 넉넉한 인심을 맛보았다. 그들은 달콤하고 강한 향기의 차와 뭐라 표현하기 힘든 맛의 수프를 대접했다. 나는 작고 찌그러진 양철 냄비에 귀하게 담아주는 그 수프를 한 번도 거절하지 않았다. 다만 걸쭉한 우유에 섞은 금방 짜낸 낙타의 피만큼은 입에 댈 수 없었다.

투르카나의 창문 없는 오두막에서는 작고 얇은 금속을 귓불과 아랫입술에 달고 있는 남자들이 친절한 몸짓을 하면서 내게 '우칼리(옥수수 가루로 만든 음식)'를 대접했다. 그런데 속이 부글거리며 거북할 때가 종종 있었다. 음식 때문이 아니라 야자수 이파리로 만든

벽에 걸려 있는 장식품 때문이었다. 그건 바로 잘라낸 음경이었다. 음낭으로 만든 작은 담배주머니도 끔찍하기는 마찬가지다. 그것들은 광야의 다른 부족들과 우물이나 가축을 차지하기 위해 벌인 싸움에서 투르카나 전사들이 획득한 영광의 트로피였다.

동아프리카의 여러 모닥불 가에서 나는 투르카나족에게 수식어처럼 따라붙는 살인욕구에 대해 들었다. 또한 살해한 적의 성기를 잘라내는 특이한 기호에 대해서도 들었다. 그렇지만 그 사이 그런 종류의 잔혹한 관습은 과거의 일이 되었다. 여행을 하면서 단 한 번도 적대적인 투르카나 사람을 만나지 않았다. 물론 가끔은 수줍어하고 돌아서거나 문을 닫는 사람들도 있었다. 그렇지만 나는 그들이 다시 마음을 열고 친절하게 변하는 것을 체험했다. 외부로부터의 모든 침입을 오랜 옛날부터 철저히 막아오기는 했지만, 그들이 완전히 마음을 닫아걸고 있는 건 아니었다. 마사이족이나 삼부루족처럼 투르카나족도 유럽의 문명을 받아들이는 데 부정적인 태도를 취하고 있다. 그들은 독립적으로 살려고 하고 어떤 종류의 간섭도 거부한다. 그들은 자기들의 문화와 전통을 지키려고 한다. 물론 한 해 한 해 점점 더 어려워져가고는 있지만.

오늘날 케냐 북부에는 약 12만 명의 투르카나족이 살고 있다. 이 지역은 주요 교통로에서 멀리 떨어져 있고 경제적인 관점에서 거의 아무런 관심을 받지 못하고 있다. 때문에 투르카나의 땅은 아프리카에서도 가장 알려지지 않고 접근하기 힘든 지역으로 남아 있다. 투르카나족 사람들은 우선 그 크기부터 케냐 사람들과 확연히 구분된다. 낡고 헤진 천으로 몸을 감싸고 있는 투르카나 남자들은 땋은 머리에 구운 진흙 모자를 쓴 머리 모양을 하고 타조의 깃털로 멋을 더한다. 아랫입술과 귓불은 동물의 뼈나 탄피에서 나온 얇은 쇳조각을 매달아 장식한다. 손목에는 도구나 무기로 이용하는 전통적인 둥근 칼을 차고 있다. 또 하나 특징적인 것은 남자들이 지니고 다니는 20~30센티미터 높이의 나무 걸상이다. '에키츠 콜론'이라고 부르는 이것은 낮이면 작은 의자로 이용되고 밤에는 아주 특이한 그들의 진흙 헤어스타일을 망가뜨리지 않기 위한 목받침대가 된다.

여자들은 깎아놓은 듯 동그란 모양의 반질반질 면도한 머리를 하고 있으며 목에 두른 화려하고 거대한 플라스틱 구슬목걸이 때문에 쉽게 이목을 끈다. 해충들을 물리치기 위해 목걸이에는 고약한 냄새를 풍기는 기름이나 소변을 발라놓는다. 민감한 코가 느끼는 괴로움은 아무것도 아니다. 결혼한 여자는 몇 킬로그램이나 되는 그들의 목걸이를 절대 벗어놓지 않기 때문에 평생 목걸이에 묶여 사는 것과 마찬가지다. 그리고 아름다운 배꼽을 얻는 과정에서도 어린 소녀들은 훌쩍이지도 않고 모든 고통을 견뎌낸다. 그들은 혹처럼 부풀어오른 배꼽을 아름다움의 상징으로 간주하고 그것이 질병으로부터 보호해준다고 믿는다.

케냐 북부에서 10일 이상을 보내면서 나는 아주 편안한 기분이었다. 계속되는 행군 속에서 그 어느 때보다 차분하고 안락한 느낌이 내 육체 안에 자리를 잡아갔다. 집을 떠날 때 사막으로 가져왔던 삶의 박자가 서서히 사라지면서 광야의 한가운데로 나 스스로가 동화되는 것은 정말 놀라운 경험이었다.

나 자신에게 이렇게 말하곤 한다. "천천히, 천천히, 천천히." 그러고는 발걸음의 단조로운 리듬을 즐긴다. 내디딜 때마다 발 주위로 작은 먼지구름이 피어오른다. 내면의 느림을 깨닫게 되면서 수 킬로미터의 길에 대해 그리고 사막이 나를 위해 준비해놓은 것들에 대해 활짝 마음이 열린다. 보이지 않는 마법에 사로잡힌 듯 눈앞에 그 끝을 보여주지 않는 장대한 광야 속으로 걸어 들어가며 나 스스로 광야가 된다. 광야를 카메라로 담아내는 건 불가능한 일이다. 매번 셔터를 눌러보지만 나는 형편없이 부족한 사진을 얻을 뿐이다. 아예 사진을 찍을 수 없는 것들도 있다. 무한히 뻗어 있는 길을 걸으면서 내가 느끼는 경쾌함과 심원한 기쁨, 광야가 안겨주는 황홀한 감동이 그런 것들 가운데 하나다. 유목민들을 제외하면 일정한 리듬으로 계속되는 발걸음이 얼마나 큰 행복이고 얼마나 아름다운 감동인지 이해할 수 있는 이가 있을까?

우리의 낙타는 용수철 같은 움직임과 공중을 떠가는 걸음새로 하루하루 그들의 그림자를 옮겨나갔다. 얼핏 아무 힘도 들이지 않고 발을 들어올렸다가 다시 내려놓는 것처럼 보인다. 다만 날카로운 모서리가 곳곳에 도사린 용암지대에서는 낙타들이 제대로 발걸음을 옮기는 데 어려움을 겪었다. 더욱 큰 문제는 많은 마른 하천의 양옆으로 급경사를 이룬 강기슭을 걸어갈 때였다. 연약한 지반이 낙타의 무게를 견디지 못하고 무너지고 마는 것이다. 그러면 낙타는 두려움에 소리를 질러대며 지고 있는 짐을 내던져버리려고 안간힘을 썼다. 인내심을 가지고 달래고 또 힘차게 고삐를 끌면서 한참 동안 실랑이를 벌인 끝에 다시 낙타를 걷게 만들 수 있었다.

북쪽으로 가면 갈수록, 우리 작은 탐사대가 텔레키 폰 스체크 백작의 의미심장한 흔적을 길게 밟아갈수록 주위 경관은 점점 더 황량해졌다. 투르카나족 남자아이들이 지키는 작은 염소 떼가 남아 있는 녹색 식물을 찾아 힘든 걸음을 옮기고 있었다. 이곳에서는 부의 척도가 되는 낙타들도 거의 찾아볼 수 없었다. 왜 그럴까 궁금해하자 곧바로 카마이로니가 내게 이유를 알려주었다. 이 지역에선 낙타를 둘러싸고 죽고 죽이는 싸움이 끊이지 않고 벌어지기 때문이라는 것이다. 특히 투르카나의 땅을 습격하고 약탈하는 에티오피아 남부의 무장 폭도들이 문제라고 했다. 케냐 정부는 일주일이 지나서야 그런 습격에 대해 알게 될 뿐이라는 말도 덧붙였다.

마침내 우리는 이 메마른 지역에서 숲을 만났다. 지나갈 수도 없게 우리 앞을 막아선 숲, 돌로 만들어진 숲이었다. 나는 이미 삼부루족의 오두막에서 화석화된 숲에 대해 들은 터였다. 그렇지만 직접 화석으로 변한 나무의 잔해들 앞에 서게 되자 저절로 경탄이 터져나왔다. 굵기가 족히 1미터나 되는 편백나무 줄기들이 금방 떨어진 것처럼 덩그러니 모래 위에 놓여 있다. 수령이 700만 년쯤으로 추정되는 나무들, 그 나무들은 케냐 북부의 황량한 사막이 오만 가지 꽃으로 만발한 에덴의 정원이었던 시절을 떠올리게 한다. 그곳에는 열대의 울창한 숲과 맑은 강물이 흐르고, 깊은 늪지에는 촉촉한 풀이 무성하게 자라 있으며, 칼처럼 긴 송곳니를 가진 검치호랑이, 크기가 코뿔소에 버금가는 돼지, 발굽이 세 개인 말 그리고 초대형 덩치를 자랑하는 매머드들이 어슬렁거렸으리라.

곧바로 우리 앞에 광활한 수면이 모습을 드러냈다. 야자수들이 짙푸른 수면을 둘러싸고 있다. 아름다움에 취한 원주민들이 '비취의 바다'라고 부르는 호수, 바로 투르카나 호수다. 거대한 해조류 융단이 바람과 햇빛의 상태에 따라 다채로운 보석처럼 빛났다. 풀한 포기 자라지 않는 황무지, 완만하고 질척한 호숫가 둔덕 너머 검붉은 산줄기, 그런 광경을 뒤에 두고 터키옥 푸른빛을 발하는 투르카나 호가 자아내는 강렬한 대조를 어찌 말로 표현할까!

이곳 투르카나 호수의 남쪽에서 알프스의 모험가 텔레키 폰 스체크 백작과 해군 장교 루트비히 폰 회넬은 1888년 3월 6일 당시까지 알려져 있지 않았던 케냐 북부의 거대 수면을 처음으로 접하게 된다. 그들은 동아프리카 지구대에 자리 잡은 전설적인 호수를 직접 마주한 최초의 백인들이었다. 그때까지 케냐 북부의 타오르는 사막 한가운데 실제로 그렇게 커다란 호수가 있을 거라고 믿은 사람은 아무도 없었다. 텔레키 폰 스체크는 오스트리아 황태자에게 영광을 돌리면서 이 호수를 황태자의 이름을 따 '루돌프 호수'라고 명명했다. 1961년 케냐가 독립을 이루고 나서야 이 호수는 그 지역에서 살아가는 유목민의 이름으로 개명하게 된다.

루트비히 폰 회넬은 투르카나 호수와 마주한 날의 감상을 그의 일기장에 고스란히 옮겨놓았다.

우리는 서둘러 길게 이어진 사구의 파도를 기어올랐다. 그리고 한 발 한 발 정상을 향해 다가가자 우리 눈앞에 완전히 다른 세상이 차츰 모습을 드러냈다. 마법의 손이 우리의 눈을 어떤 화가의 그림 속으로 이끌었던 것일까? 멋진 산줄기와 첩첩이 쌓인 능선과 미로처럼 구불구불 어지럽게 이어진 계곡이 보였다. 그 모든 산과 계곡이 사방에서 손을 잡고 모여드는 것은 짙푸르게 반짝이는 호수, 눈길이 닿는 수평선 끝까지 펼쳐진 드넓은 호수를 감싸안고 싶어서이리라. 한참 동안 우리는 입을 열지 못했다. 그림 같은 아름다움을 마주한 기쁨이 엄청나게 큰 나머지 그 아름다움에 홀려서 아무 말도 할 수 없었다. 몇 분 동안 우리와 마찬가지로 말없이 먼 곳을 바라보던 짐꾼들이 마침내 빛을 반짝이는 거대한 호수를 향해 탄성을 질러 멈춰버린 그 순간을 깨워냈다. 호수는 수평선까지 하늘에서 뚝뚝 듣는 파란색을 그대로 담아내고 있었다.

회넬이 기록한 바에 따르면 당시에도 투르카나 호수 주변 지역엔 식물이 거의 없었다. "모래와 자갈이 어지러이 뒤섞여 카오스의 풍경을 자아내고 뿌리가 뽑혀 쓰러진 나무와 덤불이 어쩐지 섬뜩한 공간이었다."

게다가 격렬한 동풍이 불었다. 짐꾼들이 머리 위에 짐을 올리지 못할 정도였다. 캠프를 설치하고 불을 피우는 일도 가까스로 해낼 수 있었다. 게다가 호수의 물은 염분 농도가 높아서 쓴 맛이 나고 탄산나트륨을 포함하고 있어서 마실 수 없다는 사실을 알게 되면서 탐사대는 절망감으로 며칠을 보냈다. 마침내 텔레키 폰 스체크는 동쪽 호숫가를 따라 이동하기로 결정했다. 그로부터 4일이 지나서야 오늘날의 오아시스 도시 로이얀갈라니에 도착할 수 있었고 마침내 대규모 탐사대 모두가 갈증을 풀고 걱정과 괴로움을 벗어던질 수 있었다.

견디기 힘들 정도로 열악한 자연환경과 작열하는 태양 그리고 거친 모래폭풍 탓에 투르카나 호수의 주위 지역은 오늘날에도 '죽음의 계곡'으로 불린다. 은근하게 불던 바람이 단 몇 분이 지나는 사이에 격렬하게 휘몰아쳐 잔잔하기만 했던 호수를 미친 듯 끓어오르게 만든다. 그 원인은 인도양의 계절풍이다. 아프리카 적도 지역에서 발생한 계절풍은 에티오피아와 케냐의 고지대 사이로 바람의 터널을 형성한다. 그 결과 투르카나 호가 죽음을 부르는 자연으로 돌변하고 마는 것이다.

이 고삐 풀린 바람에 당하는 사람은 대개 유목민의 삶을 버리고 '비취의 바다'에서 낚시와 사냥으로 살아가는 투르카나 사람들이다. 야자수 잎으로 엮거나 통나무로 만든 보트를 타고 그들은 매일 투르카나 호의 위험한 수면 위를 달린다. 물고기를 잡거나 창으로 악어를 사냥하기 위해서다. 투르카나 호에는 대략 1만 2천 마리의 악어가 서식하고 있다. 세계 최대의 악어 서식지다. 호수에는 나일 배스, 타이서 피시, 틸라피아 등 40종이 넘는 크고 작은 물고기들이 풍부해서 먹이를 찾기가 수월하기 때문이다.

투르카나 호숫가에서 보내는 첫날밤 그바니와 카마이로니 그리고 나는 곧바로 고삐 풀린 폭풍을 경험했다. 갑자기 반짝이던 별빛 하늘이 어두워지더니 사나운 바람이 호수에 물마루를 솟구쳐올렸다. 물마루는 하얀 거품의 긴 띠를 채찍처럼 휘둘러 호숫가를 사정없이 후려쳤다. 우리 텐트 주위로 격렬한 바람이 불며 무시무시한 소리를 질러댔다. 우리 셋은 텐트 기둥을 붙들고 버텼지만 결국 텐트의 방수천 한쪽이 찢어지고 말았다. 바람이 머리칼과 옷을 무섭게 펄럭거리는 사이 모래 알갱이들이 총알처럼 날아와 얼굴을 때리자 피부가 온통 화끈화끈 달아올랐다. 돌아보기도 겁나는 끔찍한 밤이었다.

다음날 아침 그렇게 무섭게 몰아치던 바람이 감쪽같이 자취를 감췄다. 그러나 이젠 건조한 사막의 바람이 우리를 괴롭혔다. 하늘에는 구름 한 점 걸려 있지 않았다. 태양은 사막의 공기에 활활 불을 질렀다. 열기가 밝은 색 모래 바닥 위의 공기를 가물가물 피어오르게 했다. 사방에 신기루가 그려지고 이마에 구슬땀이 맺히기가 무섭게 사막의 바람이 마셔버리고는 가는 소금가루만 남겨놓았다.

우리는 힘겹게 호수의 동쪽 제방을 따라 앞으로 나아갔다. 미약하나마 시원한 느낌을 주는 산들바람조차 거의 불지 않았다. 평소엔 거의 느끼지 않았던 갈증까지 심하게 몰려오면서 고통을 더했다. 투르카나 호의 새파란 물이 눈앞을 떠나지 않았기 때문이다. 물병을 열어 물을 마셔도 몸은 스펀지처럼 곧바로 흡수해버리고 다시 물을 달라고 애원했다. 나 자신을 독려하기 위해서 훨씬 더 많은 정신적 에너지를 소모해야 하는 날들 중 하루였다. 그바니와 카마이로니는 그런 내 처지는 아랑곳하지 않은 채 무심하게 발걸음을 옮겨놓을 뿐이었다. 그 덕분에 나는 가는 내내 그들의 곁에서 쉬지 않고 움직일 수 있었고, 오르락내리락 끊임없이 이어지는 둔덕을 지나 바람이 찢고 지나는 황량한 풍경 속을 내처 걸었다.

다음날 늦은 오후의 태양빛을 뚫고 투르카나 호 동쪽 연안의 유일한 거주지인 로이얀갈라니에 도착했을 때에야 비로소 나는 마음을 놓을 수 있었다. '많은 나무들의 땅'이라는 의미의 이 마을에는 실제로 야자수들이 커다란 숲을 이루고 있다. 그 뒤로 넓게 보이는 쿨랄산(2290미터)이 마을 전경의 멋진 배경이 되어준다. 군데군데 숲으로 덮여 있는 쿨랄의 산줄기에선 삼부루족이 가축을 방목한다. 로이얀갈라니 오아시스 마을에는 여러 건물들이 있다. 식료품 가게, 경찰서, 그리고 교회도 보인다.

가끔씩 나이로비에서 전세 비행기를 타고 날아오는 방문객들도 있다. 여기서 보트를 타고 낚시를 하기 위해서다. 무게가 180킬로그램까지 나가는 나일 배스가 목표 어종이다. 이곳에서 텔레키 폰 스체크는 탐사대를 위한 물을 충분히 보충했다는데 우리도 역시 물통을 가득 채웠다. 늦은 저녁 식사를 할 때 나는 물론 거기 없었다. 완전히 지쳐서 우리 낙타 옆 모래밭에 바로 쓰러져 잠이 들고 말았기 때문이다. 그바니와 카마이로니에게 약간 창피한 생각도 들었다. 그러나 어쩔 수 없는 일이다. 온몸의 뼈마디가 아프지 않은 곳이 없었다. 바라는 건 오로지 하나뿐이었다. 잠. 그 어떤 것도 필요없고 오로지 잠자고 싶을 뿐이었다.

다음날 아침 코앞에서 향긋하게 피어오르는 커피향이 나를 깨웠다. 작은 모닥불을 피워놓고 그바니가 아침 식사를 준비하고 있었다. 거의 여덟 시간을 자고난 후에야 나는 다시 정상으로 돌아왔다. 우윳가루를 넣은 커피와 귀리 플레이크, 설탕 그리고 잼을 바른 잡곡빵이 준비되었다. 모든 음식에 모래가 잔뜩 발라져 있어도 나는 게걸스럽게 먹어댔다. 한 시간 후에 우리는 다시 길을 떠났다. 특별한 길이 없는 상태에서 투르카나 호의 제방 기슭을 따라 북쪽으로 걷는 동안 미적지근한 바람이 등을 밀어주었다. 항상 같은 리듬으로 걷고 타고 달리면서 우리는 끝도 없이 반복되는 파도의 철썩거리는 소리와 모래가 뿌드득 밟히는 소리를 들었다. 그러고는 다시 자갈과 거친 용암 바위들이 즐비하게 깔려 있는 마른 강을 지났다.

알리아 만까지 가는 동안 하얗게 얼룩진 빛이 모든 윤곽과 색깔을 지워버렸다. 그 지역은 인류를 깜짝 놀라게 만든 중요한 고고학적 발견으로 인해 국립공원으로 선정되었다. 저명한 고고학자 부부인 루이스와 메리 리키의 아들, 리처드 리키는 국제적인 화석인류학 팀과 더불어 이 지역에서 1960년대부터 발굴에 나서 중요한 성과를 이루어냈다. 화석화된 동물과 원인의 유골을 발견했던 것이다.

투르카나 호숫가의 검은 모래사장에 발자국을 남겼던 텔레키 폰 스체크와 루트비히 폰 회넬도 100년 후에 일어난 이런 발견을 예감조차 못했을 것이다. 그들이 걸었던 케냐의 북부에는 세계에 유일무이한 화석인류학의 원시 정원이 자리 잡고 있었다. 현대 과학이 인류 발생사의 비밀을 풀기 위해 흔적을 쫓아가고 있는 장소였던 셈이다. 가장 많은 원인 화석이 발견된 장소는 한참 더 북쪽으로 올라간 곳에 자리 잡고 있는 쿠비 포라다. 우리가 이틀을 더 걸어 도착한 시빌로이 국립공원의 일부인 쿠비 포라는 투르카나 호의 동쪽 제방에서 호수 안쪽으로 혓바닥 내밀 듯 뻗어 들어간 모래땅이다.

고고학자들은 이곳 화산형 사암 평원에서 독특한 원인의 유골

250

을 발굴해냈다. 그리고 그것은 현재의 인류와 유사한 정도의 비교적 높은 지성을 가진 존재가 200만 년 혹은 그보다도 훨씬 더 전에 이미 투르카나 호숫가에 살고 있었다는 사실을 보여준다. 무엇보다 260만 년 전의 뼛조각들을 섬세하고 정교한 작업을 통해 원형으로 복원해내면서 역사적인 발굴 작업은 빛을 발하게 되었다. 그 유골은 '호모 하빌리스', 즉 오늘날 인류의 직접적인 조상으로 밝혀졌다.

또한 이곳 기괴한 사막의 한가운데인 쿠비 포라의 주변 지역에 호모 하빌리스와 호모 에렉투스와 같은 인류의 조상들이 발전을 거듭하는 '인류의 요람'이 있었음은 틀림없는 사실이다. 그들은 동아프리카 지구대의 가파른 언덕을 건넜고 호모 사피엔스로서 지상을 정복했다. 일종의 '초특급 맹수'였다. 서서 걸어다니고, 불을 사용하고, 돌이나 동물의 뼈를 도구로 이용할 줄 알았으며, 무리를 지어 사냥하고 그것을 나누어 가질 줄 아는 존재들이었다.

쿠비 포라는 내 사막여행의 가장 북쪽 지점이었을 뿐 아니라 길고 힘든 여행의 종착점이기도 했다. 나는 그곳에서 며칠을 머물렀다. 지난 몇 주간의 긴장과 피로를 회복하기 위해서였다. 텔레키폰 스체크는 그의 탐사대를 이끌고 투르카나 호를 따라 몇 킬로미터 더 북상한 후에 오늘날 케냐와 에티오피아의 국경 근처에 이르렀다. 그곳에서 그는 동쪽으로 방향을 바꾸어 알려지지 않았던 두 번째 호수, '슈테파니 호'를 발견했다. 거기서 그는 발걸음을 돌렸다. 그리고 그 여행은 처음처럼 힘들고 지치지 않았다. 이제 그들이 지났던 길이 표시되었기 때문이다. 게다가 이곳저곳 물을 얻을 수 있는 자리를 알고 있기도 했다. 1888년 10월 26일 탐사대는 인도양의 항구도시 몸바사에 이르렀다. 여행을 시작했을 때 비교적 뚱뚱한 몸집 탓에 짐꾼들에게 '브와나 툼보(미스터 뚱뚱배)'라고 불렸던 텔레키 폰 스체크 백작은 무려 32킬로그램이나 체중이 줄어 있었다. 21개월 동안 텔레키 폰 스체키의 탐사대는 케냐의 북부 지역을 이동했고 아프리카의 마지막 신비를 들추어냈다. 그리고 마침내 아프리카 연구의 고전적 단계를 마감했다.

마지막 날 저녁 나는 그바니, 카마이로니와 함께 비취 바다 옆에 모닥불을 피워놓고 둘러앉았다. 가벼운 바람에 불꽃이 펄럭펄럭 흔들렸다. 나무가 타닥타닥 소리를 내고 연기가 하늘로 치솟았다. 불 위에는 물을 끓이는 냄비를 얹어놓았다. 차와 설탕을 준비했다. 그러나 나는 미처 차를 마실 사이도 없이 넋을 잃고 불꽃 안의 세상을 바라보았다. 그리로 내 영혼이 스며들어가버린 듯이. 모닥불 곁에 앉아 불꽃 속을 구경하는 사이 육체에 지워진 무게가 어디론가 사라져 느껴지지 않았다.

우리는 그렇게 오래 앉아 있었다. 그리고 어느 순간 그바니와 카마이로니가 나직하게 노래를 부르기 시작했다. 기쁨과 슬픔이 함께 어우러지는 멜로디였다. 우리 야영지를 떠돌던 멜로디는 사막으로, 용암과 모래의 평원으로 흘러갔다. 멀리서 야자수 몇 그루가 밤바람에 고개를 누이고 낙타들은 어디선가 울퉁불퉁한 가지를 붙들고 영원한 배고픔을 달랬다.

우리는 또 케냐와 독일에서 살아가는 삶에 대해 이야기를 나눴다. 서로를 비교해가면서 깔깔 웃고 즐거워했다. 그렇지만 나는 많은 것을 말하지 않았다. 독일이 자칫 낙원처럼 들릴까 두려웠다. 아프리카가 멋진 모험과 이국적 낭만 그 자체가 아니듯 독일도 낙원이 아니기 때문이었다. 우리는 또 투르카나 호수의 분위기와 하마와 악어에 대해 말했다. 별들로 쓴 글씨에 대해서도 한참을 떠들었고, 많은 수의 투르카나 부족이 오래지 않은 과거까지도 지구가 접시처럼 판판하다고 믿었다는 이야기도 했다.

불이 사그라지기 시작했을 땐 이미 한밤중이었다. 그바니와 카마이로니가 잠자리에 들고 나서 나는 떠나기 전 마지막 여운을 정리하기 위해 달빛 어린 호숫가로 혼자 걸어갔다. 검은 물이 별빛을 튕겨내 반짝거렸고 몇몇 자리는 산화은의 빛깔을 입고 있었다. 마치 아주 작은 유성 몇 개가 날아가는 듯 은하수에서 별똥별이 비처럼 쏟아지고, 공기는 소금처럼 짭짤했다. 세상은 막이 올라가기 직전처럼 온통 고요함에 덮여 있었다. 때때로 모래둔덕을 두드리는 파도의 찰싹거림과 멀리서 되새김질을 하는 낙타의 꿀꿀거리는 소리가 들려올 뿐이었다.

이루 말로 다하지 못할 만큼 고되고 어려운 몇 주를 보내기는 했지만, 이 순간 나는 다음날 아침 트럭을 타고 나이로비로 가서, 또 거기서 비행기를 타고 독일로 돌아가야 하는 현실이 별로 내키지 않는다.

머릿속에서 모든 게 뒤죽박죽 뒤섞이고 여러 가지 생각들이 바람 속의 연처럼 펄럭거린다. 갑자기 체험했던 모든 일들이 하나의 그림으로 합쳐진다. 사막의 적갈색 대지, 끝도 없이 굽이치는 사구들, 밤마다 들려주는 바람의 속삭임, 멀고 먼 과거에 돌이 된 나무들, 일정한 리듬으로 이어지는 행군의 기쁨, 사자의 울부짖음, 투르카나 사람들의 순박한 몸짓, 타닥거리는 모닥불 가에 검댕이 잔뜩 묻은 찻주전자, 낙타의 울걱거리는 소리, 모든 어려움을 이겨낸 피로에서 느껴지는 환희, 그바니와 카마이로니의 환하게 웃는 얼굴, 황혼 속의 장관들, 이름 붙여 말할 수 없는 색깔들과 분위기들……. 그 모든 것들이 내가 독일로 돌아가는 순간 더 이상 내 곁에 남아 있지 않을 것이다.

그렇지만 무언가는 남게 될 것이다. 카이수트의 장엄한 자연으로부터 한 조각 잘라내 내 안에 심어 지니고 가는 것, 내 내면의 사막이다. 현실의 소음이 나를 덮쳐와 광야와 고요로 내 배터리를 재충전하고 싶을 때 그것은 나를 위한 피난처가 될 것이다. 몇 마리 낙타의 고삐를 쥐고 나는 길을 떠날 수 있다. 모래와 돌로 이루어진 고대의 광야를 지난다. 눈 닿는 끝에서 지평선과 광대무변의 하늘이 하나로 녹아든다. 상상 속의 여행이다. 한 걸음씩 광야는 나와 함께 걷는다. 붉은 모래가 낙타 발굽의 소리를 삼킨다. 그리고 어느 순간, 머리가 다리처럼 걸어가는 즐거움에 젖어들면 나는 꼬리를 물고 불쑥불쑥 솟아나는 생각의 고리를 놓고…… 그리고 잠겨든다…… 광야로.

기쁨과 슬픔은 함께 온다

케냐에서의 습격, 결혼식 그리고 죽음

지금까지 아내와 나는 25년이 넘게 함께 살아왔고
또 대부분의 시간을 행복하게 보냈다. 그렇지만 기쁨과 슬픔은 인생 속에서
생각보다 훨씬 가까운 관계다. 세상의 사막을 여행하면서 여러 번 그런 경험을 했다.
그러나 그런 경험은 꼭 사막에서만 할 수 있는 게 아니다.
함부르크의 집에서도 종종 내게 그리고 우리에게 그런 일이 벌어지곤 했다.
기쁨과 슬픔이 동전의 양면처럼 한자리에 있다는 사실을
우리는 절실하게 깨닫곤 했다.

케냐, 아프리카의 거의 모든 얼굴들이 하나가 되는 땅은 내게 믿을 수 없는 행복을 선물했다. 카이수트 사막 위의 하늘이 그 첫 번째다. 케냐 북부를 몇 주 동안 걸어가면서 체험했던 하늘은 내 환상에 날개를 달아주었고 마법의 세계로 나를 인도했다.

이탈리아의 여류작가 프란체스카 마르시아노는 그녀의 저서 『아프리카의 하늘』에서 이렇게 썼다.

이 세상 어디에도 그런 하늘은 없다. 이 하늘은 거대한 우산처럼 너를 덮고 너의 숨을 빼앗고 네가 올려다보는 무한한 우주와 네가 딛고 있는 단단한 대지 사이에서 너를 세상과 하나가 되게 만든다. 하늘은 네 주위 360도 빙 둘러 어디에나 있다. 하늘과 대지는 서로를 비추는 거울, 서로의 신기루가 된다. 지평선은 더 이상 평탄한 직선이 아니다. 멈춤 없는 동그라미, 너를 어지러워 비틀거리게 만드는 둥그런 원이다. 이런 비밀 뒤에 어떤 속임수가 숨어 있는 건지 알고 싶다. 어떻게 대지의 한 곳에 다른 곳들보다 더 많은 하늘이 있는 걸까? 그렇지만 아프리카의 하늘과 네가 살아가며 다른 어느 곳에서 보았던 하늘을 다르게 만드는 시각적 속임수를 알아채는 건 아무래도 불가능한 일이다.

이 글처럼 케냐의 하늘은 내가 사막여행을 하면서 경험했던 가장 아름다운 경관들 가운데 하나다. 그렇지만 케냐는 내게 내적인 그리고 외적인 상처를 안겨주기도 했다. 그리고 그 상처를 치유하는 데는 긴 시간이 걸렸다.

1994년의 일이다. 당시 나는 솔로몬 왕의 흔적을 따라 여행하고 있었다. 네 명으로 구성된 탐사팀과 함께 나는 전설적인 황금의 땅 오피르를 찾았다. 총 21일 동안 우리는 낙타를 타고, 걷고, 지프를 타고, 아프리카와 아라비아의 공동작품이랄 수 있는 범선 다우를 탔다. 그리고 사막과 원시림을 지나고, 산맥과 바다를 지나면서 팔레스타인에서 짐바브웨까지 전체 1만 킬로미터를 이동했다.

나는 긴 여행을 마친 뒤 지친 몸과 심리적 긴장을 풀기 위해 나이로비에 혼자서 며칠 더 머물 계획이었다. 가끔씩 가족과 친구들에게 이해를 구하지 않고 혼자 있고픈 마음이 드는 때가 있다. 그때가 바로 그런 기분이었다. 이미 예전에 여행을 하면서 나이로비를 경험했고, 그래서 어두워진 이후에는 혼자서 호텔을 떠나지 않는 게 신상에 이롭다는 걸 잘 알고 있었다. 동행 없이 공원이나 인적이 뜸한 골목을 산책하는 것보다는 택시를 타고 레스토랑을 찾는 것이 올바른 선택이었다. 당시에는 관광객에 대한 폭력 강도가 빈번하게 발생했기 때문이다.

그런 걸 뻔히 알면서도 나는 그날 저녁 지극히 부주의하게도 혼자 호텔을 나섰다. 레스토랑을 찾고 다시 호텔까지 산책하듯 돌아올 작정이었다. 걸어서 20분밖에 안 걸리는 가까운 거리였지만 그래도 그건 무모한 모험이었다.

떠들썩한 거리를 지나고 어둠이 짙어지고 있을 무렵 그 일이 벌어졌다. 예닐곱 명의 흑인들이 갑자기 뒤에서 나를 움켜잡아 집어던졌고 나는 보도 아래 꽤 가파른 웅덩이로 굴러떨어졌다. 꽤 높이 자란 풀밭 위로 떨어지자 그곳에 불쑥 나타난 검은 그림자들이 주먹으로 다짜고짜 마구 때리고 칼로 찌르기까지 했다. 얼마나 오래 그런 폭력이 지속되었는지, 얼마나 오래 내 몸이 폭력에 맞서 저항했는지 조금도 기억이 나지 않는다. 악몽이 흔히 그런 것처럼 아마 몇 분에 불과했을 것이다.

내가 아는 것이라곤 그저 주먹과 칼이 거의 동시에 느껴졌다는 것뿐이다. 그리고 또 하나 내가 결코 체험해보지 못했던 무기력한 공포를 기억한다. 내 의식이 미처 준비할 수도 없었고, 그래서

도와달라고 소리치지도 못하고 그저 비명만 질러대게 만들었던 공포.

얼마 후 순찰 중이던 경찰이 나를 발견하고 병원으로 옮겼다. 나는 쇼크에 빠져 완전히 제 정신을 잃은 상태였다. 몇 군데 칼에 찔린 상처와 퉁퉁 부어오른 타박상이 생겼다. 척추뼈가 여럿 탈구되어서 다시 바로 잡아야 했다.

그렇지만 가장 큰 문제는 내 영혼이 입은 상처였다. 한 순간에서 다른 순간으로 옮겨가는 느낌이 예전과 달랐다. 내 안의 무언가가 산산조각 부서져버렸다. 수십 년 여행하는 동안 항상 곁을 지켜주면서 몸과 마음을 가볍게 해주었던 '무슨 일이 있어도 난 끄떡없어' 하는 철인의 환상이 지워지고 사라져버렸다.

함부르크의 집으로 돌아와 나는 그 사건에 대한 생각을 차근차근 정리하려고 시도했다. 나이로비의 극적인 장면들이 마치 영화처럼 머릿속을 스쳐지나면 나는 이제까지 내가 간과했던 무언가를 깨닫게 되기를 간절히 바랐다. 지금껏 이해할 수 없었던 것을 이해할 수 있게 도와줄 무언가가 있기를 바랐다.

그렇지만 인식의 순간은 찾아오지 않았고 사건의 충격에서 벗어나기 위한 모든 이해의 시도들은 결국 공허한 결말로 남을 뿐이었다. 습격을 당할 때의 장면들이 내 머릿속에, 내 영혼 속에 깊이 각인되어 점점 더 일상이 되어버렸다.

대낮에 시내를 걷고 있을 때에도 누군가 뒤에서 걸어오는 것을 견딜 수 없었다. 공포에 떨며 뒤를 돌아보고 뒤따르던 사람을 먼저 보내고서야 마음을 놓을 수 있었다. 밤이면 꿈속에서 생생하게 되살아나는 습격 장면들 때문에 땀으로 목욕을 하고 비명을 지르며 깨어나곤 했다.

그러나 그런 괴로움들보다 더욱 견딜 수 없는 것은 심한 두통과 현기증 그리고 균형감각의 장애였다. 설명되지 않는 증상들이었다. 언뜻 눈앞이 캄캄해졌다가 별들이 반짝반짝 춤을 추는 일도 계속 반복되었다. 그런 증상들의 원인을 나이로비의 폭행과 연결짓고 나서야 비로소 의사를 찾아갔다. 다양한 전문가들과 상담을 하고 할 수 있는 검사는 모두 했다. 뢴트겐, 단층 X선 촬영, 뇌파 검사, 뇌 기능과 미각 신경까지……. 단어들을 기억하고 그것의 순서를 거꾸로 말하기도 했다. 나의 인생에 대해, 어린 시절 앓았던 병에 대해, 부모의 병에 대해, 나이로비의 습격에 대해 물었다. 그렇지만 아무것도 발견되지 않았다. 검사의 끝에서 들을 수 있는 말은 항상 같았다.

"그런 느낌에 익숙해져야 합니다."

그렇지만 하루도 빠짐없이 찾아와 마음까지 갉아먹는 고통에 어떻게 익숙해질 수 있을까? 그러는 사이 나는 책상에 앉아 있는 일조차 고통스러웠다. 자전거를 탈 수도 운동을 할 수도 없었다. 나 자신이 영사기에 걸려서 더 이상 돌아가지 않는 망가진 필름처럼 느껴졌다. 자연히 두려움 뒤로 분노가 피어오르기 시작했다.

그럴 즈음 대단한 황금 손을 지닌 물리치료사 마리아 젱엘만이 내게 희망을 주었다. 나와 가까운 친구인 그녀는 내게 이렇게 말해 주었다.

"걱정하지 마. 곧 다시 여행을 떠날 수 있을 거야. 가을이 되면 벌써 배낭을 둘러메고 걸어서 사막을 건너겠다고 난리를 칠걸."

"정말?"

"물론이지. 내가 확실하게 약속할게."

그녀는 진지한 얼굴에 미소를 더하면서 대답했다. 그녀의 진단은 단순했다. 추락과 폭행으로 인한 척추 탈구. 그로 인해 경추가 밀려나고 신경줄기를 압박해서 통증이 반복되고 균형감각을 잃게 된다는 것이다.

그로부터 6개월 동안 일주일에 두 번씩 물리치료를 받았다. 경추를 바로 세우기 위해 목과 어깨 부분의 근육을 강화시키는 운동도 병행했다. 이 기간은 내게 상당히 무섭고 두려운 시간이었다. 다시는 여행을 할 수 없을까봐, 다시는 운동도 할 수 없고 책상 앞에 앉아 글을 쓸 수도 없게 될까봐 두려웠다.

그 모든 헛된 공포를 멈추는 방법은 꿈을 꾸는 것이었다. 아무도 방해할 수 없는 꿈, 그 꿈속에서 나는 기쁜 마음으로 미래를 볼 수 있었다. 내 꿈은 사막이었다.

내 곁에서 나를 지켜주었던 또 하나는 바로 아내 리타였다. 경쾌한 삶의 활력, 전염성이 강한 웃음, 사랑스런 몸짓 그리고 아무리 치워도 끝이 없는 것들을 기필코 정리하고야 말겠다는 신념으로 싸고 묶고 치우는 열정의 소유자. 아내의 그런 모습들은 내게 가장 큰 도움이 되었다. 리타는 내가 케냐에서 겪었던 사건을 극복하는 데 많은 시간이 필요하리란 것을 나보다 훨씬 더 잘 알고 있었다. 유치하게 들릴지도 모르지만 정말 이 시기에 아내가 없었다면 도대체 무엇을 어떻게 하고 살아야 했을지 모른 채 절망하고 말았을 것이다.

참으로 기이한 일이다. 두 사람을 하나로 묶는 것이 무언지 확실히 아는 사람은 없다. 하나가 되는 본인들 스스로도 알지 못한다. 대개는 그것을 놓치고 나서야 그런 것이 있었음을 알게 된다. 우리의 경우에도 그랬다. 나와 리타는 학창시절에 이미 아주 가까운 사이가 되었다. 생일이 같다는 것부터 심상치 않은 운명을 느꼈었다.

리타는 열일곱, 나는 열아홉이 되던 날이었다. 만나면 웃고 떠들고 즐거워했다. 이런저런 파티에 함께 갔고 나중엔 스페인의 코스타 브라바 해변에서 여름휴가를 보내기도 했다.

계획도 많고 꿈도 많았던 아름답고 활기찬 시절이었다. 우리는 손을 잡고 해변을 걸으며 서로의 애정을 확인했다. 함께 지냈던 그 시간 동안 우리는 함께 걸었다. 그러다가 우리는 서로를 잃었고, 각자 다른 길을 걸었다. 그렇지만 언젠가 신비한 끈이 다시 우리를 하나로 이끌었다.

지금까지 우리는 25년이 넘게 함께 살아왔고 또 대부분의 시간을 행복하게 보냈다. 그렇지만 기쁨과 슬픔은 인생 속에서 생각보다 훨씬 가까운 관계다. 세상의 사막을 여행하면서 여러 번 그런 경험을 했다. 그러나 그런 경험은 꼭 사막에서만 할 수 있는 게 아니다. 함부르크의 집에서도 종종 내게 그리고 우리에게 그런 일이 벌어지곤 했다.

　기쁨과 슬픔이 동전의 양면처럼 한 자리에 있다는 사실을 그토록 절실하게 느꼈던 건 우리가 마침내 결혼을 하기로 약속했던 재작년 여름이었다. 어느 아름다운 날 오전에 우리는 혼인신고를 위해 시청을 찾았다.

　그리고 그날 많은 친구들이 우리를 위해 깜짝파티를 열어주었다. 말린 장미 이파리가 비처럼 쏟아졌고 대형 휴대용 카세트 라디오에서 순백의 결혼식에 대한 로이 블랙의 로맨틱한 노래 〈온통 하얗게〉가 흘러나왔다. 리타와 나는 새빨간 하트를 떼어내고 하얀 침대보를 지나 샴페인과 오렌지 주스로 뛰어들었다. 그리고 저녁에는?

　결혼식 피로연에 첫 번째 손님이 도착하기도 전에 리타의 엄마가 갑자기 병원으로 실려갔다. 리타는 너무 놀란 나머지 미용실에서 머리를 말리다가 정신을 잃고 말았다. 그렇지만 불행은 아직 끝난 게 아니었다.

　그로부터 48시간 후에 나의 친아버지 하리 카르스텐이 세상을 떠났다. 벌써 몇 년 동안 중증의 심장병을 앓아오고 계셨다. 아버지는 종종 평생 해왔던 일들을 할 수 없게 되었다며 불평하곤 했다.

그에게는 스포츠를 할 수 없게 된 것, 특히 축구를 하지 못하게 된 것이 못내 아쉬운 일이었다. 극장에 가지 못하는 것, 좋은 음식을 먹지 못하는 것도 마찬가지로 힘든 일이었다. 거기에 폴크스바겐 승용차 골프를 몰고 경주하지 못하게 된 것도 아버지에겐 빼놓을 수 없는 아쉬움이었다. 아버지 댁을 방문하고 집으로 돌아올 때 공원 모서리를 돌면서 리타가 천천히 발에 힘을 주어 가속페달 밟으면 어느새 아버지는 골프를 몰고 옆으로 쌩 달려와 활짝 웃으며 윙크를 하곤 했다.

나중에 나는 혼자 이런 의문을 가졌다. 우리가 결혼식을 하던 날 아버지는 그가 곧 세상과 이별하게 되리란 걸 예감했을까? 그의 기력이 생명의 빛을 잃어가고 있다는 걸 예감했을까? 또다시 병원에 실려갔을 때 이제 삶이 종착역에 다다랐고, 그에게 남은 호흡의 횟수는 얼마 되지 않는다는 것을 느꼈을까?

이쯤에서 나의 의문은 멈췄다. 그리고 여기에서부터는 아버지에 대한 기억뿐이었다. 그리고 내게서 숨쉴 공기까지 앗아가는 단어들이 떠올랐다. 끝, 지나감, 되돌릴 수 없는 일, 영원한 이별…….

리타와 내가 병원에서 그의 마지막 가는 길을 지켜주었다는 사실이 그나마 다행이란 생각이 들었다. 분명 그가 원했던 일이었으리라.

내가 오늘날 착잡한 심정으로 그날을 돌아보면 분명히 느낄 수 있다. 불행은 혼자 오는 법이 드물다는 사실을. 셰익스피어의 『햄릿』에 나오는 시 한 구절이 떠오른다.

고난이 찾아오면 그건 절대 정탐하듯 혼자 오지 않는다. 고난은 무리 지어 움직이니까……

▶▶

알래스카 최북단 툰드라와 숲의 한가운데 곱게 빻아진 빙하 모래가 겹겹이 뻗어, 이동하는 모래언덕들을 만들어냈다. 길게 뻗쳐 장관을 이루는 사막, 바로 코벅 사막이다. 2만년 전 '최초의 인디언들'이 이 땅에 도착했다. 그들은 아시아 내륙을 떠나 오래전에 바다 속으로 가라앉은 육지, '베링의 다리'를 건너 알래스카에 도착했고 마침내 아메리카를 정복했다. 콜럼버스보다 훨씬 더 먼저.

눈과 얼음으로 뒤덮인 모래바다에서
춤추는 사람들

코벅 사막 │ 알래스카(1999년)

내게 인디언의 땅에 대한 모든 것을 설명해주고, 그들이 어떻게 얼음과 산을 넘어,
그리고 사막과 숲을 지나 이 땅에 이르렀으며 어떻게 새로운 고향을
개척하게 되었는지 알려주는 현인을 만나고 싶었다.
그는 설명할 것이다. 인디언은 자연과 하나 되어 자연을 호흡하며 살아가는데
왜 백인은 자연에 맞서서 살아가는지. 인디언은 아버지 하늘과 어머니 대지를
칭송하면서 살아가는데 왜 백인은 환경을 파괴하며 살아가는지.
인디언은 그들의 꿈과 비전을 벗하면서 살아가는데
왜 백인은 금과 권력을 사냥하느라 여념이 없는지.
그렇지만 나의 물음에 답해줄 현인은 끝끝내 나타나지 않았다.

서쪽 지평선 너머로 해가 기울 때 짙게 퍼져가는 땅거미를 뚫고 등장하는 그림자 다섯. 산처럼 커다란 덩치의 매머드, 북미산 순록 카리부, 눈처럼 하얀 북극 여우, 가죽을 얻기 위해 동물들을 뒤쫓는 사냥꾼들. 저마다 손에 창과 몽둥이를 들고 있다. 팽팽하게 당긴 활시위에는 언제든지 날아갈 준비를 하고 가늘게 몸을 떠는 화살이 걸려 있다. 그렇게 살금살금 전사들이 다가온다.

입술에 걸려 내뱉지 못한 비명을 입에 물고 소스라치게 놀란 나는 방향을 찾지 못하고 허둥지둥 일어나 꿈과 현실 사이에서 한동안 갈피를 잡지 못한다. 차차 꿈이라는 환상의 세계에서 튀어나온 섬뜩한 장면들이 본래부터 없었던 것처럼 희미하게 스러진다.

얼른 몸을 마저 일으켜 텐트 밖으로 나섰을 때 나는 화살을 겨눈 인디언 대신에 어두침침한 회색의 그림자와 마주친다. 유령처럼 뭉글뭉글 피어나 텐트 주위를 스치고 지나는 그림자들.

구름 덮인 베링 해 깊은 바다를 뛰쳐나온 안개가 코벅 사막의 모래바다 위에 몇 미터 높이의 잿빛 이불을 덮어버린 이후로 나는 이런 음울하고 두려운 느낌을 벗어날 수 없었다. 위협적인 몸짓으로 다가오는 선사시대 인디언들이 번뜩번뜩 눈앞을 스쳐가는 무시무시한 느낌.

아침에만 해도 지구상에서 가장 북쪽 사막의 황금빛 모래바다는 햇빛을 받아 반짝이고 있었다. 두터운 안개의 솜구름이 해안으로부터 해일처럼 밀려오기 전까지 나는 계속 그럴 줄 알았다. 어느 순간 멀리에서 구불텅구불텅 묘기를 부리는 나무 거인이 몸을 일으키더니 서서히 다가와 높은 사구의 파도와 부딪혔다.

나는 눈을 크게 뜨고 조심스럽게 빛이 스미는 탈출구를 찾았다. 그렇지만 그런 탈출구란 없었다. 우리를 엮어 삼키는 이 지역의 전설적인 잿빛 융단은 매우 촘촘했다. 바깥세상과 단절된 우리는 스물다섯 시간 이상을 안개의 포로가 되었다. 텐트 주위 단 몇 미터로 행동반경이 제한된 채로 지내는 그 시간은 영원이나 다름없었다. 세 번째 날 아침이 되어서야 비로소 바람이 불고, 바람이 만들어낸 안개의 틈 사이로 빛이 스며들었다. 찢어진 구름 덩어리들이 밀려나기 시작했다. 200미터, 400미터, 600미터…… 눈 닿는 끝이 점점 멀어지더니 드디어 나는 북쪽으로 끝없는 듯 펼쳐진 광야를 볼 수 있었다.

나는 알래스카에 있었다. 광야와 숲과 야생이 넘쳐나는 자연의 땅. 300만 개의 호수와 3천 개의 강과 5천 개의 빙하와 70개의 활화산이 있다. 6천 마리의 늑대와 4만 마리의 불곰이 살아간다. 제임스 쿠퍼의 프런티어 시리즈 소설 『가죽양말 이야기』와 영화 〈늑대와 춤을〉에서 보았던 삶을 체험하기 위해 우리는 앵커리지를 출발해서 베링기아로 향했다. 알래스카의 최북단, 과거 아시아와 유럽을 연결했던 육지 다리, '피니스 테라' 즉 '세상의 끝'에서 여행을 시작하겠다는 계획이었다.

알래스카와 시베리아 사이의 바다에는 두 개의 섬, '리틀 디오메데스'와 '빅 디오메데스'가 떠 있는데 하나는 미국의 영토에, 하나는 러시아의 영토에 속한다. 여기서 아메리카와 아시아 대륙은 다른 그 어느 곳보다도 가깝게 닿아 있다. 이곳에서 좁아질 대로 좁아진 베링 해협은 단 69킬로미터의 거리로 아시아와 아메리카를 갈라놓고 있다.

1729년 덴마크 태생의 한 탐험가는 범선을 타고 북극해와 태평양 사이를 항해하고 있었다. 600명 이상의 학자들과 지도제작자들을 태우고 그는 표트르 대제의 위임을 받아 아메리카 대륙의 해안을 탐사하는 길이었다. 제대로 탐사가 이루어지지 않은 북서쪽 해안은 여전히 미지의 땅이었던 것이다. 그리고 러시아의 콜럼버스라는 별명을 지닌 이 탐험가는 그가 항해하는 바다에 자신의 이름을 붙였다. 그가 바로 비투스 베링이다.

2만 년, 혹은 그보다 더 먼 과거에 바다 속으로 사라진 육지, '베링의 다리'를 건너 알래스카로 건너왔던 '최초의 인디언'들, 그들이 걸었던 역사적인 루트를 따라 여행하기 위해 나는 알래스카를 찾아왔다.

지도를 펼쳐놓고 바라보는 나의 여행 루트는 꿈같은 길이다. 베링 해 연안에서 출발해서 알래스카를 종단하고 유명한 바다의 고속도로 '인사이드 패시지'를 따라 밴쿠버로 간다. 거기서 다시 인디언의 땅 몬태나 주, 와이오밍 주, 다코타 주를 지나게 된다. 약 8천 킬로미터에 이르는 기나긴 여정이다.

고대 인디언들의 모습을 체험할 수 있는 이 여행은 도보로, 접이식 카약으로, 오프로드 승용차로, 수상 비행기로 이동할 예정이다. 여행의 최종 목적지는 몬태나 주의 크로우 보호구역, 즉 '까마귀 인디언 부족'의 지정거류지다.

1년에 한 번 그곳에선 수천 명의 인디언들이 '파와우'를 위해 모인다. 세계에서 가장 규모가 큰 인디언들의 페스티벌, '파와우'에는 여러 인디언 부족들이 모여서 망각 속으로 파묻혀가는 자신들의 문화를 되살려 기념한다. 컴퓨터 시대의 한가운데서 영혼과 대화하는 그들의 과거를 떠올리고 기억하려는 노력인 것이다.

어린 시절 독일의 학자이자 작가인 C. W. 체람의 저서『최초의 미국인』을 읽은 후로 나는 인디언 선조들의 초기 흔적들에 심취했고 '최초의 미국인들'이 지났던 루트를 따라 여행하겠다는 생각에 사로잡혔다. 사막과 툰드라, 숲과 산맥, 강과 호수를 지나는 여행을 상상했다. 어른이 되어서도 잃지 않고 가슴 깊이 간직했던 이런 갈망은 마침내 나의 발길을 알래스카로 이끌었다.

이번 여행은 몇 명의 동료들과 함께 하기로 했다. 그들은 사막과 황야에 대한 사랑을 함께 나눌 수 있는 사람들, 인디언의 역사에 커다란 관심을 품고 있는 사람들이었다. 순찰경비대로 활동하고 있는 미국인 리처드 빌라, 사진작가이자 자연의 친구인 앙드레 폴링, 삼림학을 공부하기 시작했고 언젠가 자연과 책상 사이에서 일하고 싶어하는 나의 장남 디어크 그리고 나, 이렇게 네 사람이 뜻을 합친 탐사대는 코체부에서 여행을 시작했다.

코체부, 베링 해 연안의 이 작은 어촌에는 과거 '베링의 다리'가 연결되어 있었다. 인디언의 선조들은 대형 동물들이 이동한 흔적을 뒤따라 아시아를 떠났고 '베링의 다리'를 건너서 아메리카로 파도처럼 밀려왔다. 물론 인디언의 선조들이 간단한 배를 타고 시베리아와 알래스카 사이의 좁은 바다를 건너는 것도 얼마든지 상상할 수 있는 일이다. 당시에 이미 일인용 카약이나 '우미악'이 이용되고 있었으니까. 나무와 고래뼈를 짜맞춰 만든 뼈대에 바다코끼리의 가죽을 씌우고 고래나 물개의 기름을 발라 물이 새지 않게 만든 '우미악'에는 열두 명까지 탈 수 있다.

우리도 역시 독일에서 가지고 온 나무 뼈대를 뚝딱뚝딱 조립해 해골처럼 만들고 그 위에 단단한 PVC 덮개를 씌웠다. 그러고는 고대 인디언들이 가죽 주머니와 나무줄기로 짠 바구니에 물건을 넣어 배에 실었던 것처럼 필요한 짐을 방수 배낭에 차곡차곡 담아서 배에 실었다. 우리가 챙긴 물품을 대략 설명하자면, 폭풍에 견딜 수 있는 텐트, 침낭, 방수 매트, 코펠, 식기, 비상약품, 비옷, 스웨터, 등산용 밧줄, 낚싯줄, 이런저런 간단한 공구들, 몇 주분의 식량 그리고 절대로 잊지 말아야 할 나침반과 지도들이었다.

7월 중순에 코벅강을 거슬러 올라갔다. 지류가 거의 없어서 쉽게 지날 수 있는 강으로 구불구불한 삼각주를 지나면 바로 코벅 사막으로 이어진다. 이곳은 베링기아 지역에서 찾아볼 수 있는 여러 특별한 지형들 중 하나다.

이끼와 꽃 그리고 덤불이 대지를 녹색과 붉은색, 보라색 그리고 회색으로 덧씌우고 있는 울창한 숲과 고적한 툰드라 한가운데 드넓은 모래바다가 펼쳐져 있다. 사하라나 고비 사막 한가운데 있으면 어울릴 법한 경관이다. 30미터 높이까지 치솟은 모래언덕들이 거대한 모래 공룡을 만들어낸다. 툭 불거져 솟구친 언덕과 그 위로 곱게 새겨진 모래의 잔물결들이 금세라도 몸을 덮은 모래를 털어내고 벌떡 몸을 일으킬 것 같다.

아메리카 대륙으로 처음 이주해온 인디언의 선조들도 지구상 최북단의 이 모래바다를 밟고 지나야 했다. 3만 3천 년 전의 바람이 밝고 고운 모래를 만들어놓았기 때문이다. 그 사이 고고학자들은 고대 인디언들이 이곳에 남겨놓은 무기와 생활용구들을 발견했다. '오니언 포티지'라는 이름의 이 지역은 극지방의 가장 중요한 고고학적 보고로 인정받고 있다.

나아가 70평방킬로미터의 면적을 차지하고 있는 코벅 사막은 일반적으로 생각하는 그런 황무지가 아니다. 거기엔 주로 북극의 기후가 큰 역할을 한다. 폭풍과 비는 이 지역의 전형적인 기후적 요소다. 거기에 더해 1년에 무려 7개월 동안 시베리아의 무시무시한 냉기로 이 지역의 모든 것을 얼어붙게 만드는 세찬 바람도 무시할 수 없다. 그 시간이 되면 이 넓은 모래바다는 눈과 얼음으로 뒤덮이고 만다.

코벅 사막에서 첫날밤을 보내고 아침이 밝아왔을 때 구불구불한 강줄기로부터 스멀스멀 하얀 입김이 뻗쳐나오더니 바람에 흔들리는 거미줄처럼 칭칭 몸을 감아가며 우리의 텐트를 향해 밀려왔다. 주위 경관의 색과 윤곽이 하나하나 지워지기 시작했다. 모래 파도와 숲이 잿빛이 되었다. 하천의 물과 툰드라의 대지가 잿빛이 되었다. 겨울 아침 공장 굴뚝에서 피어오르는 짙은 흰색의 증기처럼 우윳빛 안개구름이 자연을 야금야금 먹어삼켰다. 마치 인간세상 너머의 거대한 세탁실에 들어와 있는 느낌이 들었다.

바람막이 옷을 바싹 조여 입은 채 우리는 모든 방향을 자세히 살폈다. 그렇지만 짙은 증기는 시야를 완전히 차단했다. 30분이 채 되지 않아서 잔인한 안개는 무참하게 모든 자연을 집어삼켰다. 나무도, 덤불도, 산도 보이지 않았다. 잿빛의 베일에 휩싸인 우울하고 적막한 날이 될 조짐이었다. 우리는 한 걸음 후퇴해서 각자의 내면으로 물러앉았다. 한 사람은 일기를 썼고, 또 한 사람은 카메라를 주물럭거리면서 시간을 보내다가 가스버너를 켜고 뜨거운 차를 끓였다. 내 아들 디어크는 침낭에 들어가 편안하게 누워서 책을 읽고 있었다.

"뭘 그렇게 읽고 있니?"

텐트 안으로 돌아온 내가 물었다.

"잭 런던, 더 시울프(바다 늑대)."

그는 짧게 대답했다. 방해받고 싶지 않다는 인상을 강하게 풍기면서.

"이 지역에 딱 들어맞는 책이네."

나는 이렇게 말하면서 잭 런던의 유명한 소설을 떠올렸고, 그 소설의 주인공인 험프리 밴 웨이든에 대해 생각했다. 작가인 그는 샌프란시스코 근방의 바다에서 조난을 당한 후에 자욱한 안개 속에서 물개잡이 고스트에 의해 발견된다. 그렇지만 선장인 울프 라르센, 일명 시울프는 구조한 젊은 작가를 다음 항구에서 육지에 내려주는 대신에 식당 조수로 임명한다. 그렇게 해서 그는 북극의 자연이 빚어내는 온갖 혹독함을 경험하게 된다.

우리도 역시 알래스카의 코벅 사막에서 인간 인내심의 한계를 시험하는 극한의 자연을 경험했다. 처음엔 유령처럼 덮쳐온 안개가 이틀 동안 우리의 활동 범위를 몇 발자국으로 제한했다.

간신히 안개 유령의 저주를 벗어나는가 싶었을 때 곧바로 미친 듯한 바람이 몰아쳤다. 세찬 바람이 휘잉휘잉 울부짖으며 허공을 갈라 찢어놓았다. 수은주는 여기가 북극이라고 말하고 싶은 모양인지 뚝 떨어졌다. 물에 젖은 모래가 텐트 위로 날아와 채찍으로 후려갈기듯 얇은 벽을 때렸다. 그때마다 텐트는 폭풍에 휩쓸린 배의 돛처럼 한껏 부풀어 펄럭거렸다.

나일론 보금자리에 피난해 있던 우리는 격렬한 돌풍이 텐트의 기둥을 뒤흔들고 아예 텐트 자체를 엎어버리려고 할 때마다 얇은 비닐 벽에 나란히 등을 기대고 바람에 맞서야 했다.

디어크와 나는 세 번이나 텐트 밖으로 달려나가 얼어서 곱은 손가락으로 텐트의 풀어진 고정줄을 다시 묶어야 했다. 숨을 쉬기 힘든 모진 바람 속에서 버둥대고 있을 때 쏜살같이 날아오는 모래알갱이가 얼굴을 화끈거리게 만들었다. 게다가 그건 시시포스의 형벌이나 다름없었다.

기다란 모래용 텐트 페그에 고정줄을 아무리 단단히 묶어놓아도 땅바닥이 덜덜 떠는 바람에 금세 다시 빠져나오기 일쑤였다. 그렇지만 우리는 포기하지 않고 페그를 다시 모래 땅 깊숙이 꽂아넣고 고정줄을 묶었다. 물론 포기할 수 없는 상황이기도 했다. 둔감해진 손의 감각이 고통으로 변해갈 때쯤에야 비로소 우리는 텐트 안으로 기어들어왔다. 거친 돌풍이 계속해서 텐트를 집어던지려고 했지만 우리는 굳세게 버텨냈다. 그리고 마침내 동녘 하늘에 밝은 빛이 스며올 때 폭풍은 분노를 가라앉혔다. 그 순간 나는 마치 구원의 손길이 다가오는 듯 느꼈다. 우리는 완전히 지쳐서 누가 먼저랄 것도 없이 침낭 안으로 파고들었고 오후 늦게까지 정신없이 곯아떨어졌다.

그 뒤로는 그림책 같은 날들이 이어졌다. 사막은 뽐낼 수 있는 최고의 옷으로 갈아입고 모습을 드러냈다. 태양은 밝게 빛났고 어제의 우중충한 하늘은 파랑보다 더 파랗게 물들어 있었다. 북동쪽에서 불어오는 바람은 가볍게 살랑거렸다. 상쾌하고 편안했다.

드넓게 펼쳐진 모래벌판을 아들과 함께 기분 좋게 걸어나갔다. 눈 닿는 곳까지 뻗어나간 모래벌판은 저 너머 어디선가 녹색의 툰드라와 울창한 숲으로 연결될 것이다.

길게 이어진 사구의 파도는 보는 사람을 압도한다. 높고 낮은 모래언덕이 빚어내는 환상의 굴곡은 때로는 부드럽게, 때로는 물 흐르듯, 때로는 날카롭게, 때로는 극적으로, 때로는 엄숙하게, 때로는 강렬하게…… 그 어떤 상상도 쉽게 넘어서고 만다.

고전적인 모래파도는 마음껏 변신하고 끊임없이 새로운 자리에 새로운 모양을 만들어내면서 각양각색의 다양한 경관을 제공한다. 바람의 손길을 타고 오만 가지 모양을 만드는 크고 작은 모래의 파도는 최상의 멋진 구도를 만들어낸다. 그러한 구조와 배열은 우리의 인지능력을 한층 예리하게 다듬어주면서 경탄을 자아내게 하고 마음을 빼앗는다. 하나하나의 모래파도는 아름다움의 극치 이고 완성된 기적이다.

이곳의 대부분은 거친 바다의 파도가 굳어버린 모습을 하고 있고, 절벽의 모서리처럼 예리하게 날이 서 있다. 비슷한 것 하나 없이 저마다 다른 독특한 모습이다. 이곳에서 자연은 일정하게 유사한 상태를 유지하는 법을 알지 못한다. 모든 것들이 움직이고 흘러가는 것이지만 그래도 동시에 멈춰 있고 굳어 있는 듯 보인다. 아주 가끔 우리는 드넓은 모래벌판에서 작고 약한 식물들을 발견한다. 풀 몇 뿌리, 작은 덤불 그게 끝이다. 그밖에는 오로지 모래뿐이다. 때로는 판자처럼 단단하고 때로는 깊이 쌓인 눈처럼 부드럽다. 그런 모래 위를 우리의 발이 구르듯 걷는다. 굽이치는 모래언덕이 정해주는 발걸음의 리듬에 맞추어 일정하게.

모래언덕을 걸어가면서 언덕과 언덕을 이어주는 줄기를 찾지 못하면 깊이 내려갔다가 다시 높이 걸어 올라와야 한다. 능선이 가파를수록 더 많은 모래가 밀려나 발 아래로 미끄러진다. 모래는 디딜 수 있는 단단한 바닥을 만들어주지 않는다. 그래서 앞으로 걷는 건 대단히 힘든 일이다. 두 걸음을 전진하면 한 걸음이 뒤로 밀린다. 그렇지만 그럴만한 가치는 충분하다. 사구의 꼭대기에 올라 가느다란 언덕의 줄기를 밟고 서면 눈앞에 펼쳐지는 전망이 그지없이 황홀하기 때문이다. 예리한 낫들 옆으로 사발들이 걸려 있고, 아치형 문을 지나면 궁륭형 천장이 멋들어진 곡선을 보여준다. 기다란 용마루를 감상하고 다시 길로 나서면 시원하게 열린 거리가 나를 맞는다.

모래가 만들어내는 온갖 다양한 형상들을 체험하면서 우리는 질서와 미학이 지배하는 사막과 하나가 된다. 이곳에서 바람의 공기역학과 중력이 형상을 얻는다. 수천 년이 흐르는 동안 빙하가 곱게 빻은 모래를 쌓고 흩어놓고 또 쌓아올려 바람은 수천 살 모래언덕의 얼굴을 만들고 또 바꾸어놓는다.

이 바람과 모래의 땅, 시간을 초월한 풍경 한가운데서 사막을 사랑하는 미국인 존 C. 반 다이크의 말이 내 귓가를 스친다. 뉴저지 출신의 이 예술사학자는 19세기 말 캘리포니아로 여행을 떠났다. 천식으로 심하게 고생하다 건강을 위해 로스앤젤레스와 멕시코 사이의 이 지역을 찾았던 것이다. 그곳에서 반 다이크는 조랑말 한 마리와 애완견 폭스테리어 한 마리를 데리고 사막을 여행했고 그만 사막의 매력에 흠뻑 빠져들고 말았다. 그는 『사막』이라는 제목의 책을 저술했고, 일약 사막 팬들의 신화적 인물로 떠올랐다. 1901년 그 책에서 반 다이크는 이렇게 말한다.

아름다움의 극치는 숭고함이다. 그리고 그 어떤 땅도 사막의 숭고함에 어깨를 견줄 수 없다. 드넓은 평원, 공포를 자아내는 산줄기, 끝도 없이 펼쳐진 하늘! 다른 어떤 곳에서도 이와 비슷한 그림을 만날 수 없다. 첩첩 쌓인 산정들이 성당의 첨탑들마냥 삐쭉삐쭉 하늘로 치솟아 뜨고 지는 해의 황금빛 불꽃으로 몸을 태운다. 그 어디서도 사막과 비슷한 장관을 볼 수 없으리라. 저녁 어스름 땅거미가 질 때 계곡들은 자줏빛 수증기에 흠뻑 취하고, 거대한 테이블 모양의 산지와 고원들이 새파란 하늘 저 멀리에서 흐릿하게 하늘이 되고, 깊은 협곡들이 짙은 보랏빛 그림자로 긴 틈바구닐 메우는 모습이란…… 다시는 볼 수 없으리라, 이 땅의 빛과 공기와 색깔을. 어디서 또 볼 수 있으랴, 이 땅이 자아내는 우윳빛 신기루와 장밋빛 노을과 타오르는 황혼을.

며칠 안 되는 아름다운 날들을 보내고 어느 날 저녁 태곳적 폭력을 잉태한 뇌성벽력이 머리 위에서 불같은 분노를 쏟아냈다. 청백색 번개가 무시무시한 빛줄기를 쏟아낸 후에 바로 옆자리에서 대형 폭탄이 터진 것처럼 공기를 찢는 천둥소리가 가슴을 덜컹 울리고는 먹구름 가득한 광야 위로 굴러갔다. 검푸른 하늘에서 생전 처음 보는 진짜 불꽃놀이를 벌이는 광포한 번개들은 시커먼 먹구름 사이에 번쩍번쩍 빛을 폭발시키며 연이어 너른 대지를 향해 내리꽂혔다.

"어휴, 세상에, 여기는 원래 날씨가 이런가. 괴상하고 으스스한 날씨는 종류별로 몽땅 출동하는가 봐요. 간신히 숨 좀 돌리겠다 싶으니까 좋은 날씨는 금세 지나가버리네요."

찌무룩한 목소리로 디어크가 말했다. 나는 고개를 끄덕여 아들의 말에 동감을 표시했다. 먼 세상의 구석자리를 찾아오면서 물론 우리는 어느 정도의 악천후를 예상했다. 그렇지만 이런 섬뜩한 날씨는 아니었다. 침낭으로 몸을 감싸고 텐트에 누운 채 좁은 텐트의 입구로 바깥을 내다보았다. 보이는 세상은 이름 그대로의 불지옥이었다. 쩍하고 하늘을 가른 뇌성은 1분이 넘게 천공을 울렸다. 공기의 진동이 몸으로 그대로 전해졌다. 번갯불 속에서 몇 초 동안 반짝하고 볼 수 있는 풍경은 불길하고 사뭇 적대적이기까지 했다.

바로 이런 거칠고 사나운 자연 속에서 과거 고대 인디언들은 악마의 뇌우를 경험했고 그것을 신이 격노한 탓으로 돌렸다.

이미 코체부에서 극지방의 낙뢰가 대단히 위험하다는 말을 들은 바 있었다. 벌써 낙뢰를 맞아 사망한 사람들이 적지 않다는 경고였다. 우리가 불안을 느끼는 것은 당연했다. 하필 우리가 야영지로 선택한 곳이 작은 모래평원의 약간 높은 자리인 데다 바로 근처에 구불구불 흐르는 하천이 있었기 때문이다. 누구나 알고 있듯이 물은 번개를 잡아당기게 마련이다.

그렇게 불안에 휩싸여 있을 때 우리 텐트에서 300미터도 떨어지지 않은 곳의 나무가 귀청을 찢을 듯 우지끈 소리를 냈다. 우리가 모두 경악하여 그곳을 바라보았을 때 이미 나무는 거대한 횃불이 되어 활활 타오르고 있었다. 말하자면 으스스한 어둠 속에 밝게 빛나는 세인트 엘모의 불(비가 내릴 때나 번개나 폭풍이 칠 때에 탑의 꼭대기나 피뢰침, 항공기의 날개 따위와 같이 공중으로 솟아 있는 물체 끝에 나타나는 방전 현상-옮긴이)이었다.

뇌성벽력은 밤을 지새우고 계속되었다. 벼락은 그칠 줄 모르고 섬뜩한 불빛을 쏟아냈고 우리는 두려움 속에 자다 깨다를 반복하며 몽롱한 시간들을 보냈다. 그러는 사이 내 머릿속엔 이런 의문들이 떠올랐다.

'왜 나는 아들과 함께 어디 따스한 곳, 말하자면 함부르크의 우리 집에 평온하게 앉아 있지 못하는 걸까?'

'평범한 직장에 다니면서 가족과 함께 느긋한 시간을 보내지 못하는 걸까?'

그렇지만 다음날 아침 마침내 뇌성벽력이 물러가고 모든 위험이 사라졌을 때 그리고 어두운 구름이 호우로 바뀌어 쏟아져내릴 때 다시금 내 안의 핏줄을 따라 언제든 새로운 것을 찾아 길을 떠나는 방랑벽이 흐르고 있음을 느꼈다. 뜨겁게 타오르는 자유와 해방의 감정. 그 감정이 내게 이렇게 소리쳤다.

'그래, 여기야, 여기가 네가 있어야 할 바로 그곳이야!'

나는 아늑한 기분이 되어 더 깊이 침낭 속으로 파고들었고, 북을 치듯 텐트 천장을 때리는 빗방울의 속삭임에 귀를 기울였다. 그리고 웃음을 지으며 아들에게 말했다.

"우리가 달에 있으면 분명히 지금 여기보다 훨씬 더 힘들 거야."

디어크의 대답은 짧은 투덜거림뿐이었다. 자연의 힘과 폭력 앞에 내던져진 경험이 단 한 번도 없었던 걸 생각하면 충분히 이해할 수 있는 반응이었다. 혹독한 고난 속에서도 지난 2주 동안 녀석은 단 한 번도 성을 내거나 힘들다고 불평하지 않았다. 정반대로 모든 어려움들을 수도승처럼 견뎌냈다. 멋진 남자로 자라난 디어크는 아주 편안하고 특별한 면들을 가지고 있다. 야생의 세계를 디어크와 함께 헤쳐나가고 완전히 낯선 세계 속에서 그 아이를 알아가는 것이 나는 몹시 즐거웠다.

코벅 사막은 황홀한 자태의 모래바다가 눈과 얼음에서 풀려나는 짧은 여름 시즌에만 여행할 수 있는 극한의 세계다. 이때에만 코벅 사막의 모래가 지어낸 수많은 예술작품들 사이를 걷는 매혹적인 기쁨을 누릴 수 있다. 물론 언제나 매혹적인 자태만 보여주는 건 아니다.

때로는 먹장구름이 검은 사제복처럼 머리 위를 뒤덮는다. 미친 듯한 돌풍이 텐트를 뒤흔들기도 한다. 대홍수를 일으킬 듯 빗줄기를 퍼부으며 뇌우가 몰아친다. 사막의 가장자리에 이르러 미로처럼 뻗어나간 강줄기를 만나 배를 띄워보지만 금세 물이 너무 적은 곳을 만난다. 그러면 우리는 자체 무게 50킬로그램, 짐 무게 100킬로그램이 나가는 보트를 어깨에 짊어지고 다시 물이 흐르는 곳을 만날 때까지 발이 쑥쑥 빠지는 모래밭을 걸어야 한다. 그렇게 우리는 한발 한발 알래스카의 자연과 하나가 되어갔다.

지나는 길마다 다양한 동물들이 모습을 드러내고 소리를 들려준다. 황소만큼 커다란 사슴 와피티가 덤불숲을 뚫고 달려나오고, 흰머리독수리가 창공을 힘차게 비행한다. 넓은 강을 건너는 카리부 떼를 감상하고 있노라면 멀지 않은 곳에서 곰들이 강가를 빠르게 달려간다. 밤이면 늑대들이 주위를 어슬렁거리며 호박색 투명한 눈으로 슬금슬금 우리를 관찰한다.

거대한 산줄기가 도저히 넘어설 수 없는 장벽이 되면 어쩔 수 없이 우리는 수상비행기를 이용해 우회했다. 가능한 빨리 인디언 선조들의 의미심장한 이동로에 합류하기 위해서였다. 그들의 자취가 과거 각 지역의 명칭에서, 바위에 새겨진 수수께끼 같은 문자들에서, 신비한 형태의 동굴벽화에서 고스란히 느껴졌다. 무엇보다 우리는 배낭을 메고 직접 걸어서 울창한 산림을 지난 덕분에 과거이 땅을 찾았던 최초의 이주자들이 어떤 고초를 겪었을지 가까이 느껴볼 수 있었다.

끝이 안 보일 정도로 넓게 뻗은 알래스카의 원시림은 오늘날에도 매년 여러 사람이 실종되는 '녹색 지옥'이다. 우리가 걸었던 길도 다르지 않았다. 거대한 나무가 쓰러져 길을 가로막는 바람에 여러 번 모진 고생을 해야 했다. 썩어서 뚝뚝 부러지는 줄기와 가지를 몇 번이나 굴러 떨어지며 기어올라야 했고, 울퉁불퉁한 뿌리에 걸려 넘어지기 일쑤였다. 모기와 흑파리의 공격에 시달리며 무릎까지 빠지는 늪지를 건너는 것은 더욱 돌파하기 힘든 난관이었다.

옷을 뚫고 피를 빨아먹는 초대형 파리들이 마구 달려들 때는 무섭기까지 했다.

유콘강과 타나나강의 남쪽에서 우리는 작은 비행기 세스나기(機)를 타고 거대한 렝겔 산맥을 넘었다. 스위스보다 두 배는 넓은 이 지역에는 북아메리카에서 가장 높은 봉우리 열하나가 5천 미터 넘게 하늘을 향해 솟구쳐 있다. 여기서 우리는 피켈과 아이젠을 이용해서 20마일 이상 길게 뻗은 케니코트 빙하의 얼음줄기를 기어올라야 했다. 톱날처럼 날카롭게 갈라진 표층에선 계속 빙하가 만들어지고 있었다. 급변하는 날씨가 계속해서 새로운 틈새를 만들어내고, 육중한 얼음장벽들이 한꺼번에 무너져내렸다. 계곡에서는 빙하가 녹아 생긴 청록색 급류가 콸콸 굽이치며 흘렀다. 인디언의 선조들도 이런 알래스카의 빙하세계는 자연이 펼치는 장엄한 시나리오라고 믿었음에 틀림없다.

빙하 아래에서 우리는 치티나강과 코퍼강의 급류를 타고 달렸다. 우리가 탄 카약은 거품이 부글거리는 급류 위를 마치 탁구공이 춤을 추듯 통통 튕기며 내려갔고, 굽이치며 휘도는 물을 만나면 내리꽂힐 듯 떨어지며 크게 원을 그려서 바위와 파도 사이를 가까스로 피해나갔다. 폭포를 만났을 때 우회할 수 있는 육로를 찾지 못하면 수직으로 떨어지는 바위벽을 보트와 짐을 모두 짊어진 채 자일을 타고 내려갔다.

저녁이 되어 별들이 고양이 눈처럼 반짝거리면 우리는 하루 동안 입은 상처를 치료하기 바빴다. 야생의 세계는 우리에게 아무것도 공짜로 주는 법이 없었다. 그렇지만 모닥불가의 낭만은 모든 고난과 아픔을 어루만져 치료해주기에 부족함이 없었다. 지친 몸을 침낭 위에 길게 누이고 소시지와 뜨거운 차 한 잔, 늑대의 울음소리 그리고 북방의 밤하늘이 보여주는 청명함을 즐기는 건 가슴이 벅차오를 만큼 유쾌하고 멋진 감동이었다.

'인사이드 패시지', 주노에서 밴쿠버까지 1600킬로미터에 이르는 긴 수로, 피오르드 같은 모습의 수자원이 넘쳐나는 이 길에서도 우리는 모험과 광야의 느낌을 즐겼다. 수천 개의 섬들이 있고, 굽이굽이 수많은 만과 곶, 급경사의 절벽 위로 울창한 숲이 계속 얼굴을 바꾸어 내미는 그 자리에 혹등고래 떼가 여름을 보내고 있었다. 우리 보트 옆에서 갑자기 혹등고래 몇 마리가 솟구쳐올랐다. 힘차게 꼬리를 휘두르는 거대한 몸뚱이에는 조개가 덕지덕지 달라붙어 있다. 몇 번이나 물기둥을 뿜어올리며 숨을 쉬고는 다시 물속으로 사라졌다.

틀링기트 인디언과 침시안 인디언이 연어잡이로 살아가는 섬, 케치칸에서 우리는 잠시 바삐 놀리던 걸음을 멈췄다. 예전에 이 부족들은 물을 따라 떠돌며 살아가는 바다 유목민이었다. 그렇지만 오늘날 그들은 큰 배를 타고 물고기를 잡는다. 우리는 여기서 세계 최대의 토템폴 전시장을 찾았다. 토템폴은 신화와 생활양식 그리고 부족의 역사를 다채로운 색깔로 나무에 새겨놓은 거대한 장승이다.

밴쿠버를 넘어서 인디언의 중심지에 들어섰을 때에도 힘든 날들은 계속 이어졌다. 아이다호, 와이오밍, 다코타를 물로 육지로, 그야말로 인디언의 역사적 루트를 따라 제대로 정복해나가야 했다. 그리고 그런 도전은 엄청난 인내와 지구력을 요구했다. 그것은 '배드랜드'에서도 마찬가지였다. 기괴한 형태의 협곡과 바위 더미들이 100킬로미터 넘게 이어져 산줄기를 이루고 있다. 이곳은 고고학적인 보물 창고들을 곳곳에 숨겨놓았다. 신생대 동물들의 수많은 화석들이 이미 1만 2천 년 전에 인디언의 선조들이 이곳을 최고의 사냥터로 이용했음을 증명해준다.

정오쯤 되면 밝은 색의 화산암들로 만들어진 이 바위의 미로는 뜨겁게 달궈진 오븐이 된다. 구름 한 점 없는 하늘에서 태양이 이글이글 불타고, 화끈거리는 바람이 계곡을 메운다. 게다가 우리는 많은 방울뱀을 만났다. 이 지역을 삶의 터전으로 삼았던 인디언, 수(Sioux)족은 어원상 독사와 관련이 있다. 그러나 그런 수족조차 사람의 손길을 거부하는 이 오지를 '마코시카', 즉 '살기 힘든 땅'이라고 부른다. 그리고 그건 조금도 이상한 일이 아니었다.

다음날 우리는 블랙 힐로 방향을 잡았다. 폰데로사 소나무가 빽빽하게 우거진 육중한 산지는 멀리에서 보면 이름처럼 거의 검은색으로 보였다. 이 음울하고 신비한 지역 곳곳에 많은 전설들이 서려 숨 쉬고 있어서 라코타 수족은 이곳을 '파하사파', 즉 '성스런 땅'으로 숭배했다. 그들 부족의 요람이자 우주의 중심이라는 생각이었다.

사우스 다코타의 남서쪽에서 나는 들소 떼와 함께 걸었다. 거의 2천 마리에 달하는 들소가 들판을 가득 메우고 지축을 흔들면서 내달렸다. 미국에서 가장 큰 규모를 자랑하는 이 들소 떼가 갑자기 나타나 거대한 녹색의 언덕을 넘는 모습은 그야말로 장관 그 이상이었다. 짙은 갈색의 등가죽이 원시적인 힘으로 북아메리카의 초원인 프레리를 뒤흔들었다.

세이지와 털빕새귀리 같은 풀들이 바다처럼 넓은 들판 위에서 바람에 맞춰 몸을 흔드는 가운데 나는 풀을 뜯고 되새김질하는 이 동물에게 6, 7미터까지 가까이 다가갔다. 왕방울만한 눈에서 뿜어 나오는 금속성 빛은 그들의 야성을 그대로 느끼게 했다. 그러나 그런 힘차고 장엄한 모습보다 더 잊을 수 없는 것은 그들의 땀에 젖어 끈적끈적해진 먼지와 함께 휘날리는 강한 냄새였다. 거의 숨을 쉴 수 없게 만드는 냄새.

믿기 힘든 것은 이들 들소의 고향이 동남아시아라는 사실이다. 고대 인디언들과 마찬가지로 시베리아와 알래스카 사이의 사라진 다리로 건너왔다는 말이다. 홍적세 빙하기가 천지가 개벽하는 대홍수를 일으켰던 때였다.

100년 전만 해도 4천만에서 6천만 마리의 들소가 이 초원을 휘도는 바람을 뚫고 내달렸다. 거기엔 붉은 피부의 가죽 사냥꾼들과 하얀 피부의 가죽 사냥꾼들이 찾아와 대학살을 벌였다. 오늘날 이 털북숭이 들소의 숫자는 과거에 비하면 극소수에 불과하다.

전통적으로 인디언의 땅인 이곳에서 보고 듣는 모든 것은 영화 같다. 숨이 턱턱 막힐 정도로 아름다운 풍경이다. 자연과 역사가 서로 뒤엉키고 굽이치며 흘러가는 자리 위에 바라보고 있노라면 취해 쓰러질 지경의 푸르른 하늘과 끝없는 프레리가 펼쳐진다. 1541년 북아메리카에 이르렀을 때 스페인 정복자들은 이 초원을 끝없이 굽이도는 바다 같다고 말했다. 그리고 이곳에 이르렀을 때 우리는 그 느낌을 이해할 수 있었다. 바다에 내던져진 작고 미약한 애벌레 같은 느낌이었다.

몬태나 인디언 보호구역의 중심, '까마귀 인간들'이 살고 있는 크로우 에이전시에서는 1년에 한 번 수천 동의 티피, 다시 말해 원뿔형 인디언 천막들이 늘어서면서 커다란 마을이 생겨난다. 주위로는 수공예품과 먹을거리를 파는 가게들이 늘어서 있다. 가게에 들어가보면 꿀을 바른 달콤한 옥수수, 소고기 옆구리살 스테이크, 인디언식 타코가 맛깔스럽다. 세계 최대의 인디언 회합이자 페스티벌의 장소, 파와우(Powwow)다.

파와우와 멀지 않은 곳에 리틀 빅 혼이 있다. 1876년 6월 여러 부족의 전사들이 연합하여 조지 암스트롱 커스터 장군이 이끄는 제7기병대와 격전을 벌였던 곳이다. 인디언은 서쪽을 향해 계속해서 밀려오는 '창백한 얼굴들'과의 이 전투에서 사상 최대의 승리를 거둔다. '크로우 파와우'의 행진은 오늘날까지 그대로 이어지는 오랜 전통이다. 해가 뉘엿하게 기우는 저녁 무렵 인디언 페스티벌은

코벅 사막

⬆ 아들 디어크와 함께 걸었던 지구 최북단의 모래 바다
⬇ 고대 인디언의 발자취를 뒤쫓는 길에서 들소 떼를 만났고 세계 최대 인디언 축제의 손님이 되기도 했다.

'그랜드 엔트리', 즉 화려하게 치장한 댄서들의 대규모 입장으로 막을 올린다. 티피의 도시 구석구석 단조로운 리듬의 북소리가 울려퍼지면 미국 전역에서 모여든 인디언들이 날아갈 듯 가벼운 걸음으로 잔디를 밟고 등장한다. 노래와 북소리는 붉은 민족의 역사에 대해 말한다. 그들이 어디서 왔으며 어디로 이동했는지를 노래로 말해준다. 대부분의 춤은 종교 의식에 기원을 두고 있다. 크로우 부족의 대표자인 플레인 불(광야의 들소)은 그 춤이 전사들이 사냥을 나갔던 시절에 시작되었다고 설명했다. 며칠이 지나고 사냥을 나갔던 전사들이 마을로 돌아오면 '파와우'가 열린다. 여자와 아이들이 커다랗게 피워놓은 모닥불 주위에서 춤을 추고 전사들은 그 바깥쪽에서 빙글빙글 돈다. 오늘날도 그건 변함이 없다.

우리는 크로우의 손님으로서 밤에 그들과 함께 캠프파이어를 즐길 수 있었다. 모닥불이 비추는 불빛 속에서 빙 둘러앉은 인간들은 모두가 그림자처럼 보였다. 기이하고 신비한 느낌이 나를 사로잡았다. 흔히 자연의 정령이라고 말하는 힘이 내 곁으로 가까이 다가온 듯했다. 정치, 경제, 과학, 이러저런 잡동사니 세계에 관한 지식들, 이런 현대적인 사고의 범주들은 이곳에서 그 기능과 의미를 잃어버렸다.

"자연은 우리에게 삶의 가치를 보여줍니다."

어느새 친구가 된 플레인 불이 말했다. 말을 하면서 그는 흙을 조금 집어들어서 손가락 사이로 흘러 떨어지게 했다. 실제로 인디언들에게 흙은 백인들이 생각하는 흙이 아니다. 인디언들은 흙을 조심스럽고 겸허하게 대한다. 흙을 자기 자신의 일부라고 여긴다. 언젠가 그들도 흙이 될 것이므로. 인디언 마을의 모닥불 가에 둘러 앉아 불빛을 응시하면서 그들이 나누는 말소리에 귀를 기울이다 보면 우리는 많은 것을 배울 수 있다. 그것은 모든 의와 덕을 새로 발견하게 되는 순간이다.

단순한 삶을 살아가는 것. 함께 소유하는 것. 다른 사람을 위해 무언가를 하고, 스스로를 위해 '성스러운 공간'을 만들어내고, 식물 하나에도 이 시간, 이 자리에 함께 있어줌을 감사하는 것. 또 다른 현실을 향해 마음을 열어놓기 위해 때때로 합리적인 사고의 보호막을 거두는 것. 눈먼 일상의 존재를 넘어서서 동물과 나무와 바위와 모래언덕 혹은 폭풍으로까지 자기 자신을 변화시키고 자기 자신과 진지한 대화를 시도하는 것.

보기엔 꽤나 부조리하고 비합리적인 이런 생각들 뒤에 인디언의 영적 가치가 숨어 있다. 물질의 영역 뒤에 숨겨진 영적인 존재의 인지, 이것이야말로 하이테크 인간들이 점점 더 멀어지고 있는, 존재의 가치를 아는 생활방식인 셈이다.

마지막 태양빛이 지평선을 벌겋게 달궈놓고 티피 도시로 어둠이 깃들기 시작하면 인디언들은 꿈을 꾸는 듯 황홀경에 빠져 춤을 춘다. 지치는 기색도 없이 풀 위를 뛰고, 원을 그려 달리고, 맥박처럼 울리는 북소리에 맞춰 움직인다. 먼 과거부터 전해진 인디언 특유의 소리를 지르면서 그렇게 춤을 추는 것이다.

모두가 전통적인 인디언 복장을 하고 있다. 머리부터 발끝까지 야생동물의 가죽을 두르고, 깃털과 유리알로 장식하고 거기에 긴 술을 달기도 한다. 밤이 깊어질수록 땀방울이 반짝이는 얼굴들은 점점 더 신비하게 변해간다. 그리고 나는 그 얼굴 뒤에 숨은 영혼들이 이제 시간여행을 떠나고 있다고 짐작한다. 이 의식이 진행되는 동안 인디언들은 마치 최면에 걸린 것처럼 혼령의 세계에 들어서서 춤추는 꿈의 사냥꾼이 된다. 단순한 상상력을 통해서 다시 자유의 세계로 돌아가는, 그들의 뿌리를 찾아가는 전사들이다.

화려한 색으로 칠갑을 한 크로우 인디언 하나가 갑자기 내 팔을 잡고 내 손에 큰 도끼를 쥐어주었다. 초대의 표시다. 나는 위대한 영혼을 추앙하는 이른바 우정의 춤에 참여하기 위해 그들의 자리에 들어섰다. 원을 그리며 돌아가는 사람들 틈에 끼어들어 머뭇거리며 발을 굴렀다. 북소리와 노랫소리가 점점 더 크고 빨라졌다. 음악이 피부를 파고든다. 울림이 무시무시할 정도로 가슴을 울리면서 내 영혼을 잡아챘다.

나는 펄쩍펄쩍 뛰다가 서투른 아프리카 무수리처럼 뒤뚱거리고 풀밭에 넘어지기도 했지만 인디언의 박자에 맞추려고 애썼다. 그리고 어느 순간부턴가 나의 몸뚱이는 끊이지 않는 북소리를 따라 저 혼자 흔들리기 시작했다. 나의 영혼이 하늘 높이 공중제비를 돌고 마음은 나는 듯 즐겁고 행복했다.

그러나 한편으론 그런 즐거움이 부끄럽기도 했다. 너무도 흥겨운 기분이 내 양심의 상처와 부딪히고 있었다. 인디언들이 보호구역 내에서 얼마나 참담하게 살고 있는지 나는 잘 알고 있다. 정부로부터 경제적인 지원을 받고는 있지만 턱없이 부족한 수준이다. 기본적인 의식주와 안전이 보장되지만 그 결과는 무위도식에 대한 유혹과 자기 개발 욕구의 제한인 것이다.

그렇지만 적어도 '파와우'의 날들 동안엔 그 모든 슬픔이 북소리와 춤을 통해 스러지고 있는 듯 보였다. 그 무엇보다도 내 의지로는 해석할 수 없는 그들의 노래가 바람의 나부낌과 하늘의 끝없는 넓이와 또 다른 성스러운 것들을 느낄 수 있게 만들어주고, 그들 내면에 면면히 간직된 삶의 감정을 살아 숨 쉬도록 불러일으켰다. 나는 진정으로 그 힘을 느꼈다. 화려하게 채색한 몸뚱이를 따라 흐르는 그 힘을. 그러자 긴 세월을 꿋꿋하게 지켜온 무엇인가가 되살아났다. 선조의 영혼들이 티피의 도시를 찾아온 것 같았다. 시팅 불(앉아 있는 들소), 크레이지 호스(미친 말), 레드 클라우드(붉은 구름), 쿠아나 파커(꽃밭, 달콤한 향기)와 같은 인디언의 영적인 지도자들이.

파와우의 춤추는 사람들이 오랜 과거의 시절로 돌아가고 있다는 게 분명하게 느껴졌다. 노래하고 춤추면서 그들은 자기 자신을 잊어버렸다. 마약이나 알코올은 그림자조차 찾을 수 없는 자리였다. 그렇게 자기 존재를 잊으면서 그들 내면에 자리 잡은 백인의

296

기운을 밀어내고 자유와 마법의 힘으로 돌아가는 길을 발견했다. 이 순간에 플랙 풋 인디언의 말이 귓가를 스친다.

"무엇이 인생인가? 밤하늘에 반짝 빛을 발하는 개똥벌레에 불과하지 않은가. 겨울날 들소의 한 줄기 입김에 불과하지 않은가. 풀 위에 누었다가 해가 기울면 따라서 사라지는 작은 그림자에 불과하지 않은가?"

당연한 일이었다. 크로우 보호구역 내에서 나는 이미 수백 년 전에 일어났을 법한 일을 비슷하게나마 경험했다. 내 감정의 시간을 뒤로 보냈고 과거로 돌아간 나의 마음엔 오로지 한 가지 희망만 남아 있었다. 현인을 만나고 싶다는 것, 어린 시절부터의 꿈이었다. 내게 인디언의 땅에 대한 모든 것을 설명해주고, 그들이 어떻게 얼음과 산을 넘어, 그리고 사막과 숲을 지나 이 땅에 이르렀으며 어떻게 새로운 고향을 개척하게 되었는지 알려주는 현인을 만나고 싶었다.

그 현인은 내게 인디언은 자연과 하나되어 자연을 호흡하며 살아가는데 왜 백인은 자연에 맞서서 살아가는지를 설명해줄 것이다. 또한 인디언은 아버지 하늘과 어머니 대지를 칭송하면서 살아가는데 왜 백인은 환경을 파괴하며 살아가는지를, 인디언은 그들의 꿈과 비전을 벗하면서 살아가는데 왜 백인은 금과 권력을 사냥하느라 여념이 없는지를 말해줄 것이다.

그렇지만 나의 그런 물음에 답해줄 현인은 끝끝내 나타나지 않았다.

▶▶

하늘 높이 날아가는 새의 눈으로 본다면 이집트의 시나이(Sinai) 반도는 아프리카와 아시아 사이에 끼어 있는 거대한 삼각형 모양을 이루고 있다. 모든 시대의 정복자들은 이 땅을 지나며 한 대륙에서 다른 대륙으로 옮겨가는 의미심장한 이동을 감행했다. 알렉산더 대왕과 로마군, 그리고 십자군 기사들, 과거 모세가 십계명을 받아들었던 이 성경의 땅에서 오늘날엔 이슬람교를 믿는 베두인 사람들이 염소와 낙타를 키우며 고되고 황량한, 그러나 자유로운 삶을 살아간다.

하늘 바로 가까이

시나이 사막 | 이집트(1987년 그리고 2004년)

사막은 타오를 듯 뜨겁거나 얼어버릴 듯 차갑고,
칠흑처럼 어둡거나 눈이 시리게 환하고, 절대적인 고요에 잠겨 있거나
사방을 찢어내리는 듯 폭풍이 몰아친다.
그 둘은 결코 함께 할 수 없어서 우리는 사막을 사랑하거나
사막을 내치는 수밖에 없다.
결정을 내리지 않고 그 사이에서 눈치를 보고 주저할 순 없는 일이다.

사막의 검은 하늘 위로 밝은 달이 높이 걸려 있다. 내 위로 은하수가 내뿜는 거대한 섬광이 믿을 수 없이 가까이 뻗어 있어 때로는 혹시 내가 그리로 빠져들까 겁이 날 정도다. 별똥별들이 이집트 시나이 사막의 음산한 광야를 향해 비처럼 쏟아진다. 공기는 수정처럼 맑다. 공기를 흐릴 습기조차 없다. 광야의 어둠과 고요는 종종 함께 어우러져 두려운 진공의 함정을 자아내기도 한다. 하지만 바로 이 자리에서 나를 휘감는 어둠과 고요는 내가 그리도 동경해왔던 성스러운 순간을 창조했다.

나는 2285미터 높이의 모세산 정상에 서 있다. 3천 년이 지난 과거의 어느 날 모세가 헤브라이 민족을 이끌고 황무지를 가로지르다 올랐던 시나이산이다. 내 곁에서 열네 살이 된 아들 아론이 팔을 활짝 벌리고 있다. 마치 세상을 다 품에 안으려는 듯. 나는 머리 위로 뻗은 그의 손을 바라본다. 손가락 끝에 별이 닿을 듯하다. 정말 별을 잡으려는 것일까. 아론과 함께 보내는 이 순간이 조금은 당혹스럽기도 하지만 더 없이 아름다운 느낌이다. 이 풍경이 자아내는 마법과 혹시 어떤 관련이 있는 것인지도 모른다. 현실이 아닌 듯 드라마틱한 모습의 커다란 바위산은 아직 어둠 속에 휩싸인 창공의 다리인 걸까.

그러나 다음 순간 그런 상상마저 삼켜버리는 무시무시한 고요에 놀라고 만다. 어디에서도 아무 소리를 들을 수 없다. 이곳을 지배하는 건 완벽하게 차단된 공간에 생겨난 진공의 침묵이다. 잠시 후 완벽한 고요 사이로 아들의 목소리가 스며든다.

"음…… 아빠, 여기 이 위는 완전히 다른 고요의 세상이에요. 어쩐지 고요한 것보다 더 고요한 느낌."

아론의 말이 벼락처럼 내 머리를 치고 난 이렇게 내게 묻는다.

'이게 정말 내 아들이 한 말인가? 혹시 사막이 내 아들의 머리를 한 바퀴 돌려놓기라도 한 거야? 바람과 모래밖에 없는 이 황량한 땅이?'

그렇게 고민하는 사이 아론은 침낭으로 기어들어 CD 플레이어의 헤드폰을 찾아 쓴다. 그리고 조그맣게, 아주 조그맣게 음악소리가 들려온다. 울림이 점점 더 빨라진다. 아들의 꿈에 동행하고 있는 건 독일의 록그룹, '리볼버헬트'의 목소리다. 그제야 나는 안도의 한숨을 쉰다. 아론은 아주 정상적인 아이라는 것을 실감하면서.

아론은 아버지와 함께 이집트의 시나이 사막을 가로질러 걷고 있기는 해도 21세기에 집을 두고 있는 이 시대의 아이임에 틀림없다.

낙타와 함께 베두인의 땅을 걸은 지가 벌써 스무하루가 지났다. 내 아들과 함께 보내고 싶었던 스무하루, 그 시간 동안 아버지와 아들 사이에 자리 잡고 있던 자연스런 간격이 많이 줄었다. 시나이 사막을 함께 횡단했던 스무하루 동안 나는 그 아이에게 왜 아버지가 그렇게 자주 모래와 돌밖에 없는 사막을 걷고 있는지 보여주고 싶었다. 그곳에 꿈과 동경을 위한 공간이 얼마나 풍부한지 더 잘 이해할 수 있게 해주고 싶었다. 스무하루 동안에 나는 17년 전 시나이 사막에서 서른네 살의 나를 그렇게 매혹시켰던 것이 무엇인지 아론에게 똑똑히 보여주고 싶었다.

이 지역은 특별한 명성을 지니고 있다. 수천 년이 넘은 길 하나 때문이다. 시간의 흐름을 건너뛰어 변하지 않는 힘을 품고 있는 길, 현대를 살아가는 우리의 사고체계를 훨씬 뛰어넘는 힘. 바로 모세의 길이다. 유일신 신앙의 창시자인 모세는 3200년 전 이집트 군인들을 피해 헤브라이 민족을 이끌고 시나이 사막을 건넜다. '신의 은총이 깃든 대지', 젖과 꿀이 흐르는 '약속의 땅'에 이르기 위해서였다.

1987년 나는 처음으로 시나이 반도를 여행했다. 구약성경의 흔

302

적을 쫓는 여행길이었다. 걷기도 하고 낙타를 타기도 하면서 지나간 400킬로미터의 고대 루트는 모세가 십계명이 새겨진 석판을 받아들었던 시나이산(호렙산, 예벨 무사, 모세의 산)으로 이어졌다. 세상 곳곳을 여행하고 수많은 사막의 사람들을 만나면서 여러 신과 신앙의 방향을 알고 배운 뒤였기에 예언자 모세가 신을 보았다는 곳을 체험하는 일이 낯설지만은 않았다. 따지고 보면 나를 이집트의 사막으로 불러냈던 것 역시 무엇보다 유대교와 기독교의 역사였다. 신앙의 발원지로 여겨지는 지역, 신성을 눈에 보이는 형체를 통해 확인할 수 있는 곳, 순간을 영원과 하나로 만들었던 곳을 탐험해보고 싶었던 것이다.

나는 어린 시절부터 이미 신성한 힘, 신의 신비에 대해 관심이 많았다. 그렇지만 도서관과 골동품 가게를 뒤적이면서 영적 경험과 종교적 경험에 대한 책에 본격적으로 빠져든 것은 비로소 삼십대 초반이 되어서였다. 기독교적 가치체계와 물리적 세계관 사이에 벌어지는 갈등을 다룬 서적들, 합리주의적 세계와 성경의 창조설을 두고 갈등하는 인간과 세계를 다룬 서적들을 나름대로 탐독해나갔다. 이 모든 책들이 결국 나를 이리로 이끌었다. 서로 다른 종교의 신봉자들이 오늘날까지도 자기 믿음의 고향이자 서로를 연결해준다고 여기는 장소. 유대교도와 기독교도와 이슬람교도, 그들 모두에게 자기들의 종교사와 불가분의 관계로 맺어진 공동의 연결고리, 바로 시나이 사막이다.

어느 외계 혹은 다른 차원에서 날아온 대형 쐐기 모양을 하고 있는 시나이 반도는 아프리카 대륙과 아시아 대륙 사이에 굳게 닻을 내리고 홍해 안쪽 깊숙이 자리 잡고 있다. 6만 2천 평방킬로미터 넓이의 이 땅은 그 서쪽 해안에 수에즈 만을, 동쪽 해안에 아카바 만을 끼고 달려서 사우디아라비아의 사막까지 이른다. 독일 노르트라인-베스트팔렌 주의 두 배나 되는 이 지역은 식물이 거의 자라지 않는 사막의 삼각주로 수백만 년 동안 해저에 다양한 물질이 퇴적되고 화석화되면서 생겨났다.

언젠가 집중적인 지각운동이 폭발적인 힘을 발휘했고 신의 손이라도 되는 것처럼 육중한 바위의 땅을 밀어올렸다. 경쟁하듯 탑처럼 높이 솟구치고 튀어오른 자리를 다시 힘껏 내리누르면서 서서히 시나이 반도는 형태와 구조를 갖추어갔다. 모래바다와 초원과 고원과 산맥이 만들어내는 장엄한 야생의 세계였다.

반도의 북쪽엔 나지막한 산지와 모래가 빚어내는 아름다운 언덕들 그리고 드넓은 석회암 사막이 펼쳐져 있다. 거기에 더해서 높이가 1천 미터에서 1200미터에 이르는 에티 고원이 줄지어 늘어서 있다. 이 불모의 땅은 지중해까지 이어진다. 지중해와 맞닿는 자리에서는 이른바 '이집트 강'으로 알려진 와디 엘 아리시의 하구도 볼 수 있다. 이와 달리 남쪽에서 홍해로 깊숙이 뻗어나간 라스 모하메드 곶은 원시 암석이 대부분이다. 남쪽의 황량한 풍경은 침식된 암석지대와 좁은 협곡이 특징이다. 폐허처럼 보이는 황폐한 들판과 메마른 하천 계곡이 하늘 높이 치솟은 암석 기둥들로 이어지고 있다.

시나이 반도 남부에는 북서쪽에서 남동쪽으로 길게 산맥이 뻗어 있다. 화강암, 섬장암, 편마암, 사암 등 여러 암석질로 이루어진 이 웅혼한 암벽 지형 중에서 높은 산들로는 압바스 바샤(2383미터), 아마르산(2318미터), 그리고 모세의 산으로 알려진 예벨 무사(2285미터)를 들 수 있다. 물론 시나이 반도 최고봉인 성 카타리나산(2642미터)을 빼놓을 수는 없다. 봄이 짧은 시나이 산맥은 길고 건조한 여름을 가지고 있고, 겨울은 지독하게 춥다. 때로는 산 정상에 눈이 쌓이기도 한다.

무엇보다 다양한 암석질이 혼합되어 있어서 아주 풍부한 색의 변화를 즐길 수 있다. 웅장하게 솟은 암벽은 석회, 망간, 철 등이 복잡하게 뒤섞여 있어 밤낮으로 빛의 변화에 따라 변화무쌍한 모습을 보여준다. 아침결엔 황금색으로 빛나고 오후엔 청회색이 된다. 그리고 저녁 어스름한 시간이 되면 보랏빛 붉은 기운이 화려하다. 그때가 되면 올리브그린의 화강암이 장밋빛 장석에게 주도권을 넘겨준다. 흑갈색 섬록암이 망간 갈색의 암벽 한가운데서 헤엄을 치고 있고, 유황빛 바위 위에는 호박색의 긴 줄들이 번개무늬처럼 구불구불 그어져 있다. 산기슭을 따라 검푸른 현무암의 띠들도 찾아볼 수 있다. 이런 색깔들은 어느 먼 과거에 그 기원을 두고 있다. 화산의 지하에서 부글거리던 뜨거운 마그마가 땅 틈새를 따라 터져나왔고, 불의 강물이 된 마그마가 밀려올라간 암벽들을 넘쳐흐르면서 짙은 색 띠를 남겨놓았던 것이다.

메소포타미아 남부에 살던 부족인 칼데아, 그들은 예수가 태어나기 한참 전에 시나이 반도에 살면서 이 황무지 삼각주를 '달'이라는 의미의 '신'이라고 불렀다. 조금도 이상할 게 없는 일이다. 1969년 달을 여행했던 최초의 인간, 미국인 닐 암스트롱조차 시나이 반도를 지나는 여행을 하면서 이렇게 말했다고 하니까.

"야, 정말 놀랍군. 여기가 달이야, 뭐야? 뭐 이렇게 빼다 박은 것처럼 똑같아 보이는 거야!"

여기 시나이의 웅장한 풍경 한가운데 서 있자면 창조의 근원에 가까이 있다는 느낌을 갖는 게 당연할 정도다. 또 저절로 구약성경의 첫 구절을 떠올리게 된다.

태초에 신이 하늘과 땅을 창조했다. 땅은 텅 비어 황량했다. 낮은 곳은 어둡고 침침했다. 성령은 물 위에서 떠다녔다. 신은 말했다. 빛이 있으라! 그러자 빛이 생겨났다. 빛이 있는 게 보기 좋았다. 그래서 신은 빛과 어둠을 구분하고 빛을 낮이라 하고, 어둠을 밤이라 했다. 저녁이 되고 다시 아침이 되니 첫 번째 날이 되었다.

모세는 기원전 1120년에 약 60만 명의 헤브라이 사람들을 데리고 이집트를 탈출해서 '약속된 땅'에 이르기 위해 무려 40년 동안

이나 척박하기 그지없는 시나이 반도를 떠돌아야 했다. 그때부터 이 지역은 필연적으로 종교의 역사에서 벗어날 수 없었다. 이 불모의 광야, 다양한 형태의 지형이 있는 이 사막에서 모세는 위대한 대상과 만났고 다양한 적과 증오와 혼란에도 불구하고 수천 년 이어져 내려온 믿음을 신앙으로 만들어냈다. 그런 이유로 이 지역은 유대교, 기독교, 이슬람교 교도들에 의해 '성스러운 땅'으로 여겨지고 있다. 유일신에 대한 믿음이 처음으로 공포된 장소라는 생각에서다.

더 나아가 시나이 반도는 예로부터 민족 이동의 땅이자 정복자의 땅이었다. 기원전 3000년에서 1100년에 이르기까지 이집트의 캐러밴(대상)들은 이미 이 사막의 땅을 자기 집 안방처럼 드나들었다. 그리고 이 지역을 '타-수'(메마른 땅)라고 불렀다. 당시 수많은 광부들이 파라오의 명령을 받고 이곳에 도착했다. 풍부한 매장량을 자랑하는 터키석과 구리를 채광하기 위해서였다. 한 광산이 완전히 채굴되어 폐광이 되면 이집트인들은 거기에 돌비석을 세웠다. 그리고 거기엔 39명의 파라오들(제1왕조의 세메르케트부터 제20왕조의 람세스 4세까지)이 기록되었다.

당시엔 세 갈래의 대상로가 시나이 반도를 가로질러 갔다. 지중해를 따라서 달려가는 이른바 '군대의 길'이 가장 북쪽에 놓여 있다. 이 길은 이집트 사람들을 메소포타미아와 연결해주었으며 로마 사람들은 후일 이 길을 '비아 마리스'라고 불렀다. '바다의 길'이라는 의미다. 그 아래로 나일강에서 예루살렘으로 이어지는 '파라오의 길'이 있다. 그리고 또 하나의 대상로가 수에즈 시에서 출발한다. 그것이 바로 잘 알려진 '순례자의 길'이다. 미틀라 고개와 아카바를 지나서 메카에 이르는 이 루트는 오늘날까지도 이집트와 사우디아라비아 사이에서 동서를 잇는 가장 중요한 연결로이고, 특히 이슬람 순례자들이 주로 이용하는 길이다.

시나이 반도의 최초 거주자들은 이집트 제1왕조 이전부터 이곳에 살았던 유목민이었다. 이는 학자들이 발견해낸 고대 시나이 문서를 통해 증명된 바 있다. 시나이 반도에 관한 가장 오래된 문서에서 이들 고대 유목민들은 '모래의 지배자들'이라고 불렸다. 이미 수천 년 전에 이 민족은 황무지에서의 삶에 적응하고 있었다.

오늘날 시나이에는 약 7만 명의 베두인 사람들이 살고 있다. 그중 반은 이집트 정부의 권유를 받아들여 해안 도시로 이동해서 정착했다. 정착생활을 하는 베두인 가정은 회색의 콘크리트 집단 숙소나 컨테이너 마을에 거주하고 있으며 주로 시장 상인으로 혹은 호텔, 잠수학교 등의 관광시설에서 일하고 있다. 생선공장이나 운송시설에서 직장을 구하는 이들도 있다. 나머지 반은 여전히 낙타의 털을 짜서 만든 텐트를 치고 염소를 키우면서 살아간다.

모세의 시대처럼 그들은 염소, 양 그리고 낙타와 함께 새로운 초지와 마실 물을 찾아 쉼 없이 사막을 이동한다. 그들에게 낙타는 '바라카'(행운과 축복)일 뿐만 아니라 부의 상징이기도 하다. 유목으로 살아가는 베두인들은 대개 단단하게 결합된 씨족들의 군집이 하나의 자립적 부족을 형성하고 한 사람의 족장이 이 부족을 이끈다. 족장은 이웃한 부족과의 관계와 초지의 교환 혹은 숙영지의 위치 등에 대해 단독으로 결정을 내린다. 그밖에도 손님을 환대하는 성스러운 권리이자 의무를 지고 있다. 찾아온 손님을 환대하는 권리는 베두인족의 특별한 법도다. 코란의 가르침을 따르고 있는 것이다.

> 알라께서 귀한 손님을 보냈기 때문에 이제 그의 생명을 보호해야 하며, 그의 안식과 안락을 위해 먹을 것과 마실 것을 대접해야만 한다.

그 사이에 시나이 반도에서 벌어졌던 사건들은 정신적으로만이 아니라 정치적으로 이 지역 사람들의 운명을 결정지었다. 1967년 벌어졌던 '6일 전쟁'도 그런 단적인 예다. 이 전쟁에서 이스라엘의 군대는 이집트의 시나이 반도를 정복했다. 테오도어 헤르츨이 시나이 반도를 이스라엘의 영토라고 주장한 지 65년 후의 일이다. 이집트, 이스라엘 그리고 미국의 정부 수반인 안와르 알 사다트, 메나헴 베긴 그리고 지미 카터가 캠프 데이비드의 평화협정(1978년 여름)과 워싱턴 평화협정(1979년 3월)에 서명하고 나서야 비로소 이스라엘 군은 시나이에서 철수를 시작했다. 그리고 그로써 수많은 유정과 군 요충지 그리고 약 2천 킬로미터의 포장도로가 이집트의 관할로 넘어갔다.

1987년 모세의 발자취를 따라 여행했을 때 나는 여러 루트들을 놓고 고민해야 했다. 고고학자들과 성경을 연구하는 학자들은 수많은 루트들 가운데 둘의 가능성을 크게 보고 있다. 그들의 이론을 뒷받침하는 토대는 구약성경이다. 모세가 어떤 길로 이스라엘 백성을 이끌었는지, 그에 대한 단서를 제공하는 구절들이 구약성경 곳곳에 숨어 있다. 한편의 학자들은 지중해(바르다윌 호수)를 따라갔던 것으로 보인다며 '북방 루트'를 지목하고 있고, 다른 한편에선 성경에서 관련된 지명과 표식을 많이 발견할 수 있다며 '남방 루트'가 맞다고 주장한다. 그러나 보다 많은 학자들이 이 남방 루트를 헤브라이 오디세이의 실제 루트로 인정하는 분위기다.

오래 고민한 결과 나 역시도 이 길을 선택했다. 그레이트 비터 레이크(대염호수)의 동쪽과 수에즈 만을 따라 이어진 길이다. 거기에서부터 모세는 헤브라이 사람들을 이끌고 시나이 산맥 쪽으로 갔다가 계속 북쪽으로 올라가 오늘날의 에일라트 시를 지나고 네게브 사막을 건너서 약속의 땅, 가나안에 이르렀을 것이다.

내가 사진작가이자 절친한 친구인 카르스텐 불프와 함께 이집트로 떠난 것은 11월 초순이었다. 시나이 사막을 건너기에는 최적의 시간이다. 한낮에도 기온이 25도를 넘지 않았고, 밤에는 10도 정도로 떨어졌다. 우리 2인 탐사대는 시나이 반도 서안의 작은 오아시스 마을 아부 제니마에서 여행을 시작했다. 홍해에서 솟구치는 괴물처럼 시추선들이 바다 위에 우뚝 서 있다. 여기서 우리는 이 지역에서 가이드로 활동하는 열여덟 살의 베두인 젊은이 사지드를 만났고, 우리가 계획한 사막 횡단 여행의 안내인으로 고용했다. 밤늦게까지 우리는 짐을 나를 낙타 두 마리를 물색했다. 결국 우리는 사막의 배에 대해 하루당 40유로를 그리고 사지드에게 10유로를 지불하기로 했다.

다음날 아침 사지드는 경찰서에서 우리의 사막여행을 위한 허가증을 받았고, 암수 낙타들에게 물을 마시게 했다. 낙타들은 흠뻑 물을 들이켰다. 정말 흠뻑. 배가 작은 풍선 모양이 되고 옆구리에 핏줄이 어망처럼 사방팔방 툭툭 불거져나오고서야 비로소 물마시기를 멈췄다.

"낙타 한 마리가 저렇게 많이 마실 수 있다니 정말 믿을 수가 없군!"

카르스텐이 입을 딱 벌리고 소리쳤다. 고개를 끄덕여 그의 말에 전적으로 동의하면서 나는 말했다.

"낙타 한 마리가 15분 만에 200리터까지 물을 마실 수 있다더군. 그리고 나서는 물 절약의 세계 챔피언이 되는 거야. 그렇게 한 번 마신 물만 가지고 긴 배고픔과 갈증의 길을 30일 이상 버텨낼 수 있다고 하니까 말이야!"

사실 낙타의 능력은 무지하게 많은 양의 물을 저장할 수 있다는 것으로 국한되지 않는다. 덥고 건조한 상황에서는 낙타도 많은 양의 물을 사용해야 한다. 그렇지만 낙타는 25퍼센트의 탈수에도 불구하고 혈액의 양이 변함없고 심장은 아주 정상적으로 움직인다. 사람에게 그런 정도의 탈수가 일어나면 치명적이다. 혹에 들어 있는 지방은 건조한 상태에서 추가적인 에너지원이 된다. 지방에 화학적으로 결합된 수분이 방출되기 때문이다. 에너지 저장고가 이런 작용을 하기 위해선 물론 많은 산소를 필요로 한다. 따라서 많이 숨을 쉬어야 하고 결국 입과 신장을 통해 많은 양의 습기가 빠져나간다. 그런 식으로 낙타는 결국 체중의 25퍼센트까지 잃게 되지만 살아가는 데에는 아무 문제가 없다.

마찬가지로 신기한 건 낙타가 땀을 흘리지 않는다는 사실이다. 다시 말해 외부 온도가 36.5도를 넘어가면 낙타는 체온을 42도까지 끌어올린다. 사람과 달리 체온이 높아져도 피의 농도가 진해지지 않는다. 그와 동시에 코는 에어컨 역할을 하고, 코의 점막은 내쉬는 숨에서 습기를 다시 거둬들인다. 밤이 되어 온도가 내려가면 자동 온도조절장치라도 달고 태어난 것처럼 체온도 따라 내려가 34도가 된다. 결국 몸 안에 열이 쌓일 수 없게 되는 것이다.

낙타들이 충분히 물을 마신 후에 우리는 낙타의 등에 커다란 안장주머니를 얹었다. 장비는 물론 음식물들도 충분히 실었다. 국수, 감자, 콩, 토마토, 양파, 견과류, 밀가루, 소금, 설탕, 차, 신선한 과일 그리고 양고기 약간이다. 끝으로 우리는 햇빛 반대쪽으로 여러 개의 찌그러진 플라스틱 통을 매달았다. 통 안에서 마실 물이 찰랑대는 소리가 들린다. 드디어 우리는 길을 떠날 수 있게 되었다. 시나이 사막, 나를 부르는 광야로.

우리는 긴 줄을 잡고 낙타를 끌면서 앞으로 나아갔다. 접시만큼 커다란 발을 천천히 앞으로 움직이는 낙타와 함께 드넓은 모래평원과 구불구불한 마른 협곡을 지났다. 오후가 되면서 카르스텐과 나는 가끔씩 낙타의 안장에 올라앉아서 시소처럼 흔들리는 낙타의 걸음에 몸을 맡긴다. 대개 우리는 안장 앞쪽에 있는 뿔을 잡아 균형을 잡고 왼쪽, 오른쪽으로 번갈아 몸을 움직인다. '사막의 배'라는 낡아빠진 비유가 척추 마디마디를 파고드는 고통스런 현실이 될 때까지 이를 악물고 버텨보지만 딱딱한 안장이 엉덩이를 짓눌러서 더 이상 견딜 수 없게 되는 건 그리 오래지 않다.

다시 낙타에서 내려서 고삐를 잡고 걸어간다. 바람에 깎이고 갈린 잔돌들이 넓게 깔린 비탈과 석회석 평원을 지나는 동안 우리의 눈길은 바싹 마른 덤불을 찾아 두리번거리기 바쁘다. 밤에 모닥불을 피우기 위해 땔감을 찾는 것이다. 저녁이 되면 사지드는 불 피우고 음식 장만하는 일을 책임진다. 카르스텐과 나는 낙타를 꿇어앉히고 짐을 내리고 일종의 족쇄를 채운다. 밤에 달아나는 걸 막기 위해서다. 이어서 낙타에게 먹이를 주고 텐트를 치는 등 야영을 위한 여러 가지 준비를 한다.

식사 후에 밤이 깊어 하늘이 검은 우단 옷으로 갈아입고 저만치서 낙타들이 되새김질을 할 무렵이면 우리도 모래 위에 편안히 몸을 눕힌다. 이 고요한 시간에 나는 종종 일기장을 집어들고 사막에서 겪은 또 하루의 경험을 다시 한 번 찬찬히 되돌아본다.

걷거나 낙타를 타고 인적 없는 광야를 지났다. 비슷한 세기로 꾸준하게 부는 바람, 수천 년 전부터 풍경을 변화시키는 힘을 가지고 산과 계곡을 그려냈던 바람이다. 보는 이를 흠뻑 취하게 만드는 새파란 하늘, 식물 한 점 찾아볼 길 없는 황무지, 땀, 먼지, 숨이 턱턱 막히는 건조한 공기, 색 바랜 그림처럼 밝은 빛, 한 조각 그림자가 그리운 마음, 줄이는 것이 얻는 것이므로 필요한 것을 최소한으로 줄이는 일, 귀중한 물 한 방울의 즐거움. 지친 사지를 축 늘어뜨리고 원기가 회복되는 것을 느낄 때, 타닥타닥 소리를 내며 타는 모닥불 가에서 식사를 할 때, 하늘 아래 탁 트인 대지 위에서 잠이 들 때…… 야영지의 행복을 미리 꿈꾸는 기쁨.

이 모든 순간들을 통해서 우리는 하루하루 삶의 단순함이 주는 의미와 보람을 되찾고 이 절대적인 경험들에 대해 깊은 감사를 느꼈다. 반대의 상황을 앞서 몸으로 느끼지 않는다면 괴롭고 지친 몸의 안락과 이완, 그것이 주는 기쁨을 어떻게 느낄 수 있을까? 아마 이 원칙은 삶의 모든 영역에서 똑같이 적용될 것이다. '삶의 행복'은 오랜 시간 절대적으로 필요했던 것을 소중하게 여기는 법이니까.

바싹 말라붙은 와디를 지나고 황폐한 산맥을 넘어서 우리의 길은 계속 남쪽으로 이어져갔다. 길은 갈수록 점점 더 높아지다가 어느새 시나이 산맥으로 들어섰고 가파르게 솟은 암벽들을 마주하면서 너른 들판을 바라볼 수 있는 자리는 거의 사라져버렸다. 어느 쪽을 바라보든 기념비적 석상이나 어둠의 거인들처럼 보이는 높은 돌산들이 눈길을 가로막았고, 우리의 말소리 뒤에선 고대의 메아리가 울려나오는 걸 느꼈다.

때때로 바람에 깎여 나무껍질 모양으로 만들어진 땅을 디디면 필로 페이스트리처럼 파삭 부서진다. 그러고 나면 낙타의 긴 다리 주위에서 고운 가루의 먼지가 띠를 이루어 피어나고, 낡은 자동차 타이어로 만든 사지드의 샌들은 한 걸음 디딜 때마다 축구공을 차듯 먼지 구름을 만들어낸다. 그 소리는 마치 채찍질처럼 울리고 산줄기와 협곡 사이사이로 길게 울려퍼진다.

한번은 바람에 깎이고 깎이다 더 이상 견디지 못하고 쓰러진 거대한 바위 더미들이 좁은 산길을 가로막는 바람에 테라스 형태의 돌밭을 지나는 우회로를 찾아야 했다. 무엇보다 연약한 지반의 경사 급한 길에서는 낙타들에게 나쁜 일이 생기지 않는 것이 걱정을 넘어 신기하게 여겨질 정도였다. 낙타의 통통한 발이 바위틈에 끼이기라도 한다면 큰일이 아니겠는가.

안 그래도 우리 낙타들은 한 걸음 내디딜 때마다 조금씩 미끄러지고 있어서 좁은 돌계단에서 부서지는 작은 돌조각들이 짙은 먼

지구름을 뚫고 깊은 협곡으로 떨어졌다. 그리고 그럴 때마다 낙타들은 소리를 지르면서 고삐를 잡아끌었다. 만약 낙타가 깨지기 쉬운 돌바닥 위에서 중심을 잃으면서 협곡으로 추락할 위험을 느끼게 되면 거의 통제할 수 없는 상태가 된다.

다음날 낙타 한 마리가 미친 것처럼 행동하기 시작했다. 막 아침 식사를 마치고 짐을 얹었는데 갑자기 수컷 낙타가 제대로 악동 노릇을 했다. 이를 내밀며 위협을 하고, 몇 번씩 발로 차기도 했다. 우리 가운데 누구도 낙타 위에 안장을 얹을 수 없었다. 사지드는 몇 시간 쉴 수 있게 해주자고 제안했다. 그렇지만 정오쯤 되었을 때 몇 명의 베두인이 우리를 방문했고 그들은 낙타를 바닥으로 쓰러뜨려 밧줄로 묶었다. 그러고는 막대기로 사정없이 때리고 얼굴에 모래를 뿌렸다. 낙타는 눈에 모래가 들어가는 걸 무엇보다 싫어한다.

나는 그 잔인한 광경에 경악해서 그들을 말리려고 했다. 그렇지만 사지드가 참견하지 말아야 한다면서 나를 붙잡았다. 그리고 금세 나는 수컷 낙타의 난폭한 저항이 이 베두인 청년에게 대단히 쓰라린 경험이었다는 사실을 깨달았다. 얼핏 보기에도 그는 그 어떤 것도 두려워하지 않는 사막의 젊은이였다. 실제로 모든 베두인은 배고픔과 갈증을 전혀 두려워하지 않는다. 그리고 겨울밤의 무시무시한 추위도 용감하게 견뎌낸다. 시나이의 유목민들은 사막에서 음식 없이도 거뜬하게 7일을 지낼 수 있다. 그렇지만 낙타가 주인을 배반한다면 그건 곧바로 죽음을 뜻한다. 그래서인지 사지드 역시 난폭하게 고집을 부렸던 낙타의 눈을 향해 몇 번 더 모래를 집어 뿌렸다. 린치를 당하는 낙타는 킹킹거리면서 코를 벌름거렸고, 거대한 주머니처럼 생긴 기다란 혓바닥을 입술 사이로 내밀고 온몸을 부들부들 떨었다. 불쌍하기는 했지만 체벌은 확실한 효과를 보여주었다. 그렇게 난폭했던 낙타가 두 시간 만에 아주 순하게 변해서 우리는 다시금 사막여행을 이어갈 수 있었다. 마치 아무 일도 없었던 것처럼.

거대한 바위벽의 발치에서 우리는 중년의 베두인, 모하메드를 만났다. 주위의 풍경은 넓어지는 듯하다가 다시 좁아지고 그런가 보다 하면 또 넓어졌다. 그에 따라 거친 땅 위의 빛과 그림자도 마치 물결처럼 커지고 작아지기를 반복했다. 모하메드는 모닥불 가에 다리를 꼬고 앉아 있었다. 모닥불 옆에는 위성류의 마른 줄기가 쌓여 있고, 불 위에는 검댕이 잔뜩 낀 찻주전자가 올려져 있었다. 바로 그 옆에는 단검과 무기가 보였다. 모하메드는 잠옷처럼 보이는 연갈색의 길고 헐렁한 갈라비야를 입고 머리엔 붉은색과 하얀색이 섞인 베두인 특유의 머리 수건을 썼다. 모하메드가 막대기로 재를 뒤적거리면서 불을 향해 힘껏 바람을 불어넣었다. 그러자 붉게 타오르는 재에서 작고 노란 불꽃이 팔락하고 피어올랐다.

"하야 알라 알-리얄."(신이 남자들에게 하는 인사)

반갑게 인사하면서 모하메드가 우리를 그의 모닥불 옆자리로 초대했다. 단맛이 아주 강한 차와 한줌의 대추야자를 먹고 마시며 이런저런 이야기들을 나눴다. 그러다가 모하메드의 주름진 갈색 손이 갈라비야 속을 뒤적이고는 작은 가죽주머니를 꺼내들었다. 작은 접시처럼 펴든 한쪽 손바닥 위에 그는 작은 녹색 담뱃가루를 털어냈다.

"키프, 키프."

그는 이렇게 말하면서 반짝이는 눈빛을 건넸다.

"이거 머리에 좋아요. 아주 좋은 거라고."

우리는 그게 무언지 금방 알아챌 수 있었다. 다름 아닌 마리화나 였다. 이집트에서 엄격하게 금지된 약물이었다. 대마초 암그루의 꽃이나 꽃 윗부분, 즉 수지로 만드는 담배 비슷한 이 가루를 모하 메드는 시내에서 비싼 값에 팔았다. 자칫하면 5~10년 감옥에서 지내야 하는 위험한 일이었다.

그러나 시나이의 베두인 사람들에게 마리화나와 하시시는 알코 올을 대체하는 역할을 했다. 코란에 따라 모든 이슬람인들이 알코 올을 엄격하게 금하기 때문이었다. 대개 유목민들은 가슴팍에 감 춘 작은 주머니에 마리화나를 넣고 다니며 이 마약이 조금도 해롭 지 않다고 주장한다. 그렇지만 담배와의 비교는 차치하고 마리화 나의 해악은 수십 년 동안의 연구를 통해 충분히 증명된 바 있다.

마리화나의 성분들은 유전 물질들을 공격하고 세포분열을 늦 추고 염색체를 구성하는 DNA의 형성을 방해한다. 나아가 남자들의 생식능력을 심각하게 해쳐서 정자의 수가 감소하고 비정상적인 정자세포를 증식시킨다. 임신중인 여성이 마리화나를 사용할 경우 특히 신생아에게 심각한 결과들을 초래하게 된다. 인도 원숭이를 이용한 실험에서는 뇌세포의 대량 파괴가 뚜렷하게 관찰되었다.

마치 누가 이끌기라도 하는 것처럼 우리는 저절로 수백만 년의 나이를 먹은 바닷가와 기괴한 모습의 협곡 미로를 지나갔다. 고대에는 파도가 철썩였지만 오늘날엔 거대한 암벽의 통로로 뻗어나간 협곡이다. 깊이 패고 높이 솟은 바위가 복잡하게 뒤섞이면서 온갖 동물들이 살아가는 삶의 터전을 만들었다. 여기엔 산양, 도르카스-가젤, 페넥 여우, 하이에나 그리고 담비 비슷하게 생긴 바위너구리 등이 살고 있다.

사실 그들보다 수가 더 많은 동물은 개미와 거미, 지네, 뱀 그리고 전갈이다. 어느 날 저녁 모래 위에 담요를 깔고 누웠을 때 내 오른팔 옆으로 손가락 길이의 황갈색 전갈이 위협하듯 앞으로 꼬리를 구부리고 다가오는 걸 보았다. 꼬리 끝에는 아주 위험한 독침이 달려 있다. 내가 반사적으로 옆으로 몸을 굴리는 사이 벌써 사지드는 큰 돌멩이를 집어들어 전갈을 모래 위로 눌러놓고 긴 가시로 찔렀다.

그제야 비로소 나는 우리가 벌써 며칠째 대단히 위험한 종류의 전갈들이 서식하는 지역을 지나왔음을 깨달았다. 그 사이 이루어 졌던 화석 발굴은 땅에서 살아가는 이 거미류 동물들이 약 3억 년 전과 별반 달라진 점이 없다는 증거를 여러 차례 제시한 바 있다. 바다 전갈과 비교할 때 여러 형태상의 동일점은 모든 전갈이 공통의 줄기에서 나왔음을 증명한다. 그렇지만 바다 전갈은 물을 결코 떠나지 못했고 약 2억 년 전에 멸종되었다. 이와 달리 물에서 살았던 선조로부터 발전한 육지의 전갈들은 배 아래쪽에 네 개의 폐서 (肺書, 배의 아래쪽 앞에 몸 표면이 푹 패어서 생긴 주머니 속에 많은 얇은 주름이 책장이 겹쳐진 것처럼 쌓여 있다.-옮긴이)로 이루어진 호흡기를 가지고 있다.

사지드는 시나이의 전갈들이 어스름해질 무렵이 되면 가장 왕성하게 활동한다고 말했다. 방향을 알기 위해서 전갈들은 집게발에 난 민감한 털을 이용한다. 이 작은 털은 일정한 음파에서 진동하게 되는데 이 음파 범위에 사람의 음성도 포함된다. 결국 사람의 말소리가 전갈에게는 경고 신호로 받아들여지는 셈이다.

전갈에게 쏘이는 아픔은 대개 가벼운 수준에 그친다. 문제는 종류에 따라 천차만별의 위력을 지닌 독이다. 가장 위험한 종류로 북아프리카와 남유럽에 서식하는 랑그도크 전갈을 꼽는 데는 누구도 이견이 없다. 특수한 신경가스를 사용하는 이 전갈은 코브라의 독과 유사해서 사람을 몇 시간 만에 사망에 이르게 한다.

라하 평원, 모세가 신을 만나 이것저것 교육을 받는 사이 모세를 기다리던 이스라엘 민족이 성급한 마음에 금송아지를 만들어놓고 신이라고 받들면서 춤을 추며 축제를 즐겼던 자리다. 평원을 지나자 가파른 산들이 간격을 좁히고 모여들면서 와디-엘-다이르의 긴 계곡으로 우리를 밀어넣었다. 이 돌사막에는 키 큰 야자수와 녹색의 덤불숲이 자라고 있다. 찰싹대는 물과 무성한 포도덩굴이 보였다. 얼기설기 만들어놓은 받침대를 휘감고 자라난 포도덩굴이 성 카타리나 수도원의 정원과 함께 인상적이었다. 그 너머로 시나이 산맥의 화강암 산봉우리들이 솟아 있다. 최고봉인 성 카타리나 산(2642미터)과 그에 못잖은 높이의 예벨 무사(모세 산)가 가장 먼저 눈길을 끈다.

카타리나 수도원은 가장 오래된 기독교 수도원이자 세계에서 가장 작은 교구로 알려져 있다. 1400년이 넘게 신부들이 거주하며 수도원을 지키고 있다. 6세기 로마의 황제 유스티니아누스(482~565)의 건축장들이 1570미터 높이의 고지에 지었던 이 수도원은 정확하게 모세가 신의 명령을 받았다는 자리에 위치하고 있다. 헤브라이 민족을 이집트의 노예생활로부터 구원하라는 지시였다.

오늘날까지도 카타리나 수도원은 견고한 성곽의 형태를 갖추고 있고, 과거 수많은 기독교인들이 베두인 족의 약탈과 습격을 피해 이곳을 찾았다. 화강암으로 만들어진 육중한 외벽은 바닥의 형태에 따라 높이가 달라지는데 가장 높은 쪽은 20미터에 이른다. 외벽 너머로 종탑과 수많은 거주용 건물들이 있다. 현재는 스물네 명의 그리스정교 수도승들이 이 수도원에서 생활하고 있다. 중세 말엽에는 거주하는 신부의 숫자가 400명에 이르기도 했다. '정신적 평화의 형제애'를 기치로 신부들은 은거하며 세상과 거리를 두는 삶을 살아간다. 새벽 4시가 되면 아침 기도와 미사로 하루를 시작한다. 저녁 예배는 오후 3시에서 5시까지 거행된다. 그 외의 시간에는 모두 구약성경의 연구 및 정원 일 그리고 가까운 산지에서 명상과 산책을 하며 보낸다.

수도원의 이름은 '성녀 카타리나'와 관련이 있다. 서기 294년 이집트 알렉산드리아에서 도로테아라는 이름으로 태어났고 학교를 마친 후에 철학, 물리학, 수학, 천문학, 의학, 시문학 그리고 음악을 연구했다. 한 시리아 신부가 그녀를 기독교로 이끌었고 '카타리나'라는 세례명을 주었다.

기독교 박해의 시기에 카타리나는 로마 황제 막시미누스의 박해와 회유를 받게 되는데 그 과정에서 황제는 카타리나의 믿음을 무너뜨리려고 50명의 현자를 궁전으로 불렀다. 그렇지만 그리스 철학자들의 지혜를 효과적으로 인용하면서 카타리나는 오히려 모든 현자들을 기독교로 개종시키는 데 성공했다. 심지어 고문을 받으면서도 로마의 왕족과 귀족들에게 기독교 신앙을 전파할 수 있었다. 그녀가 죽은 이후 천사들이 시신을 시나이 산맥의 가장 높은 봉우리로 옮겨왔고 그때부터 그 봉우리의 이름은 성 카타리나가 되었다. 전설에 따르면 그로부터 300년 후에 신부들이 카타리나의 유해를 발견해서 수도원의 제단 입구 대리석 관에 안치했다고 한다. 13세기 약탈을 일삼았던 베두인족의 습격으로부터 수도원을 보호했던 십자군 기사들은 카타리나의 순교 이야기를 유럽에 알렸고, 결국 카타리나는 성녀로 추대받게 되었다. 그로부터 '신성의 수도원'은 '카타리나 수도원'으로 불리게 되었다.

과거 카타리나 수도원으로 들어가는 유일한 입구는 바위 바닥 위로 15미터 높이에 위치한 나무 승강기였다. 네 명의 수도승이 당기는 밧줄 기중기를 이용해서 바구니 모양의 나무틀을 견고한 외벽 위로 끌어올렸다. 물론 오늘날엔 평지를 걸어서 수도원으로 들어갈 수 있다. 사람 키높이의 나무로 만든 문을 지나고 나니 검은 옷에 검은 모자를 쓰고 수염과 머리칼이 긴 수도승이 진기한 사막의 보물이 보존되어 있는 수도원 서고로 안내한다. 2천 점 이상의 성화를 보유하고 있을 뿐 아니라 그리스정교 수도원 가운데 가장 크고 오래된 도서관을 보유하고 있다. 바티칸 다음으로 중요한 도서관을 가지고 있는 것이다.

이런 사료들 가운데 가장 가치 있는 도서는 성경 필사본의 그리스어 번역본으로 4세기에 제작된 것이다. '코덱스 시나이티쿠스'라는 이름의 이 필사본은 1865년 이후 더 이상 이곳 수도승들의 손에 있지 않다. 당시 독일의 학자인 콘스탄틴 폰 티쉔도르프에게 빌려줬기 때문이다. 그는 연구 목적으로 그 귀중한 자료를 러시아 황궁이 있는 성 페테르부르크로 옮겨 갔으며 그때 이후로 다시는 반환되지 않았다. 1933년에야 비로소 다시 출현한 그 진기한 필사본은 일단의 소련 사람들에 의해 50만 달러에 런던 브리티시 박물관에 팔렸으며 오늘날까지도 그곳에 보관되어 있다.

바로 옆에 붙어 있는 수도원 정원에는 수도승들이 심어놓은 삼나무, 올리브, 포도덩굴, 자두와 산딸기가 자라고 있다. 이 정원을 위해 엄청난 양의 비옥한 토양이 주변 지역에서 운반되어왔다고 한다. 저수지도 만들어져 있다. 겨울에 비나 눈 녹은 물을 받아두었다가 필요할 때 사용하기 위해서다.

게다가 수도원 마당에는 수도승들의 공동묘지가 있는데, 수도승이 사망하면 2~3년간 이 묘지에서 안식을 취할 수 있다. 그후엔 영구적으로 '유골원'에 보존된다. 이 고대의 매장 풍습은 와디-엘-다이르가 암석 지대여서 깊게 무덤을 팔 수 없기 때문에 생겨났다고 한다. 그래서 1400년 전부터 수도원 정원 '유골원'에 차곡차곡 쌓인 수도승 및 여타 다른 사람들의 유골이 1500구 이상이다.

신앙생활에 정진하는 수도승들이 '영원한 삶을 위한 위안'을 찾기 위해 이곳에 자주 들른다고 한다. 하지만 우리에겐 어쩐지 답답하고 불쾌하고 섬뜩한 느낌이 드는 곳이었다. 그래서인지 다시 바같으로 나와 모세 산의 정상을 향해 발걸음을 재촉할 때는 오히려 마음이 즐겁고 산뜻했다.

손전등의 불빛을 따라 우리는 얼음장처럼 차가운 바람을 뚫고 '시케트 사이드나 무사', 즉 '우리 선지자 모세의 길'을 따라 올랐다. 굽이가 많고 거친 산길은 낮이라면 낙타와 함께 갈 수도 있겠지만 어두워지고 나면 아주 조심스럽게 걸음걸음 신경을 써가면서 천천히 올라야 했다. 돌파편이 깔린 길이 때때로 베어링처럼 휙 미끄러지고 부스러지기 십상이어서 자칫 큰 부상을 당할 수도 있었다.

정상의 예배당까지 오르는 데는 거의 세 시간이나 걸렸다. 정상에서 우리는 3천 년 전에 모세가 하나님의 손에서 십계명이 새겨진 돌판을 받아들었다는 바로 그 장소에 섰다. 아직 세상은 어스름한 어둠 속에 휩싸여 있었다. 그렇지만 태양의 첫 번째 빛이 그림자를 거두어내면서 산꼭대기까지 천천히 쓰다듬어 올라올 때 우리는 찬란하고 환상적인 색의 향연을 경험할 수밖에 없었다. 노랑과 빨강이 교묘하게 뒤섞이면서 지평선 전체를 물들이고 있었다. 무언가 거대한 물체가 폭발한 것처럼 느껴졌다. 소리와 바람이 없는 대폭발, 어찌나 아름다운 장관이던지! 각양각색의 진기한 산줄기들이 앞다투어 머리를 들어올렸다. 협곡들은 깊이를 놓고 겨루었다. 기암괴석들이 탑을 이루고 다양한 형태의 거대한 바위들이 무궁무진했다.

조금 떨어진 곳 가파른 경사의 바위 가장자리에 열댓 명의 중국인들이 무릎을 꿇고 앉은 모습이 보였다. 경건한 표정들을 하고서 하늘을 향해 기도를 했다. 떠오르는 태양을 향해 두 팔을 활짝 벌린 사람들도 있었다. 다가오는 하루에 힘을 얻으려는 듯 보였다. 다른 세계에서 온 사절이라도 되는 것처럼 그들은 낮은 목소리로 주문 같은 노래를 부르면서 절을 했다. 그리고 그 노랫소리는 점점 커져갔다. 갑자기 나는 내가 함께 노래하고 있다는, 노래가 아니라면 적어도 함께 중얼거리고 있다는 느낌에 사로잡혔다. 물론 중국어가 아니라 내 모국어로.

　　하늘에 계신 우리 아버지, 아버지의 이름을 거룩하게 하시며, 아
　버지의 나라가 오게 하시며…….

　얼마나 오랫동안 찾지 않았던 이름인지…… 육체와 정신이 해방된 듯했다.
　모세의 산을 오르는 사람이 만족과 균형을 찾는다는 건 물론 의심할 여지가 없다. 단체로 올라간다고 해도 말이다. 거의 날마다 수백 명의 사람들이 이 산의 정상에 올라가서 떠오르는 태양을 맞이한다. 세상 곳곳에서 먼 길을 지나 찾아온 사람들이 웃고 잡담을 나누고 침묵하고 기도하면서 숭고한 여류 예술가의 역할을 하는 자연에게 가까이 다가가기 위해 혹은 하늘과 신에게 더 가까이 다

가가기 위해 이 산을 오른다. 그렇지만 이곳에서 기적을 바라는 사람은 아무도 없다. 그런 값싼 교환, 다시 말해 순례자의 길을 순수한 행운이나 건강과 바꾸고 싶어서 모세의 산을 오르는 사람은 아무도 없을 것이다.

대신에 산에 올라 바라보고 기도하면서 사람들은 마음의 짐을 덜어놓는다. 산 위에 올라서면 이성으로 파악할 수 없는 무언가에 대해 회의하고 의심하는 마음을 잊어버리고 치워놓을 수 있는 분위기에 젖게 된다. 그분이 자연을 창조했다. 당연한 일이다. 모세의 산 정상에서는 의심하는 마음이 없다. 믿음이 그것을 진실로 만들기 때문이다.

많은 사람들은 오늘날 더 이상 신의 존재를 믿지 않는다. '종교적인 이야기들' 전체를 믿지 않는다. 이성이 승리를 거두고 세상을 장악한 이후, 이 세상에서 중요하다고 인정받는 것은 '증명 가능성'이다. 결국 사람들은 누구나 진화론을 듣고 옳은 이론이라고 여긴다. 어떻게 우리가 '신적인 영향력'을 믿을 수 있을까? 그래도 혹시 믿고 있는 걸까? 이것은 물론 의미의 문제다. 내게는 무언가를 믿는 것이 의미 있는 일이다. '믿음' 속에서 나는 나 자신을 발견하기 위해 나 자신을 잊을 수 있다. '믿음'은 존재의 의미를 강화하고 의지와 의식을 가지고 살아가도록 이끌어주기 때문이다. 그리고 무엇보다 자연이 인간에 의해 파괴되지 않은 곳에서, 퇴락하지 않은 많은 것들이 변함없이 숭고한 의미를 일깨우는 곳에서 믿음은 내게 창조에 대한 겸허함, 인간 존재의 초라함과 부족함을 일깨워준다.

많은 여행자와 신자들이 성스러운 모세의 산을 오르내리면서 그다지 겸허한 몸가짐을 갖지 않는다는 것도 새삼 인간의 초라함을 느끼게 한다. 많은 이들이 정상으로 가는 길에 먹을 것을 챙겨 가지만 쓰레기를 들고 내려오는 이들은 별로 없다. 결국 길가에는 빈 페트병과 캔, 담뱃갑, 음식 포장지 그리고 엄청난 양의 폐휴지 등이 너저분하게 널려 있게 되고, 따라서 매년 대대적인 청소를 하지 않을 수 없다. 게다가 그 청소는 대개 외국의 환경단체들에 의해 이루어진다. 시나이 사막에는 국가 기관이 제공하는 청소 및 쓰레기 처리 업무가 없기 때문이다.

모세의 산에서 멀지 않은 곳에서 우리는 와디 나파크를 만났다. 노란 모래와 잿빛 가시덤불 그리고 갈색의 첩첩한 산줄기들이 14 평방킬로미터 넓이의 평범한 계곡을 만들고 있다. 다만 보통의 사막 풍경과 확연히 다른 점이 하나 있다. 계곡 안쪽 곳곳에 흩어져 있는 새파란 바위들이다. 벨기에 출신의 화가인 장 베랍이 거의 30년 전에 만들어놓은 작품이다. 이집트의 대통령인 안와르 알-사다트의 허가를 얻은 베랍은 1980년 13톤의 파란 물감을 들고 사막으로 들어가 다양한 모양의 바위들을 연청색으로 칠했다. 몇 달에 걸친 작업 끝에 이 예술가는 '파란 사막'을 완성했고, 낯선 별을 연상시키는 이 작품에 '평화 교차로'라는 이름을 붙였다. 여러 가지 논란을 일으켰지만 오늘날까지 이집트와 이스라엘 사이에 1979년 체결된 평화협상을 상징하는 작품으로 그 의미를 인정받고 있다.

다음날 우리는 계속해서 북동쪽으로 이동하여 60미터 높이의 높은 사암 산지인 '컬러드 캐년'으로 향했다. 암석 사막이 멋들어진 개막식을 거행하는 모습이었다. 수직으로 치솟은 암벽들이 있는 웅장한 협곡에 들어섰다. 과거 어느 때인가 세찬 폭풍에 갈라진 것이 분명한 암벽들은 다시 물과 바람 그리고 모래에 의해 반질반질하게 윤이 날 정도로 마모되어 있었다. 벌어진 바위틈으로 기어 올라간 뒤 굴뚝 모양의 터널을 지났다. 바람이 광을 낸 바위의 파도를 미끄러져 갔다. 자연은 바람의 붓으로 깎고 다듬어 표현주의 회화를 떠올리는 그림을 그려놓았다. 갈색, 노랑, 주황, 빨강, 자주, 하양 등 다양한 색조의 무늬가 양각 세공을 해놓은 듯 협곡의 벽을 장식하고 있다. 때로는 바위 위에 암청색으로 빛나는 자연의 광택제가 덧칠되어 있기도 하다.

무엇보다 태양이 협곡 안을 비출 때 암벽들은 휘황찬란한 색조로 빛났다. 측면 계곡을 지나면서 우리는 또하나의 협곡으로 들어섰다. 활처럼 굽은 암벽 길을 따라 걸어가면서 타원형의 바위를 넘었고 안전한 장소에 숨어서 한가한 시간을 보내고 있는 전갈과 뿔독사를 보았다. 해가 기울 때까지 우리는 이 환상적인 별세계를 걸었다. 우리의 의식을 온통 사로잡아 다른 어떤 생각을 떠올리는 게

시나이 사막

❶ 사막의 세찬 바람에 실린 모래알갱이들이
　 거대한 바위 공룡을 조각해냈다.
❷ 나파크 와디의 하늘빛 기암괴석.
❸ 아들 아론이 모래와 바위의 처녀지대를 걷고 있다.
❹ 낙타를 끌고 부스러진 바위 지형 위를 이동하고 있다.

불가능할 정도였다. 이곳의 모든 것들은 상상할 수 없을 만큼 크고 비현실적이고 혼을 빼앗길 만큼 아름다웠다. 우리는 환각제에 취한 듯 빛의 색조에 젖어들어 휘청거렸고 계곡 열에 걸렸다고 착각하기도 했다.

저녁 무렵 사지드는 가시에 찔리는 화를 당했다. 한마디 투덜거림이나 신음도 없이 고무 슬리퍼를 뚫고 발바닥에 박힌 긴 가시를 뽑아냈다. 그러는 동안 그는 자기 발보다 신발을 훨씬 걱정하는 모습이었다. 내가 상처를 소독하려고 하자 사지드는 손을 내저었다. 대신에 담배 한 개비를 꺼내 물고는 불을 붙였다. 즐기는 듯 푸근하게 몇 모금을 빨아 연기구름을 뿜어내고는 시뻘건 담뱃불로 상처를 지졌다. 사지드의 거친 발이 치직 소리를 내며 타들어가자 나는 불편하고 꺼림칙해서 물었다.

"안 아파요?"

그렇지만 고개를 설레설레 흔들면서 그가 대답했다.

"아니요. 별 거 아네요. 하나도 아프지 않아요."

세 번이나 그는 '불로 지지는 치료'를 반복했다. 그러고는 내가 건네주는 반창고와 붕대를 받아들고 개구쟁이처럼 웃으며 발에 감았다. 그에게는 아무 문제도 아닌 일이었다. 사지드는 '사막의 아들'이고 진정한 자연의 남자이니까.

동쪽으로 가면 갈수록 높은 산지가 등 뒤로 점점 더 멀어져갔다. 조금씩 지형이 낮아지면서 딱딱하고 얇은 모래땅으로 이어졌고,

모래 퇴적층으로 덮인 대접 모양의 와디를 벗어나면서 구름 한 점 없는 하늘에 하얗게 연기가 피어올랐다. 그리고 잠시 후 원형의 가시덤불 울타리 뒤로 작은 베두인족의 마을이 보였다. 우리가 가까이 다가가자 말라빠진 개 한 마리가 사납게 짖어댔다. 몇 그루의 위성류 그늘 속에서 낙타를 앉히고 짐을 내리는 사이 몇 명의 남자들이 돌을 던져서 짖는 개를 멀리 쫓았다. 다듬지 않은 돌로 지은 오두막이 고대 주거지처럼 보였다. 그 옆에는 양과 낙타의 털로 만든 어두운 색의 천막이 서 있었다. 폴과 페그를 가지고 세워놓은 천막의 길이는 15미터 가량, 높이는 3미터 정도나 되었다. 그밖에도 몇 채의 단순한 주거 형태를 볼 수 있었는데 부분적으로는 나무를 쓰고 함석을 사용한 부분도 눈에 띄었다. 구멍이 숭숭 뚫린 벽들은 즐겁게 소리를 질러가며 우리를 반겨주는 아이들의 분필 낙서로 장식되어 있었다.

건장한 체구에 솥뚜껑만한 손을 가진 한 노인이 우리에게 까딱 고개를 숙여 인사를 했다. 주름이 자글자글한 얼굴은 기후 탓에 갈색의 가죽처럼 보였지만 두 눈은 반짝반짝 맑고 또 날카로운 빛을 내쏘았다. 노인은 한눈에 보기에 동족임을 알 수 있는 사지드와 진심으로 반갑게 인사를 나누었고, 우리에게 그의 아들인 아흐메드를 소개해주었다. 아흐메드는 사십대 정도된 건장한 남자로 자연스런 권위를 풍기고 있었다. 헐렁한 하얀 겉옷과 흰색과 검은색의 줄이 그어진 망토식 어깨걸이(부르누스)를 입었으며, 머리에는 시나이 베두인 사람들의 전통적인 연청색 비단 두건인 쿠피야를 둘러메고 있었다. 특이하게 쿠피야의 자락을 얼굴 양쪽으로 늘어뜨렸는데 이는 따가운 햇볕으로부터 뺨과 목덜미를 보호하기 위해서라고 한다. 쿠피야를 고정시키기 위해서 검은 낙타털 줄로 이마를 묶었다.

그는 개방적이고 다정한 몸짓을 하면서 우리에게 환영인사를 건넸다. 그는 아버지와는 정반대였다. 친근한 말로 우리를 팽팽하게 쳐놓은 천막 그늘로 안내했으며 달콤한 차와 감자와 채소로 만든 음식을 권했다. 음식 접대는 아흐메드의 아내가 맡았다. 검은 옷을 입은 그녀는 키가 컸으며 말과 행동이 민첩하고 영리했다.

베두인족의 가정에서 '가정주부'는 결코 노예가 아니다. 사막이라는 거친 환경에서 살아오면서 남자와 여자라는 두 성별은 서로 긴밀하게 접근하게 되었고, 매일 해야 하는 일상의 일들을 나눠 맡게 되었다. 음식 준비는 베두인 여자가 맡은 가장 중요한 일이다. 그밖에 식수와 땔감을 마련한다. 아이들을 돌보고 '사악한 시선'을 떨쳐내기 위해 착용하는 유리알 목걸이를 만들기도 한다. 낙타와 양, 염소까지 동물들의 피부와 털을 가지고 옷가지와 텐트 재료, 물통 그리고 멋들어진 안장까지 만들어낸다. 그들 스스로 사용하기 위한 것도 있지만 남자들이 홍해 연안 도시의 시장으로 가서 팔기도 한다. 남자는 장사 외에 가축을 돌보면서 우유와 고기를 확보하는 일을 맡는다.

시나이 반도의 암석에 새겨진 글에 따르면 과거 이집트에서 베두인족은 '모래의 지배자들'이라고 불렸다. '베두인'이라는 명칭은 아라비아의 단어인 '바디야'에서 유래했는데, 이 말은 아라비아에서 시작해서 메소포타미아 평원을 지나고 또 팔레스타인과 시나이 반도 그리고 북아프리카를 지나서 대서양으로 이어지는 길고 긴 사막의 띠를 가리킨다. 그들의 고향은 아라비아 반도이며, 그곳을 떠난 베두인족은 북아프리카의 동쪽 사막으로 퍼져나가 수백 년 동안 다른 종족의 여자들과 아이들 그리고 낙타를 약탈했다. 예언자 모하메드의 시대 이후로 베두인족은 이슬람을 신봉하고 있지만 사막에 깃든 사악한 정령들에 대한 두려움을 여전히 떨치지 못하고 있다.

점심을 지나 카르스텐과 내가 베두인 천막의 그늘에서 쉬고 있을 때, 열한 살짜리 베두인족 남자 아이 알리 압둘라가 천막으로 들어와서는 신이 나서 떠들면서 누더기가 된 소매를 계속 걷어올렸다. 손짓으로 무언가 표현을 덧붙이기 위해서였다. 자꾸 눈을 덮는 가늘고 검은 머리칼을 얼굴에서 치우기 위해 아이는 굽어진 오른팔로 계속 부채질을 해댔다.

그러는 사이 베일로 얼굴을 가린 한 여자가 천막 안으로 들어섰다. 고전적으로 주름을 잡은 검은 옷으로 발목까지 가린 차림이었다. '콜(khol)'을 사용해 올리브 검정으로 칠한 눈썹이 인상적이었고, 손가락마다 최소한 하나씩의 반지를 끼고 있었다. 그녀는 친절한 말로 우리를 집으로 초대했다. 몇 걸음 떨어져 있지 않은 그녀의 집에서 우리는 4평방미터 크기의 널따란 방안으로 들어가 방바닥에 자리를 잡고 앉았다. 독특한 모양의 물건들이 방안을 가득 메우고 있었다. 작은 화로 위에는 '키드르'라는 이름의 배불뚝이 주전자가 얹혀 있고, 화롯불 옆에 나란히 놓인 반짝반짝 빛나는 요리기구들과 색색의 에나멜 그릇들이 예뻤다. 마주 보이는 벽 앞에는 스펀지 고무 매트리스와 형형색색의 이불들이 잔뜩 쌓여 있었다. 바로 그 옆에는 커다란 나무 상자가 있었는데 우릴 초대한 여자는 그 상자에서 은동전으로 장식된 베일을 꺼내들었다. 그것을 우리에게 팔려는 것이었다. 카르스텐은 바로 그 장식품에 관심을 보였다. 그때부터 두 사람이 모두 만족할 만한 가격에 이를 때까지 길고도 생동감 넘치는 흥정이 벌어졌다.

바로 그 순간 한 노인이 복통이 심하다고 호소하면서 배를 움켜쥐고 오두막 안으로 들어섰다.

"이 아저씨가 약을 찾아요. 혹시 짐 속에 도움될 만한 게 없을까요?"

사지드가 물었다. 나는 짧게 고개를 끄덕이고 집을 나서서 낙타에게 갔다. 짐을 뒤져 구급상자를 찾았다. 다시 오두막으로 돌아왔을 때 오두막 앞에는 줄이 길게 늘어서 있었다. 약을 원하는 환자들의 줄이었다. 설사, 두통, 기침 그리고 피부염 등 가지각색의 고통을 호소했다. 줄 속에는 알리 압둘라의 엄마도 끼어 있었다. 그녀는 아들이 며칠 전에 가시덤불 속으로 쓰러졌다고 설명했다. 아이 아버지가 양철 조각을 가지고 팔뚝에 박힌 가시를 빼내려고 시도해보았지만 성공하지 못했다는 것이다. 오히려 상처만 악화시켜놓은 듯 보였다.

알리 압둘라는 지금까지는 괜찮아 보였지만 패혈증의 가능성도 완전히 배제할 수 없는 상태였다. 알리는 마냥 기분이 좋았다. 엄마가 걱정스런 눈을 하고서 아들을 낙타에 태워 아카바 만에 접한 도시인 누웨이바의 병원으로 데려다줄 수 있겠느냐고 부탁하는 동안에도 그는 깔깔대고 웃기 바쁘다. 말을 들었으면 실천해야 한다. 우리는 곧장 알리의 팔뚝을 소독하고 임시로 붕대를 감고는 낙타에 태워 길을 떠났다.

며칠 후 정오쯤에 잿빛과 보랏빛이 뒤섞인 산그늘 사이를 지났을 때 갑자기 사막이 가파르게 기울어지면서 바다로 떨어져내렸다. 강렬한 소금 냄새가 미지근한 바람에 실려 사막으로 날아왔다. 우리 눈앞에 갑자기 펼쳐진 광경을 믿기 힘들었다. 눈 닿는 저 끝까지 깊고 푸른 바다가 펼쳐져 있었고, 바다 너머 하늘에 아스라이 사우디아라비아 산들의 실루엣이 가물가물 흔들렸다.

두 시간 후에 우리는 검은 아스팔트길을 만났다. 시나이 해안을 따라 달리는 고속도로였다. 길 위를 달려가는 디젤차들이 역청의 연기를 뿜어냈다. 우리가 손을 흔들어 세운 화물차 운전사는 두말 없이 알리 압둘라를 누웨이바의 병원으로 데려다주겠다고 했다.

압둘라를 화물차에 태워 보내고 우리는 사막의 배를 데리고 바람이 빚어낸 모래언덕들을 넘어 바다로 향했다.

낙타들을 새파란 물길로 데려갔을 때, 그리고 그들의 긴 그림자가 거품이 이는 파도에 쓸려나갈 때 우리는 넘치는 해방의 기쁨에 겨워 밀려오는 파도 속으로 뛰어들었다. 옷을 입은 채 시원한 물을 손바닥으로 치고 던지고 소리를 지르고 아이들처럼 춤을 추었다.

"해냈어, 도착한 거야, 해낸 거라고!"

시나이 사막의 400킬로미터 여정이 끝나가고 있었다. 그때의 그 느낌은 어떤 말로도 표현할 수 없었다.

시나이 사막이라는 고대의 놀라운 세상을 경험하고 17년이 지난 후에 나는 다시금 이집트의 반도를 걷고 있다. 이번에는 바람이 깎아낸 웅장한 사암 공룡을 향한 여행이다. 함께 여행길에 오른 동반자들은 나의 열네 살배기 아들 아론과 경험 많은 서른다섯 살 베두인 남자 하메드 그리고 그의 열네 살배기 조카 마흐무드였다. 우물과 샘과 아카시아 한 그루까지 시나이 산맥의 모든 것을 속속들이 알고 있는 하메드는 흰 겉옷을 입고 흰 두건을 쓰고 아라비아의 초승달 모양 단검을 찬 모습이 아라비안나이트에 나오는 인물처럼 보였다. 아론은 그를 보고 깊은 인상을 받았지만 어린 마흐무드의 누더기 옷을 보고 당황하기도 했다.

우리가 길을 떠나던 날 아론은 낙타의 안장에 오르기를 힘들어

여행자를 매료시키는 이집트의 광야는 기후의 변화로 만들어졌다.
21일 간의 행군으로 횡단에 성공했던 시나이 반도. 멀고 험한 이 행로의 소중한 길동무는
아들 아론(왼쪽)과 베두인족 남자들이다.

했다. 그의 낙타는 사막의 모래 속에 웅크리고 앉아서 우물우물 침을 흘리며 지저분한 소리를 내고 마치 위협하듯 날카로운 이빨을 내보였다. 갈라진 윗입술은 딱딱한 가시덤불 때문에 조금씩 찢겨 있었다. 승강기처럼 몸을 일으킬 때는 주둥이에서 녹색의 죽 같은 것이 줄줄 흘러나왔다. 아론은 기겁을 하고 안장의 손잡이를 꼭 움켜쥐었다. 지상에서 2미터 높이까지 올라가게 된 아론이 투덜거리기 시작한다.

"이런 동물을 타고 사막을 200킬로미터나 간다는 건 불가능한 일이야. 말도 안 돼, 도저히 안 되는 일이라고요, 아빠!"

우리가 다합을 떠난 건 10월 말이었다. 아카바 만의 작은 도시 다합은 화려한 산호초와 황금색 모래 해안으로 유명한 곳이다. 우리가 그곳을 떠나 사막으로 들어섰을 땐 모래가 섭씨 50도까지 끓어오르는 살인적인 여름 더위는 이미 사라지고 없었다. 그렇다고 해도 이 날 역시 무더운 날씨임에는 분명했다. 섭씨 25도에서도 우리는 줄곧 땀을 흘렸고 낙타 한쪽에 매달려 흔들리는 물통, 즉 게브라를 연신 찾았다. 게브라는 염소 가죽으로 만든 물통으로 약 30리터의 물을 담을 수 있다. 염소 가죽의 열린 부분, 다시 말해 목, 꼬리, 네 발을 단단히 꿰매놓았다. 아침결에 게브라에 물을 가득 채웠다. 낙타가 흔들흔들 걸어가면서 설렁설렁 부는 바람에 물이 증발하면서 게브라의 물은 항상 시원한 상태를 유지했다. 하지만 더 이상의 장점은 없다. 사막에서 두 번째 날이 되었을 때는 벌써 물에서 염소 내장의 비릿한 맛이 났다.

터덜터덜 걸어가는 낙타들이 사막 안으로 지고가는 커다란 짐 속에는 유목민들이 황무지를 가로지를 때 필요로 하는 모든 것들이 들어 있었다. 음식물, 캠핑 장비, 거기에 하나 더 카메라였다. 시나이에서 사막을 이동할 때 열다섯 가지 이상을 지니지 않는다는 베두인족과 마찬가지로 우리는 많은 물품을 지니지 않고 여행했다. 안장과 이불, 샌들과 젤라바(헐렁한 사막 망토), 쿠피야(두건), 약간의 담배, 성냥, 조리기구, 따뜻한 외투, 몇 가지 음식물, 칼, 천막 그리고 식수를 담은 게브라가 베두인족의 필수품 전부였다. 사람이 살아가는 데 필요한 것이 어찌 그리 적은 건지!

그날부터 우리는 낙타와 마찬가지로 움직였다. 걷고, 걷고 또 걸었다. 인내심을 가지고 우리는 한 발을 다른 발 앞으로 옮겼고 외로움에서 외로움으로 이동했다. 그러는 사이 어느새 21세기와 멀어져 있었다. 사막에서 보낸 첫 번째 날은 아론에게 경탄의 연속이었다. 광야! 하늘! 모래! 산! 먼지! 갑자기 어두워지며 찾아오는 밤! 모닥불! 달! 별! 바람의 속삭임! 걸걸거리고 울부짖고 방귀 뀌고 푸륵거리는 낙타들! 그리고 물론 고풍스런 풍경들, 메마른 강바닥, 나무껍질처럼 울퉁불퉁한 대지 그리고 그림처럼 아름다운 사구의 파도. 이쪽의 모래는 밀가루처럼 부드럽지만 저쪽의 모래는 판자처럼 딱딱하다.

아론은 감동에 겨워 낙타에서 뛰어내렸고, 가파른 모래언덕을 향해 달렸다. 언덕을 뛰어오르고 다시 미끄러져 내려오는가 싶더니 어느 순간 모래 위에 배를 깔고 엎드렸다. 따스한 모래가 그의 뺨을 두르는 느낌을 즐겼다. 그러곤 소리쳤다.

"와우! 보온병보다 훨씬 더 좋다!"

다시 벌떡 일어선 아론은 거의 혼이 빠진 채로 먼 곳을 내다보면서 한참을 그대로 멈춰 있었다. 자기 자신보다 훨씬 더 커다란 존재를 대하면 누구나 그러하듯이. 아주 서서히, 하루하루 아론은 완전히 낯선 세계에 젖어들었다. 그리고 사막은 그에게 오감 전체로 느끼는 황홀한 경험이 되었다.

태양이 깊이 미끄러져 내려올 때 우리는 낙타를 꿇어앉히고 짐을 내렸다. 저녁이면 한 양동이의 귀리를 주었고 아침에는 약간의 밀집을 먹었다. 그러고 나서 아론과 내가 캠프를 설치하는 사이 하메드와 마흐무드는 사지를 뻗어가며 열심히 기도를 했다. 손을 높이 들고 동쪽 하늘을 향하고는 메카 쪽으로 허리를 굽혔다. 그와 동시에 그들의 시선은 내면을 향했다. 모든 중요하지 않은 것들로부터 영혼을 해방시키면서 그들은 코란 구절을 읊조리기 시작했다. 또한 묵주를 돌려가며 아흔아홉 이름을 불러 알라를 찬양했다.

갑자기 아론이 흠칫 놀라며 소리쳤다.

"저기요!"

"뭔데?"

내가 물었다.

"저 너머에 무언가가 움직였어요."

"뭘 봤는데 그러는 걸까?"

"무슨 그림자 같은 것이 잠깐 움직였어요. 아주 분명하게 봤다니까. 저 너머 바위 사이에 무언가가 있다고요⋯⋯."

아들이 목소리를 낮춰 소곤거리면서 오른손으로 갈색의 바위 더미들 쪽을 가리켰다.

"저기, 저기 봐요!"

사실이었다. 야영지 바로 가까이 바위 더미 위에 작은 개만한 밝은 털의 동물이 호기심 어린 눈으로 우리를 바라보고 서 있었다.

"저건 페넥이야."

내가 나직하게 말해주었다.

"사막여우?"

"그래, 사막여우."

나는 대답하면서 작은 여우가 커다란 귀를 쫑긋 세우는 모습을 바라보았다.

"우리를 관찰하고 있어요."

아론이 잔뜩 흥분해서 말했다. 아들의 눈은 귀엽게 생긴 동물에 단단히 못박혀 움직일 줄을 몰랐다. 그러다 그가 물었다.

"사막여우가 위험한 동물이에요?"

"아니, 사람을 공격하지는 않아. 그리고 또 세상에서 가장 작은 여우이기도 하지. 어깨까지 높이가 20센티미터도 안 되니까."

"정말 예쁘다."

아론이 경탄했다.

"눈하고 귀는 또 왜 그렇게 커다란지……."

"사막여우는 그 큰 귀를 열을 내보내는 데 쓰는 거야. 그렇기 때문에 주로 밤에만 먹이를 찾으러 나온대. 쓸데없이 수분을 빼앗기지 않으려고 낮에는 어두운 곳에 숨어서 쉬는 거야. 그렇게 체온을 계속 일정하게 유지하는 거란다."

사막여우는 약 1미터 깊이의 동굴 속에서 낮을 보낸다. 강한 다리와 커다란 발로 심지어 9미터나 되는 긴 구멍을 모래언덕 속으로 파들어 간다. 저녁이 될 때까지 그 안에서 낮잠을 청하고 땅거미가 지기 시작하면 천천히 먹이를 찾으러 나와 작은 동물이나 식물로 배를 채운다. 오랫동안 페넥은 유목민들의 손에 사냥되었고 사로잡혔다. 관광객들이 페넥을 기념품으로 사들였기 때문이다. 오늘날은 다행히도 사막여우를 팔고 사는 것이 금지되었다.

아론은 호기심에 페넥 쪽으로 살금살금 몇 걸음을 다가갔다. 그러자 그 작은 여우는 순식간에 몸을 돌려 사라져버렸다. 마치 스치는 그림자처럼 바위 틈바구니로 숨어버리고는 다시는 나타나지 않았다.

저녁 늦게 우리는 활활 타오르는 모닥불 위에서 물, 귀리가루, 소금으로 빚은 오트밀 빵을 구웠고, 양파, 토마토, 파프리카, 감자, 호박을 넣어 걸쭉한 수프를 끓였다. 거기에 물론 여러 가지 양념과 구운 양고기 '파타'도 빠뜨리지 않았다. 구리 찻주전자 아래서 작은 모닥불의 불꽃이 춤을 추고 있을 때 우리는 낙타 안장과 짐을 반원형으로 빙 둘러놓고 그 안에 들어가 앉았다. 이제 규칙적으로 야영지를 향해 불어오는 바람을 막기 위해서였다. 하늘은 이미 완전히 검게 물들어서 우리는 한참 동안 가만히 밤하늘의 주도권을 차지한 별들의 바다를 올려다보았다.

"정말 모세가 40년 동안 이 사막에서 자기 민족을 이끌고 다녔을까?"

눈으로 달을 찾아 움직이면서 팔로 머리를 받치고 아론이 물었다. 어쩐지 어린 아들이 마법과 신비가 가득한 이 세상에서 성경의 정신을 느끼고 있는 듯 보였다. 아무래도 그의 첫 번째 사막여행은 그의 내면에서 한 조각 영적인 체험이 되어가고 있는 듯했다.

해가 뜨기 전 하메드는 첫 번째 차를 끓였다. 신선한 민트인 녹색의 찻잎 몇 장에 설탕을 듬뿍 넣은 차였다. 모닥불의 붉은 기운 안에 다리를 꼬고 앉은 그의 앞에 찻잔 몇 개가 나란히 놓여 있었다. 그는 가만히 앉아서 불 한가운데 돌 몇 개로 받쳐놓은 찻주전자를 몇 번 슬쩍 움직여놓을 뿐 차분히 차가 끓기를 기다렸다. 주전자가 노래를 부르자 그는 주전자를 불에서 내려놓고 찻잔 위로 기울였다. 작은 찻잔으로 거품이 그득하게 찰랑찰랑 넘칠 만큼 차를 따랐다. 그의 동작은 마치 의식을 거행하는 것처럼 보였다. 말하자면 그는 '차의 장인'이었다. 차분하고 조용하게 우리는 뜨거운 차를 즐겼다. 달콤하고, 강하고, 상쾌한 맛. 그리고 우리는 알았다. 한 모금의 차가 사막에서는 정말 커다란 선물이라는 것을.

공기는 아직 차가워서 사지가 굳어 있었다. 아론은 아침에 일어나 씻을 필요가 없다는 것을 아주 기뻐했다. 이를 닦을 물 한 컵만 허용되었기 때문이다. 야영지 근처 모래 속에서 우리는 무수한 흑갈색 구슬들을 발견했다. 바닥에 여기저기 구르고 있는 것은 다름 아닌 낙타의 똥이었다. 그밖에도 몇 마리의 도마뱀과 여러 가지 뱀의 흔적을 찾았다.

몇 년 전 케냐의 나코루과이 사막에서 겪었던 일이 떠올랐다. 투르카나 호수 남서쪽의 그 사막을 여행할 때 한번은 내 배낭 속에 모래 살모사가 들어 있었다. 정말 천운으로 나는 그 뱀의 독이빨을 피할 수 있었다.

아침을 먹고 낙타에 짐을 실은 후 다시 길을 떠났다. 머리 위에선 태양이 밝게 빛나고 발아래에선 엷은 주황빛 모래 사이로 검은 돌이 부스럭 깨지는 소리를 냈다. 아침이 되자 아론은 훨씬 더 활기찬 모습이었다. 머리에 헤드폰을 쓰고 음악을 들으면서 낙타를 끌었다. 정오쯤 되어서야 아론은 자기 낙타의 안장에 올라앉았다. 이제 3일째에 불과했지만 모양새는 제법 유목민이 되어가고 있었다. 아론은 베두인의 아이처럼 광야를 헤쳐나갔다. 때론 걷고, 때론 낙타를 천천히 걷게 하고, 때론 빨리 달리게 했다. 마흐무드는 아론에게 낙타의 고삐를 어떻게 잡아야 하고 어떻게 조종해야 하는지 여러 가지 기술과 명령들을 알려주었다. 두 아이가 서로 사용하는 언어는 달랐지만 금세 좋은 친구가 되었다. 그들을 연결시켜주는 것은 호기심과 환상, 인내심과 서로를 존중하는 마음이었다.

7일째 되는 날 갑자기 하늘이 크게 화난 얼굴을 했다. 짙은 회색의 얼굴로 납빛의 구름들이 두텁게 쌓이더니 곧장 모래폭풍이 밀어닥쳤다. 땅바닥이 들썩들썩 흔들리고 밝았던 세상은 순식간에 밤이 되었다. 시계가 좁아지더니 급기야 영이 되고 말았다. 그야말로 아무것도 보이지 않았다. 낙타들을 앉히고 축 늘어진 커다란 윗입술을 적셔주었다. 우리들의 얼굴도 젖은 수건으로 감쌌다. 낙타 옆에 바싹 붙어서 몸을 감추었지만 폭풍은 점점 더 거세지면서 마치 해일처럼 높게 치솟은 모래의 벽이 우리를 덮쳐왔다. 채찍질을 하듯 공중을 휘갈기며 몰아가고는 뒤를 이어 또다시 모래의 파도가 밀려왔다. 낙타의 몸뚱이 뒤에 가만히 몸을 숨기고 있는 게 할 수 있는 전부였다. 두 시간 가량이 지나서야 사막의 무서운 유령이 멀리 사라졌다.

다음날 차츰차츰 높아지던 산의 능선이 점점 더 급한 경사를 이루며 서서히 시나이 산맥으로 이어지고 있었다. 바싹 마른 와디의 줄기들이 마치 거대한 촉수처럼 여기저기 갈라진 산맥들을 뚫고 이쪽 산에서 저쪽 산으로 굽이굽이 흘러갔다.

17년 전과 마찬가지로 나는 다시금 시나이 산맥의 거대한 협곡의 미로를 체험했다. 사방으로 화강암, 사암, 반암으로 만들어진 외눈박이 괴물 키클롭스와 뾰족한 첨탑의 성당들이 우뚝우뚝 솟아 있었다. 그런 암석들이 바로 고대 이집트 사람들이 오벨리스크를 만들 때 사용했던 재료였다. 예벨 무사에서 우리는 거의 글자 그대로 나는 듯이 산을 올랐다. 그 정도로 선선한 저녁 공기를 뚫고 오르는 산행은 아름다웠다. 해가 뜰 무렵 정상에는 거의 우리뿐이었고, 하늘이 보랏빛에서 파란빛까지 온갖 색으로 빛나는 동안 세상이 시작되던 날처럼 완전한 고요를 즐겼다. 그것은 이 사막이 종교적 신비의 원천이 되는 순간들이었다. 대지가 건조하고 메마를수록 영혼은 더욱 풍요로워지는 법이다. 이 산은 모든 에너지를 충전해주는 초자연적인, 다른 차원의 충전기처럼 느껴졌다.

40킬로미터를 더 전진해서 시나이 반도의 중앙에 이르렀을 때 우리는 여행의 목적지에 다다랐다. 우리 앞에 200미터 길이의 사암 지형이 놓여 있었다. 잠자는 공룡을 닮은 거대한 바위였다. 바람과 여러 기상 요인에 의해 깎이고 다듬어져 만들어진 웅장한 공룡 몸체는 수백 년 동안 베두인족의 이정표이자 만남의 장소, 그리고 의식의 자리로 이용되었다.

"여기서 〈쥐라기 공원〉 4편을 촬영하면 좋겠어요."

아론이 웃으며 말했다. 그러고는 산양처럼 민첩하게 돌 공룡의 등을 타고 기어올라갔다. 15미터 높이의 공룡 머리 위에 섰을 때 나를 보고 손을 흔들고는 턱하니 바위 위에 앉아서 멀리 광야를 내다보았다. 그의 앞에 활짝 열려 무한히 펼쳐지는 광야를.

아론이 몇 주간 사막을 여행하면서 많은 것을 배웠다고 생각한다. 마흐무드는 아론에게 돌사막의 빈약하지만 소박하게 자라는 식물들을 보여주었고, 베두인 사람들이 땔감으로 귀중하게 여기는 케이퍼 덤불의 나무들도 알려주었다. 특정한 식물은 특정한 장소에서만 자란다는 것을 배웠고, 사막 식물의 씨앗이 작은 구슬 같이 생긴 낙타 똥을 통해서 퍼진다는 것, 낙타 똥이 조개탄처럼 쓰인다는 것, 공깃돌로 사용하기도 한다는 걸 배웠다.

아론은 영화 〈파타 모르가나〉가 끔찍하지만 사실일 수도 있다는 것과 바람이 모래에 선의 예술을 펼쳐 보인다는 것과 가장 오래된 별들이 예를 들어 베텔게우스, 데네브 그리고 에니프처럼 아랍어 이름을 가지고 있다는 것도 알았다. 또한 그는 긴 세월에 걸친 풍화의 과정을 몸으로 느꼈다. 돌멩이가 갈리고, 메마른 대지가 부스러지고, 색이 변하고, 모래에 덮이는 과정.

게다가 아론은 이번 기회에 낙타에 대해 많은 걸 배울 수 있었다. 아카시아가 낙타에게는 꿀빵이나 같다는 것, 낙타의 꼬리가 오줌을 샤워기처럼 뿌려댄다는 것, 낙타들이 길고 아름다운 눈썹으로 폭풍이 칠 때 눈에서 모래를 털어낸다는 것, 목이 마른 낙타는 일부러 체온을 올린다는 것, 그래서 체온이 42도까지 올라가면 더 이상 땀을 흘리지 않고 체내의 물을 잃지 않는 것 등이다. 물론 아론은 몇 미터 길이의 사각 터번인 세슈가 햇빛과 바람을 막아줄 뿐 아니라, 방충망과 베개 또는 스카프 역할도 한다는 것을 알았고,

사막에서는 양은접시, 대접, 수저, 포크 같은 식사도구를 사용한 후에 모래로 깨끗하게 닦는다는 것도 배웠다. 낙타와 함께 길을 떠나면 계속해서 짐을 싸고 싣고 다시 내리는 일을 해야 하고, 또 무수하게 많은 밧줄 매듭을 묶고 풀어야 한다는 것도 알았다.

계속해서 아론은 새로이 보고 듣고 맛보는 법을 배웠다. 그의 눈은 작은 도마뱀과 풍뎅이 그리고 식물들을 사진 찍듯이 선명하게 담았다. 귀를 통해서 완벽한 고요 속에서 자신의 피가 속삭이는 소리를 들었다. 모래폭풍의 거친 외침 속에서는 자기 말조차 이해할 수 없게 된다는 걸 느꼈다. 그리고 모닥불 가장자리의 저녁 식사에서 그는 이제까지는 이름도 알 수 없었던 양념을 맛볼 줄 알게 되었다.

아론은 이제 알고 있다. 이제까지 방과 창문, 탁자, 의자 그리고 침대가 있는 집 대신에 자연 속에 살게 되면 어떻게 되는 건지. 지속적으로 땅과 하나가 되어 걷고, 앉고, 눕고, 그렇게 살아가는 게 어떤 건지. 바로 그것이 사막에서 살아가는 사람을 땅과 하나가 되도록 만드는 것일 게다.

그러나 그 모든 것들 중에서 아론이 경험한 가장 중요한 것은 사막이 타오를 듯 뜨겁거나 얼어버릴 듯 차갑다는 것이고, 칠흑처럼 어둡거나 눈이 시리게 환하다는 것이고, 절대적인 고요에 잠겨 있거나 사방을 찢어내리려는 듯 폭풍이 몰아친다는 것이다. 그 둘은 결코 함께 할 수 없어서 우리는 사막을 사랑하거나 사막을 내치는 수

밖에 없다. 결정을 내리지 않고 그 사이에서 눈치를 보고 주저할
순 없는 일이다.

▶▶

사하라, 세계 최대의 사막, 그 안에는 천 년 동안 수많은 캐러밴의 이동로가 거미줄처럼 이어져 있었다. 도로 교통과 항공 수송이 전통적인 유목민의 경제적 가치를 위협하기 전까지 낙타는 캐러밴의 길에서 목숨보다 중요한 존재였다. 대서양에서 나일강까지 이어지는 사하라 최대의 무역 루트 중 하나는 한때 그 길이가 무려 5500킬로미터 이상이었다. 이 고대의 수송로는 아프리카 북부의 다섯 개 나라, 모로코, 알제리, 튀니지, 리비아 그리고 이집트를 지난다.

사막은
자신만으로 충분하다

사하라 사막 횡단 │ 대서양에서 나일강까지
모로코, 알제리, 튀니지, 리비아, 이집트(2008년)

세 마리의 낙타를 이끌고 도시를 떠나면서
우리는 다시 한 번 경찰의 제지를 받았고, 또다시 증명서를 내보여야만 했다.
그때 한 젊고 중무장한 경찰관이 아론을 향해 물었다.
"도대체 왜 저 바깥으로 가려고 하는 거요?
저기엔 아무것도 없어요. 그저 모래와 돌뿐이라고요."
"그게 바로 우리가 저리 가려는 이유입니다."
아론이 대답했다. 그러자 경찰관은 멍하니 아론을 바라볼 뿐이었다.

칠흑 같은 밤을 뚫고 개들이 달려왔다. 아홉 마리의 커다랗
고 삐쩍 마른 개들이 이빨을 번득이고 사납게 짖으면서 금세라도
달려들 것처럼 마구 소란을 피웠다. 내가 저녁에 먹었던 정어리 캔
의 냄새가 그들을 유혹한 모양이었다.

　개들의 삐쩍한 허리 움직임에서 무언가 섬뜩하게 느껴지는 적
대감이 풍겨나왔다. 두려움으로 꿀꺽 삼킨 침이 목에 걸려 숨을 조
였다. 야수처럼 변한 개들이 주위를 서너 바퀴 빙글빙글 도는 사이
에 나는 모닥불을 피우려고 쌓아둔 땔감뭉치에서 두꺼운 나무 몽
둥이 하나를 집어들었다. 그러곤 개들을 향해 달려나가 사방으로
휘둘러댔다. 놀란 개들이 사납게 으르렁대면서 이리 뛰고 저리 뛰
고 피해 다녔지만, 정작 그들이 사라진 것은 내 작은 모닥불 불꽃

속에 마른 나뭇가지 몇 개를 넣고 불을 붙여서 소리를 질러대며 휘두르고 다닌 뒤였다.

내가 있는 곳은 모로코 남쪽이다. 세계 최대의 사막, 사하라를 서에서 동으로 횡단하기 위해서다. 세계 최대의 캐러밴 루트들 가운데 하나, 대서양에서 나일강까지 이어진 그 길고 긴 장정의 흐려진 흔적을 뒤쫓기 위해, 나는 모로코, 알제리, 튀니지, 리비아, 이집트를 지날 계획이다. 과거의 유목민처럼 약 5500킬로미터의 여정을 눈앞에 두고 있는 것이다. 그것은 내 인생을 담은 행군이 될 것이다.

수년 동안 나는 이 여행에 대해 깊이 생각하고 계획하고 준비해왔다. 아프리카 북부 지역을 네 번에 걸쳐서 걷고, 낙타를 타고 혹은 덤불택시를 타고 돌아다녔다. 여행 루트의 일부 지역들을 직접 눈으로 보기 위해서였다. 천 년이 넘는 기간 동안 사하라의 서쪽과 동쪽에 위치한 거대한 무역의 중심지들 사이에 필요한 화물이 오가던 길의 부분 부분을 직접 몸으로 느꼈다. 나아가 지난 몇 년 동안 나는 여러 차례 북부 아프리카를 여행하면서 많은 사람들을 사귀었다. 사하라를 횡단하기 위해서는 그들의 도움이 절대적으로 필요할 것이다.

철저히 계산한 끝에 나는 이 여행의 기간을 6월에서 11월까지로 결정했다. 여름에 사하라 사막은 작열하는 더위에 휩싸이고, 심지어 대지의 온도가 섭씨 50도까지 치솟기도 하지만, 오래전부터 나는 여러 주 혹은 여러 달 동안 여름을 사막에서 보내는 데 익숙해져 있었다. 따라서 나에게나 나의 여행 동반자에게나 사막의 여름이 크게 문제될 것은 없을 거라 판단했다. 오히려 나는 사막의 겨울이 두렵다. 아침에 얼음장 같은 추위는 뼛속까지 파고들고 몸이 꽁꽁 얼어버리면 제대로 걸을 수조차 없다. 마실 물도 얼어버린다. 하지만 나는 여름 동안 걷는 데에 익숙하다. 새벽 5시부터 10시까지 걷고, 다시 저녁 6시부터 10시까지 걷는 일정이다. 낮 동안엔 텐트 그늘에서 모든 활동을 멈추고 쉬어야 한다. 거기다 또 나는 언제나 변함없이 밤에 걷기를 좋아하는 타고난 야행성이다. 어둠 속에서 별들이 수많은 예술 작품을 쏟아낼 때 하늘을 올려보고 방향을 찾아가는 게 나는 너무도 좋다.

나의 사하라 행군은 대서양 연안의 관광도시 아가디르에서 시작되었다. 1960년 2월 29일의 대지진 이후에 완전히 새로 건설된 도시이고, 세계에서 가장 아름다운 바닷가 중 하나이기도 하다. 중년의 부드러운 인상을 가진 호텔리어가 기분 좋은 웃음을 짓고, 파도 하나 넘실거릴 때마다 어망을 펼치는 어부들이 흥겹다. 이른 아침 해변에 앉아 바다를 바라본다. 8킬로미터를 뻗어 있고 너비가 몇 백 미터에 이르는 넓은 백사장이다. 내 시선은 백사장으로 몰려와 사라지는 파도를 한가로이 타넘는다. 아직 일출 전이어서 하얀 모래밭엔 나 혼자뿐이다. 그래서 더욱 좋다. 한동안 나는 혼자 그곳에 앉아 꿈속으로 빠져든다. 내 생각은 다음 몇 달 동안 지나게 될 여정을 이미 시작하고 있다.

다른 가능성이 없는 한 나는 신상의 안전이 위협받는 피치 못할 상황이 되면, 큰 부담 없이 화물차의 신세를 지거나 합승택시를 이용할 작정이다. 쉰넷은 누구에게 무언가를 증명할 필요가 없어진 나이다. 나 자신에게는 물론 다른 어떤 사람에게도 말이다. 오로지 사막으로 들어선다는 데 의미가 있다. 걷는 것이 즐겁고 기꺼이 광야에 머물고 싶기 때문에.

어깨에 짊어진 내 짐의 무게는 15킬로그램이다. 하나하나 조심스럽게 선택한 것들이다. 폭풍에 견딜 수 있는 텐트, 음식물, 식수 그리고 카메라. 햇빛과 바람 그리고 모래를 막아줄 '세슈'는 당연히 포함된다. 그것은 머리, 목 그리고 입술을 둘러 감을 수 있는 기다란 모슬린 두건이다. 해변을 떠나 차가 붐비는 아가디르의 도로를 따라 도시 바깥 동쪽을 향해 걷기 시작했을 때 머리와 얼굴을 가린 내 모습은 마치 미라 같았다. 갈아입을 옷과 카메라에 넣을 필름 그리고 중요한 필수품과 식수 등은 택시를 이용해 계획한 루트에 위치한 여기저기 오아시스 마을로 미리 보내놓았다.

가장 먼저 하이 아틀라스를 지나야 한다. 4천 미터 이상 높게 치솟았지만 웅장하다기보다는 아기자기한 드라마 같은 느낌의 산맥이다. 4일 동안 걷고 나니 점점 더 경사가 급한 지형이 나타나서 나는 자연이 만들어놓은 좁은 산길을 벗어나 굽이굽이 산지로 올라가는 아스팔트 도로로 들어섰다. 차들이 빈번하게 오가는 도로 가장자리로 몇 킬로미터를 걸어가는 동안 사납게 경적을 울리는 가미카제 운전사들이 덜컹거리는 차를 몰고 내 곁을 종이 한 장 차이로 아슬아슬 지나쳐 갔다. 잠시 후엔 어쩔 수 없이 지나는 화물차의 짐칸 신세를 져야 했다. 덜걱덜걱 빨리 달려 산을 올라갔을 때 나는 웅대한 풍경 속에 스며든 황량함과 고독을 체험했다. 사막과 고산이 하나가 된 풍경, 그건 단테의 지옥에서 그려내는 풍경이었다.

다음으로 내가 도착한 곳은 '도시'라는 의미의 도시 마라케시였다. 첫 구간의 목표인 이 도시는 과거 모로코에서 가장 커다란 캐러밴 집결지였다. 눈 덮인 산자락에 자리 잡은 이 도시는 동방의 동화처럼 작은 야자수의 숲과 올리브 농장으로 둘러싸여 있다. 이른 아침 수백 개의 회교 성당의 첨탑에서 확성기들이 기도 시간을 알리면서 도시를 깨운다. 떠오르는 태양의 붉은 기운 속에 주택들 사이 골목들과 성벽도 붉게 물이 든다. 도시 한가운데엔 나무가 울창한 아름다운 공원들이 신선한 녹색으로 빛나고 있다.

제마 엘 프나에서는 커다란 장이 열린다. '효수의 광장'이라는 뜻이다. 과거에 이 광장은 처형당한 자들의 베어낸 머리를 높은 장대에 매달아 사람들이 보도록 세워놓는 장소였다. 그러나 오늘날 이 광장에는 물건을 사고파는 사람들로 북적북적 정신이 없을 지경이다. 이 광장은 아프리카에서 가장 매혹적인 시장이면서 온갖 마법의 무대이기도 하다. 여기저기 마술사, 뱀 묘기 부리는 사람, 곡예사, 점쟁이, 이발사, 돌팔이 의사, 치과 의사, 온갖 향신료가 가득한 가게들, 수많은 간판점들이 늘어서 있다. 종을 땡그랑땡그랑 울리면서 작은 양은 컵에 신선한 물을 담아 파는 물장수도 있다. 민첩한 원숭이는 공중제비를 연속으로 돌아 박수를 받는다. 얼굴을 가린 여인들이 검은 히잡을 눈 아래까지 높이 끌어올리고, 후드가 달린 외투를 입고 근엄한 표정을 짓는 노인들은 높은 담장 아래 웅크리고 앉아 기도를 한다. 금지된 상품을 파는 상인들이 지나는 사람들에게 재빨리 속삭인다.

"하시시? 하시시?"

커다란 시장 한가운데에는 많은 야외 레스토랑들이 모여 있다. 조리실에서는 푹푹 김이 뿜어져나오고 매혹적인 향기들이 지나는 발걸음을 유혹한다. 바로 그 옆에는 검은 댄서들이 땀에 젖은 몸을 북과 탬버린의 리듬에 맞춰 격렬하게 움직인다. 그리고 결코 잊을 수 없는 것은 수많은 아이들의 커다란 눈망울이다. 가볍게 나를 건드리고 옷소매를 잡아끌면서 손을 내밀고 거리에 서서 구걸하는 아이들의 갈색 둥근 눈.

광장에 잇닿은 메디나(구도시)에는 좁은 골목들이 정신없이 복잡하게 얽혀 있고 길을 따라 가게들이 줄지어 늘어서 있다. 오렌지, 무화과, 멜론 옆에는 도자기 접기, 베르베르의 단검, 샌들, 긴 망토 젤라바, 거울, 양탄자, 팔찌, 은목걸이 그리고 가죽 혁대 등등 온갖 물건들이 판매되고 있다. 여기에 서면 잠깐 자기가 영화배우가 된 듯한 느낌을 가져볼 수 있다. 앨프리드 히치콕 감독이 1956년 제작한 영화 〈나는 비밀을 알고 있다(The man who knew too much)〉에서 수크(야외시장)의 골목 미로들 사이를 달렸던 제임스 스튜어트를 떠올리면서. 수크에서 벌어지는 모든 복잡한 소동과 시끄러운 흥정과 활기 넘치는 잡담들 그리고 혼을 빼놓는 향기들 속에서 저절로 동방의 마법을 떠올리게 된다. 이곳에서 사람들은 왕의 도시 마라케시로부터 모든 하늘의 방향으로 대규모 캐러밴들이 길을 떠나던 천 년 전의 그날과 마찬가지 느낌에 사로잡힌다.

다음 며칠 동안 마라케시를 둘러보면서 나는 많은 구경을 했다. 77미터 높이의 첨탑을 가진 쿠투비아 회교사원이 가장 먼저 눈길을 끈다. 아라비아 세계에서 가장 아름다운 탑의 하나다. 오늘날까지도 이 모스크는 기독교인의 입장을 허락하지 않는다. 엘-바디 궁전의 잔해도 둘러보았다. 마그레브(아프리카 북서부) 전 지역에서 가장 아름다운 궁전으로 평가받고 있으며 1578년에서 1603년 사이에 사디 왕조의 별장으로 축조되었다. 또한 12세기에 세워진 육중한 두 개의 성문, 밥 에르 롭과 밥 아그나우 역시 빼놓을 수 없는 볼거리였다. 메리니드 왕조의 아부 타니트 왕은 600명의 반란자를 처형하고 그들의 머리를 그 성문에 효수했다고 한다.

다음날 오후 나는 카페 드 프랑스의 시원한 옥상 테라스에 앉아서 향이 좋은 차 한 잔으로 상쾌한 기분을 만끽했다. 발밑으로 제마 엘 프나 광장의 군상들이 바글바글 북적거렸고, 붉은 성벽 뒤로는 눈 덮인 하이 아틀라스 산맥의 봉우리들이 하얗게 번쩍인다. 마라케스에서 북쪽으로 9킬로미터밖에 떨어져 있지 않다. 반면에 남쪽으로는 사하라 사막이 펼쳐져 있다. 아주 가까워서 나는 이미 그것을 느낄 수 있다.

사하라, 그 이름의 울림부터가 다른 세상을 향한 동경을 일깨운다. 이름을 들으면 태평양 같은 모래의 바다와 기괴한 화산지대, 작열하는 햇살, 찌는 듯한 더위 그리고 살을 에는 얼음 같은 밤을 떠올린다. 파랗게 얼굴을 가린 투아레그 부족과 활활 타는 모닥불 가에 놓인 놋쇠 찻주전자를 생각하게 된다. 그러나 무엇보다 먼저 머리에 그려지는 건 낙타의 웅얼거리는 울음소리, 가도 가도 닿을 수 없이 멀리 있는 지평선, 그리고 모래다. 노랗고, 하얗고, 잿빛이고, 때로는 황소의 색깔로 흘러다니는 모래. 멈추지 않는 바람에 밀려서 광야를 따라 흐르고 흘러 삶의 모든 흔적을 지우는 모래.

오늘날에도 아라비아의 사막 주민들은 이 황무지를 '에스-사흐-라', 노랗고 붉은 모래 색이라고 부른다. 그들은 이 숨막히게 아름다운 광야를 알라의 정원으로 여기고, 알라신이 우리 인간으로 하여금 이 삼라만상의 진정한 존재와 가치를 인식하도록 하기 위해서 모든 불필요한 것들을 없애버린 땅이라고 생각한다. 서쪽에

사하라

◐ 맹독을 지닌 사막뿔독사가 모래 위를 기어가면서 길게 늘인 S자 모양을 하고 있다.
◐◐ 한 걸음 한 걸음 내딛어 사하라의 모래바다를 건넌다. 광대한 하늘과 그 아래 끝없이 펼쳐진
   사하라의 장엄하고 아름다운 풍경.

◆ 열기구를 타고 절대적인 고요 속으로 솟아올랐다.
발아래 이집트의 사막과 나일강 푸른 줄기가 드넓은 장관을 이루고 있다.

사하라

🔵 목숨만큼 소중한 리비아 사막의 푸른 호수, '움 엘 마'.
🔵 고대의 캐러번 길에서 낙타의 해골과 마주치는 건 드문 일이 아니다.

⬆ 우리가 타고 있는 낙타들 그림자가 살바도르 달리의 추상화를 떠오르게 한다.
⬇ 무거운 짐을 나르는 낙타들과 함께, 혹은 배낭 하나 메고 혈혈단신으로, 또 어떤 때는 아들 아론과
함께 사막을 걸었다. 끝없는 광야에서 방향을 일러주는 건 휴대용 나침반과 별빛이다.

사하라

✪✪ 사막의 예술가 카르스텐 베스트팔에게 모래와 바위가 자아내는 사막의 풍경은
환상적인 작품을 창조하는 아틀리에와 같다.

🔹 과거의 영화가 고스란히 느껴지는 사막의 도시들. 유네스코 문화유산으로 등재된
가다메스 구시가(리비아)의 진흙담장. 언덕 위에 높이 솟은 이슬람 첨탑이 특징적인
가르다이아(알제리), 인적은 사라지고 바람만 스쳐가는 가트(리비아)의 구시가,
로마 무역의 중심시로 화려하고 장대한 역사를 담고 있는 렙티스 마그나(리비아),
과거 사하라를 건너는 캐러밴들의 중요한 기착지였지만 이제는 폐허로 남은 도시 시질마사(모로코)

사하라

⬆ 아들 아론이 낙타 고삐를 잡아끌고 이집트의 광대한 사막을 건너고 있다.
⬇ 먼지와 모래가 휘몰아쳐 거대한 기둥을 이루고 달려들면 새파란 하늘이 금세 어두컴컴해진다.

서 동쪽으로 사하라는 약 5500킬로미터에 이르고 북쪽에서 남쪽
으로의 거리는 대개 1600킬로미터 이상이다. 900만 평방킬로미
터의 넓이를 지닌 사하라 사막은 가히 바다처럼 거대한 자연 공간
이라고 할 수 있다. 그 광야의 고요 속에서 우리는 대지의 순환과
자연의 오묘함, 심지어 지구의 자전을 느낄 수 있다고 믿는다.

이미 그리스 시대에 '역사의 아버지' 헤로도투스는 사하라 모래
바다의 무한함에 대해 서술한 바 있다. 또한 그는 이 미지의 땅을
아름답지만 동시에 끔찍한 곳이라고 묘사하면서 사람들은 동굴
속에서 살아가고, 두 개의 머리를 가진 도마뱀들이 살고 있으며,
반은 닭이고 반은 뱀인 기괴한 동물, '바실리스크'가 두려움과 공
포를 자아낸다고 보고했다. 이런 묘사들은 천 년이 넘게 서양의 환
상을 활발하게 자극했다. 사악한 마법의 화신으로서 바실리스크
는 어둡고 습기 찬 동굴이나 깊은 샘물 속에 몸을 숨기고 있고, 눈
빛만으로 사람을 죽일 수 있다는 등의 믿음이 사람들 사이에 공공
연하게 퍼져갔다.

그런 소문만큼이나 믿을 수 없는 사실은 사하라가 약 1억 5천만
년 전에 꽃이 만개한 에덴의 정원이었다는 것이다. 비가 오고 서늘
해서 살기 좋은 지역이 있고, 열대 숲이 울창하고, 늪지와 호수가
곳곳에 자리 잡고 있는 땅, 거기에선 몸무게가 80톤에 이르는 육중
한 공룡들이 살고 있었다. 그 사이 그런 공룡들의 뼈가 니제르 공
화국의 이른바 '공룡의 계곡'에서 수백 개 발굴된 바 있다.

그러나 오늘날의 사하라에는 모든 생명의 기본 요소인 물이 없다. 사하라의 풍경을 만들어내는 것은 드넓은 사구의 바다, 육중한 바위 언덕, 울퉁불퉁 돌의 평원 그리고 야자수를 두른 몇 곳의 오아시스가 전부다. 가히 대륙의 규모라 할 만큼 거대한 이 공간의 탐사를 최초로 시도한 것은 이미 고대 이집트 시대부터였다. 이후 기원전 300~400년경에 사막을 서쪽 경계까지 탐색했던 페니키아인들이 뒤를 이었고, 14세기에는 아마 가장 유명한 아랍의 여행가 이븐-바투타가 사하라를 횡단했다.

초기의 캐러밴들은 바싹 메마른 광야 사하라를 바르 벨라 마, 즉 '물 없는 바다'라고 불렀다. 배를 타고 바다를 여행하듯 그들은 낙타를 타고 사막의 모래파도를 헤쳐갔다. 소금, 비단, 황금, 보석, 향신료, 심지어 인간 노예까지 무거운 짐을 싣고 모로코와 말리 사이를, 니제르와 알제리 사이를, 리비아와 이집트 사이를 오갔다. 긴 세월을 오가면서 차츰차츰 그들은 풍경의 특징들과 태양과 별을 보고 방향을 찾는 법을 익혔다. 당시의 캐러밴들은 밤하늘의 별을 그들에게 보내준 알라신의 선물이라고 여겼다. 사막에서 올바른 길을 찾도록 만들어준 나침반인 셈이다.

그런 이유에서 모든 중요한 별들은 아라비아 이름을 갖게 되었고 아라비아 학자들은 일찍이 오랜 옛날부터 천측항법의 기술에 능통했다. 천 년의 세월이 흐르는 동안 결국 사하라에는 수많은 캐러밴 루트가 생겨났다. 투아레그 부족에게 수백 년 동안 일과 무역 그리고 생존을 보장했던 길이었다. 그러나 지금 아스팔트 도로가 역할을 대신하면서 전통적인 캐러밴의 존재는 거의 불필요한 것이 되고 말았다.

유럽인이 시도한 대규모 사하라 탐사는 18세기와 19세기에 비로소 이루어졌다. 당시 많은 유럽인들은 어마어마한 보물과 전설이 숨 쉬는 오아시스에 대한 소문들로 상상의 나래를 활짝 펴고 있었다. 사하라 남쪽에는 심지어 번쩍번쩍 빛나는 황금의 제국이 있다고 믿었다. 그 나라의 도시에 이르면 온갖 영화와 지식을 얻게 된다며 모두들 성공의 꿈을 꾸었다. 마침내 수많은 모험가와 학자들이 사하라의 미지의 지역으로 뛰어들었고, 금세라도 무엇이든 기적이 벌어질 것처럼 보였다. 당시에 모든 탐사활동은 시간을 건너뛰어 먼 이국의 세상을 찾아가는 모험이었고, 사하라 사막의 신비를 풀어내기 위해 많은 사람들이 엄청난 위험과 손실을 감수해야 했다.

하이 아틀라스 산맥 너머에서 나는 한때 프랑스의 성이었고 오늘날엔 지방의 중심도시인 와르자자테(사막의 문)를 떠났다. 무전기, 휴대폰, GPS 장비도 없이 군용 컴퍼스와 상세한 지도들만 이용해서 최적의 루트를 찾았다. 눈에 보이는 풍경이 급격하게 변하는데, 하이 아틀라스 산맥이 다습하고 풍요로운 대서양 기후와 사하라의 건조한 기후를 갈라놓는 가파른 장벽의 역할을 하고 있기 때문이다.

　드디어 내게 시간이 생겼다. 사막을 위한 시간, 나 스스로를 위한 시간이다. 조심스럽게 한 발을 다른 발 앞에 놓는 사이에 신경의 말단과 심장이 기대감에 두근두근 따끔따끔 설렌다. 나는 멈추지 않는 똑같은 리듬으로 앞을 향해 나아간다. 마치 마음을 비우고 묵주의 구슬을 하나하나 세는 자와 같다. 그러는 사이 15킬로그램의 배낭은 어깨에 편안하게 얹히고, 10센티미터 넓이의 허리띠가 탄탄히 받쳐주었다. 가죽과 합성섬유 재질의 목이 긴 신발은 특별한 충전재나 별도의 발목 보호용 장비 없이도 놀랄 정도로 발에 잘 맞았다.

　대단히 거칠고 힘든 길이었지만 첫째 날 이후 어느 곳 하나 아프지 않았고 물집 하나 잡히지 않았다. 발목과 뒤꿈치가 날아갈 듯 가벼웠다. 발가락 쪽도 충분한 공간이 있어 편안했다. 발목을 살짝 삐었던 것 때문에 여행을 시작하면서 걱정했었지만 적어도 지금까지는 괜한 걱정이었던 모양이다. 몸이 가볍고 기분이 너무 좋다. 모든 것이 잘되어가고 있다.

　느긋하게 풀어진 연청색 하늘 아래서 건조한 모래평원과 돌멩이가 울퉁불퉁한 암석 지형과 바싹 말라버린 와디 줄기를 따라 걷고 또 걸었다. 황량한 풍경의 멋과 향취가 온몸으로 스며들어 나를 흠뻑 적신다. 서너 시간마다 한 번씩 광야에 목표점을 찍는다. 그러고 나면 그곳이 나의 제2, 제3의 캠프가 된다. 각각의 점에 이르면 내가 지나온 길을 지도 위에 표시했다. 축척이 1:200,000인 지도다. 그렇게 1킬로미터, 1킬로미터 줄이 길어진다. 현실 속 사막에서도, 지도 위 사막에서도.

날씨는 다행히 완전히 내 편이 되어주었다. 3일이 지나도록 하늘은 구름 한 점 없는 파란색을 입고 있었다. 그런데도 열기는 일정한 수준을 넘지 않고 유지되었다. 가장 뜨거울 때라고 해도 섭씨 35도, 이 정도면 충분히 따뜻하게 즐길 만한 날씨다. 게다가 한들한들 바람도 불어주고 있었다.

아그즈와 타자린을 지나면서 나는 하루에 20~40킬로미터를 걸었다. 고독이 지배하는 낯선 별의 대지 위를 나 혼자, 철저하게 혼자가 되어 걸었다. 과거에 고독은 무척이나 나를 두렵게 했다. 그렇지만 그 사이 고독은 순수한 행복으로 내게 다가왔다. 고독은 나의 내면에 숨겨진 많은 비밀들을 열어 보여주고, 나라는 존재에 관한 문제들에 답을 해주었다.

일정한 리듬으로 이어지던 발걸음을 멈추고 물도 마실 겸 몇 분 휴식시간을 갖는다. 이때 나는 절대 급하게 물을 마시지 않는다. 아주 서서히, 조금씩 간격을 두고 물 한 모금 한 모금을 만끽한다. 여기 이 외딴 황야에서 한 컵의 물은 생명, 다시 말해 생존을 의미한다. 그러면 독일에 있는 집에서라면? 그곳에서 우리는 자주 물과 빵의 의미와 가치를 잊어버리고 만다.

은빛 달의 광채가 황량한 평원을 마법의 빛으로 물들이고 반짝이는 별빛으로 방향을 잡을 수 있는 날이면 언제나 나는 밤에도 행군을 이어갔다. 그러다 어느 날 하늘에 별 한 점 떠 있지 않는 완전한 어둠이 찾아와 옴짝달싹 못하고 텐트 안에 갇혀 있게 되면 모든 사막여행에서 경험하는 아픈 현상이 불쑥 고개를 내밀 때가 있다. 그런 현상을 눌러 막거나 막무가내로 밀쳐내기는 거의 힘든 일이다. 내가 사막을 가까운 친구처럼 아주 친근하게 느끼는 건 분명하지만 어둠이 검은 장막으로 야영지를 덮어씌우면 친구였던 사막은 어느새 무서운 적이 되고 만다.

절대적인 어둠 속에 꼼짝없이 내던져졌다는 느낌이 소스라치게 폐부를 찌르고 들어서면 울퉁불퉁한 돌밭과 부스러지기 쉬운 와디의 바닥을 걸었던 긴 행군의 피로보다 더욱 견디기 힘들게 된다. 그런 시간이면 내가 마치 세상에서 가장 외로운 개가 된 것 같다. 고립으로 인한 정신의 아픔이 거의 육체의 고통으로 느껴질 정도다. 내 생각들이 먼 곳으로 떠나 부유하고 갑자기 가족이 그리워진다. 지금 어디에선가 가족과 함께 앉아서 웃고 떠들 수 있다면 얼마나 좋을까. 이런 생각들을 내쳐버리기 위해서 그리고 사무치는 절망감을 이겨내기 위해서 나는 헤드폰을 꺼내 쓰고 MP3 플레이어의 음악으로 고독한 절망을 밀어내려 시도한다. 그것이 완전한 고독의 아픔을 몇 시간이고 막아내는 유일한 방법이고 그러는 사이 어느새 잠의 손길이 나를 꿈으로 인도한다.

그렇지만 사막에서 나는 집처럼 깊은 잠을 자지 못한다. 집을 떠나 자연 속에 누우면 내 정신은 보통 때보다 훨씬 더 민감하게 움직인다. 그런 곳에서 나는 '고성능 안테나'를 가지고 누워 있는 셈이다. 주위에서 일어나는 모든 일을 무의식중에 알아채고 기록한다. 나의 뇌는 모든 소리를 듣고 검사해서 걸러낸다. 그러려면 항상 경계심을 유지해야 한다. 그것은 일종의 선잠을 자는 시간, 살짝 의식의 수준을 낮추는 휴식이다. 나는 그런 휴식에 익숙하다. 잠을 자고 있지만 깨어 있기도 하다. 자기 영역의 위험을 인지하는 동물의 직관과 본능을 가진 셈이다.

매일 아침 5시에 나는 길을 나섰다. 아침 식사는 몇 모금의 물과 한 줌의 마른 자두 그리고 딱딱한 과자 대여섯 개였다. 더 이상의 식사는 불필요했다.

평소와 다름없이 걸음을 옮기다 문득 이상한 불안에 휩싸이게 된 것은 이미 사하라 사막을 650킬로미터 지난 뒤였다. 무언가 위험한 것이 목덜미를 물려고 덤비는 그런 느낌, 나는 여느 때와 마찬가지의 리듬으로 걸으면서도 가만히 광야의 소리에 귀를 기울였다. 그렇지만 물통에서 찰랑거리는 물소리 말고는 아무 소리도 들리지 않았다. 그런 어느 순간 갑자기 어두운 구름이 몰려와 하늘을 덮었다. 그리고 바람이 모래를 집어들어 내 얼굴에 던져댔다. 얼른 젖은 수건으로 코와 입을 가렸다. 폭풍의 냄새가 났다. 그리고 바로 다음 순간 그 냄새는 진짜가 되었다.

강력한 먼지와 모래의 공격이 시작되었다. 하늘이 깜깜해지면서 폭발하는 오케스트라의 격정인 듯한 굉음이 나를 덮쳤다. 텐트를 세우는 것은 거의 불가능했다. 텐트를 펴드는 순간 칼날처럼 날카롭고 세찬 바람이 텐트 천을 풍선처럼 부풀게 하고 나를 몇 미터나 끌고 가 내동댕이쳤다. 천신만고 끝에 나는 괴물처럼 날개를 펄럭이는 텐트의 고정줄을 바닥에 박은 페그에 묶을 수 있었다. 그렇지만 바람은 점점 더 거세지고 모든 방향에서 불어오는 듯 정신없이 텐트를 뒤흔들었다.

최악의 상황을 예감하면서 나는 엉금엉금 기어서 텐트 안으로 기어들어갔다. 지퍼를 닫기 전에 나는 상상할 수 없는 무언가에 이끌려 고개를 돌려보았고 순간 나는 내 눈을 믿을 수 없었다. 하늘까지 맞닿은 갈색의 장벽, 폭풍은 산보다 높은 장벽을 세워 밀면서 사하라를 한 꺼풀 벗겨내려는 기세였다. 그리고 그 대지 위에 점처럼 박혀 있는 나의 텐트를 향한 인정사정없는 공격이 시작되었다. 치고 때리고 찢고 눌러서 나의 작은 나일론 집은 폭풍우 몰아치는 대양 위의 조각배처럼 만신창이가 되고 있었다. 주위의 땅 전체가 움직이고 있었다. 텐트가 모래 속에서 허우적거리면서 살기 위해 발버둥을 치고 있었다. 나는 가슴속에서 화가 치밀어올라 저주를 퍼부으며 폭풍과의 격한 대화를 시작했다. 그러나 얼마 지나지 않아 아무 소용없는 분노를 가라앉혔다. 잔인하고 냉정하고 냉혹하고 신비하지만 결국 이 모래폭풍이 하나의 물리적인 현상 그 이상도 그 이하도 아니라는 것을 깨달았기 때문이다.

밤새 나는 내 생각의 미로를 방황하며 떠돌았다. 그러다 어느 순간 잠이 나를 사로잡았다. 새로 시작되는 하루의 첫 햇살이 부드럽게 모습을 보이면서 사나운 폭풍이 마침내 완전히 물러났다. 한결 마음이 놓이고 편안한 기분이 되었다. 살금살금 주위를 둘러보며 납작하게 눌린 텐트를 열고 빠져나왔다. 무서운 모래폭풍을 이겨 냈다는 기쁨은 처절한 밤의 모든 고난을 잊게 해주었고, 무겁게 축 늘어진 사지도 삶의 환희에서 금세 힘을 얻었다. 한 시간 후에는 구름이 모두 사라져 하늘이 본래의 파란색을 되찾았고, 부드럽고 따스한 바람만 얼굴을 스쳤다. 재빨리 짐을 챙겨든 나는 다시금 '사막 걷기'에 몸과 마음을 맡겼다. 사납게 찢긴 대지를 넘어 동쪽으로 향하는 길을 찾아 사방을 집중적으로 탐색한 결과 몇 킬로미터 걷기도 전에 이미 나는 올바른 길에 들어서 있었다. 이것이 바로 그 기쁨, 광야를 여행하는 진정한 의미다.

검은 돌사막과 간간이 다양한 덤불이 자라는 짙은 황색의 모래 평원이 극명한 대조를 이루고 있었다. 나는 저만치 앞에 모여 있는 다섯 명의 베르베르족 남자들을 보았다. 빙 둘러선 그들 한가운데 낙타 한 마리가 옆으로 누워 있었다. 갈색의 젤라바를 입고 머리에는 전통적인 두건을 쓰고 있는 남자들에게 내가 먼저 말을 건넸다. 친근한 이슬람 표현으로 인사했다. "살람 알라이쿰"(당신에게 평화가 깃들기를!) 이렇게 말하면서 왼쪽 가슴에 손을 얹었다.

"오 알라이쿰 살람!" 베르베르 사람들이 대답했다. 그러고는 의례적인 악수가 시작되었다. 오른손의 손가락을 부드럽게 스치고 그 손을 입술에 갖다대는 것이다. 남자들은 신경이 날카로웠다. 걱정스럽게 고개를 숙이고 계속해서 바닥의 낙타를 지켜보았다. 무슨 상황인지 알 수 없었다. 그러자 유숩라는 이름의 베르베르 젊은 이가 설명해주었다.

"이 낙타가 새끼를 낳으려고 하고 있어요!"

유숩는 짧은 몸짓으로 내가 계속 그 자리에서 함께 지켜봐도 좋다는 말을 전했다. 얼마 후에 본격적인 출산이 시작되었다. 암컷 낙타는 뒷다리를 쭉 뻗고 옆으로 쓰러져서 격한 신음 소리와 함께 머리를 이리저리 흔들었다. 코로 깊은 숨을 들이마셨다가 내뱉기를 반복했다.

두 남자가 바싹 붙어 웅크리고 앉았다. 한 명은 손바닥을 펴서 부드럽게 암낙타의 옆구리를 쓰다듬어주었다. 다른 한 남자는 섬세한 손길로 살금살금 새끼 낙타를 잡아당겼다. 태어나는 낙타의 머리와 앞다리는 이미 엄마의 몸 밖으로 나와 맥없이 늘어져 있었다. 남자들은 엄마 낙타가 잠깐 쉬었다가 다시금 압박을 시작하고 새끼 낙타가 점점 더 많이 밀려나오자 잔뜩 흥분해서 달려들었다. 억센 손아귀로 부러질 듯 연약한 새끼 낙타의 발을 붙잡고 엄마의 호흡 리듬에 맞춰 조금씩 끌어냈다. 그러다 갑자기 새끼가 엄마 몸에서 쿵 소리를 내면서 쑥 미끄러져 떨어졌다. 그러고는 양수가 쏟아졌다. 다음엔 탯줄을 끊어냈고 엄마 낙타는 머리를 돌려 킁킁 소리를 내며 새끼의 냄새를 맡았다.

"오 다행이야, 정말 잘됐어. 이놈은 수컷이야!"

암낙타의 주인인 모하메드가 소리쳤다. 그는 너무 기뻐서 박수를 치며 춤이라도 출 것처럼 흥분해서 어쩔 줄을 몰랐다. 새끼는 흠뻑 젖어 미끌미끌했다. 베르베르 남자들이 양막을 벗겨주었다. 새로운 세상을 만난 생명체가 비틀거리고 달달 떨면서 발로 버티고 섰다. 작은 몸통에 비해서도 새끼 낙타의 긴 다리는 얇은 대나무처럼 보였다. 간신히 균형을 잡은 새끼 낙타는 엄마의 젖꼭지를 찾아서는 열심히 젖을 빨기 시작했다.

밤이 어둠을 드리우고 있었다. 유숩와 그의 친구들은 오아시스 도시인 리사니에서 가족을 방문했고 지금은 몇 마리의 낙타를 고향마을로 데리고 가는 중이었다. 유숩는 내게 그날 밤 그들의 야영지에서 함께 지내자고 청했다. 내가 독일인이라는 걸 알고는 자기 형이 독일에서 오랫동안 일했다면서 독일을 칭찬하는 말들을 하고 더욱 친절하게 나를 대했다. 그리고 얼마 후 우리 여섯은 모닥불 가에 둘러앉아 흥겨운 분위기를 마음껏 즐겼다. 모닥불의 뜨거운 재로 바삭바삭한 귀리빵을 구워 먹기도 했다. 이스트 없이 귀리가루와 물 그리고 소금으로만 만든 빵이다. 신선한 페퍼민트와 설탕을 넣은 홍차를 함께 마셨고, 빵 위에다 정어리 통조림, 토마토,

양파를 얹어 먹기도 했다. 유숩은 검댕이 잔뜩 묻은 찻주전자를 높이 들고 작은 잔에 차를 따랐다. 그리고 이렇게 말했다. 첫 잔은 인생처럼 쓰고, 두 번째 잔은 사랑처럼 달콤하고, 세 번째 잔은 죽음처럼 부드럽다고.

이날 밤에 나는 하이 아틀라스와 안티 아틀라스가 고향인 베르베르 부족에 대해 많은 것을 알았다. 모로코에는 세 개의 베르베르 부족이 있다고 한다. 베라베르, 리프베르베르 그리고 클레우(수시)다. 그들을 구별 짓는 가장 큰 요소는 그들의 언어다. 이 언어는 함어족에 속하는 약 5천 가지 방언이 있고 아랍어와는 공통적인 부분이 전혀 없다. 기원전 3000년까지 이들의 역사를 추적해볼 수 있었지만 이 농업 민족이 그 먼 과거에 어디로부터 온 것인지는 여전히 정확히 알려져 있지 않다. 그들은 스스로를 '이미치겐'이라고 부른다. 말하자면 '고귀한 출신을 가진 사람'이라는 의미다.

다음날 아침 나는 거대한 폐허의 땅에 도착했다. 바람이 파먹은 흙집과 성문과 모스크와 주택들의 잔해가 외로운 풍경을 자아내고 있었다. 전설적인 무역과 캐러밴의 도시, 바로 시질마사였다. 1600년대부터 지금까지 모로코를 다스리고 있는 알라위트 왕조의 출신지이기도 한 시질마사에는 약 900년 전까지 번성하던 시장이 있었다. 아랍인과 베르베르인이 대추야자와 기장, 갖가지 향신료, 상아와 타조 깃털, 이러저런 가죽, 민속 공예품, 거기에 금과 은까지 사고팔았던 대규모 시장이었다.

무엇보다 11세기에서 15세기 사이에 시질마사는 검은 아프리카로부터 오는 대상들이 아프리카 북부로 많은 노예들을 끌고 왔던 사하라 횡단 캐러밴의 중요한 기착지로 자리 잡았다. 주위 지역의 유목민들은 가축을 팔기 위해 사막을 건너 이리로 왔고, 투아레그 대상들은 예나 지금이나 말리의 타우데니에서 생산되는 귀중한 소금을 운송해왔다. 19세기 초까지도 모로코에서는 소금 약 400그램은 금 1온스의 가치를 갖고 있었다.

19세기 초 전투적인 유목민들의 파괴와 점점 더 빠르게 발전하는 해상무역으로 인해 시질마사는 몰락의 길을 걷기 시작했다. 그리고 얼마 후엔 현대적인 운송수단이 등장했다. 화물차였다. 엔진을 달고 등장한 모든 유목민들의 적, 화물차는 전통적인 캐러밴 무역의 자리를 빠르게 차지하고 사막 주민들의 이동을 점점 더 제한했다.

모로코 남동부에 위치한 사하라 최대의 오아시스, '타필랄트'가 조금씩 더 가까이 다가오고 있었다. 남북 방향으로 30킬로미터 넘게 뻗어 있고, 동서 방향으로 최대 60킬로미터에 이르는 이 거대한 오아시스는 과거 100만 그루의 야자수가 울창한 숲을 이루었고 거기서 나오는 대추야자는 농부들에게 넉넉한 생활을 보장했었다. 그 사이 심각한 가뭄으로 인해 야자수의 숫자는 약 35만 그루로 감소했다. 그렇기는 하지만 여전히 상큼한 녹색의 숲이 울창한 도시, 에르푸드와 리사니는 이곳이 에덴동산이 아닐까 생각하게 만들었다. 지즈강과 게리스강에서 끌어오는 정교한 급수 시스템이 숲과 들판에 물을 공급한다. 물론 그런 노력과 시설도 점점 깊이 밀고 들어오는 사막의 위협을 완전히 막아낼 수는 없다. 몰아치는 바람을 타고 먹성 좋은 모래가 지역 전체를 지도에서 지워버리고 매년 2만 평방킬로미터의 사바나 지역을 먹어치운다.

사막의 가차 없는 세력 확장에는 또 다른 원인들도 있다. 기후의 변화, 극단적인 온도 변화, 1년 내내 멈추지 않고 불어오는 뜨거운 무역풍, 급격한 기압의 변화, 빠른 증발 속도 등이다. 거기에 하나 더 절대 무시할 수 없는 위협이 있다. 바로 사람이 저지르는 환경 파괴다. 인간은 과도한 방목, 벌목 그리고 화전 등을 통해 자연의 균형을 무너뜨리고 말았다.

황금색으로 반짝이는 모래 산들 사이를 지나 약 50킬로미터나 들어온 곳이 과거 열대의 산호섬이었다는 것은 믿기 힘든 사실이다. 이곳에서 나는 삼엽충과 암모나이트의 화석을 발견했다. 바다 생물과 조개의 윤곽이 또렷하게 새겨진 화석이다. 3억 5천만 년 전 사하라의 이 지역 위로 원시의 바다가 넘실거리고 있었다는 증거인 셈이다.

과거 프랑스 군대의 주둔지였던 에르푸드에서 나는 미리 약속했던 대로 이 지역 지리에 능통한 베르베르 젊은이 잘림을 만났다. 키가 크고 마른 체형의 잘림은 벌써 여러 차례 사막여행을 함께 했던 좋은 친구로 항상 미소 짓는 갈색 눈을 갖고 있다. 나이가 스물아홉이고 미혼인 그는 사막에서 가족과 함께 살면서 아버지가 그러하듯 캐러밴으로 일하고 가끔씩 관광객을 안내하면서 약간의 돈을 번다. 잘림은 아주 말이 없고 내성적인 사람이지만 사막에서 알아야 하는 모든 것을 알고 있다.

어렸을 적 그는 투아레그 전사로부터 파란색이 보호색이라는 것을 배웠다. 그래서 그는 인디고블루의 옷을 입는다. 인디고는 땀구멍을 막지 않고 피부를 보호한다. 반면에 터번처럼 기술적으로 머리에 두르고 있는 그의 세슈는 존경심을 상징하는 하얀색이다. 잘림은 프랑스어, 모로코 아랍어를 쓰고 약간의 영어도 할 줄 안다. 그러나 우리는 길을 가는 동안 아무 말 하지 않고도 서로를 이해하곤 한다. 우리는 서로를 인정하는 법을 배웠다. 사막 생활의 아름다운 측면만이 아니라 어둡고 힘든 측면도 솔직히 나눈다. 중요한 것은 친근함과 신뢰다. 이번에 잘림은 낙타 두 마리를 준비했다. 우리는 그 낙타들의 도움을 받아 알제리를 지날 것이다. 잔뜩 기대에 부풀어 동쪽으로의 여행길에 올랐다. 부드럽게 고삐를 끌자 낙타가 서서히 걸음을 옮겼다.

국경지역의 피기그와 베니-위니프를 넘어서면서 알제리령 사하라는 완전히 끝이 없는 광야로 변했다. 요새처럼 우뚝 버티고 선 봉우리들을 멀리하고 우리는 모래와 돌로 만들어진 평평한 바다를 지나, 건조한 분지와 원시의 하천 계곡을 건너고, 다시 앙상한 아카시아와 짙은 회색의 가시덤불을 만났다. 하루하루 우리는 거의 지나기 힘든 길을 때로는 걸어서 때로는 낙타를 타고 북동 방향으로 이동했다. 낙타의 발걸음에 모래 먼지가 피어오르고 잣대마냥 완전한 직선으로 보이는 지평선이 눈 밖으로 절대 사라지지 않는 동안에 우리가 겪은 가장 흥분되는 일은 바닥의 돌 몇 개가 흔들린다는 것이었다.

계속해서 우리는 황량하고 가벼운 굴곡이 있는 건조 초원지대를 지나고, 드넓은 모래평원과 무참하게 찢긴 바위 지형을 뚫고 걸었다. 그러고 나선 사하라-아틀라스 산맥을 따라 걸었다. 길게 늘어선 산지는 2천 미터 이상 솟구친 봉우리도 갖고 있다. 이 대형 산맥은 모로코 전역을 통과해서 알제리까지 이르는 산맥, 하이 아틀라스의 줄기가 이어진 것으로 볼 수 있다. 그렇지만 하이 아틀라스와는 달리 사하라-아틀라스는 장벽의 역할을 하지 않는다. 오히려 군데군데 협곡과 산길이 있는 듬성듬성한 산줄기를 가지고 있다. 그런 길을 이용한 것은 주로 검은 아프리카에서 오는 수많은 캐러밴들이었다. 오늘날도 역시 아랍의 유목민들은 가축을 몰고 이 산지를 이동한다. 주로 건조한 여름에 알제리의 남쪽을 떠나 시원한 북쪽에서 충분한 초지를 발견하기 위해서다.

으스스한 그림자처럼 검은 산등성이들이 우리가 걷는 길을 따라 길게 이어진다. 거의 모든 바위 더미들이 저마다 하나씩 이름을 가지고 있다. 합리적으로 설명할 수 없는 이름들이다. 대개는 다양한 전설에서 유래한다. 정령과 악마들이 얽혀 있고 든든한 요새와 위대한 사랑이 담겨 있다. 서에서 동으로 기괴한 모습의 산지가 형성되어 있는데, 그것은 '예벨 아무르'라는 이름을 가지고 있다.

사하라-아틀라스 산맥의 발치에서 우리는 '그랜드 에르그 옥시덴탈'의 웅장한 모래바다를 둘러 간다. 오묘한 색조들이 해가 뜨고 해가 질 때까지 찬란한 빛의 놀이에 따라 쉼 없이 변화한다. 하얀 은빛에서 황금색으로 또 적갈색으로…… 이곳은 사하라에서 가장 규모가 큰 사구 지역이다. 다양한 크기와 다양한 모양의 모래언덕들이 끝도 없이 이어진다. 마을도 길도 없고, 자연히 인적도 없는 지역이다. 이제까지 단 한 사람도 이 지역을 횡단하겠다고 나서지 않았을 것이다. 대개의 사구들은 그 높이가 200~300미터에 이른다. 장관을 이루는 이 거대한 사구의 파도들은 사하라 사막을 상징하는 풍경이다. 그러나 실상 세계 최대의 사막, 사하라는 그것의 20퍼센트만이 모래로 덮여 있다.

달랑 두 사람에 불과한 우리 작은 캐러밴은 오르락내리락 하늘의 끝까지 펼쳐진 건조한 광야를 지난다. 잔뜩 짐을 둘러멘 낙타들을 이끌고 일정한 리듬으로 걷고 있노라면 얼핏 보기에 텅 비어 있는 공간에서 가는 밧줄 하나를 밟고 가는 느낌이 든다. 그렇지만 실제로는 빈 공간이 아니다. 저녁이 되어 우리가 야영지를 마련하고 텐트 주위를 몇 걸음 돌아보니 수많은 동물들이 이 황무지를 집으로 삼고 살아가고 있음을 알았다. 부드러운 모래 어디에나 동물들의 흔적이 그려져 있는 것이다. 우리는 풍뎅이, 도마뱀, 뛰는쥐 그리고 뿔독사가 그려놓은 섬세한 그림들을 발견했다. 강한 독성을 지닌 사막의 뿔독사는 몸을 잘 감추고는 있지만 모래에 분명한 흔적을 남겨서 주의해서 관찰하면 쉽게 피할 수 있다.

그 이상으로 주의해야 할 동물은 전갈이다. 사하라 사막에만 열일곱 종이 있는 전갈은 대부분 독을 가지고 있다. 두꺼운 꼬리를 가진 전갈들이 특히 위험하다고 할 수 있다.

"한 번 쏘이면 불에 데는 것처럼 화끈거려요. 약한 사람이라면 거의 모든 전갈들이 한 번에 뿜어내는 독으로도 죽을 수 있어요. 그 정도로 지독한 독이지요."

모래 둔덕에 나란히 앉아 지평선 너머로 가라앉는 태양을 바라보고 있을 때 잘림이 설명해주었다. 활활 타오르는 오렌지 빛 햇살이 드넓은 광야에 넘실거렸다. 진빨강의 빛과 자주색 띠가 하늘 위에서 펄럭거리고 멀리 지평선을 물들이는 낙조는 들불처럼 이글거렸다. 사위 모든 존재들이 완전히 어둠의 베일에 덮이고 대지가 자기의 그림자 속에 잠길 때까지 빛의 향연은 멈추지 않았다. 이때가 바로 사막의 마력과 위험이 극명하게 드러나는 순간이다.

사막에서 기쁨과 위험이 얼마나 가까이 있는지 알고 나면 참으로 기이한 느낌이 든다. 사하라가 일몰의 장관으로 서정적 정취를 듬뿍 선사할 때, 그 고요함에 섞이는 소리가 오로지 낙타의 울음 소리뿐인 그 순간이 지나면 우리는 곧장 다시 한 번 침낭과 텐트를 점검했다. 뿔독사나 전갈이 숨어들지 않았는지 확인해야 하기 때문이다. 그런 독성의 피조물과 잠자리를 함께 나누고 싶지는 않았다.

다음날 우리는 끝없이 밀려가는 사구의 파도와 쉽게 부스러지는 돌무더기 지형 사이에서 잔잔한 샘물과 작은 오아시스를 만났다. 우리는 식량과 식수를 보충하기 위해 그 외딴 마을의 작은 찻집으로 들어섰다. 그때 몇 명의 젊은이들이 들이닥쳐 우리 탁자 위에 닳아빠진 가방 하나를 툭 던져놓고 쏜살같이 내뺐다. 잘림과 나는 "폭탄"과 "알라"라는 말을 들었고, 황급히 바닥으로 몸을 던졌다…….

그렇지만 아무 일도 일어나지 않았다. 그저 광신자들의 못된 장난이었다. 같은 나라 사람들이라도 그걸 장난으로 받아들일 수는 없는 일이었다. 우리 주위에 앉아 있던 사람들 모두가 질린 얼굴로 바닥에 몸을 던졌고 욕을 하면서 몸을 일으켰다.

이틀 후에 다른 조용한 마을에서는 좁고 어둑한 골목에서 갑자기 아이들이 달려나와 우리를 향해 권총을 내밀더니 급기야 쏘기까지 했다. 다행히 그건 그저 공포탄이었다. 다시금 우리는 팔다리가 후들거릴 정도로 놀랐다. 그런 우리를 향해 아이들은 욕을 하고 위협하고 돌을 던졌다. 외국인에 대한 증오가 얼마나 깊이 뿌리 박

혀 있는지 실감하면서 황급히 사막으로 나섰고 속도를 높여 동쪽
으로 내달렸다.

알제리는 여행하기 힘든 나라다. 광신도들이 만연한 데다 사회
안전망은 매우 미비하기 때문이다. 이슬람화 정책과 극단적인 원
리주의가 득세하면서 많은 지역과 오아시스의 분위기가 험악하기
이를 데 없다. 많은 청년들이 모든 일을 스스로 알아서 해내야 하
는 형국이어서 직업과 가족을 가지고 삶을 꾸려나갈 수 있는 환경
은 기대할 수 없는 상황이다.

황량한 지역으로 단조로운 걸음걸이가 이어지고 있었다. 풍경
은 점점 더 달과 비슷해진다. 나무도, 덤불도 없다. 그저 돌이 깔려
있는 사막, 평평한 석회석과 사암으로 이루어진 평원이다. 우리는
좁다란 길이 어망처럼 촘촘하게 교차하고 있는 지역을 지나고, 돌
투성이 산과 운석공 비슷한 분지도 지나갔다. 그러고는 폭이 넓
은 계곡 아래쪽에 이르렀다. 대추야자 나무가 길게 숲을 이루고
있었다.

여기서 우리는 '다섯 도시의 오아시스'를 만나게 된다. 엘 아테
우프, 부 누라, 멜리카, 베니 이스게네, 가르다이아, 이렇게 다섯 개
도시로 구성된 음자브 연맹은 과거 성곽의 형태로 생겨났으며, 오
늘날엔 사하라에서 가장 신비한 장소들 중 하나로 자리 잡았다. 성
벽으로 둘러싸여 오랜 역사를 품고 있는 음자브 연맹은 다섯 개의

언덕 위에 신비한 펜타폴리스를 완성했다.

눈에 띄는 모든 행동을 피하기 위해서 우리는 이 오아시스 도시의 외부에서 야영을 하기로 결정했다. 잘림이 낙타 곁에 머무는 동안 나는 가르다이아의 골목길을 여기저기 감상했고 마법에 사로잡히듯 강한 매력을 느꼈다. 도시 언덕의 가장 높은 지점에는 마치 손가락에 골무를 씌워놓은 것처럼 이슬람 사원의 미나레트(첨탑)가 높이 솟아 있고, 그 꼭대기의 네 귀퉁이는 파란 하늘을 움켜쥐려는 듯 당당하고 날카롭다. 언덕 전체를 덮고 있는 주거지역의 정육면체 구조가 특히 인상적이다. 도시는 하늘색, 푸른색, 밝은 황색, 모래의 갈색 그리고 하얀색으로 빛났다.

음자브강에는 몇 년에 한 번씩만 물이 흐른다. 이 와디의 지하수가 수백 년 동안 이 도시에 물을 공급했으며 이 도시에 사는 사람들에게 이름을 선사했다. 13세기 박해를 피해 도망치다가 이곳에서 도시를 건설했던 베니 음자브, 즉 모자비트가 바로 그들이다.

수백 년 동안 모자비트 사람들은 매사에 코란의 내용을 지키는 독실한 이슬람교도들로 여겨졌다. 그들의 일상과 인생은 깊은 신앙심, 엄격한 규율 그리고 확고한 공동체 의식으로 채워져 있다. 그 중심에는 가족이 있다. 이 명확하게 구성된 단순함은 도시의 건축물들이 보여주는 인상에서도 그대로 반영된다. 오랜 시간 동안 담배와 술이 금지되어서 그와 관련된 가게가 있을 리 없고, 전화와 라디오도 없으며, 카페와 극장도 없다. 그런 이유에서 이 금욕주의

적 신앙 공동체는 '사막의 청교도'라고 불리기도 한다.

나는 가르다이아에서 과거 스파르타식의 종교적 삶을 더 이상 느낄 수 없었다. 아이들의 깔깔대는 소리가 떠들썩하고 흥겨웠다. 경적을 울리며 오가는 자동차는 너무 큰 소음이었고, 동양식 디스코 음악은 지나치게 시끄러웠다. 도시에 생명을 불어넣는 핏줄처럼 사방으로 이어지고 교차하는 골목과 통로들을 지날 때, 커다란 주사위 마냥 정육면체로 만들어진 가옥 형태를 보면서 나는 아우구스트 마케의 수채화를 떠올렸다. 약 29년 전 마케는 27세의 나이로 튀니지 여행길에 올랐을 때 그의 가장 아름다운 그림들 몇 점을 그렸다. 저명한 건축가 르 코르부지에도 이 도시의 골목과 성문을 보고 자기 작품을 위한 영감을 얻었다고 밝힌 바 있다.

바로 옆 도시 베니 이스게네의 느낌은 완전히 다르다. 수도원 안에 들어온 것처럼 고요하고 경건한 분위기였다. 우리는 계단을 따라 사각 형태의 감시탑으로 걸어 올랐고, 그곳에서는 사막을 멀리까지 내다볼 수 있었다. 이곳의 여자들은 얼굴을 완전히 가리고 있어서 눈만 볼 수 있다. 나와 마주치면 즉시 멀리 거리를 둔다. 수백 년 동안 베니 이스게네는 성스러운 도시로서 진흙 성벽으로 둘러싸여 있었고, 그곳을 오가는 통로는 지금도 단 하나의 성문뿐이다.

며칠을 쉬고 나서 잘림과 나는 다시금 낙타를 이끌고 미지의 황무지를 향해 발걸음을 내딛었다. 이제 다시 우리가 걷는 길은 깊은 공허를 향해 끝도 없이 뻗어 있었다. 지속적인 발걸음, 이 '움직임'

은 언제나 그래왔듯 내게 생의 즐거움을 전해주는 커다란 선물이었다. 걸음이 단조로운 리듬이 될 때 공간과 시간 속에서 내가 사라지는 것, 나는 그것을 즐겼다. 모로코 남부의 아가디르에서 출발해서 지금까지 걸어온 길이 벌써 1800킬로미터가 넘는다고 해도 그 행복한 느낌만큼은 조금도 변함이 없다.

우리가 걷는 길은 가끔씩 덤불과 사막의 풀이 자라고 있는 단단한 대지로 이어졌고, 그러곤 다시금 모래의 언덕들을 지났다. 하늘에 구름 몇 줄기가 떠가는 아래로 말라버린 계곡이 나타나기도 했다. 걷고 또 걸으면서 우리는 풍경의 단순함을 즐겼다. 그 풍경 속에는 비교할 수 없는 절대적 고요가 숨쉬고 있었고, 시간의 개념은 더 이상 존재하지 않는 듯했다.

이제 우리의 길은 모든 것을 집어삼킬 듯 몰려오는 모래 지대를 따라 북동쪽으로 향했다. 바람이 고운 모래가루를 계속 날리면서 사구 위로 눈보라처럼 모래바람이 피어올랐다. 높은 사구의 모서리에선 몇 미터 길이의 모래 깃발이 만들어지기도 했다. 이 거대한 사구 지역에서 우리는 아무리 걸어도 다음 목표들이 가까워지지 않는다는 느낌을 가졌다. 가끔씩 망원경으로 관찰하는 유목민들조차 멀리서 움직이는 검은 점에 불과했고, 한 시간을 걷고 다시 보아도 그 점은 마냥 같은 크기였다. 이 거대한 모래평원은 가르다이아가 자아내는 좁은 도시의 느낌과 놀라운 대조를 이루었다.

태양이 머리 꼭대기로 올라서고 온도가 40도를 넘었을 때 우리는 아카시아의 그늘에서 휴식을 취했다. 낙타의 등에서 짐을 내리고 멀리 가지 못하도록 발에 매듭을 걸었다. 그러고서 우리는 약간의 빵과 바르는 치즈, 정어리 통조림 그리고 말린 대추야자를 먹었다. 식사 후엔 뜨겁게 끓어오르는 공기 속에서 책을 읽고 체스 놀이를 하고, 졸다가 잠이 들었다. 늦은 오후가 되어 타오르는 열기가 식어갈 때 우리는 다시 길을 떠났다. 그렇게 우리는 하루에다 또 하루를 더하고, 킬로미터에 킬로미터를 더했다.

환상적인 일몰의 시간이 지나고 밤이 되면 사위가 고요 속에 잠긴다. 낮보다 더욱 고요한 고요. 사막의 뜨거운 숨결, 그 따가운 바람조차 모래 위에 가만히 몸을 뉜다. 이 완벽한 고요 속에선 우리가 나누는 말 한마디 한마디가 천둥처럼 충격적인 사건이 된다. 어떤 다른 소리도 사하라의 환한 밤을 방해하지 않는다. 저녁 식사 후에 낙타의 안장에 매달려 긴장했던 몸을 풀기 위해 모래 위에 침낭을 깔고 편안하게 몸을 눕힐 때 하늘에는 환한 달이 떠 있다.

순간 나는 침낭 밑에서 무언가 움직이는 걸 느꼈다. 나는 소스라치게 놀라 몸을 일켰다. 잘림이 즉시 달려와서는 조심스럽게 내 침낭을 옆으로 들췄다.

"조심해요!"

잘림이 소리쳤다. 나는 땅에 박혀버린 것처럼 꼼짝 못하고 서 있을 뿐이었다. 두툼한 몸뚱이와 뾰족한 꼬리를 가진 약 30센티 길이의 뱀이 완벽한 위장을 하고 누워 있었다. 베이지색과 갈색이 얼룩얼룩한 몸뚱이가 길게 뻗은 S자를 그리더니 묘한 형태로 움직였다. 이동하는 사이 하루 종일 뜨겁게 달아오른 모래에 닿는 뱀의 몸은 단 몇 센티미터에 불과하다.

"뿔독사예요."

잘림이 말했다.

"저 놈한테 물리면 상상할 수 없을 만큼 고통이 심해요. 독이 곧바로 핏줄로 들어가 온몸에 퍼지기 때문에 해독제가 없으면 죽는답니다."

잘림이 막대기를 휘두르면서 내 잠자리에서 독사를 쫓아버리고 있을 때 나는 생각했다.

'또 한 번 재수가 좋았구나, 잘 지나갔어.'

투구르와 엘 쿠에드를 넘어가서 튀니지의 국경 바로 앞에 이르렀을 때 나는 잘림과 작별했다. 거기서 그는 다시 모로코로 귀환해야만 한다. 마지막 인사를 나누고 잘림이 오던 길을 돌아가는 걸 보면서 나는 계속 동쪽으로 걸음을 옮겼다. 이제 다시 완전한 혼자가 되어 과거 캐러밴 행렬의 또렷한 흔적을 따라 걷는다. 아주 세밀하게 나침반의 바늘을 따라 방향을 정하고 나서 익숙한 리듬의 느릿하지만 기분 좋은 발걸음을 옮기며 네프타로 향했다. 알제리 국경을 뒤로하고 대략 30킬로미터를 걸었을 때 드디어 튀니지의 가장 아름다운 오아시스가 모습을 드러냈다.

네프타는 카이로우안의 뒤를 이어 튀니지에서 두 번째로 성스러운 장소로 여겨지는 도시다. 150개의 샘물이 약 40만 그루의 대추야자 나무에 물을 공급한다. 이미 오랜 옛날에 로마인들은 이곳에 '아게르셀 넵테'라는 도시를 건설했다. 이후 16세기에 이르러 네프타는 수피교(이슬람의 분파로 금욕, 고행, 명상 그리고 무아지경의 신비주의가 특징이다. - 옮긴이)의 중심지가 되었다. '수피교'라는 이름은 구도하는 수도자의 복장, '수프'에서 유래했다. 내 눈에 비친 네프타는 중세와 현대가 혼재하는 모습이었다. 이성이 쉽게 주도권을 장악할 수 없었던 땅이다. 무엇보다 2천 개의 모스크와 100개의 마라부트, 즉 수도자의 무덤이 매혹적인 인상을 자아냈다. 그러나 유감스럽게도 네프타의 수많은 유적들은 1990년 노아의 대홍수를 연상케 하는 폭우로 인해 심각한 피해를 입거나 완전히 파손되었다.

이제 다시 20킬로미터를 걸어서 토주르에 이르렀다. 4만의 인구를 가진 작은 사막 도시다. 50만 그루의 대추야자 나무들이 녹색의 성벽처럼 오아시스 도시를 두르고 있다. 200년 전 수학자 이븐 샤바트가 고안해낸 급수 시스템과 2500미터까지 이르는 깊은 굴착 덕분으로 필요한 물을 조달한다. 이런 급수 시스템의 성공은 세 단계의 농작물 수확을 가능하게 만들었다. 바닥 층에선 다양한 채소들이 자라고, 가운데 층에선 살구, 사과, 바나나, 무화과, 마르멜로 등 주로 과일을 수확한다. 그리고 가장 높은 곳에선 최고의 품질을 자랑하는 대추야자가 풍성하게 자라고 있다.

아케이드가 길게 이어진 시장에서 나는 몇 가지 물품을 구입했다. 카페의 작은 탁자 앞에는 원주민 남자들이 앉아서 물담뱃대를 물고 이런저런 수다와 흥정을 하고 있다. 나는 작은 호텔에 방을 잡았고 토주르의 구시가를 천천히 둘러보았다. 길을 걷는 사이 가장 먼저 내 시선을 잡아끈 것은 가옥들의 독특한 흙벽돌 장식이 자아내는 빛과 그림자의 향연이었다. 손으로 만들어 구운, 노란색 혹은 밝은 갈색의 흙벽돌을 사용해 지어진 집들에선 다양한 변화와 장식을 찾아볼 수 있다. 또한 많은 가옥의 정면과 정원 그리고 회교 사원의 담장들은 14세기에 건축된 부분들을 그대로 보존하고 있어서 아라비아 건축 장인들의 예술적인 솜씨에 절로 탄복을 자아냈다. 이런 진흙 건축물들은 오늘날에도 아주 특수한 벽돌 건축 기술의 환상적인 증거로서 인정받고 있다.

또 하루의 행군을 통해 나는 쇼트 엘 제리드로 이동했다. 500평 방킬로미터 이상의 넓이를 가진 북아프리카 최대의 소금호수로 150만 년 전 지각운동의 결과 튀니지의 중앙을 가르고 생겨났다. 독일 작가, 칼 마이의 팬으로서 어렸을 적 읽었던 『사막을 지나서』의 한 장면이 떠올랐다. 어린 나를 두려움에 떨게 했던 소금의 늪이었다. 이 늪은 캐러밴 행렬 전체를 감춰진 깊은 수렁으로 끌어들였다. 긴장감 넘치는 작품을 읽으면서 작고 충실한 하지 할레프 오마르 벤 하지 아불 압바스 이븐 하지 다부드 알 고사라가 용감한 카라 벤 넴지에게 물었을 때 얼마나 가슴이 조마조마하던지.

"쇼트를 보았나? 벌써 건너갔어?"

"아니."

"오, 알라신의 축복이군. 그렇지 않았으면 벌써 저 세상의 자네 조상 앞에서 머리 조아리고 있었을 텐데 말이야! 그런데 우리 정말로 넘어가볼 거야?"

"물론."

카라 벤 넴지는 짧고 간결하게 대답했다. 동방의 두 여행자 왼쪽으로 소금의 호수가 펼쳐져 있었다. 반짝반짝 다정하고 친근한 느낌이지만 그 얼굴 뒤로 무서운 함정을 감추고 있는 소금의 평원.

나 역시도 쇼트 엘 제리드의 건너편으로 건너갈 계획이다. 아무것도 자라지 않는 이 드넓은 소금의 분지에 대해 칼 마이는 계속해서 이렇게 묘사하고 있다.

바닥 아래로 죽음이 도사리고 있는 무서운 평원, 그 모습을 가만히 바라보고 있자면 때때로 녹은 납의 푸르스름한 빛을 발하는 거울이 떠오른다. 표면은 군데군데 유리병처럼 딱딱하고 투명하게 비치는 데가 있다. 그런 곳을 밟으면 나폴리의 화산지대 솔파타라의 바닥처럼 걸음걸음 부스러지는 소리가 난다. 그렇지만 대개는 죽처럼 부드러운 덩어리다. 안전하게 보이지만 살짝 모래가 덮이는 정도로만 단단할 뿐이다. 안내인은 여기저기 흩뿌려져 있는 작은 돌무더기를 이정표로 삼는다. '그마이르'라고 부르는 이 작은 돌무더기는 어디에나 있는 것은 아니다. 가끔 몇 미터씩 물로 덮여 있는 곳들이 있기 때문이다. 예전에는 이 무서운 소금호수, 쇼트에도 야자나무 가지를 꽂아 만든 이정표가 있었다. 대추야자의 가지는 제리드라고 불린다. 바로 그런 연유로 쇼트를 보통 제리드라고 부르게 되었다.

천재적인 모험소설 작가 칼 마이는 쇼트 엘 제리드의 위험에 대해서 아주 상세하게 묘사하고 있다. 그의 이 소설이 1892년에 처음 출간되었고 순전히 상상으로 지어낸 글이라는 게 도저히 믿기지 않을 정도다.

생명의 위험 없이 이 소금의 호수를 건너는 길은 오직 하나뿐이다. 그러나 만약 그 좁은 길에서 손바닥만큼이라도 벗어나게 되면, 그때의 참담하고 끔찍한 결과란! 땅껍질이 갈라지면서 바닥은 순식간에 먹이를 삼켜버린다. 수렁에 빠진 희생자의 머리 위로 뚜껑이 닫히듯이 곧바로 소금의 대지가 덮인다. 쇼트를 건너는 좁은 길은 특히 우기에 가장 위험하다. 비가 가는 모래로 덮인 딱딱한 땅껍질을 적셔서 씻어버리기 때문이다. 쇼트의 물은 녹색에 끈적한 느낌이다. 그리고 바닷물보다 훨씬 더 짜다. 바닥까지의 깊이를 재보려는 시도는 변화무쌍한 지형 탓으로 이렇다 할 결과를 얻지 못했다. 그렇지만 구태여 추정해보자면 소금 늪의 깊이는 기껏해야 50미터에 불과하다. 소금의 늪을 탐색하는 데에서 발생하는 진짜 위험은 흐르고 움직이는 모래층 때문이다. 연녹색의 물 아래에서 헤엄치듯 움직이는 이 모래층은 사막에서 모래를 떠다 물로 가져다놓는 수천 년 모래폭풍의 작품이다. 이븐 주바이르, 이븐 바투타, 엘 베크리, 엘 이스타크리, 이븐 알 와르디 같은 옛 아라비아 학자들은 이미 오래전에 쇼트의 위험성을 알고 경고했다. 쇼트 엘 제리드는 이미 수천 명의 사람들을 삼켰다. 모두가 알 수 없는 깊은 곳으로 흔적도 없이 사라졌다. 1826년에는 천 마리 이상의 낙타를 거느린 캐러밴이 쇼트를 건너야 했다. 그런데 그만 끔직한 사고가 일어났다. 길을 이끌던 낙타가 좁은 길에서 벗어나고 말았던 것이다. 그 낙타가 쇼트의 바닥으로 가라앉는 사이 계속해서 모든 낙타들이 뒤를 이어 빠져들었다. 모든 캐러밴이 빨려들기 무섭게 소금 바닥은 다시 원래의 모습으로 돌아갔다. 아무 일도 없던 것처럼. 무섭고 끔직한 불행을 알려주는 변화는 그 어디에서도 찾아볼 수 없었다.

오아시스 도시 네프타와 토주르의 카페에서 만난 원주민들은 로마 사람들이 이미 쇼트 엘 제리드 위로 최초의 도로를 건설했다고 설명해주었다. 다른 아프리카-아라비아 지역에서 넘어오기 위해서였다. 그 이후로 이 사악하고 무시무시한 소금의 호수 위엔 언제나 통로가 놓여 있다. 수많은 샘물로 군데군데 물 속에 파묻혀 있기는 하지만 계속해서 새로 만들어지고 다져지는 길이다.

또 카페의 사람들은 과거에 낙타 캐러밴이나 사륜 자동차로 쇼트 엘 제리드를 건너는 것이 얼마나 어려운 일이었는지 실감나게 말해준다. 살벌한 늪과 단단한 바닥을 전혀 구별할 수 없는 우기에는 말할 것도 없다는 말도 잊지 않는다.

오늘날엔 소금 바닥 위로 64킬로미터 길이의 제방도로가 놓여 있다. 도로 한쪽의 쇼트 엘 제리드는 기다란 산줄기에 닿아 있고, 다른 한쪽에선 끝도 없이 넓게 펼쳐져 있다. 때때로 소금 호수는 열기 속에 피어오르는 신기루로 보인다. 물처럼 흐르는 니르바나로 보일 때도 있다. 과거에 갈 수 있는 통로를 표시했던 야자나무 가지들이 여전히 곳곳에서 눈에 띈다. 보통 소금모래평원은 완전히 말라붙어 있다. 겨울이 되고 비가 내리면 비로소 이 지역은 호수로 변한다.

나는 아스팔트 제방이 보이는 곳에서 쇼트 엘 제리드 위를 걸었다. 하얀색과 밝은 갈색의 이 독특한 풍경을 발로 직접 느껴보고 싶었다. 식물은 이 땅 어디에도 없었다. 대신 가끔 기이한 소금 결정과 다양한 모양으로 살짝 빛나는 조각들이 얕은 물에 잠겨 있다. 물 웅덩이의 색깔은 물 속에 다양한 광물이 포함되어 있음을 보여준다. 그래서 이동하는 동안 계속 색깔이 변한다. 푸른색에서 분홍색으로, 하얀색에서 노란색으로, 갈색에서 빨간색으로. 때로는 소금 조각들이 미니 빙산처럼 색색의 물웅덩이 위를 떠다닌다.

먼지처럼 고운 모래의 베일이 지쳐버린 모래폭풍의 여운처럼 드넓은 소금 평원 위에서 나부낀다. 그 다음엔 다시 메마르고 거친 표면의 분화구 풍경이 내가 가는 지평선을 향해 달려간다. 실처럼 곧은 도로를 따라 걸어가면서 나는 어쩐지 칼 마이 소설의 주인공 카라 벤 넴지가 된 느낌이다. 가끔씩 지나는 자동차들이 나를 향해 경적을 울려 타라고 소리치지만 그런 고마운 제안을 받아들일 수 없는, 바로 그런 '느낌'이다.

저녁 땅거미가 지기 바로 전에 소금 호수의 중간에 다다랐다. 기다란 제방도로의 아스팔트 가장자리에는 마실 것과 봉지 소금 그리고 사막 장미를 파는 가게가 몇 군데 있다. 외딴 곳에서 약간의 돈을 벌기 위해 일시적으로 장사를 벌이고 있는 젊은이들이 허름한 숙소에서 밤을 보낼 수 있게 해주었다. 웅덩이라도 파놓은 것처럼 가운데가 푹 꺼진 침대 하나가 놓여 있었다. 방안에는 달랑 창문 하나가 있었는데 그나마 플라스틱판으로 막아놓았다.

배낭을 내려놓고 침구를 정리하고 있을 때 깊이 가라앉은 태양이 서쪽 하늘을 불태우면서 쇼트 엘 제리드 위로 뿌리는 기적 같은 빛의 향연으로 나를 사로잡았다. 먼 산들이 그림자의 실루엣처럼 보이고 아무 장애물도 없는 광야에서 나의 시선은 쉴 곳을 잃었다. 한동안 시간은 멈춰선 듯 보였다. 활짝 열린 공간의 모든 아름다움을 한껏 들이마시자 나는 아름다움에 사로잡히고 정신없이 취했다. 바람이 가라앉을 때쯤 소금의 호수는 검은 벨벳처럼 아름답게 내려깔린 모래에 온통 덮여버렸고, 다만 물 웅덩이 몇 개가 마지막 햇살을 반사하며 반짝였다. 그리고 밤이 찾아왔다.

거대한 모래바다 '그랜드 에르그 옥시덴탈'의 입구에 위치한 두즈에 이르렀다. 그림책에 나오는 듯 작은 오아시스 도시다. 위성류와 유칼립투스가 푸른 가지를 드리운 두즈의 중앙 시장에는 그늘진 아케이트들이 커다란 사각형을 이루고 있다. 일주일에 한 번씩 수많은 유목민과 정착민들이 멀리에서 모여들어 향신료, 과일, 옷가지, 일용품들을 거래하는 자리다.

두즈를 벗어나면서 다시 낙타들을 이끌고 길을 나섰다. 다음 200킬로미터를 나와 동행하게 될 사람은 치아가 두 개뿐인 40세의 남자로 사막의 아들 바키르였다. 그가 어린 시절엔 낙타들을 끌고 여기저기 이동하는 것이 아주 자연스런 삶의 방식이었다. 걷는 것과 존재하는 것은 본래부터 하나였고 똑같은 것이었다. 그래서 바키르는 며칠에 걸쳐 튀니지 남쪽의 캐러밴 투어를 이끄는 아버지를 따라다니면서 그렇게 사는 법을 배웠다. 작은 체구의 바키르는 신중하고 사려 깊은 남자다. 얼굴에선 웃음이 떠나질 않고 노래하기를 좋아해서 우리의 걷는 박자에서 노래를 만들어낸다. 바키르의 노랫소리가 리듬을 맞추는 사이 우리는 하얀 모래언덕들을 지나 남동쪽으로 향했다. 엄청난 단조로움이 때로는 극복할 수 없을 정도로 힘들게 느껴지기도 한다. 순백의 모래가 슈거 파우더처럼 손으로 잡을 수 없을 만큼 고울 때면 나는 트레킹화를 벗어 안장에 매달아놓고 양말만 신은 채로 모래 위를 걷는다. 2천 킬로미터 이상을 걷고 나니 이제 내게는 걷는 게 습관처럼 되어버렸다. 한두 시간 신발 없이 걷는 걸 즐길 수 있을 만큼.

4일 동안 나는 바키르와 함께 사방이 모래뿐인 끝없는 사구의 파도를 걸었다. 그러는 사이 나는 완전한 고요 속에서 사막이 얼마나 냉정한지 깨닫기도 했다. 햇빛에 하얗게 바랜 동물의 뼈, 모래 속에 반쯤 파묻힌 낙타의 미라를 마주할 때 특히 그런 생각이 든다. 때때로 우리는 동물들이 떼를 지어 죽어간, 말하자면 동물들의 공동묘지를 마주한다. 시체 위에 콘도르가 웅크리고 앉아 있다. 우리가 가까이 다가가자 콘도르는 귀찮은 듯 획 소리를 내면서 날개를 펄럭이고 날아오른다.

마침내 멀리서 몇 그루의 대추야자 나무들이 가까이 다가왔다. 오아시스 마을 크사르 길라네가 우리를 맞아준다. 이곳에는 베두인 텐트들을 세워 조성한 관광객 캠프가 있다. 냉장고, 샤워시설을 갖추고 있고 뜨거운 유황온천도 있다. 야외용 베드에 길게 몸을 펴고 누우니 마치 천국에 온 기분이다. 그리고 문득 스위스의 출판인이자 작가인 요하네스 무론의 몇 마디가 떠올랐다. 1931년 신비함이 가득한 오아시스에서 보낸 편지 『여행하는 모래 위의 하늘』에 그가 썼던 말이다.

오아시스 속에 나를 숨겼다. 대지의 단조로움이 성스럽게 느껴진다. 고요 속에 가만히 잠겨 있노라면 야자수들이 우스꽝스럽게 머리를 풀고 서서 소곤거린다. 산들바람이 불어오면 부채를 펴드느라 부산을 떨고, 수많은 이파리의 녹색 피부로 빛살을 쳐내 흩뿌린다. (……) 고독함과 평화로움의 냄새가 난다. 꾸벅꾸벅 졸다가 종교적인 꿈을 꾸고 달콤한 게으름을 피우는 시간이 영혼을 잠재운다. 야자수 정원사가 저 위 소곤거리는 왕관들 속에 인형처럼 매달려 풍요의 노래를 부른다.

이틀 동안 푹 휴식을 취한 후에 나는 다시 배낭을 둘러메고 길을 이어갔다. 다시금 나는 혼자였고 일주일치 식량을 가지고 있다. 달은 아직도 먼 지평선 위를 둥실 떠가고 무한한 대지는 여린 빛을 감추고 있다. 그 속에서 나는 꿈을 꾸듯 한 발 한 발 걸음을 옮긴다.

북쪽 옛 캐러밴 루트로 방향을 잡았다. 수천 년 동안 거의 변하지 않은 황량한 풍경을 지난다. 그러다 어느 순간 산맥으로 들어섰다. 650미터 높이의 마트마타 산맥이다. 이곳에서 살아가는 베르베르인들은 하얗게 칠해지고 창문이 없는 집에서 지내지 않는다. 태양과 모래와 열기를 막기 위한 평평한 지붕의 집이 이곳에는 없다. 이들은 동굴 주택에서 살아간다. 마을 전체가 마치 흰개미집과 같은 방식으로 누런 색의 땅바닥 속을 파고들어가 만들어져 있다.

메메드라는 여덟 살배기 남자아이가 약간의 사례를 받아들고는 신이 나서 어두침침한 동굴로 나를 안내했다. 과거에는 폭도들을 피하는 데 이용되었지만 오늘날엔 고대의 건축문화를 살펴보는 기회를 제공하는 동굴 주택이다. 거실, 침실, 부엌, 창고 등 용도에 따라 각각의 동굴을 사용하고 있으며 내부 시설은 극히 빈약했다. 앉아 쉬고 잠자는 데 이용되는 몇 장의 매트가 있고, 몇 군데 움푹 들어간 곳에 옷가지를 보관하는 자리를 마련해두었다. 흙으로 빚은 상자 몇 개가 식량 저장고 노릇을 한다. 하지만 동굴 주택 어디나 대략 17도의 온도를 유지하고 있어 쾌적하고 시원하다.

다시 북쪽으로 40킬로미터를 이동하는 사이 메마르고 먼지가 나부끼는 풍경이 점점 더 녹색으로 변해갔다. 그리고 드디어 나는 가베스의 오아시스 정원에 다다랐다. 가베스 근교에서 시디 불바바의 커다란 무덤을 지난다. 과거 예언자 모하메드의 이발사이자 동료였던 그는 서기 680년에 이곳에 정착했다. 오늘날까지도 그는 대단한 존경을 받고 있다.

가베스는 버스 터미널과 택시 정거장, 넓은 도로, 많은 가게와 사무실 그리고 카페들이 있어서 사뭇 현대화된 모습이다. 북적거리는 시장이 있고 많은 장소에서 바다의 속삭임을 들을 수 있다. 하얀 거품을 얹은 지중해의 파도가 길게 뻗은 해변을 따라 철썩거리는 이 도시는 벌써 오랜 옛날에 무역의 주요 거점으로 자리 잡고 사하라를 건너는 캐러밴과 바다를 건너는 상인들의 목적지였다.

비단과 가죽의 가공에서 타의 추종을 불허하는 중심지로 자리 잡은 탓에 많은 캐러밴들이 이곳에 들렀고, 원하는 것을 얻은 후에 다시금 가르다이아, 마라케시, 트리폴리, 카이로 또는 룩소르를 향해 길고 험한 광야의 행군을 시작했다.

공기가 검은 아스팔트 위에서 가물가물 아지랑이를 피워올린다. 오른쪽으론 무한하게 펼쳐진 모래와 돌의 광야가 열기를 내뿜고 있고, 왼쪽으로는 지중해의 푸른 물결이 넘실거린다. 길을 따라 동쪽으로 달려가는 동안 모든 표지판들은 그 나라의 수도를 가리킨다. '알 자마히리야 알 아라비야 알 리비야 아쉬 샤비야 알 이쉬티라키야'라는 원래 이름 전체로 표기해놓았다.

나는 벌써 열 시간 넘게 여러 대의 '루아지'를 갈아타고 달려가고 있다. 다섯 명을 태우고 움직이는 이 합승택시는 정말 쉽게 망가지는 모양이다. 가베스를 뒤로한 나는 메데닌과 벤 구에르단을 지나고 리비아와의 접경 지역인 라스 아지르에 도착했다. 그곳에서 가다피 대령이 울긋불긋 화려한 색상의 플래카드 담벼락에서 반갑게 인사를 한다.

튀니지와 리비아 사이의 국경에서 까다로운 입국 심사를 마친 후 나는 여권과 들기 무거울 정도의 비자에 입을 맞췄다. 그러고 나서 자동차로 네 시간 거리의 트리폴리로 향했다. 리비아의 수도로 이미 기원전 7세기에 카르타고의 무역 거점으로 건설되었던 도시다. 도착하는 순간 기대하지 않았던 현대적인 스카이라인에 잠깐 놀랐다. 그곳에서 친구인 45세의 카르스텐 베스트팔을 만났다. 2주 동안 사막을 함께 여행하기로 한 카르스텐은 고고학자이자 예술가다. 몇 년 전까지도 그는 바이에른의 분묘와 로마의 폐허를 작은 삽과 붓 하나 들고 샅샅이 훑고다니며 과거의 흔적을 벗겨내고 있었다. 그러다 그는 완전히 예술가로 변신했다.

그리고 나는 5년 전에 예술가로 변모하는 그를 처음 만났다. 이 만남을 통해 우리는 모로코를 함께 여행했다. 그때부터 카르스텐은 아주 다양한 사막여행을 감행했다. 이집트와 시리아 인도를 다녀왔고, 사막에서 얻은 경험들은 그의 회화 스타일을 완전히 바꾸어놓았다. 예전에 그는 주로 대상을 그렸지만 오늘날 그의 추상적인 그림들은 사막의 색과 형태 그리고 구조에 대해 이야기한다. 주로 부조를 제작하는 그는 '사막의 예술가'다. 배낭 하나 짊어지고 하루가 멀다 하고 새로운 곳과 새로운 것을 찾아 황무지를 쏘다닌다. 현지에서 발견한 소재들, 모래, 소금, 먼지, 돌조각들을 가지고 그의 색깔을 만들어내고 모든 것들을 모아서 화폭에 옮긴다.

"사막은 나를 기쁘게 해."

호텔에서 저녁 식사를 하면서 카르스텐이 말했다. 나는 그의 내면에서 솟구치는 흥분을 느낀다. 그가 미소 지으며 말을 이었다.

"지구상에 더 이상의 풍경은 없을 거야. 사막보다 더 큰 동경을 느끼게 되는 곳이 어디에 또 있을까. 주의를 분산시키는 모든 유혹들이 사라지고 광활한 고요만 남아 있는 곳, 거기서 나는 내 그림에 완전히 집중할 수 있어."

그런 말들이 우리를 영혼의 친구로 만들었다. 그리고 그런 말들은 카르스텐의 꿈처럼 아름다운 그림들 속에서 그대로 반영되어 나타난다. 에밀 슈마허의 재료미술을 연상시키는 그림이다.

이번에 카르스텐은 리비아 남쪽 사하라의 아카쿠스 산맥에서 작품을 제작할 계획이다. 그것은 본래 계획된 여행 루트에서 벗어나긴 하지만 기분 좋은 깜짝 여행이 될 것이다. 그리고 그전에 우리는 128킬로미터를 계속 동쪽으로 이동하여 지중해의 한 장소를 방문했다. 이탈리아의 고고학자들이 약 80년 전에 거창한 역사의 한 조각을 발굴해냈던 곳, 바로 아프리카의 로마 렙티스 마그나다.

기원전 1천 년경에 페니키아인들이 건설했던 이 도시는 로마인들에 의해 더욱 화려하고 웅장하게 재건되었다. 천 년이 넘게 렙티스 마그나는 검은 대륙에서 가장 중요한 무역의 중심지 역할을 했고 사하라 사막의 모래에 덮이기 전까지 지중해 지역에서 가장 부유한 도시들 가운데 하나로 당당한 위세를 뽐냈다. 오늘날에도 웅대한 사원들과 광장들이 기원전 3천 년경의 페니키아인들이 사막의 주민에서 대양의 지배자로 거듭나고 북아프리카의 해안에서 이상적인 항구를 발견하고 그 항구를 중요한 무역의 거점도시로 발전시키던 이야기, 그리고 도시 렙티스 마그나가 누렸던 영화와 그 역사에 대해서 가슴 벅찬 이야기를 들려주고 있다. 선박을 폭풍으로부터 보호하는 천혜의 자연조건을 갖추고 있는 이 항구 옆으로 와디 렙다가 있다. 큰비가 쏟아질 때에만 물이 흐르는 이 강은 바로 렙티스 마그나에서 바다와 만난다.

리비아의 해안에 자리 잡은 이 항구는 옛날 '렙시스'라는 이름으로 불리면서 오가는 배와 캐러밴들로부터 이윤을 얻는 작은 시장이었다. 그러다가 페니키아인들이 로마제국까지 무역의 범위를 확장하면서 렙티스 마그나의 번성이 시작된다. 그리고 로마인들이 10만의 주민이 살아가는 이 도시로 이주하기에 이르자 렙티스 마그나는 심지어 지중해 지역에서 가장 부유한 도시들 가운데 하나로, 로마 대제국의 도시 로마, 카르타고의 뒤를 이어 세 번째로 커다란 도시로 거듭나게 되었다.

시간을 거슬러 올라가면서 우리는 2천 년 전의 포장도로를 산책하고 고대 역사의 화려한 건축물에 경탄했다. 개선문, 공중목욕탕, 공회당, 뛰어난 부조 작품들이 새겨진 벽면의 장식용 기둥들을 보았고, 고대의 삶이 숨 쉬고 있는 웅장한 중심 시가지를 몸으로 느꼈다. 1만 6천 명의 관객을 수용하는 거대한 원형경기장에서는 검투사들의 칼 부딪히는 소리가 울리고, 높이 솟은 극장은 아프리카 최초의 무대를 선보였다.

신 공회당에선 중요한 회의가 한창이었다. 이 도시가 배출한 로마의 황제 셉티무스 세베루스(A.D. 146~211)의 명령에 따라 건설된 대규모 건축물들이다. 그 옛날 공회당에는 100개 이상의 화려하게 장식된 대리석 기둥들이 늘어서 있고 수많은 석상들이 내부 마당에 세워져 있었다. 그 주위로 아치가 즐비한 시장이 형성되었고, 지금도 2천 년 전 상인들의 떠들썩한 목소리가 들려오는 듯하다.

신 공회당의 많은 기둥들이 오늘날까지도 당당하게 버티고 서 있지만, 돌바닥 위로 쓰러져 깨진 기둥들도 적지 않다. 무엇보다 인상적인 것은 포럼을 빙 둘러 늘어선 거대한 메두사의 머리였다. 어디에나 두렵지만 동시에 매혹적인 메두사의 머리를 볼 수 있었다. 가장 오래된 신화 속 인물들 중 하나인 메두사는 로마인들에게 보호의 상징으로 여겨졌다. 메두사의 눈길이 적을 돌로 만들어버린다는 믿음 때문이다. 그리고 폭이 20미터도 넘는 너른 도로를 따라 양옆으로 늘어선 대리석 기둥들을 구경하며 걷다보면 또 하나 잊을 수 없는 장관을 만나게 된다. 법정으로 쓰였던 당대 최대의 건축물 바실리카가 바로 그것이다. 기둥들로 받쳐진 내부 공간의 규모만 길이 92미터, 너비 40미터에 달한다.

렙티스 마그나의 몰락은 서기 455년에 시작된다. 게르만 계통의 반달족이 북아프리카로 이주하여 도시를 파괴했던 것이다. 그후로 내륙 부족들과 비잔틴, 이집트 등의 지배를 받게 되면서 점차 쇠퇴했고, 7세기부터는 사하라의 뜨거운 모래가 렙티스 마그나를 완전히 덮어 독특하고 환상적인 문화발전의 한 증거로 보존되었다.

다음날 우리는 오프로드용 자동차를 타고 남쪽으로 달려갔다. 우리의 첫 번째 목적지는 사막의 도시 가다메스다. 특히나 한적하고 아름다운 구시가를 가지고 있고 수백 년 전에는 캐러밴 무역의 중추적 역할을 했던 곳이다. 그 사이 이 도시의 진흙 건축물들은 유네스코의 보호를 받고 있다. 게다가 가다메스의 구시가는 열기와 모래와 바람을 피하기 위해서 어떻게 집을 지어야 하는지, 사하라 주민들이 예로부터 알고 있는 그 오랜 지혜의 전형적인 실례로 인정받고 있다. 가옥들은 높은 벽으로 보호되고, 창문은 아예 없다. 바람이 불어오는 방향의 반대쪽으로 나 있는 문은 단 하나뿐이다. 과거의 오아시스 주민들의 침실은 대체로 거실 천장 위쪽 다락에 있었다. 거실은 하얗게 칠한 벽, 아치 형태의 문 그리고 시원한 터널식 골목을 통해 함께 연결되어 있다. 1미터는 되어 보이는 두터운 진흙 담장 사이로 나 있는 골목에서는 빵장수와 다른 수공업자들이 물건을 팔았다.

다시 가다메스를 떠나 똑바로 남쪽으로 남쪽으로 달려 내려갔다. 몇 군데의 주유소와 상점과 버려진 듯 황량한 집들을 지났다. 집 앞에는 벽에서 부서져내린 흙덩어리들이 떨어져 있다. 여기저기 누더기가 된 자동차 타이어, 찌그러진 깡통, 녹슨 통조림캔, 깨진 유리병, 찢어진 비닐봉지들이 굴러다닌다. 사막의 바람이 불어와 비닐봉지를 말아올리곤 어디론가 실어간다. 100킬로미터쯤 달려갈 때마다 표지판이 나타났다. '주의-굽은 도로' '주의-낙타 추월금지'. 이 길을 주행하는 것은 꽤나 험난한 일이었다. 갑자기 왼쪽 뒷바퀴가 망가져서 바퀴를 교환해야만 했다. 게다가 100킬로미터를 달려갔을 때 냉각수가 끓어올랐다. 우리 차의 기사인 모하메드가 냉각수 통을 열자 뜨거운 분수가 하늘 높이 솟구쳤다.

계속 남쪽으로 내려갈수록 리비아의 풍경은 더욱더 황량해졌다. 단조롭고 넓고 비어 있고 메마른 땅, 이곳을 달리면서 길가에서 만난 사람들의 숫자는 손에 꼽을 정도였다. 모래바람에 침식된 기괴한 모양의 사암과 화산암을 지나쳤다. 그런 바위들은 망간과 일산화철의 혼합물에 덮여서 검은색을 띠고 있다.

저녁 무렵 우리는 광활한 사구 지역을 지나면서 여러 호수들을 만났다. 만다라, 움 엘 마, 타스루파, 마플루, 가브룬…… 호수들의 이름이 풍경이 자아내는 마력에 썩 잘 어울렸다. 많은 호수들은 야트막한 수면으로 살짝 덮여 있었지만 완전히 말라버린 호수들도 있었다. 그렇지만 '물의 어머니'를 뜻하는 움 엘 마 호수만은 새파란 코발트 빛을 쏟아냈다. 가늘고 기다란 모양의 이 호수는 사구의 틈바구니에서 몇 백 미터나 길게 자리 잡고 있었다. 호숫가에는 야자나무와 갈대가 빽빽하게 둘러쳐져 있어서 그림처럼 아름다운 모습을 연출했다. 하지만 알고 보면 모기들의 천국이어서 밤이 되자 무수하게 몰려와 우리를 공격했다.

해충들보다 더 우리를 놀라게 한 것은 사방에 숨어 있는 독사들이었다. 어디서나 흔적을 찾을 수 있었고, 때로는 노란 모래 아래 한 뼘 정도의 깊이에 은밀하게 도사리고 있었다. 특히 위험한 뿔독사는 밤마다 우리 캠프 주위를 꿈틀거리며 지나다녔고, 우리의 투아레그 가이드는 적어도 한 번 이상 단단한 몽둥이를 움켜쥐고 나서서 뱀을 쫓아내거나 때려죽였다.

반나절 정도를 더 달려가니 더욱 인상 깊은 풍경이 나타났다. 리비아 사막의 남서쪽 끝에서 도보로 걸어가면서 만난 타실리 마리데가 그 주인공이다. 야생이라는 말만 가지고는 제대로 표현할 수 없는 이 풍경은 줄기줄기 늘어선 산맥처럼 생겼지만 바람과 모래에 깎이고 무너지면서 군데군데 끊어진 암석의 미로가 기막힌 장관을 뽐내고 있다. 타실리 마리데는 근본적으로 일반적인 풍경이 아니다. 꿈에서 보는 것처럼 신비한 암석의 제국이다. 폐허가 된 성곽의 잔해인 듯 보였던 원시의 암석들은 알제리 타실리 산맥의 동쪽 기슭이라고 생각되는 기괴한 바위 괴물들과 자리를 바꾼다. 기린, 타조, 코끼리, 도마뱀, 낙타처럼 우리가 상상할 수 있는 모습의 바위들도 있지만 많은 바위들은 사이언스픽션 영화에서 훌쩍 튀어나온 괴물처럼 보인다. 우리는 자연이 조각한 장엄한 작품들을 몸으로 느끼고, 길게 이어진 모래의 길들이 사이사이를 뚫고 지나는 초현실주의적 바위의 바다에 감동했다.

문득 스페인의 예술가 살바도르 달리의 그림들이 떠올랐다. 도대체 어떻게 이런 세계가 존재할까! 이렇게 환상적이고, 이렇게 비현실적이고, 이렇게 장대한 세계가……. 몇 킬로미터 남쪽, 문명이 닿는 리비아의 최남단 도시 가트 뒤쪽 아카쿠스 산맥 역시 정신을 쏙 빼놓을 만큼 멋진 장관을 선사했다. 이 거대한 화산 지대는 상상 속의 별에 와 있다는 느낌을 안겨주었다. 여기서 갖게 되는 인상은 저물어가는 태양이 거친 바위의 바다를 음산한 빛 속에 담글 때 절정에 이른다.

이곳에서 우리는 낙타를 타고 투아레그의 땅을 지났고, 황갈색 모래와 바위의 미로가 자아내는 혼돈의 세상을 여행했다. 그 미로 속 어디서도 이정표로 삼을 만한 것을 찾을 수 없다. 가이드가 없이는 이곳을 지날 수 없는 일이다. 환상적인 암벽화도 역시 몸을 숨기고 있다. 그래서 우리는 목타르와 아흐메드 두 사람의 안내를 받았다. 녹색의 터번을 나부끼는 이들 투아레그 젊은이는 보무도 당당하게 나아가 우리에게 아카쿠스의 비밀을 보여주었다. 다양한 시기에 원시인들의 삶을 설명해주는 귀중한 암벽화들이다. 미지의 예술가가 그려낸 기이한 인간 형상과 전사들, 농부들, 사냥꾼들의 그림은 그대로 매혹적인 야외 박물관인 셈이다. 단순하게 선으로 쓱쓱 그려진 작은 인물의 거칠게 그려진 팔다리는 자주 길게 늘어나 있고, 한쪽에서 사냥의 장면으로 이어지다가 또 춤추는 사람들, 들판에서 일하는 사람들로 바뀐다. 다만 사하라가 그렇게 풍요로운 땅이었음에도 어째서 식물의 그림은 하나도 없는지 이상하다는 생각을 했다.

그러다 어느 순간 내 위장이 폭동을 일으켰다. 여러 날 동안 설사와 구토가 이어졌다. 한 걸음 옮기는 것이 고역이었고, 밤이면 꼼짝없이 텐트에 누워 있어야 했다. 투아레그 가이드의 세심한 간

호와 짧은 병원 방문, 항생제 복용에도 불구하고 제대로 서 있기
도 힘이 들었다. 결국 나는 여행을 중단하고 독일로 돌아가기로
결정했다. 독일에서 받은 의사의 진단은 생선 식중독, 나처럼 사
막을 여행하는 사람에게는 참으로 이상한 병이 아닐 수 없었다.
그렇지만 알고 보니 투아레그 가이드가 식량으로 준비했던 통조
림의 내용물이 상했던 게 원인이었다. 8일 동안 약을 먹고, 링거주
사를 맞고, 푹 쉬어야 했다. 그리고 기운을 회복한 나는 다시 비행
기를 타고 사막으로 돌아갔다. 여행을 끝내야 했기 때문이다.

기다란 진주목걸이의 알맹이 하나하나를 쓰다듬듯이 나는 여행
루트 상에 위치한 리비아의 마을과 도시들을 하나하나 지났다. 가
리야트, 시와이리프, 수크나, 훈, 와단. 거대한 건조지대를 지나고,
황량한 고원을 넘고, 메마른 암석 지대를 걸어갔다. 바위 사이를
달려가고 길게 이어진 산마루를 타넘었다. 멀리서 보면 산등성이
들이 부드러운 곡선을 그리며 지평선까지 뻗어나간 실처럼 보였
다. 며칠 동안 내 몸에는 그저 눈밖에 없었고, 내 주위를 스쳐가는
모든 것을 놓치지 않았다. 무언가 움직이는 것이라면 더더욱 주의
를 기울였다.
날이 저물고 이 거대한 사막 한가운데를 걷고 있노라면 나는 사
막을 완전히 다르게 체험한다. 달과 별이 쏘아대는 빛은 대지의 실
루엣을 또렷하게 보여주고, 대개는 딱딱하게 갈라진 땅바닥이거

나 뼈처럼 앙상하게 말라붙은 와디 혹은 광대한 돌의 평원인 내가 가야 하는 길을 환하게 비춰준다. 가끔은 타오르듯 밝게 비추는 달빛 때문에 지도와 풍경의 특징을 맞추어보려고 눈을 가려야 할 때도 있다. 그럴 때면 나는 밤하늘의 별을 골라내 방향을 묻는다. 내 위치를 기준으로 이른바 길잡이별을 찾는다. 이렇게 하려면 북극성을 중심으로 모든 별을 확인해야 한다. 조심스럽게 지평선을 향해 떨어지는 별들을 바라본다. 유성보다 빠른 속도로 떨어져내린다. 그래서 나는 30분에 한 번씩 새로운 길잡이별을 찾아내서 이동 방향을 정해야 한다. 지도는 앞으로의 길을 가는 데 걸리는 시간을 계산하는 데 이용된다.

때때로 밤에 걷다 보면 누군가 나를 따라오는 느낌이 든다. 무슨 소리인지 알 수 없지만 바스락거리거나 투덜대고 속삭이는 듯한 소리도 들린다. 이 외따로 떨어진 지역에서 내 뒤를 쫓을 존재라면 오로지 사막 늑대나 하이에나일 것이다. 그렇지만 둘 모두 사람을 보면 우선 몸을 숨기고 피한다. 절대 뒤를 쫓거나 공격을 하지는 않는다. 그럼에도 불구하고 이상한 소리를 완전히 무시할 수는 없다. 한참을 듣고 있으면 신경이 과도하게 예민해진다. 아마 그건 환청일 것이다. 단조로운 내 발걸음 소리와 내 움직임이 생각을 명하게 만들고 전혀 존재하지 않는 소리까지 듣고 있다고 느끼게 만드는 것일 게다. 지평선이 너무 멀리 있어서, 너무 많이 외로워서.

밤이 늦어 침낭과 방수매트 위에 편안하게 누워 쉴 때 나는 완전히 긴장을 풀고 깊은 고요를 즐긴다. 그리고 그 고요는 이 세상에 오로지 나 혼자라는 느낌을 일깨운다. 아무런 방해물도 없이 나는 수십억 개의 불빛들이 암청색 하늘의 대지에서 반짝이는 불타는 하늘을 들여다본다. 사막이 아니고선 그 어디서도 이렇게 많은 별을 볼 수 없을 것이다. 별빛이 유난히 밝은 이곳 아프리카의 하늘에선 때때로 은하수가 거대한 반지처럼 보인다. 그러면 나는 시간의 차원을 이해하는 모든 감각을 잃어버리고, 내 작은 캠프는 우주의 일부가 된다.

가끔 면사포처럼 얇은 구름 몇 점이 하늘을 덮고 바람마저 거의 사라진 낮이면 리비아의 군 순찰대가 번번이 나를 힘들게 만든다. 멀리서 그들의 지프가 다가오는 것을 미리 알아채면, 어떨 때는 자동차가 아니라 무언가 흔들리는 것이 번쩍이는 빛의 바다를 뚫고 솟구치는 듯 느껴지기만 해도 나는 얼른 바위 뒤나 깊은 와디 바닥으로 몸을 숨겼다. 많은 시간을 빼앗기고 번거롭기 그지없는 여권과 비자 검사를 피하기 위해서였다.

어느 순간 이 선사시대 풍경이 자아내는 슬픔과 황량함이 내 지친 뼛속으로 스며들었다. 이 거칠고 메마른 땅은 감동적이면서도 동시에 무섭기가 한량없는 데다 그 차원을 측정할 길이 없고 그가 지닌 단조로움을 가지고 최면을 건다. 영원히 똑같은 곡선을 그리는 모래와 돌의 평원 외에는 그 어떤 것도 눈앞을 가로막지 않는다. 크기 감각을 잃게 된다. 기가 빠져 쓰러지지 않기 위해서는 집중력을 있는 대로 동원해야만 한다. 내가 완전히 지쳤다는 것을 분명하게 느낀다. 그 사이 내 안의 공허와 하나가 된 텅 빈 공간을 뚫고서는 단 1킬로미터도 더 갈 수 없을 것 같은 느낌이 든다. 방향을 잡는 것도 점점 더 힘들어진다. 불안감이 스며들고 코스를 유지하기 위해서 자꾸만 다시 나침반의 프리즘을 통해 방향을 확인하고 목표를 조절해야 했다. 다른 어떤 곳에서보다도 더욱 또렷하게 나는 느꼈다. 리비아의 사막이 아무것도, 어느 누구도, 나조차도 필요로 하지 않는다는 것을. 사막은 자기 자신만으로 충분하다.

내 체력이 완전히 소진되고 있음을 느꼈다. 고요하고 음험한 대지, 아무도 살지 않는 이 대지는 옴짝달싹 못하게 나를 사로잡았고, 도대체 이제 뭘 어떻게 해야 할지 생각이 떠오르지 않았다. 더럽고, 지치고, 땀으로 범벅이 된 나는 배낭을 떨어뜨렸다. 배낭을 따라서 아직 남은 내 힘도 서서히 빠져나가는 느낌이었다. 게다가 정신을 차릴 수 없을 정도로 강한 두통이 밀려왔다. 두개골 내에서 낙타 한 무리가 미친 것처럼 날뛰고 있는 기분이었다.

사막에서 보낸 오랜 시간은 내 얼굴과 육체에 또렷한 흔적을 남겼다. 지저분하게 길어진 머리칼은 미친 사람 산발하듯 온통 엉클어져 있고, 수염에는 모래가 잔뜩 달라붙었다. 코와 눈썹 주위의 피부는 벗겨졌다. 입술은 부르텄고, 윗몸은 모기에 물린 자국투성이다. 팔과 다리에도 여기저기 작고 간지러운 자국들이 있다. 물론 발이라고 성치는 않다. 가벼운 상처들이 곳곳에 널려 있다.

견디기 힘든 그 순간 나는 우연의 기적을 체험했다. 지쳐 쓰러지기 직전 긴 터널의 끝에서 비추는 밝은 빛을 본 것처럼 안도하는 순간이었다. 멀리서 먼지구름이 피어오르면서 자동차 한 대가 나를 향해 달려왔다. 그리고 잠시 후 허름한 합승택시가 내 옆에 끼익 소리를 내며 멈춰 섰다. 차에는 가방, 배낭, 비닐봉투들이 천장에 닿을 정도로 잔뜩 실려 있었다. 창문으로 나를 향해 인사를 건네는 네 명의 짙은 피부색 남자들이 보였다.

"같이 갈래요? 어서 타요."

그들 중 한 명이 말했다. 누군가 벌써 내 배낭을 빼앗아 들고 짐칸으로 밀어넣고 있을 때도 나는 주저하고 있었다.

"여기 이 신사 분 탈 자리 좀 만들어줘. 길을 잃어서 정신이 없나 본데."

택시기사가 소리쳤다. 승객들 모두가 한바탕 웃음을 터뜨렸다. 그러고서 나는 짐 사이에 끼어 앉았고 자동차는 온갖 신음소리를 내면서 다시 달리기 시작했다.

"좀 마실래요?"

누군가 물이 담긴 플라스틱 병을 내밀고 묻는다.

"고마워요."

대답하고 물을 마신 후에 등받이에 몸을 기댔다. 이제 모든 일들이 자동적으로 정리되고 있었다. 킬로미터와 시간은 저절로 흘러간다. 북쪽으로 또 북동쪽으로 계속 달려가 아이다비야, 토브룩을 지나고 이집트 국경으로 향한다. 그러고서 다시 지중해에 면한 도시 마르사 마트루를 들렀고, 거기서 다시 이집트의 서쪽 끄트머리에 위치한 오아시스의 도시 시와로 들어섰다. 여기서 나는 다시 원기를 회복했다. 오아시스와 수많은 야자수들은 낙원처럼 내게 힘을 불어넣었다.

시와는 해수면보다 22미터가 낮은 카타라 분지에 자리 잡고 있다. 노란 모래사막의 한가운데 자리 잡은 거대한 분지, 300개 이상의 샘에서 물이 솟아나와서 30만 그루의 대추야자 나무와 7만 그루의 올리브 나무에게 생명수를 공급한다. 또한 울창한 농원에서는 살구, 무화과, 오렌지, 포도 그리고 갖가지 채소의 생산이 활발하다. 구시가가 있는 언덕에는 사람이 살지 않는다. 붕괴의 위험이 너무 크기 때문이다. 그곳에서 나는 그림같이 아름다운 성벽의 잔해와 옛 흙집들의 폐허 위로 올라갔다. 과거에 그곳에서 오늘날 오아시스 거주자들의 선조인 베르베르인들이 살았다. 그래서 시와는 언어적으로 볼 때 이집트 내 유일한 베르베르의 땅이라고 할 수 있다. 오늘날까지도 시와에서는 아랍어 외에 '시위'라고 불리는 베르베르 언어가 사용되고 있다.

오아시스에서 조금 벗어난 곳에서 나는 아구르미를 찾아갔다. 과거의 주요 거주 지역이다. 긴 계단을 올라가자 허물어진 신전의 잔해들이 나타난다. 그리스의 제우스에 해당되는 이집트의 신 아문에게 바쳐진 신전이다. 여기에는 또한 유명한 신탁의 전통도 있다. 그 현명한 예언은 과거 파라오 제국의 국경을 넘어 널리널리 퍼졌다. 그리하여 알렉산더 대왕도 여기까지 여행을 와서 신탁의 힘과 영향을 이용했다. 이집트에 대한 그의 지배에 정당성을 부여하고 신의 권능을 부여받기 위해서였다. 그렇게 해서 그는 파라오로 추대되었다. 테베의 주신이자 고대 이집트에서 바람과 세계 창조의 신으로 여겨졌던 아문의 모습은 휘어진 뿔이 달린 숫양의 머리를 하고 있다. 신탁 신전의 방문 이후에 젊은 마케도니아 왕 알렉산더는 자기를 그릴 때 숫양의 뿔을 넣도록 했다.

300킬로미터 더 동쪽으로 이동해서 시위와 비슷한 크기의 야자나무 숲을 가지고 있고 여기저기 상점과 레스토랑이 있는 오아시스 도시 바위티에 들어섰다. 현대적인 콘크리트 벽돌 건물이 전통 진흙집들과 여기저기 섞여 있는 모습이다. 전통 가옥에는 하얀 회칠이 되어 있고 벽에는 때때로 붉고 푸른 그림이 그려져 있기도 하다. 도시에서 조금 벗어난 곳에 위치하고 있지만 어디서나 볼 수 있는 '피라미드 산'(제벨 디스트)은 화석화된 공룡 뼈의 발견 장소로 알려져 있다. 9천만 년이 넘는 공룡 뼈의 화석이었다. 몇 년 전에는 세계 최대의 공룡이 발굴되기도 했다. 그 크기가 자그마치 30미터에 이르고 무게도 75톤에 달한다고 한다.

바위티에서 나는 며칠을 쉬었고 계획한 대로 열일곱 살이 된 아들 아론을 만났다. 아들은 리비아 사막을 지나 나일강까지 함께 여행하기 위해 독일에서 곧장 바위티로 날아왔다. 우리는 재회를 기뻐했고 밤새 수다를 떨었다. 아론은 집에 대해, 새로 나온 영화에 대해, 분데스리가에 대해, 학교에 대해 말했고, 나는 아프리카의 광활한 하늘과 사프란 주황빛 모래와 걷고 싶은 욕망에 대해 말했다.

이틀 후에 우리는 함께 내 사막여행의 마지막 단계에 돌입했다. 그러나 낙타를 타고 광야를 향해 첫발을 내딛는 순간, 그만 계획이 틀어지고 말았다. 이집트 남부에서 이탈리아와 독일의 단체여행 객들이 납치되는 사건이 벌어진 것이다. 경찰과 군부대가 비상경계 태세에 들어가면서 리비아 사막을 지나는 여행을 더 이상 허가하지 않았다. 결국 우리는 계획을 바꾸어야 했다. 오프로드 차량을 타고 첩첩이 쌓인 산줄기, 하얀 석회암 바위들, 노란 모래의 바다가 자아내는 멋진 경관을 바라보면서 파라프라와 카르가를 지나 바리스로 향했다.

19세기까지만 해도 이 오아시스 도시는 널리 이름이 알려진 북아프리카 최대의 캐러밴 루트, '다룹 엘 아르바엔'의 핵심 거점으로 인정받았다. 수단에서 나일까지 이르는 이 캐러밴 루트는 이른바 '40일의 길'로 불리면서 검은 아프리카의 보물들뿐 아니라 수십만의 노예들을 실어날랐다. 북에서 남으로, 남에서 북으로 이동하는 캐러밴에게 엘 막스 엘 바흐리 지역은 일종의 세관이자 터미널이었다. 당시 이 도시의 수많은 샘에서는 천 마리의 낙타들이 한꺼번에 물을 마실 수 있었다.

그리고 다시 사막여행이 허가되었을 때 바위티를 떠나면서 아론과 나는 경험 많은 가이드 모하메드 오마르와 함께 사막으로 나섰다. 35세의 키 큰 누비아인 오마르는 새까만 피부에 베이지색 갈라비야 차림이었다. 세 마리의 낙타를 이끌고 도시를 떠나면서 우리는 다시 한 번 경찰의 제지를 받았고, 또다시 증명서를 내보여야 했다. 그때 한 젊고 중무장한 경찰관이 아론을 향해 물었다.

"도대체 왜 저 바깥으로 가려고 하는 거요? 저기엔 아무것도 없어요. 그저 모래와 돌뿐이라고요."

"그게 바로 우리가 저리 가려는 이유입니다."

아론은 경찰관에게 영어로 대답했다. 그러자 경찰관은 멍하니 아론을 바라볼 뿐이었다.

드디어 우리는 가볍고 상쾌한 발걸음으로 행군을 시작했다. 우리 앞에는 나일강까지 대략 52킬로미터의 사막이 놓여 있고, 그건 그리 긴 거리가 아니었다. 그러나 그렇다고 해서 긴장을 늦출 수는 없는 노릇이다. 이미 파라오의 시대에도 사람들은 나일강 서쪽의 이 황무지를 '불의 바다' 혹은 '데세레트', 즉 '붉은 대지'라고 불렀다. 영혼과 악마들이 깃들어 있는 곳이고 죽음의 제국이 자리 잡은 땅이다. 마지막 안식을 위해 파라오들이 이 땅에 거대한 무덤을 만들었던 것도 바로 그런 이유다. 혼돈과 폭력의 신 세트가 붉은 피부색을 가지고 있는 것 역시 그 시절 이 지역에 대한 사람들의 관념을 보여준다.

악의 화신인 세트는 동시에 사막과 오아시스의 수호자였고 사람들은 세트를 단순하게 '빨강'이라고 불렀다. 고대 벽화에서 세트는 깡마른 인간의 몸을 가지고 있고 머리는 상상의 동물로 표현되어 있다. 영양, 나귀, 돼지, 하마 등의 특징을 가지고 있는 동물이다. 얼굴에서 특히 인상적인 부분은 날카롭게 쏘아보는 눈과 길게 찢어진 눈꼬리다. 세트는 머리에 이중 왕관을 쓰고 있다.

아론에게 사막을 횡단하는 이 여행은 다른 세상과의 만남이다. 며칠 전만 해도 그는 학교에 가서 수학, 영어, 물리, 화학과 만나는 일상을 보내고 있었다. 그런데 이제 그는 가느다란 고삐를 쥐고 낙타를 끌면서 이집트의 드넓은 사막을 걷고 있다. 그가 소유한 모든 것은 낙타의 안장주머니에 들어 있는 것들뿐이다. 그의 삶은 이제 자연에 의해 결정된다. 태양, 바람 그리고 모래와 돌의 대지이다. 물론 그 사이에도 그의 귀에는 작은 MP3 플레이어의 이어폰이 꽂혀 있고, 액션 스릴러 〈배트맨 다크 나이트〉의 주제음악을 듣고 있다. 두 세계의 변화에 대해 나보다 훨씬 잘 적응하고 있다. 한쪽에는 컴퓨터, 텔레비전, 수세식 화장실로 무장한 현대 세계가 있고, 다른 한쪽에는 낙타를 끌고 별을 보며 방향을 찾아가는 고대의 사막 세계가 있다. 그리고 그는 지금 자기가 있는 곳에서 꿋꿋이 자리 잡고 행복을 느끼려 시도한다.

가끔 나는 아론의 모습을 보면서 얼마나 쉽게 비디오 사용자에서 사막의 여행자로 변신하는지 깜짝 놀랄 때가 있다. 아주 쉽게 자연의 리듬에 자신을 동화시키는 능력이 정말 놀랍다. 쉽사리 그리고 빠르게 하늘과 땅에 대한 생동하는 관계를 발전시키고, 이미 완전히 적응하고 있는 현대적인 삶을 벗어나 전통적인 유목민의 세계로 들어선다. 아론은 이런 모토를 내세운다.

"너 자신을 너무 중요하게 여기지 마라. 그저 저 너머의 세상을 바라보아라. 그리고 너 자신의 내면을 너무 깊이 들여다보려고 하지도 마라."

젊었던 시절 크게 다른 두 세계의 충돌을 이해하고 조절하는 데 나는 훨씬 더 오랜 시간을 필요로 했다.

해가 뜨기 한참 전에 우리는 이미 길을 가고 있고, 여명이 서린 모래의 바다에서 느긋하게 걸어가는 낙타의 리듬에 우리의 걸음걸이를 맞춘다. 낙타는 묵묵하게 우리 짐의 무게를 모두 짊어진다. 많은 물, 낙타 먹이, 우리 장비 그리고 물론 식량이 있다. 발걸음의 리듬은 우리 생각의 박자를 결정한다. 눈은 딛고 있는 바닥에 거의 고정되어 있다. 그러다가 고요하고 황량한 세상이 서서히 어둠을 뚫고 떠오르면, 사구의 날카로운 윤곽선이 그려지고 아침 바람이 세슈로 감싼 우리의 얼굴을 향해 모래를 불어대면, 그때쯤 우리는 이미 5, 6킬로미터를 걸어갔다.

7일 동안 우리는 사막을 걸었고 우리의 나침반은 지도 위에 점과 선을 그렸다. 가파른 산을 지났고, 기기묘묘한 사암의 군상과 파이고 깎인 석회암 평원 그리고 길도 없는 구릉지대, 육중한 바위산, 모서리가 날카로운 돌멩이 바다, 오르락내리락 굽이치는 사구들, 불룩 솟아오른 땅, 무섭게 떨어져내린 단층을 마주했다. 아프리카의 이 지역에 형상을 부여했던 지각운동의 증거들이었다. 잊어버릴 만하면 한 번씩 낙타의 유골을 보았고, 터진 자동차 타이어가 널브러져 있었고 또 피라미드 모양으로 쌓아놓은 돌무더기도 만났다. 과거에 캐러밴의 길을 표시했던 흔적이었다.

7일 동안 사막은 석회암 평원을 지나며 동쪽으로 향하는 구불구불한 길을 찾아 걷는 우리의 남은 힘을 모조리 빨아 삼켰다. 낮이 되어 태양이 하늘 높이 날아오르면 그림자 하나 없는 허공과 타오르는 열기가, 밤이 되어 어둠이 내리면 번쩍이는 별빛이 온 세상을 뒤덮는다. 그 순간 완전한 고요를 방해하는 건 오로지 낙타의 울음소리뿐이다.

7일 동안 우리는 항상 같은 걸음걸이로 앞으로 나아갔다. 그렇게 우리는 멈추지 않는 단조로운 걸음으로 무한하게 펼쳐진 허공의 공간을 정복했다. 그리고 마침내 나일강의 푸른 줄기를 보았다. 이집트의 생명줄, 박동하는 동맥, 길이가 자그마치 6600킬로미터에 이르는 세계에서 가장 긴 강이다. 그 어떤 강도 나일강처럼 많은 학자와 관광객을 끌어모으지 못했다. 생명을 선사하는 나일강 덕분에 인류 최고의 문명 하나가 탄생할 수 있었다.

우리는 제법 높은 사암의 언덕에 올라섰다. 그리고 피로에 지친 얼굴로 청록의 강줄기를 내려다보았다. 무심하고 한가하게 강물이 흘러간다. 팔을 꼬집어 이 모든 게 꿈이 아닌지 확인하고픈 이 순간 행복감, 눈물, 감격, 슬픔의 감정들이 나와 아론의 가슴에 떠오른다. 우리 둘 모두 이 순간을 영원히 잊지 않을 것이다.

잠시 후 나는 시간을 거슬러보면서 대서양에서 나일강까지, 모로코에서 이집트까지 연결하는 다리를 그려본다. 내가 몇 달 동안 지나왔던 길이다. 아프리카의 서쪽 끝에서 동쪽 끝까지 나는 나의 흔적을 그려냈다. 과거 위대한 캐러밴들이 지났지만 이미 모래바람에 덮여 지워졌던 대륙의 양끝을 연결하는 줄이다. 그런 생각의 끝에서 감사하는 마음과 겸허한 마음이 자라난다. 에리히 마리아 레마르크의 소설 한 구절이 떠오른다.

내 인생의 한쪽에서 다른 한쪽으로 마치 높은 다리를 건너가고 있는 것처럼, 그런 느낌이었다. 내가 다시는 돌아갈 수 없다는 걸 알고 있었다. 그렇지만 나는 갔다. 이성에서 감정으로, 확신에서 모험으로, 합리적 판단에서 꿈으로.

나머지 여행의 시간은 빠르게 정리할 수 있다. 다음날 아론과 나는 거칠게 누덕누덕 기워 만든 삼각돛이 한껏 바람을 끌어안은 나무배 펠루카를 타고 나일강의 물길을 따라 룩소르로 향했다. 내 긴 여행의 종착점이 될 자리, 과거 캐러밴들이 온갖 물품들을 싣고 속속 들어오던 파라오 제국의 수도이자 호머가 『일리아드』에서 "백 개의 성문이 있는 테베"라고 노래했던 신화와 전설의 도시다.

바람에 실려 우리는 황량한 사막의 산들 사이를 둥실둥실 떠갔다. 사탕수수와 목면 농장이 있는 광활한 초록의 평원을 지나쳤다. 나무 쟁기를 끌고 있는 황소를 보았고, 낙타는 점토 항아리가 매달린 수차를 돌려 물을 긷는다. 밤처럼 까만 옷을 입은 여자들이 손짓을 하고, 개구쟁이 아이들이 소리를 지르고 뛰놀고, 강가에선 목동이 염소에게 물을 먹인다.

그런 다음 다시 흙색이거나 하얗게 회칠을 한 흙집들이 보이고, 모스크의 첨탑들, 질퍽질퍽한 갈대밭이 스쳐간다. 언젠가 파라오의 딸들이 아기 모세가 담긴 갈대바구니를 발견했던 자리일까. 우리는 오렌지 빛 일출과 일몰을 만끽했다. 장엄하고 신비한 그 빛 속에서 몇 그루 야자수의 우듬지가 부드러운 바람에 살랑살랑 고개를 흔든다. 마치 영화처럼 이집트의 풍경들이 이어진다. 파라오의 시대와 별반 다를 것이 없는 풍경을 스쳐지나며 우리는 이루 표현할 길 없는 마법의 날들을 체험했다.

4일 간의 나일강 펠루카 투어를 끝내고 우리는 룩소르에 도착했다. 강 건너로 악의 화신 세트의 지배영역인 사막이 끝도 없이 펼쳐져 있다. 저 너머 적갈색 사막의 바위산들 사이로 신성한 파라오의 아름답고 거대한 무덤들이 자리 잡고 있다. 왕가의 계곡 그리고 왕비들의 계곡.

나일강의 동쪽 강변, 오늘날 룩소스가 위치한 테베는 수백 년이 넘게 파라오 제국의 강력한 도읍지로 엄청난 규모와 화려함을 뽐냈던 곳이다. 대규모의 캐러밴들이 줄지어 산처럼 많은 물자들을 실어왔다. 이 도시의 한가운데 파라오 제국의 영화와 권력을 상징하는 웅장한 석조 건축물, 바로 그 유명한 룩소르 신전이 있다. 그곳에서 우리는 4천 년이 지난 지금도 부드러운 미소를 짓고 있는 듯 보이는 기념비적 석상들의 거대한 얼굴에서 강렬한 열정이 느껴졌다. 또 하나 이 도시에서 우리를 놀라게 만든 건 카르나크 신전의 상상을 초월하는 규모였다. 현존하는 최대 규모의 이 신전에서 마치 다른 차원에서 온 듯 보이는 방들과 커다란 파라오의 석상들, 줄지어 늘어선 거대한 기둥들, 오벨리스크, 숫양 스핑크스들이 당당하게 버티고 양쪽으로 도열한 길을 돌아보면 절로 역사를 뛰어넘는 감동이 솟구친다.

이틀 후 해가 떠오를 무렵 아론과 나는 열기구를 타고 공중으로 날아올랐다. 하늘 높이 떠오르자 장엄한 전경이 펼쳐졌다. 굽이굽이 흐르는 나일강, 서-테베의 진녹색 비옥한 농토, 가파르게 치솟은 산지와 거기 감춰진 파라오 시대의 숨막히는 신비가 보인다. 아메노피스 3세의 두상, 람세스의 신전, 멤논의 거상, 하쳅수트 여왕의 장제전 등이다. 그 뒤로 끝없이 펼쳐진 사하라가 있다. 그 황무지의 끝에서 내가 걸어왔던 길이 있다. 모로코, 알제리, 튀니지, 리비아, 이집트, 다섯 개의 나라를 지나며 135일 동안 7천 킬로미터가 넘는 길을 지나왔다.

48시간 후, 나는 다시 독일 함부르크에 있다. 가장 세련된 쇼핑가 융퍼른슈티크의 한 카페에서 생맥주 한잔을 앞에 두고. 내 주위로 자동차와 사람들이 몰려오고 몰려간다. 몇 주 전 사막에서 나는 도시의 한낮을 꿈꾸었다. 아내와 함께 연극이나 영화 혹은 음악회에 갔으면, 책방을 둘러보고 있으면, 텔레비전으로 분데스리가 축구 경기를 보고 있으면, 친구들과 벽난로 앞에 앉아 좋은 적포도주 한 잔을 마시고 있으면 얼마나 좋을까 하고 생각했었다.

그러나 지금 나는 붐비는 카페에 앉아 신문을 뒤적거리면서 사막을 생각한다. 함께 사막을 걸어가며 쉴 새 없이 우물거리는 낙타들을 본다. 나와 함께 많은 날들을 사막에서 보냈던 잘림과 바키르, 목타르와 아흐메드가 보인다. 반짝반짝 별들이 가득한 밤하늘, 부드러운 매트 위에 누워 그런 밤하늘을 올려다보는 내 모습이 보인다. 모래폭풍이 무섭게 몰아칠 때 사정없이 펄럭이는 텐트 속에 들어앉은 내 모습이 보인다.

원시 야생의 풍경 한가운데서 윙윙거리며 달려드는 파리들을 내쫓는 내가 있다. 땀에 젖고 지저분한 얼굴이다. 정반대로 화려한 야외시장을 구경하는 나, 열기구를 타고 사막 위를 떠가는 나도 보인다. 배낭을 메고 걸어가는 내가 보인다. 걷고 또 걷고, 그렇게 계속 걸어가는 내 주위로 보이는 건 오로지 모래와 하늘뿐이다. 그리고 광야의 행복.

당신에게는 사막이 필요하다

1판 1쇄 발행 2013년 7월 29일
1판 4쇄 발행 2015년 11월 27일

지은이 아킬 모저
옮긴이 배인섭

발행인 김기중
주간 신선영
편집 김수정, 정진숙
펴낸곳 도서출판 더숲
주소 서울시 마포구 동교로 18길 31(서교동) 카사플로라 빌딩 2층 (04031)
전화 02-3141-8301
팩스 02-3141-8303
이메일 thesouppub@naver.com
페이스북 페이지 :@thesoupbook, **블로그**: blog.naver.com/thesouppub
출판신고 2009년 3월 30일 제2009-000062호

ISBN 978-89-94418-58-2 (03850)